『경성일보』 문학·문화 총서 **5**

중단편 소설선집 **1930년의 서곡** 외

〈『경성일보』 수록 문학자료 DB 구축〉 사업 수행 구성원

연구책임자

　　　김효순(고려대학교 글로벌일본연구원 교수)

공동연구원

　　　정병호(고려대학교 일어일문학과 교수)

　　　유재진(고려대학교 일어일문학과 교수)

　　　엄인경(고려대학교 글로벌일본연구원 부교수)

　　　윤대석(서울대학교 국어교육과 교수)

　　　강태웅(광운대학교 동북아문화산업학부 교수)

전임연구원

　　　강원주(고려대학교 글로벌일본연구원 연구교수)

　　　이현진(고려대학교 글로벌일본연구원 연구교수)

　　　임다함(고려대학교 글로벌일본연구원 연구교수)

연구보조원

　　　간여운 이보윤 이수미 이훈성 한채민

주관연구기관

　　　고려대학교 글로벌일본연구원

京城日報

일본학 총서
48

『경성일보』
문학·문화 총서
05

중단편 소설선집

1930년의 서곡 외

하야시 후사오(林房雄) 외 지음 | 송혜경 옮김

역락

〈『경성일보』 문학·문화 총서〉 기획 간행에 즈음하며

　본 총서는 고려대학교 글로벌일본연구원에서 한국연구재단 토대
연구사업(2015.9.1~2020.8.31)의 지원을 받아 〈『경성일보』 수록 문학자
료 DB 구축〉 사업을 수행하는 과정에서 발굴한 『경성일보』 문학·문
화 기사를 선별하여 한국사회에 소개할 목적으로 기획한 것이다.

　조선총독부의 기관지로서 일제강점기 가장 핵심적인 거대 미디
어였던 『경성일보』는, 당시 정치, 경제, 문화, 사회 지식, 인적 교류,
문학, 예술, 학문, 식민지 통치, 법률, 국책선전 등 모든 식민지 학지
(學知)가 일상적으로 유통되는 최대의 공간이었다. 이와 같은 『경성
일보』에는 식민지 학지의 중요한 한 축을 구성하는 문학·문화의 실
상을 알 수 있는, 일본 주류 작가나 재조선일본인 작가, 조선인 작가
의 문학이나 공모작이 다수 게재되었다. 이들 작품의 창작 배경이나
소재, 주제 등은 일본 문단과 식민지 조선 문단의 상호작용이나 식
민 정책이 반영되기도 하고, 조선의 자연, 사람, 문화 등을 다루는 경
우도 많았다. 본 총서는 이와 같은 『경성일보』에 게재된 현상문학,

일본인 주류작가의 작품이나 조선의 사람, 자연, 문화 등을 다룬 작품, 조선인 작가의 작품, 탐정소설, 아동문학, 강담소설, 영화시나리오와 평론 등 다양한 장르에서, 식민지 일본어문학의 성격을 망라적으로 잘 드러낼 수 있도록 구성하였다. 아울러 본 총서의 마지막은 〈『경성일보』수록 문학자료 DB 구축〉사업을 수행하는 과정에서 발굴한 실린 문학, 문화 기사를 대상으로 식민지 조선 중심의 동아시아 식민지 학지의 유통과정을 규명한 연구서『식민지 문화정치와『경성일보』: 월경적 일본문학·문화론의 가능성을 묻다』(가제)로 구성할 것이다.

　본 총서가 식민지시기 문학·문화 연구자는 물론 일반인에게도 널리 읽혀져 식민지 조선의 실상을 바라보는 새로운 시각을 제시하고 동아시아 식민지 학지 연구의 지평을 확대시킬 수 있기를 기대한다.

2020년 5월
〈『경성일보』수록 문학자료 DB 구축〉사업 연구책임자 김효순

차례

아아,
대 도쿄여!
(あゝ東京よ!)

오쿠노 다미오
(奥野他見男)

제1회

댄스를 하고 방금 돌아왔다. 댄스! 아, 이 얼마나 흥분되는 일인가. 과거 내가 서생이었을 때 나는 유도를 하고 검도를 했다. 테니스도 하고 야구도 했다. 특히 야구는 열광적으로 좋아했다. 맑은 하늘을 올려 보면서 새하얀 볼을 마음껏 던지는 감흥은 잊을 수 없는 즐거운 기억이다. 그래서 이 나이가 되어도 야구 시합이라면 지금까지 놓쳐 본 적이 없다. 이제는 더 이상 공을 잡지는 않지만, 보는 것에는 남보다 갑절이나 열중한다.

그런데 우연한 기회에 댄스를 시작했다. 하고 보니, 야구보다 훨씬 재미있어서 나 자신도 놀랐다. 요즘 나는 댄스에 아주 열중해 있다. 입만 열면, 댄스를 추지 않는 사람은 인간이 아니라는 식으로 다른 사람에게 선전하고 다닌다. 작년 초여름의 일이다. 나는 아내와 시즈코(静子, 5살)를 데리고 쓰루미(鶴見)에 있는 가게쓰엔(花月園)[01]에 가서 댄

---

01 1914년에 파리 교외에 있던 유원지를 모델로 2만5천 평의 부지에 조성된 유원지

스를 구경했다. 아마 거의 처음 하는 경험일 것이다. 그때 크고 아름다운 무도장에서는 내국인과 외국인이 섞여서 화려하게 춤을 추고 있었다. 그 모습은 너무나도 즐거워 보였다. 오케스트라의 높고 낮은 가락의 감미로운 리듬에 맞추어 춤을 추는 모습은, 마치 외국 어딘가에서 댄스를 추는 활동사진의 한 장면 같았다.

물론 그날은, 나의 이런 끔찍한 몸으로는 도저히 그렇게 우아하게 춤을 출 수 없다고 단념하고 그냥 집으로 돌아와 버렸다. 그 후 두세 번 나는 댄스를 보러 갔다.

그러던 어느 가을날이었다. 평소 친하게 지내는 여자가 무슨 이야기 끝에 "댄스를 출 수 있나요?"라고 물어왔다. 나는 "아니오."라고 대답했다. 그러자 여자는 "댄스를 출 수 없다면….'' 하고 말하는데, 은근히 신사의 자격이 없다고 말하려는 투였다.

"그럼 당신은요?"

"물어보는 것조차 촌스럽네요." 여자는 전혀 상대해주지 않았다. 그때는 '지금 무슨 소리 하는 거야? 자기가 춤 좀 출줄 안다고 콧대를 세우는 거야? 쳇.' 하고 이쪽도 콧방귀로 응수하고 헤어졌다.

그러던 어느 날 서양에서 돌아온 친구와 이런저런 이야기를 하는 끝에 그가 다음과 같은 말을 했다.

"외국에 나가서 댄스를 출 줄 모르는 사람을 보면 이 사람이 뭐 때

이다. 입장객 수가 정점에 달하던 1925년에는 10만 평으로까지 규모가 확대되었지만, 1946년 경영 악화로 문을 닫았다.

문에 여기 와있나 생각하게 되지. 서양에서는 어느 변두리 마을에 가도 만찬이 끝나면 반드시 남녀가 섞여서 춤을 추거든. 뉴욕, 런던, 파리에서도 도시의 생명인 밤의 장막이 내려진 다음에는 여기저기서 사람들이 댄스에 빠져있어. 그 모습을 아귀처럼 아, 하고 입 벌리고 보는 사람은 일본사람밖에 없다네. 사실은 나 역시 그런 사람 중 하나였으니까. 이 나라의 큰 치욕이지 않겠는가. 왜 일본에는 댄스가 없는 것일까? 댄스를 출 줄도 모르면서 외국에 가겠다는 사람이 있다면 나는 아주 말리고 싶어."

그 친구는 서양에 있을 때 계속 아귀만 하고 있었는지 얼굴색이 변해서 비분강개해서 말했다.

'맞아, 맞아. 이런 말은 그냥 흘려들어서는 안 되지.'라고 생각한 것은 다른 무슨 이유가 있어서가 아니다. 나는 오래전부터 서양에 한번 가보고 싶다는 희망을 품고 있었다. 원래 계획대로라면 지금쯤 런던이나 파리에서 느긋한 얼굴로 지내고 있었을 것이다.

그런데, 작년에 한 친구가 별안간 "자네 돈 조금 가지고 있나?"라고 물어왔다. 조금 있다고 말하고 끝내면 될 것을, 없다는 것보다 있다는 쪽이 왠지 대범해 보여서, 아니 대범하다기보다 반은 자랑삼아서 "있다."고 대답했다. 그러자 어느 정도 있냐고 다시 물어왔다. 나는 그때 눈을 감고 저금통장의 숫자를 떠올려 보았다.

"만 엔은 있어."

나는 살짝 잘난 체하며 대답했다.

(1921.5.15)

제2회

"그럼 지금 그 돈 좀 빌려줄 수 있을까?"

"글쎄, 그 정도밖에 없는데."

"어때? 내가 그 돈을 1개월 안에 2만 엔으로 만들어줄게."

그때 나는 '1개월 안에 갑절로 불려준다고? 아니 누굴 바보로 아나', 하며 거절해야 했었다. 그러면 이런 한심한 일에 말려들지 않았을 텐데 말이다.

친구의 말에 귀가 솔깃하면서도, "어떻게 하면 2만 원이 되는데?" 하고 약간은 비웃는 말투로 물었다. 그러자 그는 진지한 얼굴이 되어 대답했다.

"요즘 저축 같은 것은 고리타분한 할머니나 하는 거지. 주식을 봐봐, 주식을…. 확실하게 큰돈을 벌 수 있어. 어때? 나도 돈을 낼 테니까 두 사람이 공동으로 주식을 사자. 주식 명의는 모두 네 이름으로 해줄게. 그러면 너도 안심할 수 있을 테고."

이런 제안을 나는 그냥 흘려들을 수 없었다. 나만 돈을 내는 것이 아니라 자기도 내겠다고 한다. 이런 태도로 보아 이 친구, 웬만한 확신을 갖고 말하는 게 아닌 것 같다. 만일 그런 식으로 잘만 한다면 나는 집을 살 수 있고, 서양에도 갈 수 있다. 지금은 만 엔밖에 없으니 더 고생해야 하지만, 2만 엔이 있다면 이 모든 것을 이룰 수 있다. 한순간 '이 친구 만세, 만세'라고 외치고 싶었다. 그러나 한 걸음 물러나서 생각해보니, 밑바닥에서부터 만 엔이라는 돈을 만들기 위해서 나는 요 5년 동안 실로 뼈와 살을 깎는 고생을 했다. 만일의 경우 일이 잘못된다면 어떻게 될까? 문득 그런 생각을 하니 마음이 불안해졌다. 어쨌든 일단 생각할 수 있는 시간을 달라고 하고, 그날은 그 친구와 헤어져서 집으로 돌아왔다. 만일 그때 집에 집사람이 있었다면 나는 그녀의 충언에 의지해서 확실하게 '안 돼, 집사람이 위험한 것과 가까이하지 말라고 했어.'라며 갑자기 군자님 얼굴을 하고 물러섰을지도 모른다. 평범한 사람의 어리석음이란…. 1만 엔을 2만 엔으로 불려 준다는 말에 눈이 멀어서 '외국도 가고, 집도 살 수 있는 그런 횡재가 어디 있어.' 하며 좋은 쪽으로 해석해서 일을 진행했으니 말이다. 그냥 기다리고 있을 수 없어서, 다음날 나는 얼른 그 친구와 만나 미쓰이(三井) 은행에 가서 돈 만 엔을 전부 인출해 버렸다. 그리고 "만사 잘 부탁한다."고 하면서 친구에게 돈을 건네주었다. 여기까지는 아주 남자다웠다.

그날 산 주식은 이삼일 쑥쑥 올라서 만 삼천 엔이 되었다. 친구는 "그것 봐, 내가 말한 대로지." 하고 자기 생각이 적중한 것을 아주 많이 자랑스러워했다. 하지만, 일주일도 지나지 않아서 주가가 갑자기 바닥으로 떨어졌다. 일본 미증유의 대폭락, 결국 세계 불경기.

불과 열흘도 지나지 않아 만 엔이 2만 엔이 된 것이 아니라, 만 엔이 1엔이 되었다. 5년 동안 고생한 결정체가 열흘 만에 물거품이 된 것이다. 게다가 나는 태어나서 처음으로 주식이라는 것을 사서, 태어나서 처음으로 이런 불운을 맞게 되었다.

(1921.5.17)

제3회

이 얼마나 참담한 일인가? 그 시절 내 몰골이 얼마나 처참했던지, "다미오 씨는 언제 봐도 싱글거리시네요."라고 말했던 나의 친애하는 숙녀들이 새파래져서 노려보는 내 얼굴을 보고는, "아 무서워."라며 몸서리쳤을 정도이다. 어쨌든 그 시절 나는 골계문학의 '골' 자의 값어치도 못 할 만큼 비참한 얼굴을 하고 다니며, 나가사키(長崎)에 표류한 포르투갈 사람처럼 잠시 동안은 멍한 상태로 세월을 보냈다. 결국 경제적인 큰 타격 때문에 서양 여행은 흐지부지되었다. 대저 인간으로 태어난 이상 한번은 서양에 가봐야 한다는 훌륭한 이상을 나는 여전히 가지고 있다. 그리고 언젠가 기특한 마음을 가진 사람이 갑자기 나타나서 '자네가 그렇게 서양에 가고 싶다면 어때? 내가 보내주지.'라고 말해 줄 것 같은 느낌이 든다. 설사 그런 마음 좋은 사람이 나타나지 않더라도 어떤 계기가 생겨 서양에 갈 수 있게 될지도 모를 일이다.

서양 여행! 하물며 우리 같은 사람은 무슨, 무슨 연구라든지, 무슨, 무슨 시찰 같은 근사한 일로 서양에 가는 일은 아무래도 없다. 역시 놀고 싶은 마음이 우선이다. 그러고 보면 노는 데 사교댄스는 빠질 수 없는 필수요소가 아닐까. 하물며 무슨 연구를 한다며 서양에 다녀온 친구조차 댄스를 몰랐던 것에 비분의 눈물을 흘릴 정도이니 말이다. 그러한 국치(國恥)를 피하기 위해서라도 반드시 댄스를 배워둘 필요가 있다.

그러던 어느 날 친분이 있는 어떤 여학생에게 "내일 일요일 같이 놀러 가지 않을래요?"라고 물었더니 내일은 쓰루미의 가게쓰엔으로 미쓰이(三井) 씨와 댄스 하러 가기로 했단다. 그때 나는 나 자신이 왠지 시대에 뒤처진 사람 같아서 어떻게든 댄스를 배워야겠다고 다짐했다. 하지만 나 같은 몸치가 그렇게 유연하게 춤추고, 또 그렇게 어려운 것을 기억할 수 있을까? 이런 생각을 할 때마다 자신감이 사라져서 댄스를 하는 것은 불가능한 일이라고 반쯤 포기해버렸다.

그런데 아주 우연한 기회에 나는 댄스를 시작할 만한 동기를 발견하게 되었다.

그즈음 어느날 나는 오랫동안 런던에 체재하고 돌아온 어떤 공학사로부터 편지를 한 통 받았다.

'해외에 체재하고 있을 때 집사람이 귀하의 저서를 자주 보내주어서 무료함을 달랠 수 있었어요. 게다가 아주 즐겁게 지낼 수 있었습니다. 이번에 몇 년 만에 일본으로 돌아오게 되었습니다. 집사람보다도 오히려 귀하를 가장 먼저 만나고 싶습니다. 혹시 만나 주실 수 있다면 언제라도 찾아뵙겠습니다.'

아주 정중하고 신사적인 편지였다. 나는 얼른 답장을 보냈다. '나는 기분파이고 또 자유를 좋아해서 시간에 구속되어 속박 받는 것을 싫어합니다. 그러니 만날 마음이 생기면 오히려 내 쪽에서 방문하겠습니다.'라고 써두었다. 편지를 보낸 지 1주일 정도 지난 어느 날, 오늘 밤은 특별한 약속도 없고 해서 그를 방문할 마음이 생겼다. 하지만 갑자기 찾아가면 당황해서 오히려 민폐가 될 것 같아 긴자(銀座)에서 전보를 미리 쳐두었다.

(1921.5.18)

제4회

덧붙여서 말하자면, 나는 남의 집을 방문할 때 반드시 미리 알리는 것을 원칙으로 정해 두었다. 왜냐하면 내가 그것 때문에 괴로운 경험을 맛본 적이 있기 때문이다. 가장 먼저 아내가 곤란하다. 손님이 오면 아내는 서둘러서 방 구석구석을 치워야 한다. 찻잎은 떨어지지 않았는지, 과자는 준비되어 있는지, 찻잔은 어떤지, 이불은 또 어떤지, 모두 '혀 잘린 참새'[02]처럼 왔다 갔다 큰 소동을 벌이고, 게다가 조금이라도 미인으로 보이고 싶어서 흰 분을 바르는 등 악전고투를 한다. 더구나 손님이 돌아간 다음 남편은, "아무리 그래도 신경 좀 쓴 모습을 보였으면 좋았잖아."라고 변변한 옷 한 벌 사주지 않는 주제에 잔소리를 한다. 이래저래 치이는 것은 아내이다.

이렇기 때문에 갑작스러운 방문은, 특히 처음 만나는 사람이라면 미리 알려주는 것이 예의이다. 제대로 된 선물을 가져오지 않은 것에 대한 핑계로 '사실은, 근처에 올 일이 있어서'라고 말하는 사람이 있는데, 그다지 좋은 태도라고는 할 수 없다.

그날 밤 공학사의 집을 방문했을 때 내가 미리 보내둔 전보는 아직 도착하지 않은 상태였다. 게다가 하필이면 남편은 외출 중이라고 한다. "그럼." 하고 주저 없이 돌아가려고 하는데, 부인은 그냥 가시면

---

02 일본의 전래동화 중 하나이다. 다친 참새를 치료해준 할아버지는 참새에게 보답을 받지만, 참새의 혀를 잘라 내쫓은 할머니는 벌을 받는다는 내용이다.

남편이 돌아와서 자기에게 얼마나 화를 내겠냐고, '저를 봐서 들어오시라'고 하면서 내가 거절할 수 없을 정도로 응대해 주었다. 이런 말을 하는 사이 드디어 전보가 도착했다. 이 얼마나 한심한 전보인가. 하지만 방문을 미리 전보로 알려두었다고, 갑작스러운 방문이 아니라고, 늦게나마 암묵적으로 증명할 수 있었다. 그러나 다시 한번 말하지만, 이 얼마나 한심한 전보인가.

'저를 봐서'라고 부인이 너무도 간절히 원해서, 나는 일단 집 안으로 들어가야겠다고 생각하고 신발을 벗었다. 그때 갑자기 안에서 자고 있던 여자아이가 깼는지 으앙으앙 울기 시작했다. 부인은 거기에는 개의치 않고 "어서 들어오세요."라고 말해 주었다.

그러나 나는 갑자기 한쪽 신발 벗는 것을 멈추고, "그냥 가겠습니다. 다음에 다시 오지요."라고 말했다. 왜냐하면, 나에게 괴로운 것이 있다면 아이 울음소리만한 게 없기 때문이다. 압록강부시(鴨綠江節)[03] 보다 더 외롭고 더 슬프고 애끓는, 게다가 뭐라 말할 수 없는 아픔이 가슴 가득 차올랐다.

하지만 부인은 몇 번이나 들어오라고 강하게 권했다. 그래서 나는 '그럼 아이 울음소리 좀 멈추게 해 달라', '저 소리를 들으면 견딜 수가 없다', '나는 신경 쓰지 말고 얼른 아이를 달래 주라.'고 부탁했다. 부인은 집 안으로 뛰어 들어갔다. "아이, 착하지. 착한 아이지. 울지

---

03 '조선과 지나(支那) 경계의 저 압록강'이라는 가사로 시작하는 일본의 가요. 오카다 산멘시(岡田三面子)가 작사했다.

마."라며 달랬지만, 어쩐지 현관에 세워둔 나라는 손님이 신경 쓰였는지 얼른 아이를 안고 나와서 "일부러 오셨는데 아이가 감기가 걸려서….'라고 변명하면서, 한편에서 "아가, 울지 마."라고 아이를 어르면서 "어서 들어오세요."라고 말했다.

(1921.5.19)

제5회

나는 어떻게든 이 아이 기분을 풀어줘야겠다고 생각했다. 아이 울음소리를 듣고 있는 것만으로도 땅속으로 빨려 들어가는 느낌이 들었기 때문이다. 나는 선물로 사 온 후게쓰(風月) 밤빵에 포장된 십(十)자 끈을 얼른 풀어 뚜껑을 열고 달콤할 것 같은 통통한 밤빵을 집어 들면서, "자자, 아가. 어서 먹어보렴. 아, 맛있겠다. 자, 아저씨도 먹었지." 하고 내가 먼저 하나를 먹어 보였다. 그러고 나서 "자, 너도 줄게. 이건 이쪽 손에, 저건 저쪽 손에." 하면서 밤빵을 양손에 잡게 했다.

그러나 까다로운 이 아이는 밤빵에는 눈길도 주지 않는다. 부인은 내 앞에 있는 이 아이 행동이 자기 자식이지만 마음에 들지 않는 것 같다.

"자, 맛있는 과자야. 받아봐."

그러나 아이는 받지 않았다. 나는 실망해서 쓴웃음을 지었다. 이번에는 밤빵 상자 전체를 높이 쳐들고, "이거 다 네 거야. 아이, 참 좋겠네." 하고 처음 보는 아저씨의 얼굴에 겁먹으면 안 된다고 생각해서 일부러 다케우치 쓰쿠네(武內宿禰)⁰⁴와 같은 웃음 띤 표정을 지어 보였다. 하지만 아이는 여전히 큰소리를 내며 울었다.

"네, 어서 들어오세요."

"아이만 울리지 않으시면 됩니다."

나는 아이 울음소리가 아주 신경 쓰여서 이런 조건을 내걸고 집 안으로 한걸음 발을 들여놓았다.

부인은 "많이 누추합니다."라고 말하면서, '뭐 이런 집이 다 있어.'라고 생각하지 않을까 걱정하면서 앞장서서 걸었다. 그 말은 누구나가 겸손과 배려를 담아 하는 정해진 표현이다. 하지만 이런 경우 진심에서 우러나온 말이라는 것을 나는 금방 알 수 있었다.

안내된 방은 어두침침했다. 분주해진 부인은 이런 한심한 집안 꼴을 보여주면 안 되겠다고 생각했는지 방금 약속한 조건은 까맣게 잊어버리고, 모모타로(桃太郎)⁰⁵가 수수경단이라도 준비하는 것처럼 갑자기 아이를 던져 놓더니 서둘러 정리의 첫걸음에 착수했다. 울고, 달래고, 소리 지르고. 나는 '원망스러운 얼굴에 흐르는 나의 눈물'의 감정이 되어 말할 힘도 없어서 기둥에 기대서 눈을 감았다.

"아, 정말, 이렇게 지저분한 곳을 보여드리게 되어 죄송합니다."

---

04 천황을 보좌하던 전설상의 충신.

05 일본의 전래동화. 복숭아에서 태어난 남자아이, 모모타로가 할아버지, 할머니에게 수수경단을 받아 개, 원숭이, 꿩을 데리고 오니가시마(鬼ヶ島)로 가서 귀신과 싸워 승리하는 이야기이다.

부인은 자기가 낳은 자식보다 손님에게 신경 써서 혹여 손님이 어떤 기분이 들까 배려하기보다는, 외관만 좋아 보이면 된다는 식의 전형적으로 현명한 부인 기질을 발휘해 주었다. 나는 이에 너무도 감사해서 몸도 마음도 오그라들었다. 그리고 아무리 들어오라고 권해도 왜 현관 입구에서 돌아가지 않았는지, 세계대전을 일으켜서 오히려 크게 화를 입은 독일 제국처럼 후회막급이었다.

(1921.5.20)

제6회

"저는 신경 쓰지 말고 그 따님 좀 어떻게 해 주시지요." 나는 다시 한번 말했다. 이번에는 애원조였다. 이어서 반쯤 자포자기해서는 혼잣말처럼, '아, 정말, 아이 울음소리를 들으면 심장에서 피가 거꾸로 솟아서 이러지도 저러지도 못하고 짜증나 죽겠네. 어떻게 좀 해 주지.'라고 했지만, 이 부인이 들어 주었으면 좋겠다고 생각해서 입 밖으로 소리를 냈다. 이 말을 들은 부인은 제정신이 돌아온 듯한 얼굴이 되었다.

"자, 그럼 얼른 아래층에 데리고 가서 재우고 오겠습니다." 이번에는 자기 아이에게 "아이, 우리 아이 착하다, 아이 착해."라고 달래듯이 말하며 약간은 부모다운 태도가 되어 할아버지가 첫 손자를 안은 것처럼 안고서 서둘러서 아래층으로 내려갔다. 남겨진 나는 단지 멍하게 앉아 있었다.

잠시 후, "겨우 잠들었습니다. 저— 처음 뵙겠습니다."라고 부인은 새삼스럽게 다시 인사를 했다. 느긋하게 편한 자세로 쉬고 있던 나는 이 갑작스럽고 신묘한 인사에 아주 당황해서 자세를 고쳐 앉았다. 그리고 돌발적인 공격에 대처할 방법을 찾지 못해서 단지 후, 하고 힘들게 숨 쉬는 것으로 받아넘겼다. 이는 집에서 공연히 큰소리치는 것을 들어야 하는 처나 자식에게는 보여주고 싶지 않은 장면이다.

부인은 "이거라도 보시지요."라며 남편이 서양에 갔을 때 모은 사진첩을 보여 주고 나서, 그 틈을 타서 차와 과자를 대령하였다.

"그런데, 오쿠노 씨." 그녀는 진지하게 나를 불렀다. 나는 "네?" 하며 올려보았다.

"저는 당신을 옛날부터 알고 있었습니다."

"나를요?" 나는 놀라서 상대의 얼굴을 쳐다보았다. 하지만 전혀 생각이 나지 않았다.

"글쎄." 다들 하는 것처럼 나도 고개를 갸우뚱했다. 이 고개를 갸우뚱하는 것은 아주 옛날부터 인류가 해온 동작인 듯하다. 왜냐하면 외국인도 '글쎄'라고 말할 때는 분명 고개를 갸우뚱하니 말이다.

"선생님은 도쿄에서 사신 지 오래되었지만, 원래 고향은 가나자와(金沢)지요?"

"그렇습니다."

"옛날에 제가 중학교 때, 그러니까 벌써 십오륙 년 정도 지났을 거예요. 고향 신문에 여러 번 기고하셨지요?"

"그렇습니다."

"그때 저는 아주 어렸습니다만, 선생님의 존함을 알고 있었습니다. 다른 사람이 가르쳐 주어 선생님 얼굴도 알았습니다. 그때부터 이미 유명하셨으니까요."

나는 이 순간 한편으로 득의양양하고 또 한편으로 부끄럽기도 해서 고개를 숙여 겸손한 마음을 표현했다. 나에게 아직 이런 기특한 면이 있다니, 왠지 내가 나를 안아주고 싶은 마음이 들었다. 서른이 넘어도 정말로 사랑스러운 다미오를 말이다.

(1921.5.21)

제7회

"하지만 그때 그분이 지금의 선생님이라고는 생각도 못했습니다. 어쩌다 동창에게 듣고 깜짝 놀랐습니다. 아주 유명해지셨으니까요."

나는 솔직히 말해서 그녀가 '아주 유명해졌습니다.'라고 말한 것을 여기에 쓰고 싶지는 않다. 쓰고 싶지 않지만 정말로 그녀가 그렇게 말했으니 어쩔 수 없이 쓴다. 또 나 스스로 봐도 확실히 나는 이렇다 할 만한 인물이 되었으니 이 말에 대해서는 달리 이의가 있을 리 없다.

"선생님은 언젠가 니시나가(西永) 씨에 대한 글을 쓰셨지요? 그분이 말씀하셨어요. 자기는 다미오 씨가 어떤 사람인지 전혀 모르는데 어째서 자기에 대해 그렇게 잘 아냐고요."

"그렇군요." 이번에 나는 가볍게 받아넘겼다.

"그 글을 읽었나요?"

"읽은 적은 없습니다. 그리고 이렇게 말씀하셨어요. 감사해야 할지 원망해야 할지 모르겠다고."

"원망이라고는 들리지 않습니다." 나는 이렇게 말하고 그냥 웃었다.

"저는, 선생님의 책은 이 책 저 책 많이 읽었습니다. 어떻게 그렇게 재미있게 쓰시는지요?"

이때도 나는 그냥 웃을 수밖에 없었다. 그러고 나서 상대의 얼굴을 가만히 쳐다보았다.

"나도 왠지 부인 얼굴을 본 적이 있는 것 같아요."

나는 잔머리를 써 보았다. 전혀 기억이 나지 않았지만, 이렇게 말해서 왠지 친근하게 보이게 했다. 일종의 기교이다.

"그렇지요? 여러 번 오다가다 만난 적이 있는걸요." 그녀는 십년지기 지인처럼 말했다.

"그런데 부인?"

"부인의 남편분은 질투가 심한가요, 그렇지 않은가요?"

"왜 그러시지요?"

"질투가 심한 사람이라면, 부인이 이러고 있는 것을 보고 노발대발하겠어요. 군자(君子), 얼른 도망가고 싶습니다만."

"괜찮습니다. 걱정하지 마세요. 제가 남편에게 그렇게 신용이 없지는 않으니까요." 그녀는 모자란 남편에 기세 좋은 부인의 모습을 보이며 나를 안심시켰다.

남편 없는 집에 방문했을 때 부인이 들어오라는 권하면, 나는 다른 것은 제쳐두고 반드시 이것부터 묻는다. '남편이 질투하지 않을까요?' '전혀 질투하지 않습니다.'라고 대답하면 들어가지만, 조금이라도 '글쎄요.'라고 말하며 주저하는 기색을 보이면 부리나케 도망친다. 나도 곤란하지만, 부인도 곤란해지기 때문이다. 이 집을 방문했을 때도 실은 그것부터 먼저 물어봐야 했다. 하지만 아이 우는 소리에 깜짝 놀라서 거기에 정신이 팔린 사이 물어보는 것을 잊어버렸다.

'선생님 부인은 미인인가요?' 또는 '아이는 몇 살인가요?' 등 일상적인 질문에 계속 대답하고 있을 때, 드르륵 하고 현관문 소리가 났다.

(1921.5.24)

제8회

"많이 기다리셨지요. 남편이 돌아왔나 봐요." 부인은 '왔구나. 왔어.' 하는 식으로 서둘러서 뛰다시피 하며 내려갔다.

"여보, 다오미 씨가 오셨어요."

"바보 같은 소리, 당신 뭐 잘못 먹은 거 아냐?"

"아니에요. 정말이에요. 아까부터 기다리셨어요. 얼른 이층에 올라가 보세요."

"그래? 정말이야?"

갑자기 쿵쿵하고 계단 올라오는 소리가 들렸다. 방문이 드르륵 열렸다.

두 사람은 모두 생글생글 웃으며 첫인상을 화려하게 장식했다.

"아이고 죄송합니다. 얼른 들어왔어야 하는데." 우선 변명부터 하고서, 그는 "잘 오셨습니다. 지난번에 실례되는 편지를 보내놓고 걱정했는데…. 정말 이런 곳까지 와 주실 거라고는 꿈에도 생각하지 못했습니다, 실로 가문의 영광입니다, 천하의 다미오 씨가 와주셨으니." 라며 나를 구름에 태웠다.

이쪽도 잘도 띄워준다고 생각하면서도 인간이란 녀석, 칭찬받으면 마냥 좋아서 결국 우쭐해져 버린다. 하물며 나라는 인간은 다른 사람이 그렇게 말해주면 금방 기분이 좋아져서 적당히 끝내지 못한다. 이런 상황이 되면 축하해야 할지 바보 같다 해야 할지 나 자신도 전혀 가늠할 수 없다.

이 남자, 감격하는 감정이 지나치게 발달했는지 내가 방문한 것에 기뻐하며 술 한 모금 마시지 못한다고 했는데도 무턱대고 "어이, 술 가져와." 하고 천하가 흔들릴 정도의 큰소리로 아래층에 있는 부인에게 호령했다. 그리고 그 의지가 통했는지 아닌지 확인하려고 더욱 큰 목소리고 "알겠어?"라고 다시 물었다. 그러자 그쪽 역시 지지 않는 쇳소리로 "알겠어요."라고 대답했다.

"아, 유쾌하다. 정말 유쾌해." 이 감격 씨는 계속 흥분해서 말했다.

나는 한껏 남자다운 이 사람의 태도가 아주 마음에 들었다. 이야기는 점점 활기를 띠어 갔다. 나는 자기중심적인 성격이라 상대가 조금만 마음에 들지 않으면 금방 무뚝뚝해진다. 그 대신 마음에 들면 어쩜 이렇게 사교성이 좋으냐고 칭찬받을 정도로 친근하게 말한다.

곧이어 술이 들어왔다. 갑작스럽게 준비한 술상답게 차린 것은 물론 아무것도 없었다. 남자는 나에게 두세 번 술을 권했지만, 옛날부터

한 모금도 입에 대지 않는 나는 본의 아니게 사양했다. 그러자 감격 씨는 '그렇다면', 하면서 혼자 신나게 자작해서 마셨다. 어지간히 술을 좋아하는지 한 잔씩 마실 때마다 싱글 싱글이 늘어갔다.

그 흥이 정점에 달했을 즈음 그가 말했다. "그런데 다미오 씨에게 꼭 보여드리고 싶은 것이 있습니다."

"무엇인데요?"

"미인입니다. 멋진 미인입니다." 그는 이렇게 말하며 앞으로 다가왔다.

"그럼 그냥 흘려들을 수 없지. 동물원의 하마 얼굴 보는 것보다야 미인 얼굴 보는 쪽이 흥이 나는 걸."

(1921.5.26)

제9회

나의 이러한 대답에 감격 씨는 감탄한 듯이 도취되어 "선생님이 하시는 말씀은 보통 사람이 하는 말과 좀 다릅니다."라고 말했다. 그는 "확실히 기발하다, 탁월하다."고 감탄하다가 갑자기 이마를 '탁' 치면서 기뻐했다. 그때 아주 큰 소리가 났다. 나는 깜짝 놀라서 아프지 않을까 걱정했다. 하지만 아주 취한 상태에서 때렸기 때문인지 그는 그다지 아픔을 느끼지 못하는 것 같았다. 느꼈을지도 모르지만, 자기가 자기를 때린 것이니 새삼 아프다는 약한 소리도 못 했을지도 모른다.

그는 재차 "어쨌든 정말 일품입니다요."라고 말했다. 나는 왠지 아키타(秋田)현의 준마 전람회에 참석한 듯한 느낌이 들었다.

"꼭 보여드리고 싶습니다. 정말 미인입니다."라고 말하고 있는데 부인이 올라왔다.

동시에 그의 입은 집달리가 봉인을 시행했을 때처럼 꾹 닫혀버렸다. 부인이 이런 이야기를 듣는다면 분명 '오늘 날씨 맑음'으로 끝날 수 없다고 생각했기 때문일 것이다. 나 역시 생각나는 일도 있고 해서 '무리도 아니겠구나.' 하며 깊이 동정했다. 감격 씨는 모른 척하는 얼굴로, "따뜻한 거로 가져오지."라며 술을 다시 부탁했다. 충실한 부인은 아무것도 모르는 채 애써 올라왔는데도 불구하고 다시 내려갔다.

그는 "어쩐지 저도 선생님도 부인에게는 고개를 들 수 없네요."라고 나를 끌어들여서 자신을 변명하고는, "언제 다시 천천히 이야기합시다. 어차피 처나 여자라는 존재는 다른 여자 이야기하는 것을 좋아하지 않으니까요"라고 말했다. 정말 맞는 이야기이다. 어떤 가정도 그 안을 들여다보면 매한가지라서 나는 무심코 씩 웃음이 나왔다. 감격 씨는 부인이 금방 올라오지 않을 거라 확신했는지, 슬쩍 이야기를 다시 꺼냈다.

"실은 제가 동생처럼 생각하는 남자가 있는데요. 그 남자와 제가 함께 서양에 갔습죠. 지금 말하는 여자는 옛날에 그 남자의 약혼녀였는데 지금은 아닙니다. 무슨 일이 있었는지는 저도 잘 모릅니다만, 지금은 오빠, 오빠 하고 지냅니다. 저까지도 사이가 아주 좋습니다. 참, 분명히 사진이 있을 거예요. 좀 보시겠어요?"

그는 책상 위에 있던 상자를 가져와서 뚜껑을 열었다. 안은 이런저런 사진으로 가득 차 있었다. 그는 상자 속에 있는 사진을 한 장 한 장 넘기다가 갑자기, "앗, 여기 있다. 이것입니다."라고 꺼내 보여주었다.

"어때요? 평가해 주시지요."

나는 열중해서 바라보았다.

남자 셋에 여자 두 명, 총 다섯 명이 찍은 사진이다. 다섯 명 중에 한가운데 앉아 있는 사람이 확실히 눈에 띄었다.

"이 사람입니까?"

"그렇습니다. 어떻습니까?"

나는 가만히 살펴보았다. 풍만하고 눈매가 또렷한 여자였다. 얼굴 윤곽이나 형태로 보아 누가 봐도 호감이 가는 타입이다.

"역시" 하면서도 나는 사진을 내려놓지 않았다.

감격 씨는 계속해서 설명했다.

(1921.5.28)

제10회

"성격이 아주 재미있고 유쾌한 여자입니다. 예쁘면서 밝고 온화한, 엄마 같으면서 그리고 여자답습니다.

"빈틈이 없군요."

"네, 정말 그렇습니다."라며 감격 씨는 아주 흥분해서 말했다.

그때 부인이 올라왔다. 이 남자, 어떻게 하는가 봤더니, "지금 보신 대로 제 사진 중에는 제대로 찍힌 게 하나도 없어요."라며 얼른 이야기를 바꾸었다. 하하하.

그런 이야기에 열중하고 있을 거라고는 상상도 하지 못한 부인은 더욱 진심 어린 얼굴로, "뭐라도 배달을 시킬까요?"라고 하면서 단지 명령이 내리기만 기다렸다.

"괜찮습니다. 아무것도 필요 없습니다. 저는 무엇보다 이야기하는 것을 좋아합니다." 남편이 대답하지 않는 사이 내가 먼저 끼어들어 부인의 노력을 비호해 주었다.

"여기는 시골이라 어찌할 도리가 없네요."

"그럼요. 잘 알고 있습니다." 나는 부인의 말에 강하게 동의하면서 "내가 사는 니시쿠보(西久保)도 장소가 장소라서인지 손님이 식당에 가면 주문도 하기 전에 안 된다는 말부터 듣습니다. 정말 마찬가지군요."라고 말해서 더 이상 배려하지 않아도 된다는 뜻을 자연스럽게 내비쳤다.

그러자 부인은 "그렇게 이해해주시니 고맙습니다."라고 백만 명을 자기편으로 만든 것처럼 말하며 안심하는 표정을 지었다. 그사이 딸아이가 다시 깨어났는지 아래층에서 '으앙으앙' 우는 소리가 위층까지 전해져 왔다. 부인은 서둘러 일어나서 나갔다. 나는 이때 여자의 처지에 대해 생각했다.

밖으로 나온 것은 그로부터 한 시간이 지난 후였다. 감격 씨는 나를 전차 정류장까지 배웅해 주었다. 그는 지금껏 오늘 밤처럼 기쁜 일은 없었다고 말하며 나의 방문을 진심으로 기뻐하면서 아까 말한 여자 집에 꼭 같이 가자고 강하게 권했다. "그럼, 갑시다." 부모형제를 버리더라도 미인은 만나러 가겠다는 식으로 나는 그의 말에 동의했다.

　"좋은 일은 내친김에 하라고, 내일 방문하도록 하지요." 부인 몰래 하는 소행이라 그다지 마음이 내키지는 않았지만, 그렇다고 굳이 거절할 수도 없어 좋다, 가겠다고 승낙했다.

　"특별히 우리 다미오 선생님과 같이 가는 것을 알면 그 여자가 얼마나 기뻐할까!"

　이렇게 말하며 그는 힘주어 악수하는 것으로 잠깐의 헤어짐을 마무리했다.

　다음날 오후가 지날 무렵 감격 씨에게서 전화가 걸려왔다.

　"저, 다미오 선생님이십니까? 실례합니다. 지난밤에는 즐거웠습니다. 집에 돌아와서 생각하니 너무 기뻐서 잠이 오지 않더군요. 방금 여자 쪽에 전화를 걸었더니, 그녀가 글쎄 '와, 말도 안돼. 희한한 일일세.' 하며 휘파람새 같은 목소리가 되어 말하더군요. '실은 이러 이러해서'라고 자초지종을 설명해도 그녀는 정말 믿어주지 않았습니다."

(1921.5.29)

제11회

　"그녀는 '오랜만에 전화해서 그런 부담을 주시면 벌 받아요.'라고 말하더군요. 그러면서 '설마 다미오 씨가? 설마.' 하면서 설마를 연발했습니다만, 그러는 사이 저의 성심성의가 겨우 통했는지, '아, 정말이에요? 틀림없지요?'라면서 마치 전쟁에서 이기고 늠름하게 돌아오는 남편을 맞이하는 아내와 같이 기뻐했습니다."

"하하, 그럼 오늘 밤은 그 집에 가는 겁니까?"

"물론 진심으로 고대하고 있겠다고 답하더군요. 제가 진정으로 원하는 답이지요."

"자, 그러면 어디에서 만나서 갈까요?"

"글쎄요. 어디로 할까요? 저는 어디라도 상관없습니다만."

나는 고개를 끄덕이며 말없이 생각했다. 그러자 전화가 끊어진 게 아닌가 생각했는지 그는 몇 번이나 "여보세요." 하며 불렀다. 나는 "아, 예." 하고 응답하면서 머릿속으로 이곳저곳을 떠올렸다.

"자, 이렇게 할까요? 제국극장 앞에서 6시에 만나는 게 어떨까요?"

"예, 알겠습니다."

"나는 서양 사람처럼 시간에 엄격하니 1분이라도 늦으면 안 됩니다." 내가 나의 예민한 면을 삐릿 하고 보여주자, 그는 "저도 시간은 잘 지킵니다."라며 확신에 차서 대답했다.

"그럼, 그렇게 알겠습니다."

"알겠습니다. 빨리 시간이 갔으면 좋겠네요. 그 미인이 얼마나 기쁜 얼굴로 맞아줄까 생각하면 애가 타서 견딜 수 없어요."

감격 씨는 약속이 오후 2시인데도 벌써 흥분해 있었다. 나이는 나와 동년배인데 나보다 훨씬 순수하고 귀여운 데가 있다. 내가 여자라면 흰 손으로 살짝 만져주었을 텐데.

약속 시각에 제국극장 앞으로 가서 보니, 맞은편 대리석 앞에 검은 그림자가 하나 떡하니 서 있었다. 그 남자가 아닌가 하고 다가가 보니, 과연 그 사람이었다.

"안녕하세요."

"예, 안녕하세요."

"많이 기다리셨습니까?"

"15분 정도요."

아까 통화할 때 약속 시각에 그렇게 주의를 주었는데 오히려 내가 늦어버린 게 아닌가 하고 당황해서 시계를 꺼내 보았다. 정각 6시, 나는 귀신 머리라도 벤 듯이 기고만장해서 "좋아, 좋아. 저스트 식스 어 클락." 하고 외쳤다.

"자, 가시지요."

"예, 갑시다."

두 사람은 마바사키몬(馬場先門)의 전차 정류장으로 걸어갔다.

"제가 이런 물건을 가지고 왔습니다." 감격 씨는 오른손에 들고 있던 커다란 사각 모양의 꾸러미를 내밀며 말했다.

"그게 무엇입니까?"

(1921.5.31)

제12회

"오늘 방문할 집에 가져갈 선물입니다. 여편네가 하는 말이, 다미오 선생님의 책을 읽어보면 선생님이 아주 무심한 분이라고 하더군요. 그다지 세심하지 않아 분명히 선물 준비하는 데까지 생각이 미치지 않았을 거라고요. 어젯밤 다미오 선생님께 받은 선물도 있고 하니, 그 답례를 겸해서 마치 다미오 선생님이 준비한 것처럼 해서 방문하는 집에 선물하라고 가르쳐 주더군요. 여편네는 세심한 데까지 생각이 미치는 사람이거든요."

나는 '앗', 하고 생각했다. 오늘 내 머리가 대체 어찌 되었단 말인가. 평소의 나라면 거기까지 생각이 미쳤을 텐데 오늘은 까맣게 잊고 있었다. 그런데 그 부인이 내가 분명 잊어버렸을 거라고 말했다니, 왠지 알고도 모른 척하고 빈손으로 올 거라 예상했다는 말투이다. 나는 '쿵' 하고 머리를 얻어맞은 느낌이 들었다. 게다가 다미오 씨가 가져온 선물인 것처럼 해서 상대방에게 내밀라고 했다니, 나는 스스로도 겸연쩍었지만 왠지 모르게 심하게 빈정거림을 당한 것 같았다. 어쨌든 그 부인, 생긴 것과 다르게 여간 아니게 세심한 사람이다.

"아니, 정말 만사 빈틈이 없네요." 나는 진심으로 황공해 하면서, "그런데 말입니다."라고 말하고, 다시 말투를 조금 바꾸어서, "당신은 당신 부인을 평소에 '여편네, 여편네.'라고 부릅니까?" 하고 물었다.

"그렇습니다."

"그건 아주 좋지 않은 호칭인데요. 하물며 당신 같은 지식계급이, 게다가 서양에도 다녀온 사람이 자기 아내를 여편네라고 부르다니 아주 의외입니다. 여편네라는 것은 아내를 비하해서 부르는 표현입니다. 그런 말을 써서 아내에게 남편의 권위를 보여주려는 것은 잘못된 거예요. 남자건 여자건 부부간의 인격은 같습니다. 어느 쪽이 권위가 더 있다, 없다 말할 수 없어요. 어젯밤 당신이 '나도 선생님처럼 여편네 앞에서 고개를 들 수 없다'고 말씀하셨지요. 저는 그런 식으로 말하면 안 된다고 생각합니다. 여자의 지위, 처의 입장에 좀 더 경의와 동정을 가져야만 합니다. 여편네는 듣기 좋지 않습니다. 그러면 제국 호텔의 연회에 초대받을 수 없어요. 하하하…."

이런 말을 해서 상대방이 화내면 어쩌나 걱정이 되어 마지막에는 '하하하.'로 농담처럼 교묘하게 마무리했다.

감격 씨는 이 말이 자신의 골수에 사무쳤는지, "맞습니다. 정말 맞습니다."라며 맞장구를 쳤다.

(1921.6.1)

제13회

감격 씨는 "역시." 하며 감탄사를 내뿜었다.

"선생님 말씀대로 지금부터는 여편네라 부르지 않겠습니다. 그런데 참고로 여쭙겠습니다. 다미오 선생님은 댁에서 부인을 뭐라고 부릅니까?

"저 말입니까? 저는 여보라고 부릅니다. 이것이 부인에게 적당한 표현이라고 생각합니다. 이렇게 부르면 명랑한 대답이 돌아옵니다. 내 여동생 남편도 내가 이렇게 부르는 것을 보고 참 좋은 호칭이라고 생각했는지 결혼하자마자 역시 여보라고 부른답니다. 이 때문에 처음에는 여동생이 왠지 내 아내가 된 것 같은 이상한 느낌이 들었습니다. 지난번 여동생 부부가 우리 집에 묵은 적이 있었습니다. 그때 제부도 '어이, 여보.'라고 불렀지요. 그랬더니 여자 둘이서 '언니를 부르나 봐요. 아니에요, 아가씨를 부르는 거예요.'라며, 어느 쪽 남편 목소리인지 몰라서 둘 다 허둥대며 일어났지요. 다시 말해서 우리 집안은 '여보'라는, 존칭도 비하도 아닌 표현으로 부르고 있습니다. 어디 참고가 되셨습니까?"

"정말 좋은 것을 배웠습니다. 그렇다면 오늘 밤 집에 돌아가서 당장 시행해 보겠습니다. 분명 '우리 남편이 어쩌다 이렇게 고상해졌지? 맘만 먹으면 바뀔 수 있는 세상이구나.' 하고 감탄할 것입니다. 다미오 씨와 같이 있으니 좋은 것을 배웁니다. 하하하하…전차가 오는군요. 탑시다."

"만원 전차네. 뒤에서 밀면 무리하게 밀려들어 가지 않을 수도 없고."라고 내가 말하자, 감격 씨는 "그렇고말고! 자, 한번 밀어줘 봐."라고 거칠게 말했다.

팔자수염을 멋지게 기른 사람이 이런 깡패 같은 행동을 좋아하는 것을 보니 나는 참을 수가 없었다. 이제부터 아내를 여편네라고 부르지 않겠다는 그의 결심을 보고 대견했는데, 그 마음이 싹 사라졌다.

두 사람은 무리하게 만원 전차에 껴 탔다.

"오늘의 나는 어제의 나보다 분명 일품이지요?"라고 감격 씨는 쓱쓱 목덜미를 문지르며 말했다. "과연, 그럴까요?"라고 나는 그를 응시하면서 대답했다.

"오늘 아침 여편네에게, 아이코, 아내에게 '나와 다미오 선생님 중에서 누가 더 남자다운지' 물었습니다. 그랬더니 아내는 당신 같은 사람은 다미오 씨의 발밑에도 따라갈 수 없다고 저를 깎아내리더군요. 갑자기 기분이 나빠졌습니다. 하지만 용기를 내어 최소한 발밑에 따라갈 수 있게라도 하자고 결심했지요. 얼른 수염을 깎고 목욕도 해서, 보시는 것처럼 때깔까지 바뀌었습니다. 최선을 다해 남자답게 만들어 보았는데, 이렇게까지 했는데도 역시 발밑에도 따라갈 수 없을까요?"

"괜찮아요. 걱정하지 말아요. 따라갈 수 있어요."

"송구스럽습니다. 선생님이 자신의 면모에 그렇게 자신이 있으시니 제가 어찌할 재간이 없군요."

나의 나르시시즘이 너무 강했는지 상대도 결국 항복해 버렸다.

(1921.6.2)

제14회

전차 안에 승객이 적어지자 두 사람은 나란히 앉을 수 있었다. 이제 곧 도착할 거라는 말에 나는 갑자기 긴장이 돼서 옷차림을 세심하게 살펴보았다.

아니! 구두가 더러워져 있는 게 아닌가. 여자는 신발에 신경 쓴다고 들었는데…. 주머니에 손을 넣어 종이를 찾았지만 잡히지 않았다. 손수건은 있지만, 그것은 소중해서 쓸 수가 없다.

"혹시 종이 가진 것 있나요?"

"종이요? 무슨 일이 있으십니까?"

"구두를 닦으려고요."

"예, 무슨?"

"남의 집을 방문할 때는 옷차림에 세심하게 주의를 기울여야 하니까요."

"아, 그렇군요."라고 감격 씨는 어이없어하면서도 나처럼 주머니를 뒤지다가, "이걸로 될까요?"라며 꼬깃꼬깃한 종이뭉치를 내밀었다.

"고맙습니다." 종이를 받아 허리를 굽혀서 열심히 구두를 닦고 있으니, 감격 씨는 "안 되겠네요. 정말 안 되겠어. 저는 아무래도 미남자가 될 자격이 없나 봐요."라고 혼자 포기해버렸다.

"당신도 구두를 닦는 게 어때요?"

"관두겠어요. 저는 아무리 닦아도 어차피 발밑에도 따라가지 못할 테니까요."

드디어 전차에서 내렸다. 여자 집 쪽으로 걸어가는 내내 두 사람은 묘하게 긴장해 있었다. "이제 곧 도착합니다." 그가 앞장섰다.

"여기입니다. 바로 이 집입니다." 감격 씨는 돌연 발걸음을 멈추고 뒤돌아서 나에게 말했다.

"그렇습니까?"

여유 있게 받아넘겼지만, 내 마음속은 결코 그렇지 못했다. 무엇보다 어떤 방법으로 상대에게 좋은 인상을 줄까 아까부터 부심하고 있었다. 그러기 위해서는 아무래도 웃는 얼굴을 해야 한다. 웃는 얼굴도 아주 품위 있게 웃는 얼굴이어야 한다. 다음으로 가장 주의해야 할 것이 눈이다. 눈이 조금이라도 험악하거나 혹은 멍하다면 상대에게 두려움을 주든지 아니면 멸시를 받는다. 이 때문에 내 눈은 옛날부터 자랑거리였다. 하지만 이번에는 더욱 신경을 써서 더욱 맑게, 더욱 상쾌하게, 더욱 화려하게 뜨고 있어야 한다. 상대를 끌어당길 수 있는 매력을 발산하고 동시에 위엄 있고 사납지 않게 보이는 것, 이것이 필수요소이다. 나는 다행스럽게도 이런 대부분의 조건을 구비한 눈의 소유자다.

가끔 마음에 들지 않는 일이 있거나, 말도 안 되는 일이 생겼을 때는 이 평화로운 조화가 깨져서 눈알이 치켜 올라갈 위험이 발생한다. "당신은 가끔 무서운 눈을 하실 때가 있어요."라는 아내의 말은, 분명 이런 경우에 해당되는 때일 것이다.

어쨌든 눈이여, 맑아져라. 웃는 얼굴이여, 상쾌하여라.

문을 열고 현관으로 들어갔다.

"실례합니다."

감격 씨는 방문의 제일성을 올렸다.

(1921.6.3)

제15회

인기척이 없다. 상대는 지금쯤 '드디어 왔구나.'라고 생각할지 모른다. 하지만, '실례합니다.'라고 하자마자 뛰어나오면 많이 기다렸다는 게 드러나서 무시당할까 봐 참고 있는 것 같다. 상대도 일거일동에 세심하게 신경을 쓰고 있는가 보다. 나를 능가한다.

"실례합니다."

이번에는 감격 씨가 아주 힘을 주어 말했다.

"예."

안쪽에서 대답하는 소리가 들렸다. 고코쿠지(護國寺)의 해 질 녘 종소리와 같은 목소리다. 나는 현관문에 신경을 쏟으면서도 그렇지 않은 척하고 서 있었다. 이 순간 중요한 것은 눈이다, 웃는 얼굴이어야 한다. 나는 서둘러 싱글싱글한 표정을 지었다.

드르륵 하고 현관문이 열렸다.

나의 시선은 달렸다. 재빠르게 곧장 달렸다.

마중 나온 사람은 오늘 방문한 목적인 그 미인이었다. 그러나 그녀는 눈을 내리깔고 나왔다. 분명 부끄러웠을 것이다. 나 역시 좀 어색했다.

"여이, 후미코 씨. 우리가 왔어요."

다다미에 양손을 대고 살짝 감격 씨를 올려다본 그녀는, "네, 우에시마(植島) 씨, 잘 오셨어요."라고 고코쿠지의 종소리를 냈다.

"여기 보세요. 다미오 씨를 모셔왔지요."

이때 나는 세심하게 주의를 기울였다. 그녀는 이 말을 듣고도 내 얼굴은 쳐다보지도 않고 얼굴만 살짝 붉혔다. 이어서 "잘 오셨습니다. 어서 들어오세요."라고 얼른 웃는 얼굴로 받아넘겼다.

"오키하라(沖原) 군은 왔나요?"

"예, 벌써 와 있어요."

감격 씨는 나를 돌아보며 "자, 들어가시지요."라고 말했다.

나는 말없이 고개를 끄덕였다. 아까부터 입을 다물고 한마디도 하지 않았다. 묘음(妙音)은 쉽게 들려줄 수 없다는 식이다. 소중하게, 소중하게 간직하고 있어야 한다. 내가 항상 책에 쓰는 이야기이지만, 입을 열어 말하지 않아도 여유로우면서도 당당함을 드러내는 사람이 있으면 나는 달려들어 말을 걸고 싶어진다. 그러나 나의 경우, 내가 한번 입을 열면 말은 더듬고, 이야기는 딱딱해지고, 게다가 사투리까지 나온다. 동생이 하는 말이, "형은 입을 열면 서푼의 값어치도 못 하는군요. 그냥 보고만 있는 게 제일이에요."라고 한다. 마치 나를 그냥 장식품처럼 생각하는가 보다. 맞는 말이라고 얼른 인정할 정도로 나는 나 자신을 잘 알고 있다. 그래서 나는 '나라는 인간을 추락시킬 수 없다, 실망하게 할 수 없다, 그래서 애써 타인과 만나지 않겠다'고 마음먹었다. 그러나 먹이가 여자라면 마음먹은 것도 허사가 되어버린다.

지금 나는 침묵의 위력을 상대에게 충분히 전해줄 작정이다. 그리고 상대가 과연 소문대로라고 내 첫인상에 감탄했다고 생각되면, 그 후에는 산이건, 바다건, 더듬거리건, 뭘 하건 이판사판이다.

(1921.6.4)

제16회

감격 씨와 나는 구두를 벗고 들어갔다. 감격 씨가 레인 코트를 벗으려고 하자, 후미코 씨는 "제가 해드릴게요."라고 말하면서 그의 등 뒤로 돌아가 섰다. 이미 코트를 반쯤 벗은 감격 씨는 "나는 괜찮으니 다미오 씨를 도와드리는 게 어때?"라며 묘하게 다미오 씨, 다미오 씨라고 말했다. 후미코 씨는 말없이 내 뒤로 왔다.

아주 부끄러워하는 듯 "도와드릴까요?"라고도 묻지 않는다. 나는 혼자서 얼른 레인 코트를 벗은 다음, 바닥에 내려놓을까 아니면 걸어놓을 데가 있을까 한순간 머뭇거렸다. 그러자 후미코 씨는 "자, 저에게 주세요."라고 처음으로 소리내서 말하며 나의 레인 코트를 받아들었다.

감격 씨는 자기 페이스대로, 벌써 집 안으로 들어간 것 같다. 나는 기카이가시마(鬼界ヶ島)에 남겨진 슌칸(俊寬)[06]처럼 혼자가 되어버렸다. 그때 레인 코트를 걸어두고 온 후미코 씨가 "우에시마 씨는 벌써 방에 가 계시네요."라고 감격 씨의 상황을 말하면서, "자 이쪽으로 오세요."라며 앞장서서 나를 방으로 안내했다.

보아하니, 감격 씨는 이미 방 한쪽 구석에 자리를 잡고 있었다. 그 마주 보는 쪽에 안경을 쓴 이목구비 수려한 호남자가 앉아 있었다.

'이 사람이 오키하라 군이군.'

"예, 이쪽으로 오시지요."라고 주빈 자리를 오키하라 군도 감격 씨도 한목소리로 나에게 권했다.

"아닙니다. 이쪽에 앉아도 됩니다."라고 나는 남들 하는 식으로 사양했다. 하지만 여러 번 권유를 받고 나서는 "그러면,"이라고 말하고

---

06 슌칸(俊寬, 1143~1179): 헤이안(平安) 시대(794~1185) 후기 진언종의 승려. 1177년 헤이시(平氏)의 타도를 모의했다는 이유로 기카이가시마에 유배되었다. 같이 유배된 두 사람은 다음 해 교토로 돌아왔지만, 슌칸은 혼자 남겨져서 그 섬에서 최후를 맞이했다.

오가사와라 류(小笠原流)[07]의 선생님처럼 주빈 자리로 옮겼다.

"오키하라 군, 이분이 다미오 씨입니다. 이쪽은 오키하라 군입니다. 저와 친형제처럼 지내는 사람이지요."

"존함은 진작부터 듣고 있었습니다." 소개가 끝나자마자 오키하라 군이 인사했다.

이제 정해진 문구가 나왔으니 나 역시 질 수 없다고 생각해서 나는 고만한 자세로 나왔다. "어쩐지 당신이 나보다 남자다운 것 같군요. 좀 수상하긴 하지만," 고자세를 취해서 보여준 나의 이 첫마디는 너무도 적절했다. 친근하게 느껴지는 가운데 호감을 듬뿍 담으면서도 동시에 그 한마디로 이쪽을 대단하게 보이게끔 하는 기술이었다. 그러는 찰라 '이게 무슨 일이란 말인가?' 언뜻 보기에도 고풍스럽고 완고해 보이는 노인이 담배 쟁반을 오른손에 들어 나타나는 것이 아닌가.

"아버지, 이분은 오쿠노 다미오 씨라는 분입니다." 오키하라 군이 나를 소개했다.

"아, 그래." 대답이 퉁명스러우면서 게다가 간단하기까지 하다. 방금 전까지 '공자 왈, 맹자 왈'을 읽고 있었던 분위기다. 이어서 품위 있게 안경을 쓴 할멈이 나왔다. 이분은 어머니라고 한다. 오늘의 주인공인 후미코 씨는 안내만 하고 전혀 얼굴을 보여주지 않는다. 분명 다실에서 과자나 차를 준비하고 있을 것이다. 얼른 나오면 좋을 텐데, 사람

---

07 예의작법의 유파로서 지명도가 높다. 본래는 궁술, 마술, 예법, 등 무가 사회 전반에 대한 유파이다.

들 앞에서는 평상심을 가장하면서 나는 마음속으로 그렇게 생각했다.

(1921.6.5)

제17회

"후미코, 뭐 하고 있는 거야. 다미오 씨가 오셨는데 얼른 나와 봐야지."라고 오빠 얼굴인 오키하라 군이 무선전화에 대고 반말로 옆방에 있는 후미코를 불렀다. 뭐라고 대답하나 하고 슬며시 귀를 기울였더니 아무 말도 없이 단지 "호호호호." 하는 웃음소리가 들렸다.

희한한 것은 나 같은 중년이 되면 옆에 여자 한두 사람 없으면 이야기가 재미있지 않다는 것이다. 요릿집에 가도 그렇다. 아가씨 한사람 옆에 있는 것과 그렇지 않은 것의 분위기는 아주 다르다. 적어도 여자가 함께 있는 동안만큼은 유쾌하다. 남자들만 있는 모임에서는 이야기가 왠지 거칠어진다. 마치 채찍 소리가 쌩쌩 나는 곳에 앉아있는 것 같다. 게거품을 무는 것은 고사하고 나중에는 살풍경이 벌어진다. 이십 대라면 그것으로 끝나지만, 삼십 대가 되어 아내라도 생기면, 말 이야기가 나오면 말을 죽여서도 끝나지 않는다. 부드러운 중간 역이 아주 필요하다. 누구나 이 나이가 되면 그렇지만, 나는 특히 이런 경향이 강하다. 미인이 차분히 자리 잡고 있으면 말도 더듬는 주제에 신이 나서 무슨 얘기든 혼자서 떠들고 싶어한다. 딱히 주목을 받든 받지 않든 상관없이, 단지 자연스럽게 기분이 좋아지기 때문이다. 참으로 신기한 일이다.

나는 공연히 유쾌한 기분이 되었다. 나는 여자, 특히 예쁜 여자가 한 사람 있으면 진짜 웅변가가 된다. 말 더듬는 버릇이 어느새 사라져 버린다. 그러나 마음에 드는 여자가 있으면 무뚝뚝해져서 우에노 공원에 있는 사이고 다카모리(西鄕隆盛)[08]처럼 미소 한번 짓지 않는다. 제멋대로 변하는 것이 사람 마음인 것이다.

후미코 씨는 감격 씨가 말한 대로 아주 미인이었다. 얼핏 보았는데도 알 수 있었다. 나는 한바탕 분위기를 띄웠다. 다미오라는 사람이 얼마나 멋진 인간인지 책에서만이 아니라 실제 눈으로도 확인시키고 싶어서 더욱 더 분위기를 살렸다. 게다가 감격 씨와 오빠 얼굴도 활기 넘치는 남자들이라 어느새인가 더욱 신나는 분위기를 만들어주었다.

이처럼 분위기를 띄울 만한 모든 조건 속으로 몸을 던진 나는 경구(警句), 묘구(妙句) 그 외에 발광할 만한 문구(文句)를 누에고치가 실 뽑아내듯 끊임없이 뽑아냈다.

(1921.6.7)

제18회

나는 계속 이어지는 나의 명문장을 단지 할아버지와 할머니, 그리고 팔자수염을 한 감격 씨와 오빠 얼굴에게만 듣게 하는 것이 아까웠

---

08 사이고 다카모리(西鄕隆盛, 1828~1877): 일본의 무사, 군인, 정치가. 도쿄 우에노(上野) 공원에 동상이 있다.

다. 후미코가 얼른 들어오기만을 오로지 기다릴 뿐이었다.

드디어 그녀가 구타니야키(九谷燒)[09] 찻잔에 따를 차를 준비해서 흘리지 않도록 조용조용 발걸음을 옮기며 들어왔다.

"여어, 후미코, 얼른 인사해. 다미오 씨야."

마치 나를 무슨 대신(大臣) 각하(閣下)처럼 대해서 몸 둘 바를 모르겠다. 이렇게 소개받고 나서 가장 난감한 것은 누구보다 나 자신이었다. 어떤 얼굴을 해야 좋을지 얼굴 바꾸는 게 아주 번거롭다. 당당한 얼굴을 할 수도 없고, 그렇다고 일부러 소개한 사람의 얼굴을 세워줘야 하니 쭈뼛쭈뼛 화장실에라도 가고 싶은 사람처럼 엉거주춤할 수도 없다. 정말 난감하다. 심하게 난감해.

후미코 씨는 생글생글 웃으며 정중하게 인사했다. 이때 내가 아무 말도 하지 않은 것은 지금 생각해도 감탄스럽다. 나는 그녀의 정숙한 인사에 "아 실례합니다."라고 가부좌를 풀지 않은 채로 담백하게 넘겼다. 이는 짐짓 오만해 보이는 태도가 아니라 친밀감을 주려는 묘미 있는 행동이다.

이 때문에 상대는 오히려 기뻤을 것이다. '솔직하게 말해봐. 정말로 기뻤지?'

나는 이때 처음으로 집중해서 그녀의 얼굴을 쳐다보았다. 얼굴은 마치 방안에 있는 화로처럼 둥글고, 키는 사카노우에 다무라마로(坂

---

09 이시카와(石川)현 남부에서 생산되는 자기를 말한다. 일본의 대표적인 채색 자기이다.

上田村麿呂)[10]의 자손인가 생각될 정도로 크다. 게다가 그녀의 눈은 어딘지 일본 알프스의 다이쇼(大正) 연못[11]처럼 맑고, 아름답고, 게다가 청량감이 넘친다. 얼굴색은 긴자(銀座)의 밤처럼 화려하면서도 아름답다. 그리고 무엇보다 몸이 요염하다.

상대방도 나를 보았다. 반드시 천 명 중 하나 정도 있을까 말까한 나의 짙은 눈썹, 그 깊이에는 놀랐을 것이다. 높은 코에서 사람을 혹하게 만들 것 같은 이 눈까지 보았을 때 계속 경탄을 연발할 것이다. 보기에도 건강한 남성미, 게다가 배포까지 크게 느낀다면 그녀는 분명 지금껏 본적이 없는 남자 중의 남자라고 생각할 것이다.

단지 내 뒤통수에는 필리핀 군도(群島) 같이 크고 작게 머리가 벗겨져 있지만, 정면에서 보면 전혀 알 수 없으니 고마울 따름이다. 또한 얼굴에는 어렸을 때 동생과 싸워서 생긴 손톱 자국이 몇 개나 남아 있지만, 그것도 밤이라 보이지 않으니 고마울 따름이다. 게다가 상대와 거리를 두고 있으니 고마울 따름이다. 상대가 전혀 알아채지 못하니 나는 점점 의기가 양양되었다.

"어이, 후미코, 미야코(宮子) 씨는 어디 있어?" 오빠 얼굴이 물었다.

"아까 말해두었으니 금방 내려올 거예요."

---

10 사카노우에 다무라마로(坂上田村麿呂, 758~811): 헤이안 시대(794~1185)의 무관. 사후에는 군신(軍神)으로 신앙의 대상이 되었다.

11 나가노(長野)현 마쓰모토(松本)시에 있는 다이쇼이케(大正池)를 말한다. 국가의 특별명승, 특별천연기념물로 지정되어 있다.

그때 얼굴색이 살짝 검지만 품위 있어 보이는 처자가 정숙한 모습으로 나타났다. 나중에 들은 얘기지만, 모 현(縣)의 거액 납세자의 딸인 이 처자는 남편 될 사람이 제국 대학에 입학했기 때문에 그 위안을 위해, 아니, 서로간의 대화를 위해, 아니, 결혼 전에 묘한 맛을 즐기기 위해, 아니, 남편 될 사람에게 틈을 주지 않기 위해 상경해서 친척인 이 후미코 씨 집 이층에 유모와 함께 와 있다고 한다.

(1921.6.8)

제18회[12]

그녀는 방 앞에 와서 안에 앉은 사람들에게 그야말로 정중하게 인사를 올렸다.

"어이, 미야코 씨"

"어이, 미야코 씨"

감격 씨와 오빠 얼굴 두 사람은 파리강화 회의에서 의장이 된 클레망소처럼 기쁜 목소리로 그녀를 맞이했다. 나에 대한 소개가 앞에서와 마찬가지로 시작되었다. 나는 상대방의 태도가 너무나 정중하여 기원절 때처럼 진지한 얼굴로 고개를 숙였다.

---

12 이틀 연속으로 18회가 게재되었다. 37회 2차례, 52회 5차례, 68회 2차례, 71회 2차례 게재되었다. 51회와 53회는 회차에서 빠져있지만 내용상의 문제는 없다. 본서의 회차는 신문게재의 회차를 그대로 따랐다.

"자, 자, 이쪽으로."

오빠 얼굴이 미야코 씨에게 내 옆에 앉으라고 몇 번이나 권했지만, 미야코 씨는 주저하고 있을 뿐이었다. "분위기 살리고." 이번에는 감격 씨가 대대장님 명령처럼 말했다. 그러자 미야코 씨, 더 이상 사양하는 것이 국사(國事)로 분주해야 할 국가의 자녀가 취해야 할 길이 아니라고 생각했는지 "그럼." 하면서 몸을 굽혀 황송해하면서 다가왔다.

그러는 동안 후미코 씨는 큰 테이블 위를 결혼식 피로연처럼 장식했다. 양과자와 일본 과자, 맥주에 술안주와 고시로(幸四郎)[13]의 표현대로 구석에서 구석까지 한상 쫙 차려졌다.

모든 음식이 차려지자 후미코 씨는 이제 겨우 궁둥이를 붙일 수 있었다. 산해진미에 미인까지, 경치 좋고 음식 좋고 정말 최고였다.

"자, 그럼 술을 따르지요." 후미코 씨가 하얀 손을 뻗으며 말했다.

"나는 술을⋯." 내가 머뭇거리자, 오빠 얼굴이 옆으로 고개를 돌리며 말했다. "다미오 씨에게는 술을 권하면 안 돼. 술을 전혀 못 마신다고 책에도 쓰여 있거든."

"하지만, 마시는 시늉이라도⋯."

"마시는 시늉도 못 합니다. 나는 나의 기력이 고작 술 정도에 좌우된다고 생각하지 않아요. 대개 술로 기력을 선동하는 것은 비겁한 수단이지요.

나는 상대에게 악감정이 없는 것처럼 교묘하게 말했다. 하지만 이

---

13 가부키 배우 이름인 마쓰모토 고시로(松本幸四郎)를 가리킨다.

말을 듣자 남보다 갑절이나 술을 좋아하는 두 남자는 마치 싫어하는 여자로부터 정사(情死)를 권유받은 것처럼 몹시 우울한 얼굴이 되었다. 나는 얼른 면전에서 심하게 말한 것을 후회하면서 두 사람의 손을 들어주었다. "하지만 사실을 말하면 술을 못 마시는 남자는 진정한 남자라고 할 수 없지요." 그러자 그들은 태양 빛에 시들어 있는 나팔꽃에 물을 주었을 때처럼 '어휴', 하고 한숨을 돌리며, "맞는 말씀입니다."라고 기회를 놓치지 않고 말했다.

　사실 술을 마시는 사람은 무슨, 무슨 일이 있어도 술에 이유를 댄다. 예컨대 축하할 일이 있으니 '축배 한잔', 슬픈 일이 있으니 '자, 위로하지요.'라고 한잔, 도중에서 친구를 만나면 '여, 오랜만이네.' 또 한잔, 다른 사람과 싸우면 '에잇 기분 나빠.'라며 한잔, 완쾌되어 축하한다, 이사해서 축하한다, 승진해서 축하한다, 적절한 구실을 대서 이 한잔의 기회를 만들려고 한다. 이 때문에 기회가 만들어지면 필사적으로 마신다. 술에 취하면 훌쩍훌쩍 우는 울보가 있다. 술만 마시면 콩콩 하고 다른 사람의 머리를 종처럼 때리며 화내는 사람이 있다. 그들은 울기 위해서, 화내기 위해서 술을 마시는 것이다.

(1921.6.9)

제19회

　술에 관해 말하자면, 술을 못 마시는 사람은 언변이 좋지 않다고 한다. 또 타인과 잘 사귈 줄 모른다고 한다. 남이 건넨 술잔을 받지 않는 것을 부끄러워한다. 모두 이유 있는 말이다.

어쨌든 나는 술을 마시지 않는다. 하지만 '술을 따르지요.'라고 일부러 내미는 하얀 손에 마시지 못한다고 버틴다면 분위기가 이상해진다. 어느 정도 술을 권하는 상대의 체면을 세워줘야 한다. 이제 겨우 주목을 받으려는 찰나였는데, 이 순간을 놓칠 수 없다. 나는 "그 대신 물을 주시지요. 물이라면 오 합도, 육 합도 마실 수 있어요."라고 어색한 장면에서 무게를 잡으며 말했다.

"아니, 물을요? 체하지 않겠어요?"

"물 정도에 체하는 몸은 아닙니다."

'그러면', 하고 후미코 씨가 사라졌나 했더니, 그녀는 물이 가득 든 컵을 들고 다시 나타났다. 그것을 받아들자마자 나는 꿀꺽꿀꺽 단숨에 마시고 한 잔을 더 달라고 했다.

"아니, 괜찮으시겠어요?" 그녀는 마치 신혼에 남편 몸을 걱정하는 아내처럼 나의 안색을 살폈다.

"괜찮고말고요!" 나는 비행선을 발명한 체펠린[14]처럼 말했다.

그녀는 다시 물을 가져왔다. 이번에는 반쯤만 마시고 할아범과 할멈의 마음에 들만한 이야기를 시작했다.

"젊은 분답지 않게 뭐든 다 알고 계시네, 많이 고생했겠어." 할아범과 할멈은 내 얼굴을 보며 말했다. 이번에는 젊은 사람들 쪽으로 고개를 돌려서 미야코 씨를 보았다.

---

14 체펠린(Ferdinand Graf von Zeppelin, 1838~1917): 독일의 비행선 개척자.

"미야코 씨, 약혼하니까 좋아요?"

그녀는 아무 말 없이 고개를 숙였다.

"지금이 인생의 꽃입니다. 아주 좋습니다. 기대가 됩니다." 나는 '—니다.'를 연발해서 말했다.

"호호……." 그녀는 호호 이외에는 말하지 않았다. 여자에게 있어 '호호'만큼 귀중한 무기는 없다. 부끄러우면 '호호', 기쁘면 '호호', 어색하면 '호호', 갑자기 대답할 말이 없으면 '호호', '호호'로 피해놓고, 또 피할 수 없으면 '호호호'.

"당신이 그 사람을 위해 기쁨의 눈물을 흘린다면, 그 역시 당신을 사랑하겠지요?"

"그게 사랑뿐이겠어요. 어디 발꿈치라도 핥아 주고 싶겠지요." 감격 씨가 사쓰마(薩摩) 비파(琵琶)라도 타고 있는지 언제부터인가 비파 어조로 변해서 말했다.

"아잇, 너무 심하시네요." 미야코 씨는 부끄러운 듯 흰자위를 드러내며 째려보았다.

"아아, 이 얼마나 아름다운 눈인가." 오빠 얼굴이 슬쩍 방해를 놓았다.

"아이참, 모르겠어요." 이번에는 흥, 하고 토라진 듯한 표정을 짓는다.

"천생연분의 약혼 상대를 만났다는 의미라면 얼마나 좋겠어요. 허허허." 내가 뛰어들었다.

"상관없어요. 후미코 씨 좀 도와주세요." 미야코 씨가 후미코 씨에게 도움을 요청했다.

"글쎄, 말씀 하신 대로라서 방법이 없네요."

모처럼의 후원자까지도 이렇게 말하니, 미야코 씨, 흰서리가 군영에 가득차서 가을빛이 맑지 못하다.

이번에는 후미코 씨 차례이다.

(1921.6.10)

제20회

"후미코 씨 당신은 미인이군요…." 후미코 씨는 갑작스러운 나의 말에 옆에서 불이 난 것처럼 깜짝 놀라는 표정이 되었다.

"아이, 호호호." 후미코 씨 역시 호호호로 재빨리 도망치려고 했지만 쉽게 놓아주지 않는다.

"첫 번째로 눈이 아름답습니다. 구마가이 지로(熊谷二郎)[15]같군요, 게다가 머리카락은 검은 게 아무래도 기라레오토미(切られお富)[16]같아요.

"기라레오토미라니 너무 심하시네요." 후미코 씨가 웃으며 말했다.

"어쨌든 검어. 오호 입술은 귀엽고말고!" 갑자기 가와이 다케오(河合武雄)[17]같은 목소리로 말했더니 일동, 갑자기 퍽 하고 쓰러지더니,

---

15 구마가이 지로(熊谷二郎, 1909~1943): 일본의 프로복서.

16 가부키의 한 작품이다. 주인공의 거친 성격은 뒤로 대충 묶은 머리에 의해 정형화되고 있다.

17 가와이 다케오(河合武雄, 1877~1942): 신파극에서 여장한 배우로 유명했다.

할멈은 나잇값도 못 하고 "살려줘!"라고 말하며 배를 잡고 데굴데굴 굴렀다. 어지간히 입신의 경지에 들어간 목소리가 나왔나 보다. 스스로 생각해도 나는 역시 이 세계의 훌륭한 달인이다.

누가 아무리 기뻐한다 해도 할아범과 할멈의 기쁨에는 미치지 못할 것이다. "내가 세상에 태어나서 수십 년 동안 이렇게 유쾌한 사람은 처음이다", "마치 다이코기(太閤記)[18]의 여섯 번째 단을 듣고 있는 것 같다."며 나를 완전히 재간둥이로 만들어버렸다.

황공스러운 호의와 감사, 그리고 위로를 남기고 나의 친애하는 후미코 씨 집에서 나온 것은 밤 열한 시가 넘어서였다.

후미코 씨와 미야코 씨가 전차 역까지 배웅하겠다고 함께 나왔다. 정말이지 나는 신의 가호가 끊이지 않는 남자이다. 두 사람은 선망의 대상인 나를 양쪽으로 둘러싸고 걸었다.

"앗, 맞다. 두 분은 쓰루미의 가게쓰엔에 가 본 적이 있나요?" 내가 묻자 후미코 씨는 미야코 씨의 얼굴을 쳐다보았다.

"저는 아직 그런 곳을 몰라요." 미야코 씨가 대답했다. 이번에는 후미코 씨에게 물었다.

"그곳 무도장에 가본 적이 있나요?"

"아니요, 그런 곳이 있나요?"

"그런 곳이 있다는 것도 모르는군요. 아직 개화되지 않았네요." 나는 꾸짖듯이 말했다.

---

18 도요토미 히데요시(豊臣秀吉)의 생애를 그린 전기의 총칭이다.

"그런 곳은 꼭 가봐야 해요. 가게쓰엔에 가면 내국인, 외국인이 모여서 춤을 추거든요."

"예?" 처음 들은 것처럼 놀란다.

"아주 훌륭한 곳이지요. 모름지기 앞으로 일본에도 그런 사교댄스가 분명히 유행할 거예요. 춤추는 사람은 모두 상류 사람들뿐이지요. 공사관의 대사, 무관, 외무성에 다니는 멋진 하오리(羽織)를 입은 사람, 그 외에 서양여행 할만한 집안의 신사와 숙녀, 이런 사람들로 넘쳐나지요. 그들은 너무도 즐겁게, 너무도 기쁘게, 마치 '봄은 기쁘다.'고 노래하는 것처럼 춤을 춥니다. 보고 있으면 가만있을 수가 없어요."

"그럼, 다미오 씨도 거기에 가시나요?"

"예, 매주 일요일에 가지요."

"물론 춤을 추시겠지요?"

(1921.6.11)

제21회

"물론이지요."라고 대답했다. 하지만 스스로도 얼굴이 살짝 붉어지는 게 느껴졌다.

평소 한심스럽게 구경만 하면서 오로지 비분강개할 뿐이지만, 이런 경우 초자의 입장에서 댄스를 선전하기 때문에 어느 새인가 내가 내 말투의 기세에 휘말려 물론이라고 대답해 버렸다. 내심 써늘했다.

"댄스를 할 줄 모른다면, 여러분은 아직도 날은 저물고 갈 길은 먼

거예요." 나는 미개의 백성 취급하는 듯한 표현을 그녀들에게 사용했다. 그러자 후미코 씨, 시대에 뒤처진 상황을 얼른 뛰어넘어야겠다고 생각했는지, "한번 가보고 싶어요. 그렇지? 미야코 씨."라고 말했다.

"가보고 싶어요." 모두 모두 합창하며 '존경하는 스승의 은혜'를 소리 내어 말했다.

"그럼, 데려가 줄까요?"

"정말이요?"

"정말이고말고요."

"아, 정말 기뻐." 두 사람은 감격해서 나의 팔짱을 끼었다. 이런 장면을 하숙집 서생이 보았다면 꿈속이 뒤숭숭했을 거다. 이것이 바로 내가 댄스를 배워야겠다고 발분한 동기이다.

"어이, 다미오 씨가 아무리 남자답다고 여자들이 모두 다미오 씨에게 딱 달라붙어 있네. 대체 왜 우리에게는 오지 않는 거야."

앞에서 걸어가던 감격 씨와 오빠 얼굴은 걸음을 멈추고 뒤돌아보면서 말했다. 그래도 두 여자는 내 이야기가 재미있는지 떨어지지 않는다.

그렇게 말하면 두 여자가 얼른 다가와서 팔짱을 끼워 줄 거라 생각한 두 남자는 목적 달성에 실패하자 턱 하고 실망해서 비명을 올렸다.

"미야코 씨, 이리 와봐." 남자가 애원하듯이 말했다. "가 드릴까요?"라고 여자는 은혜를 베풀듯이 말했다.

"—까요?라니, 너무 심하지 않아?" 남자가 불평을 늘어놓자, "그럼 안 갈래요."라며 여자는 얼른 토라졌다.

"이리 와줘, 제발 와줘." 감격 씨, 나이를 서른 두셋이나 먹고 게다가 부인까지 있으면서 미인의 일희일비에 급급해한다.

전차 역 가까이 가서 보니 카페가 하나 있었다. 감격 씨와 오빠 얼굴은 떡하니 멈춰 서서, "어때요. 잠깐 들어가지요."라고 말한다. 나는 시계를 보았다.

"안 되겠어요. 전차가 끊어지겠어요." 나는 그냥 집에 가겠다고 고집을 부렸다.

(1921.6.12)

제22회

오빠 얼굴은 백 엔 지폐를 어디 떨어뜨린 사람처럼 생각에 잠겼다.

"그럼 그만두지요." 오빠 얼굴은 이 미인들과 헤어지는 것에 너무나도 아쉬운 표정을 지었다.

나중에 오빠 얼굴에게서 들은 이야기인데, 오빠 얼굴은 후미코 씨 집으로 가는 도중에 평소 잘 다니는 이 카페에 들렀다고 한다. 거기서 내 이야기를 했더니 그쪽에서 꼭 어떤 분인지 보고 싶다, 꼭 데려와 달라고 해서 결국에는 손가락까지 걸고 약속했단다. 하지만 이런 상황에서 내가 가지 않겠다고 하니, 결국 왜 데려오지 않았느냐 추궁당하고 체면이 깎여서 허둥지둥 도망갔다고 한다. 그런 사정을 미리 나에게 말해주면 좋았을 것. 아마 오빠 얼굴도 양갓집 아가씨들 앞에서 '실은 카페의 여자와 이런저런 일로 약속했다'고는 말할 수 없었나 보다.

전차가 왔다.

"헤어지는 거예요?"라고 서운한 목소리로 후미코 씨가 말했다.

"기다렸다가 다음 차를 타면 안 돼요?"라고 미야코 씨가 해 질 녘의 노래와 같은 목소리로 말했다. 이를 들은 세 남자는 일시에 흐물흐물해졌다. 게다가 그 정도로 '시간이…, 시간이….' 하면서 카페에 함께 가자는 오빠 얼굴의 제안도 거절한 내가 여자 앞에서 녹아버리다니, 세상도 말세인가 보다.

드디어 헤어질 시간이 왔다. 창밖을 내다보니 하얀 두 얼굴이 언제까지고, 언제까지고, 어둠 속에 서서 나를 배웅하고 있었다.

날씨가 맑은 일요일 아침, 미리 알려둔 대로 그녀들을 데리고 가게쓰엔에 가기로 해서 그 집을 다시 찾았다. 두 사람은 이미 칠할 것은 칠하고 입을 것을 입고 기다리고 있었다. 내가 들어가자 외국인이 아름다운 후지 산의 영험한 봉우리를 올려다보듯이 '아, 정말 기뻐요.'라고 싱글벙글 신나서 나왔다.

길을 걸어도, 전차를 타도, 나는 이 두 미인을 양쪽에 끼고 다녔다. 그야말로 양손에 쥔 꽃이다. 부러운 듯이, 분하다는 듯이, 혹은 기쁜 듯이 지나가는 사람들이 우리를 쳐다보았다. 나는 두 빼어난 미인 사이에서 조금도 주눅 들지 않았다. 자랑하고 싶어 견딜 수 없었지만 약간은 쑥스러웠다.

가게쓰엔에 도착해서 무도장으로 들어가자 이미 수십 명의 아름다운 남녀 무리가 춤에 열중해 있었다. 두 사람은 지옥에서 천국으로 온 사람처럼 눈을 크게 떴다.

"와."

"와."

"이 세상에 이런 곳이 있었다니 전혀 몰랐네. 이 얼마나 즐거운 모습인가."

"이분도 아름답고 저분도 아름답구나. 아, 저 서양인은 정말 귀여워!!! 선녀 같아."

두 사람은 중앙에 자리를 잡았다. 잠시 침묵하는 가운데 감탄의 소리가 두 여자의 가슴속에서 계속되었다.

(1921.6.14)

제23회

오케스트라의 음악이 멈추자 춤추던 무리가 즐거운 표정으로 서로의 손을 잡고 자리로 돌아왔다. 드디어 제정신이 돌아온 듯, 두 사람은 깊은 숨을 내쉬었다.

"다미오 씨도 춤을 추세요?"

드디어 때가 왔다. 지난번에 만났을 때 내가 왜 분위기에 우쭐해져서 가볍게 '댄스 정도야'라고 대답했는지, 지금에 와서 후회막급이었다. 하지만 허세를 부린 이상 지금 와서 '그건 거짓말이었어.'라고는 말할 수 없었다. 단지 거짓말 하지 않는 내가 거짓말 한 것이 갑자기 양심에 찔려서 얼굴이 붉어졌다.

"여기 춤추는 사람들을 보면 별거 아닌 것 같지만, 저 정도 추려면 아주 힘들지. 3년 정도 지나야 저 정도의 발동작을 할 수 있거든. 그것과 비교하면…." 나는 점점 도망갈 구멍을 찾았다. 그때 "그래도 한 번 춰 보세요."라며 그녀들은 주변을 의식하지 않고 한가운데로 나를 불러 세웠다.

"춤을 잘 못 춰도 상관없어요. 지금까지 이렇게 중앙으로 들어가서 춤을 추셨잖아요." 그녀들은 조금도 물러서지 않았다.

"하지만 오늘은 아는 여자가 없어서…." 나는 비명에 가까운 변명을 했다.

"그래요? 하지만 다미오 씨처럼 교제의 폭이 넓으신 분이…." 비꼬는 투의 의문부호 '?'이다. 그러다가 어렴풋이 내가 춤을 출 줄 모른다는 것을 눈치챈 것 같다. 나는 시즈오카(靜岡)현의 쓴 차를 마신 얼굴이 되었다. 다시 시작하는 연주곡, 다시 시작하는 환락의 무도, 눈부신 등불 아래서 춤추는 사람들은 너무나도 아름다웠다.

꿈의 나라에 들어와 있는 것처럼 일동이 넋을 잃고 보고 있는데, 언뜻 보기에 귀공자 같은 남자가 주저주저 하더니 우리 셋이 앉아 있는 곳으로 다가와서 누구에게라고 할 것 없이 물었다.

"함께 춤추지 않겠어요?" 그는 허리를 80도 숙여서 말했다. 세 사람은 양식을 처음 먹어보는 사람처럼 웃으면서 서로의 얼굴을 쳐다보았다.

"어떠세요?" 귀공자풍이 다시 물었다. 이번에는 후미코 씨의 얼굴을 보고 말했기 때문에 후미코 씨가 어떻게든 대답해야 했다. 후미코 씨는 얼굴이 붉어져서 부끄러워했다.

"저는 전혀 출 줄 몰라요." 후미코 씨가 간신히 대답했다.

"춤추실 수 있잖아요?" 그는 후미코 씨의 말을 믿지 않는 듯이 다시 물었다.

"아니요. 정말 조금도…." 후미코 씨는 우물우물 대답했다. 미야코 씨는 자신도 같은 질문을 받을 것 같아 가슴이 콩닥콩닥 했다.

나는 내가 인솔해서 왔다는 책임감으로 구조선에 노를 저었다.

"전혀 춤을 출줄 모릅니다. 하지만 춤을 추도록 도와주시지요. 리드해 주세요."

"정말 너무 하세요." 원망하는 말이 두 사람 입에서 나왔다.

"하지만 아까부터 견학하느라 시간을 많이 허비했잖아."

"그렇기는 하지만. 어떻게 하면 좋지요?. 미야코 씨" 후미코 씨는 여전히 주저하며 말했다.

이때 흥을 부추기는 오케스트라가 영혼까지 춤추라고 감미로운 음악을 연주하기 시작했다.

(1921.6.15)

제24회

"자, 춤을 춥시다." 귀공자풍은 마음을 녹이는 감미로운 음악에 이런 미인과 춤을 추지 않을 수 없다는 듯이 더욱 가까이 다가왔다.

"자, 이렇게까지 말씀하시는데 한번 나가보는 게 어때? 이런 장소에서는 여러 번 거절하는 것도 실례니까."

"하지만." 후미코 씨, 너무나도 원망스러운 마음에 주저하면서 말한다. "어서요, 어서요." 옆에서 귀공자풍이 후미코 씨의 손을 잡았다. 결국 후미코 씨는 어쩔 수 없다는 듯이 일어났다.

두 사람은 무도장의 중앙으로 나가서 손과 손을 잡고, 다른 한 손과 손으로 서로를 안고, 볼과 볼을 스치듯 대었다. 남자의 리드에 따라 두 사람은 음악에 보조를 맞추어 걸으면서 댄스로 빠져들어 갔다.

"다미오 씨, 후미코 씨가 아무 생각 없이 추면 남자 쪽이 힘들겠는데요?"

"저 모습 좀 봐. 어찌 된 거야. 마치 인도양에서 난파된 '다코마' 배의 승객처럼 딱 매달려 있네. 몸에 힘을 빼고 남자에게 전부 맡겨야 하는데 말이야." 나는 소설의 비평가처럼 춤도 못 추면서 아는 척하며 말했다.

"다미오 씨, 정말 나빠요. 춤추라고 권하니까요."

"하지만 어떤 일이든 용감하지 않으면 능숙해지지 못하지." 나는 중학교 윤리 교과서를 편찬한 사람처럼 말했다.

"그건 그래요." 여학교를 졸업한 지 얼마 되지 않는 미야코 씨는 두말없이 공손하게 내 말에 동의했다.

연주곡이 끝났다. 후미코 씨는 뭐라 표현할 수 없는 미소를 띠고 귀공자풍의 손에 이끌려 자리로 돌아왔다.

"예, 감사합니다." 남자는 먼저 후미코 씨에게 인사를 하고, 이어서 인솔자인 나에게도 고맙다고 말했다. 이는 무도장에서의 예의였다.

그런 후에 그는 후미코 씨를 향해서 "어땠나요?"라고 감상을 물었다.

"뭐가 뭔지 잘 모르겠어요. 하지만 즐거웠어요." 후미코 씨가 기쁜 듯이 말했다.

다음 연주곡이 시작되었다.

"이번에는 당신과 추고 싶군요." 남자는 미야코 씨 앞에서 80도로 허리를 굽혀 인사했다.

"저는 전혀 출 줄 몰라요." 정숙한 미야코 씨는 애써 손을 저었다.

"그러면 안 되지. 후미코 씨도 나갔다 왔잖아."

"하지만 저는…."

"나가보지. 괜찮지 않을까. 처음부터 잘 추는 사람이 어디 있어. 얼른 나가지."

드디어 미야코 씨가 중앙으로 나갔다.

(1921.6.16)

제25회

춤추는 것을 보고 있자니 미야코 씨 역시 난파된 '다코마' 배의 승객이다. 그러나 나는 용기를 내어 사람들 앞에 나선 두 사람 모두에게 감탄했다. 나라면 아무리 권해도 두꺼운 얼굴로 저런 행동은 절대 못 했을 것이다. 하지만 두 사람이 결심하도록 도와준 것은 나니까 스스로 생각해도 유쾌했다.

"아니 저건 뭐 하는 거지요. 마치 개구리가 도카도고주산지(東海道

五十三次)[19]를 여행하고 있는 것 같네요." 후미코 씨가 비평가가 된 입장에서 말했다. 게다가 선배 얼굴을 하고 있다.

"그렇게 이상한가?"

"이상하지 않나요?"

"후미코 씨는 저거보다 더 심했지. 미야코 씨는 어느 정도 자세가 발전한 거야."

후미코 씨는 나의 이런 반응을 듣고서 쓸데없는 말은 하지 않는 게 좋겠다고 생각했는지 입을 다물었다.

"어쨌든 지금은 어떨지 몰라도 용감하지 않으면 잘 추게 될 수 없다네." 나는 더 이상 꼬치꼬치 따져서는 안 되겠다고 생각하고 방금 했던 윤리적인 말을 반복해서 말했다.

"정말 그래요." 후미코 씨는 가라앉은 기분이 갑자기 다시 살아난 듯이 맞장구를 쳤다.

미야코 씨가 들어왔다.

"기쁘기도 하고, 부끄럽기도 하고, 어색하기도 하고…. 그렇지? 후미코 씨."

"정말 그렇네요."

"다미오 씨도 춤을 추시지요. 우리만 추게 하지 말고." 두 사람은 곧바로 역습에 나섰다. 나는 미소로 넘기는 것밖에 방법이 없었다. "여자 상대가 없어서…."라고 도망갈 수 있는 최후의 방법을 찾아서

---

19 도카이도(東海道)에 설치한 53개의 역참을 말한다.

버텼다.

"추고 싶으시면 춤을 잘 추는 여성을 소개해드리지요." 옆에 서 있던 귀공자풍은 그냥 놔둬도 될 것을, 정말로 상대가 없어서 그러는가 걱정해서 친절을 베풀어 주었다.

"그렇게 해 주세요. 다미오 씨의 춤추는 모습을 보고 싶어요." 두 사람은 적군이라도 발견한 것처럼 지금이야말로, 하며 진군나팔을 불었다.

"어쨌든 대충의 스텝이라도 외워야겠어."

결국 간접적으로나마 춤출 줄 모른다고 고백하고 귀공자풍에게 안내받아 나갔다.

"어떻게 스텝을 밟으면 되나요?"

"아주 간단합니다."

귀공자풍은 하나 둘 셋, 하나 둘 셋 하고 걸으면서 스텝을 가르쳐 주었다. 세 사람은 그의 스텝을 보면서 흉내를 냈다. 정말로 요상하다.

"모르겠어." 제일 처음 단념한 것은 나였다. 이어서 후미코 씨와 미야코 씨도 고개를 갸우뚱했다.

"괜찮으세요. 하나 둘 셋." 그는 부드럽게 움직였다.

"하나 둘 셋."

입은 하나 둘 셋 하고 있는데 다리는 조금도 하나 둘 셋이 아니다.

나 같으면 참으로 바보들이 모인 것 같다고 빈정거렸겠지만, 이 사람, 어지간히 참을성이 있는지 아주 친절하다.

(1921.6.17)

제26회

나 혼자만 있었다면 이 남자, 분명히 '그러는 사이 외우게 될 거예요.' 하고 얼른 중앙으로 들어갔을지도 모른다. 하지만 여성, 게다가 미인인 여성과 같이 배우는 덕분에 내가 '모르겠어, 모르겠어.' 하고 포기하려면 이 남자, '할 수 있어요, 할 수 있어요.' 하면서 용기를 북돋워 주었다.

"그럼, 할 수 있겠지요?"라며 남자가 발을 한걸음 앞으로 내밀었다.

"하나." 하고 따라 했다.

"둘", "둘."

"셋", "셋."

"네, 됐습니다. 지금 한 것을 빠른 박자로 하면 됩니다. 한번 보세요. 하나 둘 셋."

"하나 둘 셋."

"예, 바로 그겁니다. 잘하시네요." 칭찬받으니 기분이 좋아져서 이게 인정이다 하며 세 사람은 계속해서 하나 둘 셋을 반복했다.

"셋 부분이 어색하군요. 이럴 때는 쓰리—." 하면서 그는 능숙한 발놀림을 보여 주었다.

"쓰리—." 그대로 따라 해 보았다.

"우선 그 정도로 됐습니다." 뭔가 의심스럽지만, 남자는 허가를 내려주었다.

"그럼, 여러분 해보시지요. 제가 박자를 맞춰 드릴게요. 됐습니까?

하나 둘 셋, 하나 둘 셋" 남자의 박자에 세 사람의 다리가 희한하게 꼬였다.

"앗, 틀렸다." 갑자기 미야코 씨가 말했다.

"하나, 좀 기다려 주세요."

"자, 처음부터 해보지요. 하나 둘 셋."

마치 병사들의 교련을 부드럽게 만든 모습이다.

"됐어요. 앞으로 한발, 하하하. 자, 안으로 들어가 볼까요?" 급조한 댄서는 약간의 자신감을 가지고 다시 자리로 돌아왔다.

"자, 누구를 소개해 드릴까요?" 귀공자풍은 주변 여성들을 둘러보더니 '저분이 좋겠네.' 하며 혼잣말을 했다. 이어서 "실례합니다만 명함을 받을 수 있을까요?"라며 나에게 명함을 청했다. 이 상황에서 나는 체면상 명함을 내주고 싶지 않았다. 하지만 어쩔 수가 없었다.

그도 명함을 내밀었다. 두 사람은 집중해서 서로의 명함을 보았다.

"니시가와 다미오와 오쿠노 다미오 씨는 같은 분입니까?"

"같은 사람이지요." 미야코 씨는 그냥 가만히 있으면 좋으련만⋯. 나는 당황해서 말하지 말라고 눈짓을 보냈다. 하지만 이미 때는 늦었다. 귀공자풍은 아, 정말이냐고 감탄사를 연발하면서 꽃이 만발한 요시노야마(吉野山)[20]를 만났다며 놀라워 했다. "다미오 씨라고는 생각도 못 했습니다. 실례했습니다."

사과할 필요가 전혀 없는데 사과를 하고, 태도를 바꾸어 뭣도 아닌

---

20 냐라(奈良)현에 있는 산. 봄의 벚꽃으로 유명하다.

사람을 대단한 사람으로 대우하면서 말한다. "어째서 오쿠노 씨가 니시가와 씨입니까? 어느 쪽이 본명입니까?"

"니시가와가 본명입니다." 내가 대답했다.

(1921.6.18)

제27회

"그럼 왜 오쿠노 다미오라는 이름을 쓰십니까?"

"예명입니다. 예를 들어 도쿠다 슈세이(德田秋声)[21]라든지 나쓰메 소세키(夏目漱石)[22]와 마찬가지이지요. 이른바 호입니다. 그러나 내 호는 뒤에 붙이지 않고 경의를 표해서 앞에 모신 것입니다."

"그렇습니까. 다미오 식이라서 누구도 흉내 낼 수 없는 개인기네요." 그는 내 이름을 결국 개인기로 만들어 버렸다.

그가 갑자기 분위기를 바꾸어 말했다. "좀 기다려 주세요. 제가 지금 부탁하고 올게요." 그는 명함을 가지고 구석에 자리 잡고 있는 숙녀에게 가서 뭔가 말하고 다시 돌아왔다. "저분에게 부탁하고 왔습니다. 다음 연주곡이 시작되면 나가시지요. 상관없어요. 처음에는 누구

---

21 도쿠다 슈세이(德田秋声, 1872~1943): 가나자와 출신의 소설가로 본명은 스에오(末雄)이다.

22 나쓰메 소세키(夏目漱石, 1867~1916): 일본의 소설가, 평론가로 본명은 긴노스케(金之助)이다.

나 잘 추지 못하니까요." 그는 내가 낙심하지 않도록 용기를 주었다.

"저희는 열심히 보고 있을게요."

"몸이 훌륭하니 멋져 보일 거예요." 일동, 경마 경기라도 기다리고 있는 듯하다. 나는 태어나서 처음으로 연단에 서는 사람처럼 갑자기 목구멍에 침이 말랐다. 이제 곧 연주곡이 시작되겠구나 긴장해서 악단 쪽만 노려보았다. 드디어 시작되었다. 드디어 일어났다.

대저 무도장에서는 남자가 반드시 여자에게 고개를 숙여서 "자, 추시지요."라고 인사하는 것이 불문율이다. 가령 남자가 아무리 고관이라도 여자에게는, 가령 상대가 하녀라 하더라도 춤을 추고 싶다면 '자, 추시지요.'라고 먼저 인사를 해야만 한다. 이때 여자는 어떡해야 할까? 여자가 남자에게 춤을 신청할 수 없는 것은 아니다. 하지만, 여자가 먼저 신청하는 것은 여자 자신에게 상당한 치욕이 된다. '저 남자 정말 멋있어. 저런 분과 춤을 춘다면 죽어도 여한이 없어.' 이렇게 말할만한 귀공자를 발견해도 여자가 먼저 춤을 신청할 수는 없다. 왜냐하면 남자 입장에서 보면, 이 여자가 춤출 상대가 없어서, 이른바 팔고 남은 몸이 되어 춤을 신청한다고 생각하기 때문이다. 실제 아무리 사교라 뭐라 해도 아름다운 사람에게는 남자가 개미 떼처럼 모인다. '미인은 미술품 중 최고'이기 때문에 어찌할 도리가 없다. 이것이 이 남자가 나에게 춤을 가르쳐주면서, 더불어 설명해준 춤 예절 중 하나이다.

훌륭하게 춤출 자신이 있다면 이런 예절을 듣지 않아도 신나서 추겠지만, 가장 중요한 자신감이라는 것이 방금 끝낸 겨우 5분간의 교련에서 얻은 것이라, 춤추러 나갈 수도, 나가지 않을 수도 없었다. 남보다 갑절로 뻔뻔스러운 얼굴로 보이겠지만, 이렇게 망설이고 있다는 것을 알아주셨으면 좋겠다.

상대 여성을 보니, 사람들이 춤추러 중앙으로 나간 후 홀로 남겨져서 왜 와주지 않는 거지 하면서 이쪽을 보고 있다.

이제 될 대로 되라는 심정이다. 나는 약간 불끈해져서 앞으로 나아가 정중하게 인사했다.

"실은 태어나서 처음으로 춤이라는 것을 춥니다. 잘 부탁합니다."

"아닙니다. 저야말로."

'아니, 귀공자풍, 내가 정말 초자라는 것을 상대에게 알리지 않은 거야?'

"그렇게 말씀하시니 뭐라고 드릴 말씀이 없습니다. 저는 정말로 초자 중의 초자입니다."

"아니, 무슨 말씀을요." 이 여자, 내 말을 믿어주지 않는다.

(1921.6.21)

제28회

이제 어찌할 방법이 없다.

"잘 부탁드립니다." 내가 고개를 숙이니, "저야말로."라며 그녀는 다시 '저야말로.'로 대답했다. 그 '저야말로.'가 나는 마음에 들지 않았다. '그래, 춤춰보면 알겠지.' 하고 자세를 취하고 손을 맞잡고 몸을 안았다. 여자는 아무리 시간이 지나도 움직이지 않고 가만히 있었다.

"시작합시다." 여자가 말했다. "시작합시다." 내가 대답했다. 그리고 그녀가 이끌어주는 것을 기다렸다. 나중에 들은 이야기지만, 남자가 움직이는 대로 여자가 움직이는 것이지 여자가 남자를 리드하는 것은 댄스 법률에는 없다고 한다. 이런 사실을 몰랐던 나는 여자가 리드해주기를 움직이지 않고 가만히 기다렸다.

여자는 몸이 저렸는지 드디어 말을 꺼냈다.

"정말 처음이세요?"

"예, 정말 처음입니다."

"그러세요." 이 '그러세요.'에는 '아이쿠'가 포함되어 있었다.

"그렇다면 실례합니다만, 제가….”

"예, 부탁드립니다." 여자가 먼저 움직이기 시작했다. 잠시 후 방금 배운 하나 둘 셋에 맞추어 좌우로 발을 뻗는 비장의 무기가 시작되었다. 이것만큼은, 하며 입속으로 하나 둘 셋의 박자에 맞추어서 발을 움직였다. 나로서는 최고라고 생각했다.

"몸을 부드럽게 하세요."

나 역시 언제부터인가 난파된 타코마의 승객처럼 딱 매달려 있었나 보다. 부드럽게 하라고 하는데, 이 이상 어떻게 부드럽게 할 수 있단 말인가. 힘을 빼면 괜찮을까? 그녀 등에 올린 손은 찢어질 것처럼 옷을 꽉 붙잡고 있다. 마치 유도복이라도 잡고 있는 것 같다. 유도라면 그 옛날 초단 자격증을 받았기 때문에 근육과 골격은 말하기 민망하지만 꽤 건장한 편이다. 몸을 부드럽게 하라는데, 이미 굳어져서 손을 댈 수가 없다. 댄스를 할 만한 몸은 아닌가 보다.

"앗, 아파." 여자가 갑자기 얼굴을 찡그렸다. 70킬로나 나가는 몸무게로 발을 꾹 밟았나 보다. 실로 미안한 일이다.

"죄송합니다."

"아니에요." 부정하면서도 얼굴은 계속 찡그리고 있다.

잠시 시간이 지났다.

"앗, 아파, 아아, 아파." 다시 그녀의 입에서 신음이 새어 나왔다.

'밟았구나.' 하고 이번에는 나 자신도 밟은 것을 자각할 정도이니 상당히 아팠을 것이다. 그런데 그것이 상당히 정도로 끝나지 않았다. 그녀는 한쪽 발을 들고 콩콩 뛰었다.

"죄송합니다. 처음 하는 것이라서." 처음이라는 것을 구실로 나는 다시 사과했다.

여자는 책형에 처한 것보다 더 괴로운 얼굴을 하고 다리를 끌면서 춤을 췄다. 그러다 음악이 멈추자 겨우 되살아난 듯이 크게 한숨을 쉬었다.

(1921.6.22)

제29회

"실례가 많았습니다. 정말 실례가 많았습니다."

"무, 무슨 말씀을요." 발을 절면서 그녀는 자기 자리로 돌아갔다.

나는 미안한 표정을 지으면서도 어쨌든 춤출 수 있었다는 장거에

아아, 대 도쿄여! 73

유쾌한 희열을 느끼며 자리로 들어왔다.

"아이참, 가여워라. 저기 양말을 벗고 피가 나지 않는지 보고 있네요. 저기요. 모두 모여 있어요." 후미코 씨, 이 친구는 내가 모처럼 춘 댄스는 칭찬하지 않고 상대 여성만 걱정한다.

"어때, 내 춤이. 괜찮았지? 나는 두 번밖에 발을 밟지 않았다고." 미야코 씨의 얼굴을 보고 말했다.

"두 번이라는 게 보통의 두 번이 아니잖아요. 저는 어지간히 참을성이 있는 저 여성에게 감탄했어요. 당신은 마치 다고노우라(田子の浦)의 백성이 떡방아를 찧듯이 발을 밟으시던데요. 그때마다 저 여성은 입술을 깨물고 참고 계셨지요. 아이 참 가여워라."

"저런 분은 나중에 독한 시어머니 있는 집으로 시집가도 분명히 만족하면서 잘 섬길 거예요."

"농담이 아니에요. 한번 병문안 다녀오세요."

"자, 그럼 다녀오지." 나의 댄스를 평가해야 할 참에 변명부터 해야 할 판이다. 어쩔 수 없이 다시 여자분에게 갔다.

"조금 전 일은 뭐라고 사과드려야 할지 모르겠습니다. 앞으로 깊이 주의하겠습니다." 나는 방뇨로 순사에게 혼났을 때처럼 말했다. 그리고 손을 모으고 몇 번이고 절을 했다. 보아하니, 밟힌 발의 피부가 벗겨져 있다. 사죄하러 오길 잘했다. 나 역시 인간이기 때문에 미안해서, 미안해서 견딜 수 없었다.

귀공자풍은 더 이상 나에게 여자를 소개하지 않았다. 단지 '그러는 사이 잘 추게 될 거예요.'라고 잘 추게 될 거라는 것을 방패 삼아 뒤도 돌아보지 않고 도망갔다. 후미코 씨와 미야코 씨도 누차 나의 실수를 이야기했다. 나는 순간처럼 되어서 혼자 의자에 남겨졌다. 휴식 시간에 일동은 잔디밭으로 나가서 어디 좋은 선생님 없을까 하고 이야기했다. 그때 그곳으로 쉬러 나온 외국인 부부가 보였다.

"저분에게 부탁해볼까? 아무도 바깥을 보고 있지 않으니까 이곳에서 배운다면 전혀 부끄럽지 않겠어."

"그건 그렇지만, 왠지…."

"상관없어. 부탁해보자."

"그만두세요. 왠지…."

외국인 부부가 점점 가까이 다가왔다. 나는 결심을 하고 생글생글 웃으면서 다가갔다.

"저와 이 두 여성을 위해서 여기에서 댄스를 좀 가르쳐주실 수 있으신지요?"

본적도 없는 이 남자의 갑작스러운 요구는 아무래도 그들을 놀라게 했다. 그러나 앉아서 걱정하느니 해보는 게 낫다고, 그들은 "올라 잇, 좋습니다." 하며 응답해 주었다. 발음으로 보아 미국인이구나 하고 나는 생각했다.

(1921.6.23)

제30회

"아, 정말 고맙습니다."

기뻐하면서 나는 두 여성에게 '됐어, 됐어.'라고 소리쳤다. 아까부터 이 교섭이 어떻게 될지 걱정스러운 눈으로 보고 있던 두 사람도 뛸 듯이 기뻐했다.

"어디가 좋을까?"

"저기 전망대가 좋겠어."

"자, 저쪽으로 가지."라고 말하면서 외국인에게는 '고맙습니다. 이쪽으로 오시지요'라고 안내했다.

이제 이 발을 어떻게 해야 할지, 아까 어떤 사람이 왼쪽 발부터 내밀라고 했는데 당신은 오른쪽 발을 내밀라고 한다. 어느 쪽이 맞느냐 등등 이것저것 물어보았다. 또 하나 둘 셋이 다시 시작되었다. '올라잇, 올라잇.' 스텝이 능숙하게 움직일 때마다 그들은 크게 고개를 끄덕여주었다.

그러는 사이 연주곡이 다시 들려왔다. 나는 '아이 엠 베리 글래드'라고 말하지 않고 특별히 '아이 엠 익사티팅글리 글래드'라고 '익사이딩글리'를 사용해서 상대에게 진정한 감사의 마음을 표현했다. 다시 두 여자를 데리고 장내로 들어갔다.

밤 10시가 넘어서야 세 사람은 한없는 즐거움을 뒤로하고 귀갓길에 올랐다.

돌아오는 길에 우리는, '우리들의 생명은 댄스이다, 매주 일요일에는 반드시 무도장에 가자, 시대의 새로운 공기의 일원이 되어야만 한다.'는 등의 이야기를 나누었다. "다미오 씨, 다음에도 꼭 데려가 주세요." 기세 좋게 두 사람은 내게 딱 달라붙어 말했다. 이때의 환희란!!!

세 사람의 발걸음은 나폴레옹이 파리에 개선했을 때처럼 자신에 넘쳤다.

x x x

매주 일요일 세 사람은 반드시 외출했다. 여자들은 날로 장족의 발전을 보이는데, 나는 좀처럼 늘지 않았다. 여자는 남자가 하는 대로 이끌려 가면 되기 때문일 것이다. 그러는 사이 나도 드디어 어느 정도 춤을 흉내 낼 수 있게 되었다. 하지만 앞길은 막막하고 갈 길은 먼 것 같았다. 포기하지 않고 일심불란으로 윌슨 대통령이 국제연맹을 어떻게 해서든 손에 넣고 싶어 안달한 것처럼 안달이 났다. 나중에 들은 이야기지만, 나 같이 뻔뻔스럽고 대담한 남자는 그 무도장이 생긴 이래 처음이라고 한다. 왜냐하면 대개 일요일에 무도장에 오는 사람들은 모두 '나야말로 천하제일의 춤꾼'이라는 자신감에 넘치는 사람들뿐이어서, 어제오늘 배운 사람은 부끄러워서 도저히 중앙으로 나갈 수 없다고 한다. 그런데 몸이 작은 것도 아니고 5척 6촌이나 되는 키에, 11문의 높은 구두를 신은 남자가 독무대처럼 중앙에서 제멋대로 춤을 추니, 사람들은 '저 사람 도대체 뭐야'라고 말하게 되었다. 그러다가 그가 오쿠노 다미오라는 익살꾼임을 알게 되자, '아아, 저 사람이 그분이에요.' '그 사람이라면 못할 것도 없겠네요.' 등 나의 행동을 달리 이상하게 여기지 않았다. 그것만으로 다행이다. 그러나 많은 외국인은 '용케도 부끄럽지 않은가 보군.'이라며 때때로 자지러지게 웃으며 내 춤을 지켜보았다.

(1921.6.25)

제31회

그러는 사이 초보자를 위해 쉽게 가르쳐 주는 코스가 수요일과 토요일에 열리는 것을 알게 되었다. 그렇다면 나도, 하는 마음으로 수요일에도 무도장에 다니게 되었다. 점점 능숙해지자 이번에는 큰맘 먹고 다시 일요일에 춤을 추러 갔다. 그런데 갑자기 쑥스러운 생각이 들었다. 처음에는 춤추는 것에 무아무중이었기 때문에 부끄러운 줄 몰랐는데, 이제 정신을 차리고 보니 마치 미친 사람이 제정신이 돌아온 것처럼 주변 사람에게 모든 것이 부끄러웠다.

그러나 오케스트라가 '만물이여, 춤을 추어라' 하며 감흥을 불러일으키는 곡을 연주하면 나 자신은 부끄러움도 평판도 잊고 춤을 추었다. 잊지 못할 어느 날, 다음 일요일은 경축일이니 정장을 입고 참석하라는 알림을 보았다. 남자의 정장이라니? 넌지시 물어보니 연미복 혹은 턱시도를 입고 오라고 한다. 턱시도, 턱시도, 턱시도. 여기에 턱시도에 대해 조금 설명해 보겠다. 오랜 친구인 자타니(茶谷) 군이 서양에 갈 때 나는 요코하마 부두까지 그를 배웅했다. 그는 덴요마루(天洋丸)의 갑판에서 '일본이여 안녕, 아내여 안녕.' 하며 감개무량한 얼굴로 떠나갔다. 그런데 그 배에 갑자기 전염병 환자가 나와서 항구 밖에서 하루를 정박해야 하는 상황이 발생했다. 그때 보낸 편지에 '오늘 밤 만찬에는 신문물인 턱시도를 입고 나왔어.'라고 쓰여 있었다. 턱시도? 아무리 생각해도 알 수가 없다. 턱시도라니 도대체 뭐란 말인가. 혹시 몰라 친구 두세 명에게 물어보니 모른다고 한다. 그러던 중 어디 가서 물으니 아는 남자가 하나 있었다.

그 남자는 '야회복을 말하는 거지요.'라고 가르쳐주었다.

'오호, 야회복을 턱시도라고 하는구나.' 나는 새삼 나의 무식함에 분개했다. 내가 턱시도가 뭐냐고 물어보며 다닌 사람들은, 서양에 가본 적은 없지만 모두 당당한 신사들이었다. 그들 모두 '글쎄.' 하며 고개를 갸우뚱거렸으니 그들 역시 우물 안 개구리였다.

개구리라 하면 자타니 군도 분명 개구리와 한통속이다. 그 정도의 대 신사가 턱시도를 '신문물'이라고 하는 것을 보면 지금까지 턱시도가 없었던 게 분명하다. '어이, 자동차.'라고 하면 당연히 자동차를 손에 넣었겠거니 생각하니, 그러고 보면 우리들이 지나치게 과대평가하는 지도 모른다. 어쨌든 턱시도라는 글자는 뇌리에 박혀서 잊을 수가 없었다.

그 턱시도가 지금 다시 생각난 것이다.

나는 프록 말고는 가진 것이 없어서 어쩔 수 없이 안면 있는 남자에게 물었다.

"프록이나 모닝은 안 될까요?"

"글쎄요. 무도에서 프록이나 모닝은 좀 맞지 않는데."

"하지만 일본에서 야회복을 갖고 있는 사람은 별로 없을 걸요. 서양에 다녀온 사람이라면 모를까."

(1921.6.25)

제32회

이 남자, 서양에 가본 적이 있다고 암암리에 자랑한다.

"물론 참석하실 거지요?" 남자가 물었다.

"예, 가고말고요. 재미있을 것 같아요." 나는 일단 호쾌하게 대답했지만, 내심 연미복이나 야회복이 여간 신경 쓰이는 게 아니었다. 가지 않겠다면 어떻게 될까. 그렇게 열심히 다녔던 다미오 씨가 경축일에만 오지 않는 것을 보면 분명히 양복이 없어서 일 거라고 생각하면서 벼락부자니 뭐니 하고 후훗 코웃음을 칠 게 분명하다.

그러나 무슨 말을 듣든 야회복이 없는 것은 사실이다. 그렇다고 가겠다고 해놓고 가지 않는다면 반즈이인 조헤(蟠隨院長衛)[23]까지는 아니더라도, 남자 체면이 말이 아니다.

어떻게 하면 좋을까? 누구 가지고 있는 사람 없을까? 아, 맞다. 자타니 군이 가지고 있을 것이다!

자타니 군은 1년 동안 서양에 체재하고 돌아왔다. 돌아오고 나서 곧바로 티푸스 걸려서 입원해 있다. 그러니까 그가 야회복을 입을 일은 당분간 없을 것이다. 그 사람이라면 기꺼이 빌려줄 것이다.

다음 날 아침 일찍 그를 만나러 니혼바시(日本橋) 병원으로 갔다. 가서 보니, 병실 앞에 '면회 사절'이라고 쓰여 있었다. 분명 전염병인 것이다.

---

23 반즈이인 조헤(蟠隨院長衛, 1622년~1650년 혹은 1657년): 에도시대 무사, 일본 협객의 원조라고도 한다. 함정인 줄 알면서도 경쟁자의 집에 초대받아 들어가 욕탕에서 벌거벗은 채로 죽임을 당했다.

나는 병실 문을 가볍게 똑똑 두드렸다. 그러자 백의의 간호사가 조용히 나왔다.

"면회 좀 할 수 없을까요? 잠깐이면 됩니다."

"의사의 강력한 지시라서 안 됩니다." 그녀는 안타까운 듯이 말했다.

"하지만 어떻게든 잠깐만 만나고 싶습니다. 열은 좀 어떤가요?"

"열은 많이 내렸습니다만,"

"그렇군요. 그러면 좀 전해줄래요? 5분 정도만 시간 좀 내달라고요. 급한 용무가 있다고요."

"그렇군요. 그럼 좀 기다리세요." 간호사는 명함을 받아들고 들어갔다. 잠시 후 다시 나와서는, "그럼, 아주 잠깐만이에요. 비밀로 해주시고요."라며 통과시켜 주었다.

들어가서 보니, 일대의 호남자라고 불리는 자타니 군은 눈알만을 떼굴떼굴 굴리며 창백한 볼에 얼굴 살은 비쩍 말라서, 마치 십자가에 달린 예수님처럼 누워 있었다.

"몸은 좀 어떤가? 나는 일단 그럴싸하게 점잔을 빼면서 걱정스러운 얼굴로 물었다. 이때 나에게 그의 몸 상태는 그다지 중요하지 않았다. 당면한 상황에 대한 표현으로서 이 말이 필요했을 뿐이다.

"보는 대로일세." 그는 선향과 같이 가는 팔을 내밀며 말했다. "괜찮을 거라고 생각하는데, 어찌 된 게." 프랑스어를 자유자재로 말하며 유머까지 내뿜는 사람의 목소리라고는 생각되지 않을 정도로 가여움을 담고 있었다.

(1921.6.26)

제33회

"몸조심해야지. 어디 죽기야 하겠어." 일단 이렇게 말한 다음 나는 용기를 내어 물었다. "그런데 좀 부탁이 있는데."

"?"

"실은 야회복을 좀 빌리고 싶어."

"야회복이 필요하다고? 그런데 몸에 맞을지 모르겠네."

"맞을 거야. 체구가 비슷하니까."

"맞을지도 모르겠군. 나한테 좀 크거든."

"아, 고마워. 그것을 입느냐 마느냐에 따라 다미오 씨의 흥망이 갈리거든."

"무슨 일 있어?"

"실은 댄스를 시작했어."

"댄스를? 당신이?" 그는 큰 눈을 더 크게 떴다. 그리고 애써 웃는 표정으로 볼에 미소를 띠었다.

"그거야말로 천하의 걸작일세."

"대단하지?

"웃어야 할지, 울어야 할지 모르겠군. 세상도 겁나게 개화했으니까." 그는 기가 차다는 투로 말하고, 이어서 "정말 훌륭해."라고 계속 반복했다.

"그럼, 부인에게 빌리러 집으로 가겠다고 말해 주게."

"알았어. 그런데 몸에 맞지 않으면 어떡하지. 그럼 연미복은 어때?

연미복도 있는데." 티푸스 녀석, 뻐기면서 말한다.

"댄스를 할 정도라면 야회복 한 벌 정도는 갖춰야 하지 않겠어? 하물며 다미오 씨라는 분이 말이야."

나는 매실 절임을 씹은 듯한 얼굴로 아무 말도 하지 않았다.

"자네도 한번 서양에 다녀와야지. 파리는 멋지지. 파리의 밤은 더욱 그렇고."

"그래, 내가 졌네. 이만 실례할게."

"그럼, 이만 실례."

나는 밖으로 나왔다. '잘됐다, 잘됐어.' 웃지 않으려 해도 나오는 웃음을 참을 수 없었다. 다음날 하녀를 데리고 웅장한 그의 저택을 방문했다. (이 하녀에 대해서는 다음에 다시 쓰겠다.)

저는 이런 사람입니다만, 어제 남편분 병원에 가서 운운하고 말하자, 그 집 하녀가 사모님께 들었는지 얼른 들어오라고 말한다. 이 말에 의지해서 하녀는 현관에서 기다리게 하고 나만 구두를 벗고 집 안으로 들어갔다. 자택을 직접 방문하는 것은 이번이 처음이다.

잠깐 기다리고 있으니, 전에 한번 본 적이 있는 부인이 나왔다.

"어서 오세요."

"실례합니다. 훌륭한 저택이군요. 경치가 멋지네요." 나는 나답게 인사했다.

"아닙니다. 무슨 말씀을요. 부끄럽습니다. 이런 곳까지 와주셔서 송구합니다." 겉으로는 겸손의 말을 하지만, 왠지 칭찬받고 속으로 기뻐하는 것은 인지상정일 것이다.

우선 이렇게 부인 마음에 들 만한 말을 하고 나서, 나는 그런데, 하며 분위기를 바꾸었다.

"그런데, 부인. 어제 제가"까지 말하자, 부인은 "예, 이미 준비해 두었습니다."라고 답한다. 빈틈이 없다.

"몸에 맞으실지 모르겠습니다." 그녀가 옆방으로 들어갔다.

(1921.6.28)

제34회

뭐든지 빈틈없이 준비되어 있다. 입어보니 몸에 잘 어울린다. 약간 거북하기는 하지만, 빌려 입는 주제에 그런 사치를 말할 때가 아니다.

"정말 저를 위해 마련된 옷 같습니다." 나는 부인이 좋아할 말을 해주었다.

"예, 잘 맞는데요."

"하지만 화이트셔츠는….'

"자타니 군의 화이트셔츠가 맞지 않을까요?"

"맞을지도 모르지만, 어떤 화이트셔츠가 좋을까요? 견으로 주름이 있는 것과 견이 아니면서 주름이 있는 것이 있는데, 일단 물어보지요."

부인은 병원으로 전화를 걸었다.

(이하 10행 판독 불가)

"화이트셔츠는 살게." 하며 얼른 문제를 해결했다.

"어떻게든 맞았으면 좋았을 텐데."

"아닙니다. 기껏해야 화이트셔츠 정도인데요." 괜찮다고 말했지만, 야회복에 맞는 화이트셔츠의 가격을 몰라서 약간 불안했다.

"고맙습니다. 덕분에."라는 말을 남기고 현관문을 나와 빌린 물건을 하녀에게 들게 하고 다시 밖으로 나왔다.

"저기, 선생님. 정말 아름다운 부인이시네요. 저는 지금까지 저렇게 아름다운 부인을 본 적이 없어요. 다이아몬드 같아요." 하녀가 황홀한 목소리로 말했다.

"그렇게 생각했니?"

"예, 구조 다케코(九条武子)[24]보다 아름다우세요."

잘도 비유해서 말한다. 우선 이것으로 내 걱정은 끝났다. 하녀를 집으로 돌려보내고 나는 그길로 교바시(京橋)로 화이트셔츠를 사러 갔다.

× × ×

드디어 경축일이 되었다. 날씨가 맑을 거라 예상했는데 비가 주룩주룩 내렸다. 내가 사는 오쿠보초(大久保町)는 비가 내리면 길이 온통 진흙탕이 되어 무릎까지 잠긴다.

만일 내가 오늘 같은 날 새로 맞춘 야회복을 입고 나가야만 했다면, 나는 하늘에 대고 이 날씨에 대해 분노의 감정을 폭발시켰을 것이다.

---

24 구조 다케코(九条武子, 1887~1928): 교육자, 가인, 후년에는 사회운동활동가로서 활약했다. 다이쇼시대(1911~1925) 3대미인 중 하나로 불렸다.

하지만 빌린 물건이니까 아무리 진흙이 묻어도 나중에 싹싹 털어내면 된다, 그러면 전혀 알아채지 못할 거라는 얄미운 생각이 발휘되었다. 아무렇지 않게 외출하겠다고 말하니, 집사람은 당신 것이라면 모를까, 빌린 것이니까 소중하게 다루라며 나와 정반대의 의견을 말한다. 집사람 생각이 나은 것 같다.

(1921.6.29)

제35회

제대로 갖춰 입고 거울에 모습을 비춰 보았다. 허허허, 이 얼마나 미목수려(眉目秀麗)한가. 와, 허허허. 이게 나인가. 비둘기가 훨훨 날아오르는 것 같다. 나는 기뻐서 혼자 얼굴을 찡그려 보았다. 아아, 야회복을 입은 다미오 씨. 나는 영국 외무대신의 초대장을 받은 듯이 의기양양해서 삼라만상 모두가 나를 위해 준비된 것 같은 느낌이 들었다.

"또 시작됐네요. 스스로 이런 미남자가 어디 있냐고 생각하고 있지요? 조금이라도 남자답다고 생각하면 얼른 정신이 이상해진다니까."

아내는 이런 찰나의 감흥을 정신이 이상해졌다고 말한다. 정말 부녀자와는 함께 이야기할 수 없다.

그 점에서 하녀는 참으로 대단하다.

"사모님, 오늘 선생님은 정말 멋지세요. 저는 선생님의 이런 멋진 모습을 처음 보아요." 과연 내 마음에 쏙 드는 소리를 한다. 나도 어리석은 군주인지라 하녀의 말에 완전히 편승해서, "그렇지? 그 말 그대로이지? 이런 사람이 영주가 되면 분명히 집안에 소동이 일어날걸."
하고 말했다. 오랜만에 중산모를 써야겠다. 덕분에 오늘만큼은 나도
전차에 그냥 뛰어들 수 없을 것 같았다.

밖으로 나오자, 마침 제국대학 학생과 지원병이 지나간다. 그들은
당황해서 내 얼굴과 문패를 번갈아 보았다. 그리고 자기들끼리 조용
히 귀엣말을 하며 돌아보았다. 분명 다미오 씨라는 남자가 저 사람인
가 보다 했을 것이다.

나는 멋진 모습을 보여주게 되어 다행이라 생각했다. 평소라면 대
개 덥수룩한 수염에 잠옷 하나 걸치고 바깥으로 나온다. 또 그럴 때만
이런 친구들과 만난다. 그들은 한 목소리로 '뭐야 다미오 씨가 이런
남자였어?' 하고 애증이 다한 얼굴로 지나간다. 이런 사람들이 지금
의 이 모습을 본다면, 이번에는 '역시', 하고 수긍하면서 기쁨의 눈물
을 흘릴 것이다.

야마노테센(山手線) 전철을 타고 도교 역으로 가서 도교 역에서 게
이힌(京浜) 전철을 탔다. 나는 젊잖게 중산모를 쓰고 자리에는 사심이
없는 것처럼 서 있었다. 그러나 지나치게 가장했는지, 이쪽에서 저쪽
끝까지 자리가 모두 점령되어 꼼짝없이 서 있게 되었다. 어쩔 수 없는
일이다.

굳은 얼굴을 하고 가게쓰엔의 무도장으로 들어갔다. 이런 비는 질
색이다 싶었는지 역시 사람들이 그다지 많이 오지 않았다. 이 미인에
게도 저 미인에게도 나의 비할 데 없이 수려한 모습을 보여주고 싶었
는데, 그 중요한 이 미인 저 미인이 오지 않은 것이다. 이 얼마나 불행

한 일인가. 지금의 내 모습은 분명 다시 없을 멋진 인상인데 말이다.

나는 나보다 가난할 거라 생각했던 사람들이 모두 야회복을 입고 있는 것에 놀랐다. 분명 나처럼 빌린 옷일 것이다. "아, 실례합니다." 라고 말하며 옆으로 다가가서 아무렇지 않게 어깨에 손을 대어 보았다. 아니 몸에 딱 맞는 게 아닌가. 아마도 빌린 물건이 아닌가 보다. 내가 지금 입은 옷은 가슴팍이 약간 끼어서 호흡을 크게 하면 단추가 탕 하고 떨어질 것 같다. 나는 '스텝은 살짝', 호흡은 작게 하면서 내 모습을 유지해야만 했다.

(1921.6.30)

제36회

때때로 성격 이상한 녀석이 내 복장을 뚫어져라 쳐다보았다. 빌린 옷인지 아닌지 탐색하는 중일 것이다. 그럴 때일수록 절대 간파당하면 안 된다 생각되어 한층 숨쉬기가 괴로웠다. 후미코 씨와 미야코 씨도 이러한 사정을 알고 있기 때문에 옆으로 보면서 웃는다.

나는 나대로 야회복 정도는 가지고 있다는 걸 만인에게 보여주고 싶어서 쓸데없이 사람을 찾는 척하며 이쪽저쪽 걸어 다녔다.

이 무도장에 오는 외국인 미인 중에 단연 두각을 나타내는 풍만한 금발 아가씨가 있다. 그 아름다움은 형용할 수 없을 정도이다. 그녀의 눈은 둥글면서도 서늘하고 또 아주 맑은 크다. 피부도 하예서 하라

(原) 수상[25]이라도 황홀해할 그런 얼굴이다. 내가 인간으로 태어난 보람이 무엇인가 생각해보니, 바로 저 여자와 춤추는 거라는 생각이 들었다. 최근에 나는 댄스에 어느 정도 자신이 있었고, 남들이 보기에도 그렇게 흉할 정도는 아니라서, 저 여자와 춤추게 된다면 못 출 것도 없다고 생각하고 있었다. 저 아가씨와 춤추고 싶다. 저 아가씨를 소개해 줄 만한 일본인이 없을까? 그때 후쿠야마(福山)라는 여성이 "제가 알고 있어요. 소개해 드릴까요?" 한다. 중간에서 소개해 주는 사람 없이는 춤을 권할 수 없는 분위기인데다 외국인이라면 더욱 소개가 필요해서 후쿠야마 씨에게 중간역을 부탁했다.

한 스텝의 춤이 끝나고 그 금발이 의자에 앉으려고 할 때, 후쿠야마 씨가 나를 데리고 그녀에게로 가서 유창한 영어로 인사했다. "마키노 씨, 이분을 소개해 드리지요." 두 사람은 악수를 교환했다. 그런데 이 얼마나 부드러운 손인가. 마치 삶은 달걀 같다.

"다음 곡에 춤을 추시지요?"

"좋습니다." 나는 기뻐서 날아오를 것 같은 가슴을 누르면서 환희에 넘치는 인사를 하고 후쿠야마 씨와 함께 자리에서 물러났다.

"이름이 마키노예요? 어딘지 일본이름 같네요?"

"저분은 혼혈이에요."

"혼혈?"

"아버지는 일본인이고 엄마가 영국 태생이래요."

---

25 당시 수상이었던 하라 다카시(原敬, 1856~1921)를 말한다.

"혼혈은 아름답다고 들었는데, 역시 마키노 씨는 천하의 절경이네요."

"아주 마음에 드시나 봐요."

그러는 동안 드디어 포크스트로트의 곡이 시작되었다. 나는 여유롭게 일본 신사의 체면을 갖추면서 정중하게 앞으로 나갔다.

"자, 그럼."이라고 말하자, 금발이 살짝 웃으며 일어났다.

인사를 하고 자세를 잡았다. 오우, 뭐라 말할 수 없을 정도로 풍성하고 부드러운 몸이다. 등 뒤에 올린 그녀의 손가락 감촉이 입으로 표현할 수 없는 쾌감으로 전신에 전해졌다.

아니다, 지금 그런 명상을 할 때가 아니다, 하며 스텝을 밟았다. 하지만 내 몸은 마치 제국극장의 시부사와(澁澤)[26] 자작의 석상보다 굳어져버렸다. 글쎄, 금발이 나보다 훨씬 춤을 잘 추는 게 아닌가.

(1921.7.1)

제37회

가장 우려되는 것은 지금 내 몸이 굳어져 있다는 것이다. 이런 경우 상대가 일본부인이라면 '잘 부탁합니다.' 하며 적당하게 처리할 수 있다. 하지만 상대가 상대이다. 나는 중간역을 해준 후쿠야마 씨에게

---

26 시부사와 에이지(澁澤榮一, 1840~1931)를 가리킨다. 일본의 실업가로, 새로 나올 만원 권 지폐의 인물이다. 지요다(千代田)구에 동상이 서있다.

도 춤 실력을 보여주어야만 한다. 다리여! 자연스럽게 나아가라. 스텝이여! 부드럽게 움직여라. 그런데 자연스러우면서 부드러워야 할 장면에서 전신이 마비되어 움직이지 않는다. 금발 씨는 아주 이상한 표정이 되었다. 아아, 상대에게 미안하면서도 동시에 나도 춤 출수 있다는 소심한 발분 아래, 연주곡에 맞는지 어떤지 상관없이 엉망진창이 되어 앞으로 뒤로 오른쪽으로 왼쪽으로 춤을 추어 보였다. 그러는 사이 이제 겨우 편안해져서 '좋아, 좋아 이걸로 가는 거야.' 하고 있으니 '앙코르'란다. 어쩔 수 없이 금발을 다시 안고 무아무중으로 돌리고 돌리며 돌아갔다.

곡이 끝났다. '그래도 해냈어.'라고 의기양양해서 자리로 돌아왔다. 마키노 씨도 자기 자리로 돌아갔다. 그녀는 옆에 앉은 또 다른 금발에게 소곤소곤 뭔가를 이야기하는 것 같더니, 이번에는 둘이서 내 다리를 쳐다보고 다시 호호 웃기 시작한다. 분명 내 댄스에 대해서 평가하고 있는 것이다. 나는 아주 예민해져서 얼른 손짓해서 후쿠야마 씨를 불렀다. 후쿠야마 씨는 무슨 일인가 의아해하는 얼굴로 다가왔다. 내 옆에 다른 사람이 앉아있었기 때문에 일단 그 자리에서 벗어나서 작은 목소리로 물었다.

"후쿠야마 씨, 지금 마키노 씨가 나에 대해 뭔가 평가하면서 웃는 것 같은데, 미안하지만 왜 웃는지 물어봐 주실 수 있을까요?"

"누가 그런 것을 물어보나요. 다른 사람에 대해 웃는 것은 실례잖아요"

"그럼, 제 댄스가 어땠는지 물어봐 주세요."

"설마 잘 춘다고는 하지 않겠지요."

내 댄스에 대해 잘 알고 있는 후쿠야마 씨는 농담조로 그렇게 말했다. 그러나 그런 말을 들어도 나는 이 부인에게 한마디도 대응할 수 없었다.

"어쨌든 가서 한번 물어볼게요."

지금 후쿠야마 씨와 내가 이야기한 것을 모르게 하기 위해서 일단 나는 내 자리로 돌아왔다. 잠시 후 후쿠야마 씨가 모르는 척하는 얼굴로 마키노 씨에게 다가갔다.

나는 보지 않은 척하면서 계속 그쪽을 주시했다. 이번에는 후쿠야마 씨까지 합세해서 내 다리 쪽을 쳐다보면서 하하하 웃는다.

도대체 뭐란 말인가? 나는 무심코 구두가 지저분해서 웃는 게 아닌가 하여 신발을 내려다보았다. 하지만 아주 반짝반짝 빛나고 있다. 그러면 뭐가 그렇게 우스울까?

잠시 후 후쿠야마 씨가 다시 자기 자리로 돌아가서 이번에는 나를 불렀다. 나는 금발이 눈치 채지 못하게 하면서 얼른 후쿠야마 씨에게 갔다.

"어떤가요? 내 춤에 대한 평가가."

"좀 더 댄스를 연습해야겠다고 하더군요." 이 대답에 나는 찍 소리도 할 수 없었다.

"당신은 지방 체질인가 봐요. 그래서인지 저 분이 이런 말을 하더군요. 마치 등에 민달팽이가 붙어 있는 것처럼 찐덕찐덕 했다고요."

"'어디인지 확인하려고 제가 대신 그녀의 등을 살펴보았지요. 안

타깝게도 그 아름다운 옷이 손때로 더럽혀져 있는 거예요. 그래서 제가 대신 사과를 했어요. 이런 경우에는 손수건을 가지고 가서 그 손수건 위에 손을 놓고 춤을 춰야 한다고, 다른 사람 하는 것을 보고 배우라고 하더군요."

나는 또 다시 찍 소리도 할 수 없었다.

(1921.7.2)

제37회

"그리고 또⋯."

"또 있습니까?"

"있고말고요. 이런 말도 하더군요. '저분이 일부러 야회복을 입고 오신 것은 일본인으로서는 정말로 훌륭한 일이다, 하지만 야회복을 가지고 있는 분이 왜 저런 신발을 신고 오셨을까' 하더군요."

나는 무심코 고개를 숙였다.

"저런 신발이라면 이 신발은 안 된다는 겁니까. 반짝반짝 윤이 나는데요."

"아무리 반짝거려도 그 구두 자체가 안 됩니다. 당신은 정말로 둔한 분이시라 더는 드릴 말씀이 없네요. 다미오 씨에게는 어울리지 않는군요. 다른 사람들이 신고 있는 구두를 잘 보세요."

이 말에 나는 더욱 당황해서 사람들의 발로 눈길을 돌렸다. 역시, 이 남자도 저 남자도 자세히 보니 구두의 재질이 다르다. 검은 광택이

나는 것은 똑같지만 다른 사람은 모두 에나멜 구두를 신고 있다.

"그렇지요. 야회복에는 저런 에나멜 댄스 구두를 신어야 합니다. 야회복이 있으면서 그걸 모르셨어요." 그녀는 힐긋힐긋 내 야회복을 보았다. 가슴을 찌르는 아픈 말들이 그녀의 입에서 계속되었다.

"야회복에 에나멜 구두 정도야."

이 야회복을 빌린 것으로 생각하지 않게끔 애써 아는 척을 했다.

"그럼 왜 에나멜 구두를 신지 않으셨나요?"

"글쎄, 오늘 날씨에 그 구두를 신으면 엉망진창이 될 것 같아서요."

나는 날씨를 핑계로 피할 길을 찾았다. 하느님은 분명 나를 원망하실 것이다.

"하지만 다른 분들은 다 에나멜 구두를 신었잖아요."

"다른 사람은 다른 사람, 나는 나입니다."

"그렇게 말씀하시니 아무 말도 못 하겠네요. 하지만 야회복에는 에나멜 구두라고 부부처럼 딱 정해져 있어요."

이런 적절한 표현에 나는 한마디도 할 수 없었다.

어쨌든 야회복을 입고 의기충천해서 왔는데 이런 말을 들으니 갑자기 털썩 기운이 빠졌다. '더 이상 댄스는 하지 않겠어. 구석에서 조용히 있어야겠어.'라고 마음먹고 조용히 생각하는데, 후쿠야마 씨, 내가 아주 안쓰러워 보였는지 다시 말을 이었다.

"인제 와서 어쩔 수 없는 일이지요. 어쨌든 즐기려고 온 것이니까 신경 쓰지 말고 춤추세요. 자, 제가 춤을 추어 드리지요. 발만은 밟지 말아주세요." 이 여자 나를 들었다 놓았다 한다. 입으로는 이러쿵저

러쿵 말하지만, 정말은 친절한 여자다.

"그렇다. 인제 와서 분하게 생각할 필요 없다." 나는 기분을 전환하면서, "그럼." 하고 다시 자세를 취했다.

(1921.7.3)

제38회

이 여자는 남편과 함께 오랫동안 런던에서 체재하다가 수개월 전에 돌아왔다. 성격이 좋아 뱃속에 다른 마음을 전혀 품지 않는 아주 담백한 사람이다. 그 기상이 마치 나와 같아서 우리 둘은 이야기도 잘 통했다.

이 여자 덕분에 나는 금발 여자에게 '춤추시겠어요?' 하는 말을 다시는 꺼내지 않게 되었다. 특히 마키노 씨에게는 수상한 동경 같은 것을 품고 있었는데, 한번 춤을 춘 다음에는 왠지 무섭고 멀어진 느낌이 들었다.

자, 경축일의 즐거움이여! 밤늦은 시간까지 미친 듯이 춤추는 그들의 빛나는 기쁨을 보라.

x x x

그 일이 있고 난 뒤 며칠이 지난 어느 날, 아야코(綾子) 씨 집으로 놀러 갔다.

"다미오 씨, 이번 17일에 제국 호텔에서 댄스 모임 있는 거 아세요?" 아야코 씨가 물었다. 그때 '아 그렇지.' 하고 생각이 떠오른 것은, 가게쓰엔에서 사귄 F군의 말 때문이었다. F군은 17일에 댄스파티가 열리니 꼭 오라고 했었다.

"알고말고! 나도 가려고 생각하고 있어."

"정말이요? 저도 가고 싶어요. 저는 댄스보다도 제국 호텔 내부가 보고 싶어요."

"그럼 데리고 갈까?"

"아이, 정말이요! 너무 좋아요." 그녀는 기뻐하면서 "꼭 약속해 주세요."라고 말하며 하얀 새끼손가락을 내밀었다. 나도 새끼손가락을 내밀어 걸었다.

그때 아야코의 어머니가 나왔다. "아니, 제국 호텔에 간다고? 나도 가고 싶어. 나도 호텔이 보고 싶어." 아야코 어머니는 부러운 듯이 말했다. 나는 솔직히 아야코 어머니는 데리고 가고 싶지 않았다. 딸은 아름답지만, 어머니는 딸에 비해 많이 뒤처지고 게다가 품위가 전혀 없어서 내 체면까지 구길 수 있다고 생각했기 때문이다.

"댄스를 못 하는 사람은 갈 수 없을 텐데?" 나는 데려가기 싫어서 교묘하게 빠져나갔다.

"그래요?" 아야코는 조금 풀이 죽어 말했다. "그러면 구경만 할 사람이 있으면 알려 주세요. 저도 서둘러서 갈 테니."

"그럼 그렇게 하지." 나는 적당히 대답해놓고 얼른 그 집을 나와 후미코 씨와 미야코 씨 집으로 가서 제국 호텔의 댄스 모임에 대해 이야기했다.

"우리도 F씨에게 초대받았어요. 하지만 그날은 갈 수가 없네요."

"무슨 일이 있나?"

"그날 우리 둘 다 약속이 있어 외출해야 하거든요." 두 사람은 호의는 감사하다고 하면서 내 부탁을 거절하였다. 나는 이 두 미인을 인솔해서 갈 때 가장 마음이 든든했다. 하지만 선약이 있다니 물러서는 수밖에. 이렇게 된 이상 어쩔 수 없다. 아야코 씨로 만족하는 수밖에.

드디어 제국 호텔 댄스의 날이 왔다. 나는 아직 돌려주지 않아 다행이라 생각하며 자타니 군에게 빌린 야회복을 입었다. 정장을 입어 눈부신 아야코 씨를 데리고 호텔로 가서 우선 F군을 찾았다.

"아, 잘 오셨어요."

아야코 씨를 소개하고 이층 휴게실로 올라갔다. 그곳에서는 오랫동안 일본에 체재 중인 손님으로 보이는 외국인 모녀가 화목하게 뜨개질을 하고 있었다. 마치 한 폭의 유화를 보는 것 같았다.

그곳에 앉자, F군이 물었다.

(1921.7.5)

제39회

"후미코 씨와 미야코 씨는 왜 오지 않았나?"

"무슨 일이 있나 봐. 오고 싶은데 어쩔 수 없다고 하더군."

"어떻게 부를 방법이 없을까? 지금 집에 있으면 내가 자동차로 데리러 갈 텐데." F군이 대단한 기세로 말했다.

"집에 없을 것 같아. 외출한다고 했거든."

"그럼 안 되겠네." F군은 춤을 출 상대가 없어서 실망한 기색이다.

그때 연주곡이 귀에 들려왔다.

"자, 시작되었군." F군이 일어서자 나도 따라 일어섰다.

"이런 구두를 신고 오는 게 아니었어." 나는 일부러 F군의 귀에 들리도록 아야코 씨에게 말했다.

"그 에나멜 구두를 신고 왔어야 했는데." 아야코에게 경축일에 있었던 나의 실패담을 털어놓았기 때문에 그녀는 뭐든 이해한다는 듯이 "예, 그 구두를 신는 게 좋았을 텐데요"라고 말하며 맞장구를 쳐주었다,

"하지만 구두라는 게 어찌 되든 상관없지 않은가." F군은 빨리 춤추러 나가자는 눈치다. 이렇게라도 해서 F군 앞에서 체면을 세우려는 자신이 한심하게 느껴졌다.

아래층으로 내려와서 홀의 광경을 보자 나는 무심코 와— 하고 감탄사가 튀어나왔다.

아, 뭐라 표현할 화려한 광경인가. 새빨간 하트모양으로 만들어진 비단 위에서 천개의 촛불 같은 전등 빛을 받으며 무수히 많은 내외국인이 춤을 추고 있다. 올려다보니 도야마(戶山) 학교의 군악대가 이층 한쪽 구석에 자리 잡고 있고, 지휘자는 힘차게 손을 휘두르고 있다. 나는 황홀해하며 자리에 앉았다. 드디어 나라는 인간도 이 본무대를 밟는다고 생각하니 왠지 가슴이 벅차오르고 피가 끓어오르는 것 같

왔다. 지상에서 가장 화려하고, 그리고 가장 아름다운 광경이 절정에 이르는 순간이다. 마치 그림에서 보았던 런던의 무도회 같다. 그 나라 사람들 역시 분명 이러한 삶의 기쁨을 탐하고 있으리라.

나는 마치 꿈속 같은 이 광경에 혼을 담아 춤을 추고 싶어졌다.

그런데 이 무슨 무례한 일이란 말인가. 일부러 손가락까지 걸면서 이 호텔에 데려가 달라고 부탁한 아야코 씨가 내가 춤을 추자고 말했더니 진심으로 싫어하는 표정을 짓는다. 다시 권하자 이번에는 떨떠름한 표정으로 일어났다. 내가 아는 외국인이 내 옆에 와서 아야코 씨를 소개해 달라고 하기에, 소개해 주었다. 그랬더니 아야코 씨, 중년 이상의 외국인은 쳐다보지도 않으면서 젊고 잘생긴 남자에게는 아무리 피곤해서 얼른얼른 일어나서 나간다.

(1921.7.6)

제40회

이 모습을 보고 화가 난 것은 나와 F군이었다. 특히 F군은 어지간히 심사가 꼬인 듯, 쳇 하고 자리에서 일어나 옆자리로 가버렸다.

나는 너무나 예절을 모르고 게다가 그 예절을 짓밟는 듯한 아야코 씨의 태도에 화가 치밀어서 참을 수가 없었다. 사람을 무시하는 행동에 정말로 정이 떨어졌다. 이제까지 여러모로 조언하곤 했는데⋯. 이 여자와는 오늘 밤이 마지막이라고 생각했다. 제국 호텔에 데려가 달라고 부탁해 놓고 인제 와서 이런 행동을 하다니, 분명 사람을 엿 먹이려는 처사다.

돌아가는 길에 내가 말했다.

"당신은 정말 발칙하기 짝이 없군." 나는 솔직하게 말하며 화를 냈다. 여자는 한마디 말도 없이 고개만 숙였다.

"다미오 씨와 친하다고 생각해서 저도 모르게 실례를 했네요." 이 여자, '실례를'이라는 말속에 숨으려는 것을 영차 하고 꼬리를 잡아당겨서 초토화해 버렸다.

"집에 가서 이렇게 말해. 이런 이유로 다시는 당신을 찾아가지 않을 거라고. 당신 같이 여자에게 이 남자가 능란하게 이용당했다고 생각하니 분해서 참을 수가 없다고." 나는 단칼에 그녀를 내리쳤다.

나중 일이지만, 그녀의 모친은 몇 번이나 화해를 위해 우리 집에 찾아왔다. 하지만 나는 결코 그녀의 사과를 받아들이지 않았다.

자, 여기서 이야기를 바꾸어 보겠다. 벌써 두 번이나 야회복이 필요했고 또 거기에 맞는 구두도 있어야 했다. 앞으로의 일을 생각한다면 언제까지나 친구에게 옷을 빌릴 수가 없었다. 드디어 다미오 씨가 야회복을 새로 맞추는 절차에 들어가는, 전례 없는 일이 일어났다.

이제까지 양복을 맞출 때마다 나는 언제나 실패했다. 과거 프록을 장만할 때도 철도성에 다니는 H군이 일부러 찾아와서 '자네, 요즘 프록을 맞추는 바보가 어디 있나. 모닝을 맞추도록 하지.'라고 입이 닳도록 권했다. 그때는 지금처럼 아직 모닝이 유행하지 않던 시절이었다. 하지만 장례식 같은 곳에는 모닝을 입고 가는 게 아니라고 해서, '아니야, 나는 어떻게든 프록을 맞추겠어.' 해서 무리하게 프록으로 결정했다. 그러자, H군, '어리석군. 언젠가 후회할 날이 올 거야.'라며 돌아갔다.

제41회

결국 후회할 시간이 왔다. 내가 맞춘 프록이 완성되는 것과 거의 동시에 세상은 너나 할 것 없이 모닝을 입게 되었다. 아주 격식 있는 자리에서조차 모닝으로 충분하다는 의식까지 생겨났다. H군에게 "역시 자네가 권한 대로 했으면 좋았을 텐데."이라고 말하자, 그는 "그것 봐."라고 답했다. '그것 보라'는 것이 아주 딱 맞는 말이었다. 그의 머리는 내 머리보다 훨씬 문명에 앞섰기 때문이다. 이번에 야회복을 만들 때도 나는 진지하게 고민해야 했다. 야회복이 좋을까, 연미복이 좋을까 하는 것이다. 이 야회복과 연미복의 관계는 모닝과 프록의 관계와 마찬가지로 대입된다. 야회복은 모닝과 마찬가지로 공식 장소에는 좀 맞지 않는다. 하지만 세상은 실제로 점점 간편하게, 간편하게 변해 간다는 것을 고려해야 한다. 댄스를 출 때도 야회복이 훨씬 폼이 난다. 특히 앞으로 댄스는 분명 엄청난 기세로 유행할 것이다. 나의 선견지명으로 말하자면, 지금은 댄스가 상류 인사들(단, 나를 빼고)의 전유물이지만 앞으로는 중류 이상 아니, 그보다 이하의 계급으로까지 퍼질 것이다. 유행이 뭐든 간에 댄스를 편하게 추기 위해서는 아무래도 연미복은 좋지 않다. 그런데도 나중에 '역시 연미복으로 하면 좋았을 텐데.' 하고 후회하면 안 된다고 생각해서 서양에 다녀온 친구들에게 물으니 모두 야회복이 좋다고 한다. 이번에는 외무성에 출입하는 양복점에 물어보니 이곳 역시 야회복이라고 답한다.

드디어 야회복을 새로 맞출 결심을 하고 기분 좋게 주문했다. 나는 갑자기 나 자신이 대단한 사람이 된 것 같았다. 게다가 이 기회에 에나멜 구두까지 주문했다. 아아, 호화로운 다미오 씨.

드디어 양복점이 가봉한 것을 가지고 몸에 맞춰보기 위해 우리 집에 찾아왔다. 때마침 프록을 맞추라고 충고해준 H군이 집에 와 있었다.

"어이, 양복을 새로 맞추는군?"

"양복을 새로 맞춘다면 역시 야회복이지."

그는 "야회복?"이라고 놀라면서 "그것 참 멋진데. 나도 야회복을 맞추고 싶어 죽겠지만, 아직 고등관6등 정도로는 도저히…."

"야회복을 맞추다니 대단한 거지?"

"대단하고말고! 정말 대단한 거지." 그는 어지간히 야회복을 갖고 싶은지 지나치게 칭찬을 했다. 나는 정말로 기뻤다.

"그 대신 나 역시 한 가지 부러워할 만한 일이 있지. 그것을 말하려 오늘 이렇게 왔다네."

"아, 그래? 그게 뭔데?"

"드디어 서양에 가게 되었어."

"서양?"

"어때, 놀랐지?"

"그럼 놀랐지. 언제 가는데?"

"날짜는 아직 확실히 정해지지 않았지만 오늘 중으로 결정될 거야."

"자, 어떻게든 야회복을 맞춰야겠군."

"맞추긴 하겠지만, 자네가 선수 친 게 아주 분하네."

이렇게 만들어진 야회복을 입은 다미오 씨의 웅비하는 모습을 보라!!! 특히 나를 무시한 여자여, 보라!!!

x x x

"자네, 댄스를 시작했다며?" 어느 날 B박사와 만났을 때 박사가 갑자기 물었다.

"벌써 알려졌나?"

"여기저기서 들리니까."

"그럼 자네도 시작하나?"

"나는 옛날에 유학할 때 이미 배워두었지."

"그럼 이 세계의 원로이군."

"그런 셈이지." B박사 아주 콧대 높게 뻐긴다.

(1921.7.9)

제42회

"자네도 함께 가지 않겠나?"

"어디에 가는데?"

"파블로바[27]라고, 옛날에 러시아 제실기예원(帝室技藝員)이었던 부인이 이번에 댄스를 가르쳐주기로 했어. 오늘은 그 발회식이지."

오호, 파블로바 씨가 댄스를 가르쳐준다고 한다. 내가 그녀에게 흥미를 갖게 된 것은, 일전에 쓰루미에 갔을 때 댄스 하는 무리 속에 눈에 띄게 잘 추는 사람이 있어, 저 사람이 누구냐고 물으니 분명 파블로바라고 한 것이 생각이 났기 때문이다. 그 사람이 이런 기획을 했다니, 참으로 잘 됐다, 무슨 일이 있어도 가봐야겠다.

B박사와 함께 발회식이 열리는 긴자의 공익사(共益社) 3층으로 갔다. 이미 사람들이 많이 모여 있었다. 미시마 쇼도(三島章道)[28] 군도 있고, 구로다 세이키(黑田清輝)[29] 씨 부부도 와 있었다. 시간이 되자 품위 있어 보이는 한 여성이 공손하게 앞으로 나와 여자로서는 드물게 연설하기 시작했다.

"파블로바 씨는 러시아가 저런 상황이 되자 목숨이 위태로워서 맨몸으로 일본으로 피해왔습니다. 만일 보통 사람이라면 아니, 하물며

---

27 안나 파블로바(1881~1931): 러시아의 발레 무용가. 일본 전국 8개 도시 공연(1922)을 통해 서양 무도를 처음으로 일본에 널리 알렸다. 이후 일본에서 발레의 정착, 보급의 계기를 만들어 일본 발레계의 은인으로 불린다.

28 미시마 쇼도(三島章道, 1897~1965): 본명은 미치하루(道陽)이고, 소설가, 극작가, 연극 평론가로 활동했다. 자작이며, 귀족원 의원, 참의원 의원을 역임했다. 보이스카웃을 일본에 확산시킨 것으로 알려져 있다.

29 구로다 세이키(黑田清輝, 1866~1924): 일본의 서양화가, 정치가. 자작. 도쿄미술학교 교수, 제국미술원 원장, 귀족원 의원을 역임했다.

여자라면 대개 빵을 위해 자기 몸을 희생했을 것입니다. 하지만 파블로바 씨는 그 아름다운 용모를 가지고 있으면서도 자신의 정숙한 품위를 유지했습니다. 정말 감탄하지 않을 수 없습니다. 저는 동서양 상관없이 이런 지조 있는 부인의 생활을 도와주는 것이 인도(人道)라고 생각합니다. (일동 박수) 여러분, 지금 파블로바 씨의 상황을 이해하셔서 될 수 있는 대로 많이 후원해 주시기를 부탁드립니다. 회비가 조금 비싸서 죄송합니다. 하지만 훌륭한 인사들을 모시고 싶어 정한 것이니 양해를 부탁드립니다."

짝짝짝, 박수 소리가 일어났다. 이번에는 다른 여성이 나와서 연설했다.

"오늘은 발회식만 하고 댄스는 하지 않습니다. 파블로바 씨의 <빈사의 백조>와 니시야마(西山) 악기점주의 <잘 자라 내 아기>, 그리고 스즈키 노부코(鈴木のぶ子)의 독창으로 모임을 진행하도록 하겠습니다."

파블로바 씨는 정강이까지 드러낸 옷을 입고 감미롭게 춤을 추었다. 이는 빈사 상태에 있는 백조와 너무나도 똑같았다. '과연' 하면서 모두가 감탄했다.

다음으로 니시야마 악기점주가 나왔다. 마치 오니시키(大錦)[30]처럼 살찐 몸을 이끌고 나와서 위세 당당하게 노래했다. 그의 노래를 듣고 있으니, '잘 자라 내 아기'보다 '일어나라, 내 아기'가 더 적당할 것 같

---

30 스모 선수인 오니시키 우이치로(大錦卯一郎, 1891~1941)를 가리킨다. 제26대 요코즈나(橫綱)에 올랐다.

다는 생각이 들었다. 스즈키 노부코 씨는 노래하는 게 본직이기 때문에 어떻게든 평가하지 않는 게 좋겠다.

"이것으로 폐회하도록 하겠습니다. 커피를 드실 분은 편안히 드셔도 좋습니다. 과자도 준비되어 있습니다."

정말 센스 있는 발회식이었다. 밖으로 나오자 긴자 거리는 여전히 붐비고 있었다. 거기서 우연히 노구치 씨를 만났다.

"나 댄스를 시작했어." 내가 어깨를 펴고 당당하게 말했다.

"정말?"

"이제 좀 잘 추게 되었지."

"언제 그렇게 능숙해졌는데?"

"자네가 없는 사이에."

"정말?"

"정말이고말고."

노구치 군은 내가 춤을 잘 추게 된 것에 실망한 눈치이다.

(1921.7.10)

제43회

노구치 군은 고베(神戸) 모 실업가의 아들이다. 이번 가을에 프랑스로 가게 돼서 그 전에 댄스를 꼭 배우고 싶다고 여러 번 말한 적이 있었다. 그런데 갑자기 급한 일이 생겨 고베로 갔다가 2개월 정도 체재하고 이제 돌아온 참이었다. 그가 고베에 가 있는 사이 열심히 댄스를 배워서 나는 '자, 어때?' 하며 자랑해 보였다.

"자네는 마음먹은 일은 뭐든지 전광 화석처럼 해내니까 내가 따라갈 수가 없군. 자네가 선수를 치다니, 정말 분하네." 분하게 생각하는 사람이 여기에도 또 있다.

그에게 댄스를 배우게 된 자초지종을 설명했더니, 그는 자기도 얼른 입회하겠다고 한다. "그게 좋겠어, 자네처럼 마른 체구라면 금방 배울 거야." 나는 그에게 용기를 북돋워 주었다. 그랬더니 그는 '그렇지?' 하며 결심이 선 듯 말한다.

"그래, 큰맘 먹고 시작해 보게." 나는 이 말을 끝으로 대화를 마무리하려고 하였다. 그랬더니 그는 "마치 춤에 능숙한 사람처럼 말을 하는군. 춤을 잘 추나 보지?"라며 지지 않고 말한다. 나는 댄스를 배우면 배울수록 힘들어서 그만둘까 비관적으로 생각한 적이 있다. 이 일을 야회복을 빌려준 자타니 군에게 상의했더니 다음과 같이 말한다.

"그건 자네가 잘못 생각한 거야. 다른 것과 달라서 댄스는 잘하는 사람을 보면서 따라하는 거지. 처음부터 제대로 된 레슨을 받지 않으면 안 돼. 그렇지 않으면 자기류에 빠져서 아무리 시간이 지나도 웃음거리밖에 되지 않거든."

"그건 그렇다." 나는 새삼스럽게 이제까지의 잘못을 뉘우쳤다. B박사의 소개로 서둘러서 파블로바 씨의 강습에 입문을 신청했다. 나는 처음부터 새로 시작한다는 마음이었다.

발회식이 있고나서 1개월 정도 지난 후의 일이다. 강습회에 가보니 언제부터 시작했는지 노구치 군이 열심히 춤을 추고 있었다. 그런데 춤추는 것이 나보다도 능숙해 보여서 정말 기분이 나빴다. 말없이 노구치의 모습을 보고 있으니, 노구치 군이 '어이.' 하며 다가왔다. 실은 이러이러해서 처음부터 새로 시작하기로 마음먹었다고 하자, 그는 자네에게 정말 감탄했다며 칭찬해 주었다. 그러면서도 그는 나와 댄스 실력을 비교하고 싶어 했다.

"어때? 내 댄스. 아직 자네보다 잘 못 추지?"

"나보다 잘 추는 것 같기도 하고."

"그래? 다행이네." 그는 실룩 미소를 지으며 손으로 얼굴을 문질렀다. 드디어 20년 만에 적을 무찔렀다는 식이다. 노구치 군의 말에 의하면, 새로 입문한 사람은 따로 조를 편성해서 기초부터 다시 배울 수 있다고 한다.

그는 더욱 득의양양해서 말했다.

"그래서 나는 2학년 교육을 받고, 자네는 1학년 교육을 받는 거야." 우리 노구치 군 같은 사람이 댄스 선배의 얼굴로 나를 대한다면 나는 평생 고개를 들지 못할 것이다.

하지만 나는 댄스를 해본 경험이 있기 때문에 여기 있는 친구들과 함께 배우고 싶다고 부탁했다.

나의 이러한 바람은 금방 받아들여졌다. 선생님은 한번 춤춰보라고 하면서 한 부인을 소개해 주었다. 나는 앞으로 한걸음 나아가 잘 부탁한다고 반쯤 미소를 띠면서 고개를 숙였다. 그러자 이 모습을 본 파블로바 씨, 일단 지나갔다가 다시 돌아와서 유창한 영어로 말했다,

"지금의 인사법은 틀렸습니다. 다시 한 번 해보세요." 파블로바 씨

가 지시하는 대로 나는 다시 인사했다.

(1921.7.12)

제44회

"그렇게 고개를 숙이면 안 됩니다." 파블로바 씨는 안색이 변해서 크게 꾸짖었다.

"한 번 더." 이번에 나는 가볍게 숙여야겠다 생각해서 살짝 고개를 숙여 인사했다.

"아, 안 됩니다. 당신은 댄스 경험자라면서 어째서 그런 것도 모릅니까. 나를 좀 보세요. 이 정도로 숙이는 거예요."

파블로바 씨가 시범을 보이는 것을 보니, 너무 숙이지도 않고 그렇다고 너무 들지도 않는다. 역시 선생님이다.

"자, 해보세요." 나는 가슴을 졸이며 지금 내가 본 것을 그대로 실행해 보였다. 선생님은 올라잇, 하며 겨우 허가증을 내주었다. 다미오 씨도 그녀 앞에서는 이렇게 쪼그라들었다. 노구치 군은 웃음을 터뜨렸다.

"이름이 뭐예요?" 파블로바 씨가 다시 이름을 물었다.

"니시가와입니다." 나는 감히 오쿠노라고 말할 수 없었다. 오쿠노라고 말했다가는 가게쓰엔에서 했던 나의 촌스러운 행동 때문에 '저분이 그 오쿠노 다미오였어?'라며 나에 대한 많은 사람의 첫인상에 큰 상처를 끼칠 것 같았기 때문이다.

"니시가와."

파블로바 선생님은 나의 이름을 어설프게 발음하면서, 경험자라는 나의 춤을 계속 쳐다보았다. 나는 마음이 불안했다.

나의 파트너가 되어준 여자는 모인 사람 중에서 가장 아름다우면서 발랄하고 생기 있었다. 노구치 군도 내 파트너를 부러워했다.

축음기의 음악에 맞추어 춤추고 있는데, 갑자기 파블로바 씨가 눈을 무섭게 뜨고 달려와서 나의 무릎을 톡 하고 쳤다.

"굽히면 안 됩니다. 똑바로!" 나는 서둘러서 자세를 고쳤다. 그 후에도 내 모습을 쭉 지켜보던 그녀가 '오호―'라고 외치면서 다시 다가왔다.

"가슴을 너무 많이 폈잖아요. 그러면 배가 나오지요. 좀 더 안으로, 안으로." 그녀가 말해주는 대로 하자, 이번에는 엉덩이가 후지산이 되었다고 혼났다.

더 이상 혼나지 말아야겠다고 조마조마하면서 댄스를 했다. 그러자니 오히려 다리가 마음대로 움직이지 않았다. 그러는 사이 축음기의 음악이 끝났다. 나는 '이제 됐다, 됐어.' 하면서 여자를 자리로 배웅하려고 함께 걸어 나왔다. 이때 파블로바 선생님이 다시 날아왔다.

"안 됩니다. 여자와 손을 잡으세요."

"하하하."

사실 나는 이 미인과 정말로 손을 잡고 싶었다. 하지만 처음 보는 사람과 손을 잡는 게 왠지 부끄러웠다. 선생님이 손을 잡으라고 명령하시니 지금이야말로 좋은 찬스다. 자, 하얀 팔을 끼워주세요. 하, 하,

하. 기쁘도다.

(1921.7.13)

제45회

파블로바 씨는 진심으로 열심히 가르쳐 주었다. 학생들의 신분이나 지위에 상관없이 처음부터 하나하나 지적해 주었기 때문에 학생들도 빠르게 발전했다. 신사이건 숙녀이건 그런 것은 상관없었다. 가장 잔소리를 많은 들은 사람은 뭐라 뭐라 해도 나였다. 그 뒤를 이치고(一高) 이래 수재로 유명한 대장성(大藏省)의 아오키(靑木) 참사관[31], 미시마 쇼도 군 정도가 잇고 있었다. 선배 입장에서 1학년 반을 보면 외무대신관방의 호리(堀) 비서관[32]이 있다. 오카다 사부로스케(岡田三郎助)[33] 부인인 야치요(八千代) 양이 있다. 호리 비서관의 부인은 2학년 반이고 남편은 1학년 반이라서 댄스에 있어서는 남편이 부인 앞에서 얼굴을 들지 못한다. 부인은 이상한 포즈로 춤추는 남편을 보고 자지러지게 웃어서 '부인, 그러시면 안 됩니다.'라고 꾸지람을 듣고 구석

---

31 아오키 도쿠조(靑木得三, 1885~1968)를 가리킨다. 도쿄대학 졸업 후, 대장성에 들어가서 영국, 프랑스 주재 사무관으로 활동했다. 대장성 주세국장(主稅局長)을 역임했다.

32 호리 요시아쓰(堀義貴, 1885~미상)를 가리킨다. 외교관으로 주멕시코 공사 등을 역임했다.

33 서양화가인 오카다 사부로스케(岡田三郎助, 1869~1939)를 가리킨다. 일본적인 감각의 서양화를 그렸다. 부인인 야치요(八千代, 1883~1962)는 소설가, 극작가로 활동했다.

으로 쫓겨난 적도 있다. B박사가 얼마나 열심인지는 가족 총출동한 것을 보면 안다. 남편을 시작으로 부인과, 오차노미즈(お茶の水) 여학교와 후타바(双葉) 여학교에 다니는 두 딸, 그 외 소학교 학생까지 모두 함께 춤을 배우러 나왔다. 그 가족의 화목함을 보고 있으면 부럽기 그지없다. 부인으로서는 호리 비서관의 부인이 성격이 밝고 명랑하다. 나중에 들은 이야기지만, 외교의 장에서 꽃으로 불린다고 한다. 부인과 만났을 때 이런 말을 했더니, 부인은 '부끄럽습니다.' 하며 몸둘 바를 몰라 했다. 그런데 언제부터인가 내가 오쿠노 다미오라는 게 알려진 모양이다. 아오키 참사관이 이렇게 말했다.

"저는 다미오 씨의 책을 강화회의에서 귀국하는 배 안에서 여러 번 읽었습니다. 대체 어쩜 이런 머리를 가지셨는지요? 글 쓰는 게 아주 탁월하십니다."

"이런 머리입니다." 나는 그에게 머리를 내밀어 보였다.

"하하하, 많이 벗겨지기는 했지만, 형태는 다르지 않은데요." 아오키 참사관은 아사마야마(浅間山) 산이 폭발한 것처럼 자지러지게 웃었다. 그러자 이 대화를 듣고 있던 크고 작은 군산(群山) 역시 일시에 폭발했다.

"파블로바 씨는 정말 열심이군요." 일동은 혼난 것도 잊어버리고 비평가 같은 얼굴을 하며 선생님의 가르침에 감탄했다. "역시 서양인은 여차하는 입장에 서면 엄격해집니다. "댄스라는 것은 상냥하게 가르치면 아무리 시간이 지나도 늘지 않지요. 잘 추게 되는 것은 멀리 태평양을 보는 것처럼 한이 없으니까요." 아오키 참사관이 꿀꺽 침을 삼키며 말했다.

"저는 아까부터 계속 다리를 구부린다고 혼났는데 제가 그렇게 굽히나요?" 나는 쓱 일어나서 일동에게 다리를 보여주었다.

"약간 굽어 있는데요. 쭉 펴보세요."

"쭉— 어떻습니까?"

"아, 됐습니다."

"그런데 말입니다. 당신은 다리를 굽히지 않고 걸을 수 있습니까?"

"그것은 호흡의 문제입니다." 아오키 참사관이 대답했다. 그러자 옆에 있던 노구치 군이 웃으면서 말했다. "다미오 씨는 오늘 입회하셨잖아요. 우리는 적어도 1개월 동안 이른바 형설의 공을 밟았으니까요." 졸업식 문구로 대응하니 나도 더 이상 할 말이 없다.

(1921.7.14)

제46회

"신사숙녀 여러분"

10분간의 쉬는 시간이 끝나자, 파블로바 선생님이 일어나서 일동 앞으로 나왔다. 그리고 선생님은 "내가 하는 것처럼 해보세요."라고 말하며 선두에 서서 스텝을 밟아 갔다. 사람들이 이어서 따라 했다. 선생님 뒤를 따라가는 사람들의 모습이 마치 슬금슬금 긴 뱀과 같았다. 이 골계적인 모습에는 '사진 촬영은 정중히 사양하겠습니다.'라고 말해야 할 정도였다. 나는 어떤 날은 쓰루미로, 또 어떤 날은 파블로바 선생님에게 다니며 오로지 댄스에 전념했다.

나는 일단 무엇이든 시작하면 질릴 때까지 하고야 만다. 그 일에 일심불란이 되어 있는 동안은 결코 곁눈질을 하지 않는다. 감탄할 만하지 않은가.

어느 날 가게쓰엔에서 여느 때와 마찬가지로 춤을 추고 있으니 가네코(金子)라는 온화한 느낌의 부인이 다가와서 말을 걸었다. "다미오 씨, 댄스가 능숙해져서 깜짝 놀랐어요. 처음 시작했을 때의 일을 생각하면 지금도 웃음이 나오네요. 당신은 부인과 아가씨에게만 춤을 가르쳐 주겠다고 하면서 저를 끌어들이셨지요. 그때의 일이 내 일기에도 쓰여 있답니다."

"일기에요? 정말이요. 한번 보고 싶군요."

"보여드리는 것은 상관없지만, 분명 화를 내실 거예요."

"아닙니다. 저는 그렇게 속이 좁은 사람이 아닙니다."

"그래요? 실은 오늘 그 일기장을 가져왔지요. 자, 보세요. 그 부분을 읽어보아 주세요." 그녀는 사람이 별로 없는 틈을 타서 일기장을 가져왔다. 나는 그 일기장을 돌아오는 전차 안에서 열어보았다. 잘 썼다고 할 수는 없지만, 아주 진정성이 느껴지는 글이었다. 신체시 풍의 문체이다. 거기에는 나의 댄스 부분이 이렇게 쓰여 있었다.

다미오 씨
즐거운 듯한,
그리고 귀여운 듯한, 다미오 씨

댄스가 아주 능숙해지셨네요.

처음에는 스타일이 골계적이라

다미오 씨의 남성다움이 덜 했지요.

그 끈질긴 열정으로

드디어 누구와도 춤을 추게 되었네요.

모두가 당신에게 보내는

기분 좋은 칭찬의 말로

다미오 씨다운 귀여운

순수함으로 모두에게 사랑받지요.

아이가 있는 나는

귀여운 아이를 사랑하는 마음으로

정말로 다미오 씨를 좋아합니다.

귀엽고 멋진 다미오 씨

또 댄스 합시다.

'귀여운 아이를 사랑하는 마음으로'라고 쓰여 있는 것을 보면 나를 아직 아이처럼 생각하고 있나 보다. 하지만 올해로 서른셋인데 이런 애증을 담아 주다니. 다이라노 아쓰모리(平敦盛)[34]보다 나이를 더 먹었

---

34 다이라노 아쓰모리(平敦盛, 1169~1184): 헤이안 시대 말기의 무장. 17세에 이치노타니(一ノ谷)싸움에 참가, 상대의 적장이 말에서 떨어진 아쓰모리의 목을 베려고 하

는데 말이다. 게다가 이 글에서 '귀엽고 멋진 다미오 씨'라는 부분을 읽었을 때는 가슴이 콩콩 뛰었다. 과연 미지의 여러분들은 이 구절에 수긍해줄까?

(1921.7.15)

제47회

드디어 그날이 왔다. 나는 어떤 품위 있는 젊은 신사가 너무도 귀여운 세 딸을 데리고 무도장에 와 있는 것을 보았다. "아니, 저분은?" 무심코 이 말이 나온 것은 이 세 사람 중 한 명을 어디선가 본 적이 있기 때문이다. 제국 극장이나 혹은 간다(神田) 회관, 아마도 음악회가 열렸던 장소였을 것이다. 눈은 크고 시원스러웠다. 그러는 동안 이 신사와 이야기를 한 것이 계기가 되어 그의 따님들을 소개받았다.

처음 만난 따님에게 어느 학교에 다니느냐고 물었더니, 학습원 여학부라고 대답한다. 매우 품위가 느껴졌다.

나는 그의 따님들과 차례로 춤을 추었다. 댄스는 그다지 잘 추는 것 같지 않았다. 내 발을 밟고, 밟고 얽혀서 또 밟았다. 나는 다른 사람이 발을 밟는다고 비난할 정도로 춤을 잘 추게 되었다. 가네코 부인의 말을 빌리지 않더라도 정말로 댄스에 능숙해졌다. 나중에 들은 이야

나 그의 어린 얼굴에 주저한다. 적장은 눈물을 흘리며 목을 베고 이후 출가했다고 전해진다.

기인데, 기억력이 좋은 독자는 기억할 것이다. 신문에서 '나가오카(長岡) 중장 따님 자동차에 치다'라는 제목으로 학습원의 으뜸가는 재원인 나가오카 아키코(長岡安芸子) 씨가 무참하게 죽었다는 기사가 소개되었었다. 그때 많은 사람은 그녀를 알든 모르든 상관없이 소리를 내서 울었다. 그 귀신도 굴복시킬 사사키(佐々木) 몽고 왕[35]의 눈에서조차 뚝뚝 뜨거운 눈물이 떨어질 정도로 그 가슴 아픈 죽음은 동정하지 않을 수 없는 일이었다.

그 세 사람 중에 아키코 아가씨가 있었다니. 나는 '그때 소개드렸던 사람 중에'라고 듣고, 지금 일어난 일인 것처럼 깊이 탄식하지 않을 수 없었다.

아름다운 영혼이여, 편안히 쉬소서.

x x x

어느 날 아주 엄청난 일이 벌어졌다.

평상시와 마찬가지로 가게쓰엔에 가서 춤을 추었다. 그러는 사이밤이 되었다. 여전히 시간도 잊어버리고 계속 춤을 추고 있는데, 갑자기 더위가 느껴졌다. 좀 이상하다 싶더니 바깥 가로수가 갑자기 소란스럽다. 윙윙 엄청난 신음소리를 내더니 갑자기 큰 비가 억수로 쏟아

---

35 사사키 야스고로(佐々木安五郎, 1872~1934)를 가리킨다. 일본의 정치가로 1904년 내몽고를 탐험한 것에서 몽고왕이라 불렸다.

졌다. 바람까지 동조해서 아주 무서울 정도로 휘몰아친다. 사람들은 모두 얼굴색이 변했다. 이제까지의 환락은 홀연히 사라지고 장내는 모두 당황해서 혼란스러워졌다. 오후까지는 하늘이 아주 맑아 우산을 준비해 온 사람이 아무도 없었다. 정말 갑작스럽게 폭풍우가 들이닥친 것이다.

그러는 동안 테이블을 둘러싸고 담소를 나누던 하라 노부코(原信子)[36]와 가타야마 야스코(片山安子)[37]는 '먼저 실례하겠습니다.'라고 인사하고 자동차로 먼저 돌아가 버렸다. 그러는 사이 남아 있는 많은 사람은 분명 비가 그칠 거라고, 불안한 가운데 일말의 희망을 품고 춤을 췄다.

그러나 비바람은 더욱 맹위를 떨치더니 결국 이 환희의 낙원을 덮쳐 버렸다. 이 사람도 옷이 젖고, 저 사람도 옷이 젖었다.

어떻게 하지, 어떻게 하지, 하는 사이 시간이 흘렀다. 꾸물꾸물 하고 있으면 전차가 끊어져 버린다. 아아, 걱정이다. 무슨 수를 써서라도 전차 역까지는 가야만 한다. 전차 역은 무도장에서 5, 6정 떨어진 곳에 있었다. 집으로 돌아갈 길을 서두르는 한 무리는 우산을 빌리고, 여자들은 옷을 걷어 올려 허리춤에 동여매고 밖으로 나갔다. 하지만 비 맞은 생쥐처럼 되어 금방 다시 돌아와서, 한걸음도 앞으로 나아갈

---

36 하라 노부코(原信子, 1893~1979): 성악가, 국제적인 오페라 가수로 활약했다.

37 일본의 노동운동가인 가타야마 센(片山潛)의 장녀로, 부친을 따라 미국으로 건너가 춤을 배웠다.

수 없다고 했다. 더군다나 우산은 뒤집혀서 망가지고, 머리에서인지 허리띠에서인지 뚝뚝 빗물이 소리를 내며 떨어졌다.

(1921.7.16)

제48회

"아, 안 되겠어. 자동차를 불러야겠어."

사람들이 말했다. 그런데 비바람이 너무 세게 휘몰아쳐서 아무리 자동차를 불러도 오지 않았다. 겨우 한 대가 왔지만, 거기에는 먼저 예정된 외국인 무리가 잡아타고 출발했다. 남겨진 일동은 그 자동차가 역에서 돌아오는 것을 기다릴 뿐이었다. 한 대의 자동차로 배웅하고 마중하고, 마중하고 배웅하는 식으로 하자는 데 의견이 모아졌기 때문이다.

하지만 기다려도, 기다려도 그 자동차는 돌아오지 않았다. 무슨 일일까, 시간에 신경 쓰면서 사람들이 떼를 지어 창밖을 내다보았다. 휙휙, 쏴쏴, 휙휙 하고 몸이 떨릴 정도로 엄청난 폭풍우가 휘몰아쳤다. 그 폭풍우를 뚫고 한 남자가 죽을힘을 다해 뛰어 들어왔다.

"자동차는? 자동차는?"

사람들이 물었다. 그는 얼굴에 쏟아진 빗물을 닦아내며 대답했다.

"안 되겠어요."

"안 되겠다고?"

"언덕 아래는 가랑이까지 물이 차서 강이 되어 버렸어요. 거기까지

가니까 자동차 안으로 흙탕물이 콸콸 쏟아져 들어와서 차가 움직이지 않아요. 타고 있는 사람들도 살려 달라고 비명을 지르고요. 도저히 갈 수가 없어요." 이는 간신히 목숨을 건진 사람의 보고였다.

막차 시간이 점점 다가왔다. 보통 때라면 가게쓰엔 호텔에서 묵고 가면 되겠지만, 도저히 묵을 수 없는 사람도 있었다. 사사키 씨 부부 (부인은 오자키 유키오[尾崎行雄][38] 씨의 따님)나 H피아니스트와 그 동행도 그랬고, 나 역시 묵고 갈 수 없었다. 다른 사람과 달리 나 같은 사람은 그다지 바쁘지 않아 1박이나 2박은 별거 아닌 일이지만, 여행 가는 것 빼고는 한 번도 집을 비운 적이 없는 품행 방정한 역사를 가진 나는 무슨 일이 있어도 아내에게 심적 고통으로 한밤을 세우게 할 수 없었다.

"무슨 일이 있어도 돌아가겠습니다!" 이렇게 말하면서 사사키 부부는 일본 알프스 등반대처럼 무시무시한 복장을 갖추고 비가 잠시 잦아든 사이를 틈타 뛰어나갔다. 어느 쪽이 부인인지 어느 쪽이 남편인지 모르겠다.

"예, 돌아갑시다. 어떻게 해서든."

H피아니스트는 독신이지만 마음이 불편한 모양이다. 동행도 곤란해 하고 있다. 그러다가 그들은 둘만으로는 불안한 듯 나에게 '같이 가자'고 권했다.

---

38 오자키 유키오(尾崎行雄, 1858~1954): 일본의 정치가이다. 일본 '의회정치의 아버지', '헌정의 신'이라 불린다.

"하지만, 이 상황에서는…."

걱정하면서 주저했지만 사사키 씨 부부까지 뛰어나간 것을 보면 못 갈 것도 없다는 생각이 들었다. "갑시다." 나는 큰소리로 외쳤다. K군, C군도 걱정하고 있을 아내가 염려되어 함께 가자고 했다. 남아있는 많은 외국인은 이미 하룻밤 묵고 가겠다고 결정을 했는지 빗방울을 피해서 댄스에 여념이 없었다.

(1921.7.17)

제49회

C군은 딸을 데리고 와 있었다. 역시 부녀지간이다. C군은 딸에게 자기가 입고 있는 레인 코트를 벗어서 입히고 거기에 모자를 깊게 눌러 씌워서 어디로도 비가 들어가지 않게끔 만들었다. 들어보니 딸은 오늘 날씨가 아주 좋아서 얇은 옷을 입고 왔다고 한다. 그 옷은 신문지에 싸서 옆구리에 끼고 나서려고 한다. 그때 옷이 다 젖을 것 같다며 나는 딸 옷을 받아서 내 레인 코트 안쪽에 단단히 넣어주었다.

"고마워." C군이 인사했다.

"따님이 나한테 댄스를 가르쳐준 적이 있거든. 이럴 때 그 답례를 하는 거지 뭐…. 자 나가지."

나갈 태세를 정비하고 내가 선두에 섰다. 비바람은 그 세력이 겨우 잠잠해진 상태였다. 그렇지만 때때로 옆으로 휘몰아치는 바람은 몇 번이나 우산을 뒤집어 놓았다. 하지만 그 정도의 어려움은 견딜 수 있었다.

언덕을 내려가자 아까 들었던 보고대로 길은 강이 되어 엄청난 소리를 내며 흐르고 있었다. 거기에서 길이 두 갈래로 나뉘었다. 오른쪽으로 가면 게이힌 선, 왼쪽으로 가면 쇼(省) 선 전찻길이다.

"어느 쪽으로 갈까?" 피아니스트가 물었다.

"왼쪽으로 가는 게 좋겠어."

"자, 그럼 왼쪽으로 가지."

이렇게 대화를 나누면서 왼쪽으로 가려고 하니 C군의 딸이 보이지 않는다. 어쩌지 하며 오른쪽으로 가고 있는 까만 그림자를 향해서 "여어이."라고 불러 보았다. 대답이 없다. 잘 못 본 것일까.

고개를 갸우뚱하고 있는 사이 피아니스트 일행은 위험한 강의 여울을 교묘하게 피하면서 길을 빠져나가 버렸다.

"다미오 씨, 빨리요."

"잠깐 기다려 주세요. C군이 보이지 않아요."

"그럼 먼저 갈게요."

"예에."

그렇게 대답하고 그곳에 선 채로 "어이, 어이." 하고 몇 번이나 불러보았지만, 대답이 없었다. 역까지 가는 길이 위험하다고 판단되어 다시 호텔로 돌아간 것 같다. 그런데 나는 그의 딸 옷을 맡고 있다. 이 옷이 없으면 C군의 딸이 아주 곤란할 것 같았다. 또 내가 그냥 집에 가지고 간다고 해도 C군의 집을 모르니 전달할 방법도 없다. 또 이런 여자 옷을 집에 가지고 돌아가면 아내가 뭐라 하겠는가. 이 옷을 꼭 찾아주어야겠다. 전차 시간도 신경이 쓰여서 비와 땀으로 흠뻑 젖은 몸으로 다시 언덕 위로 올라가서 가게쓰엔 호텔을 향해서 뛰었다.

"이러 이러한 사람이 방금 숙박하러 오지 않았나요?"

"그런 사람 없었는데요."

(1921.7.19)

제50회

"그럴 리가 없어요. 분명히 방금 왔을 겁니다."

"아닙니다. 뭔가 착오가 있으신 것 같네요."

정말 이상하다 도중에 구르기라도 한 걸까? 아니면 무도장으로 돌아갔나? 아니면 다시 게이힌 선 쪽으로 간 것일까? 게이힌 선 쪽으로 갔을 리가 없다. 분명히 내가 선두에서 걷고 있었다. 어쨌든 내 생각에 그 부녀는 분명히 나중이라도 와서 이 호텔에 묵을 것이다.

"이 옷을 전해 주세요." 나는 신문지 꾸러미를 레인 코트 안에서 꺼내어 건넸다.

"예, 꼭 전달하겠습니다."

나는 다시 엄청 빠른 속도로 달려 내려갔다. 비바람의 맹위가 어느새인가 멈추어 있었다.

시간이 신경 쓰여서 계속해서 달렸다. 미끄러운 곳에서는 '아이쿠, 아이쿠' 구르다가 다시 달렸다. 그러다가 새로운 강에 부딪혔다. 어떻게 빠져나갈 곳이 없을까 어둠 속에서 찾아보았지만, 이렇다 할만한 장소가 보이지 않았다. 결국 마음을 다잡고 첨벙첨벙 하고 구두를 신은 채로 뛰어들었다. 그러자 진흙탕이 갑자기 가슴까지 차 버렸다. 도랑에 빠진 것이다. 앗, 사람 살려, 당황해서 발버둥 치며 발 디딜 곳을 찾다가 다시 미끄러지고. 헉헉헉, 나 죽겠다.

C군의 딸뿐 아니라 나 역시 오늘 오후 날씨가 좋다며 일부러 야회복을 입고 왔었다. 새 옷을 한두 번만 입고 장롱 속에 넣어두는 것이 아깝기도 했지만 무엇보다 오늘 오는 양복 동지들 속에서 단연 두각을 드러내며 남자다움을 뽐낼 작정이었다. 일부러 야회복을 입고 왔는데 하필 이런 폭풍우를 만나다니. 가는 길이 진흙탕일 거라 생각해서 무도장을 나올 때 C군 딸의 옷과 함께 내 바지도 신문지에 쌌는데, 그 꾸러미를 오른쪽 옆구리에 소중하게 끼워 두었다. 서양 사람들 앞이기는 했지만, 당면한 상황에 희생도 불사한다는 마음으로 속바지한 장만 입고 뛰어나왔다. 내가 헉헉거리며 사람 죽겠다고 비명을 지르는 것도 무리는 아닐 것이다. 그 정도로 소중하게 여기는 친애하는 바지도 미끄러질 때 손을 잘못 집어 진흙탕 속으로 풍덩, 어디 바지뿐이겠는가, 윗도리도 사흘간 태양에 말려야 할 운명이다.

나는 몹시 화가 났다. 그리고 서둘러 강의 여울이 없는 곳을 찾았다. '바닥을 알 수 없는 심연, 요동치는 다니가와(谷川)의 얕은 여울에 파도 일으키고' 그때 내가 만약 이 옛날 노래를 머릿속에 떠올렸다면 이런 실수를 범하지 않았을 것이다. 화가 많이 나 있었기 때문에 그런 것을 생각할 만한 여유가 없었다. 서둘러서 파도가 전혀 없는 곳을 찾아야겠다고 그쪽에 발을 디딘 지 거의 100년의 세월이 흐른 것 같다. 지금 빠진, 훌륭한 깊은 도랑으로 다시 몸이 쑥쑥 빨려 들어갔다. 빨려 들어갈 때가 돼서 그 옛 노래가 생각났다. 잘못된 방향으로 생각났다.

(1921.7.20)

제52회

그러는 동안 나는 허세를 부릴 마음으로 야회복을 입고 외출한 것을 후회했다. 또한 결혼한 이후 처음으로 외박한 것에 대해서도 생각했다. 분명 도쿄도 쓰루미와 마찬가지로 비바람이 휘몰아칠 것이다. 모친과 아내, 하녀는 이렇게 여자뿐인 집에서 이 무서운 상황에 두려워하며 몸을 떨면서 내가 한시라도 빨리 돌아오기를 기다릴 것이다. 아니면 혹시 무슨 위험한 상황이 생긴 게 아닌가 하고 걱정하고 있을지도 모른다. 이렇게 생각하니 도저히 묵고 갈 수 없다. 자동차로 갈 수 없다, 전차로도 갈 수 없다, 군자가 이렇게 교통기관을 탓하며 원망만 해서는 큰일을 이룰 수 없다.

호텔로 와서 '숙박하겠다.'고 말하자 친절한 여주인이 뛰어나왔다. "아니, 큰일을 당하셨나 봐요." 여주인은 내 모습에 깜짝 놀라서 말했다.

"자자, 오마쓰야, 오하나야. 그렇게 놀라고 있지만 말고 얼른 도와 드려야지." 여주인은 부처님 같은 목소리로 말했다. 물에 젖은 행색이 어느 정도 정리되고 실내복으로 갈아입자, 휴 한시름 놓을 수 있었다.

"아까 말한 부녀 두 사람은 오지 않았나요?"

"오셨지요." 오하나 씨가 대답했다.

"역시 묵었구나. 그럼 신문지에 싼 물건은 전해 주었지요?"

"예, 전달했습니다."

휴, 정말 다행이다. 나는 그 중요한 옷을 도중에 돌려주길 잘했다고 생각했다. 만일 옷을 그대로 가지고 역까지 뛰어갔다면 도랑 속에 빠트렸을 것이다. 그러면 친절에 상관없이 쓸데없는 참견을 했다고 원망 받았을 지도 모를 일이다. 게다가 변상까지 해달라고 하면 우는 얼굴에 벌 쏘이는 격이다. 불행 중 다행이라는 말은 이런 때 하는 말인가 보다.

안내받아 이층 응접실로 올라갔다. 벽면에는 훌륭한 액자들이 걸려있었다. 따뜻한 차를 마시며 죽다 살았다고 생각하고 있는데, C군이 '어이' 하고 나를 부르면서 딸을 데리고 들어왔다.

"'어이'는 무슨, 아무 말도 안 하고 여기 들어와 있으면 어떡하나. 한참 찾았잖아."

"하지만 그렇게 내리는 비에는 어쩔 수 없었어."

"그러면 간다고 말해 줬어야지."

"그게, 아무래도 모습이 보이지 않는 거야."

"그래? 이제 와서 그런 소리 해도 소용없지." 나는 단념할 수밖에 없었다. 이번에는 딸이 이야기가 끊어지는 것을 기다렸다가 말했다. "일부러 제 옷을 가져와 주셔서 감사합니다."

"천만의 말씀이에요." 나는 딸에게는 아저씨 목소리로 응대했다. 그때 여주인이 올라왔다.

"처음부터 숙박하겠다고 결정했으면 이런 일을 당하지 않으셨을 텐데요."

"아내가 걱정할 거라 생각하니…."

"정말로 좋은 남편이네요. 남편들의 마음가짐이 모두 이러해야 하는데…."

드디어 칭찬받았다. 만세!!!

(1921.7.22)

제52회

아름다운 부인으로 평판이 자자한 히다카(日高) 씨 부부 일행도 일층으로 피난해 있다고 한다.

"무슨 일이야? T씨는?"

"아마 돌아올 거야." 내가 농담으로 한 말에 T씨 역시 몸이 흠뻑 젖어서 등장했다.

"어이, H씨는?"

"게이힌 선을 타고 집에 갔지."

"게이힌 선이 다녔어?"

"다녔지."

"다행이네"

"하지만 시나가와(品川)까지만 가고 그다음은 끊어졌을걸. 아, 피곤해. 로빈슨크루소처럼 물이 뚝뚝 떨어지네." T씨는 갑자기 몸을 일으켜서 강아지처럼 흔들어 보였다.

일동은 한 방에 모여서 주인 부부가 대접하는 과자와 홍차를 음미하면서 이야기를 나누었다. 특히 여주인의 파리행 실패담에는 배를 움켜쥐고 웃느라 시간 가는 줄도 몰랐다. 그러는 사이, 아—함 하는 아이의 하품 소리가 신호가 되어 '모두 자러 갑시다.'라며 위로 아래로 오른쪽으로 왼쪽으로 각자 흩어졌다. 마치 척후로 나간 병사 같았다.

내가 안내받은 곳은 이층 구석방이었다.

우와 이 얼마나 아름다운 침대인가. 지금 방금 만든 듯한 새하얀 견 이불이 보기에도 부드럽게 침대 위에 덮여 있었다. 태어나서 새하얀 견 이불은 처음이다. 남의 물건이지만 더럽히면 안 된다고 생각해서 발밑을 탁탁 털고 나서 부자가 된 기분으로 이불 속으로 들어가니 몸이 푹 가라앉았다. 이 얼마나 기분 좋을 느낌인가. 나는 진짜 처음으로 호텔이라는 곳에 묵었다. 가끔 잡지 같은 데서 서양에 갔을 때 화장실을 찾느라 실수를 가장 많이 한다고 읽은 적이 있는데, 화장실이라면 아까 여종업원에게 미리 '어디냐'고 물어 두었을 뿐 아니라, 일단 소변 정도는 끝내 두었다.

나는 환락과 피로의 결과 흥분해서 쉽게 잠이 들지 않았다. 계속 눈을 뜬 채로 사방을 둘러보았다. 벽에는 숲속에서 미인들이 난무하고 있는 그림이 걸려 있었다. 엄마가 연주하는 피아노 소리에 아빠는 꾸벅꾸벅 졸고 있고, 아이들은 장난치듯 놀면서 피아노 소리를 듣는 그림도 있다. 그 외 실내 장식 모두가 너무나 마음에 들었다. 마치 런던 교외의 호텔에 숙박하고 있는 것 같았다.

나는 제국 호텔이나 스테이션 호텔로 친구를 방문한 적이 있다. 하지만 그 호텔들도 이런 아름다운 방이 아니었다. 그리고 이 조용함이란, 아아 이 얼마나 조용한가. 폭풍우가 몰아친 다음이라고는 하지만, 게다가 심야라고는 하지만 너무나 조용하다.

잘 자라, 잘 자라. 편안히 잘 자라.

잘 자라, 잘 자라. 새근새근 잘 자라.

땀 흘리지 말고, 더럽히지 말고

아귀처럼 큰 입 벌리고

너, 다미오 씨, 잘 자거라.

(1921.7.23)

제52회

한밤중에 문득 잠이 깨서 소변을 누러 화장실 문을 열고 들어갔다. 다시 두 번째 문에 손을 얹으려고 하는 순간 나는 흠칫 놀라고 말았다. 뭔가 검은 그림자가 꾸물거리고 있는 게 아닌가. 무리하게 용기를 내서 말을 걸었다.

"거기에 누구 계신가요?"

"예." 상냥한 여자 목소리다.

"일은 끝내셨습니까?"

"예—에, 저기….." 뭔가 고민하는 듯한 말투이다.

"무슨 일 있으세요?"

"저기, 나갈 수가 없어요."

"열리지 않나요?"

"예."

"그럴 리가 없는데요."

손잡이를 잡아보니 역시 단단하게 고정되어 열릴 것 같지 않았다. 힘을 주어 힘껏 끌어당겼다.

"앗, 다행이다. 감사합니다." 인사를 하며 나온 것은 C군의 딸 미치코였다.

"아, 따님이었군요."

"예."

그녀는 잠옷 바람인 채로 있는 게 부끄러웠는지 얼굴이 빨개지며, 그래도 열어준 사람이 아는 사람인 나여서 다행이라는 듯이 말했다.

"아, 정말 난감했어요. 한 시간이나 갇혀 있었어요!"

"한 시간? 몸이 아주 차가워졌겠어요?"

"예, 울고 싶었어요. 다들 이제 겨우 조용히 주무시는데 소리를 질러 방해하면 안 될 것 같아 참고 있었어요. 도저히 안 되면 저 유리문을 넘어가려고 생각하고 있었어요."

"스텐슨 같은 모험이군요."

"하지만, 선생님 덕분이에요. 아 추워. 들어가야겠어요. 안녕히 주무세요."

이렇게 말하고 미치코 씨는 총총걸음으로 서둘러서 자기 방으로 돌아갔다.

낙타 같은 C씨 군의 얼굴에서 어쩜 저렇게 예쁜 딸이 나왔을까?

이렇게 생각하면서 소변을 보고 방으로 돌아와서 다시 잠자리에 들었다. 하지만 완전히 깨어버려 다시 잠들 수 없었다. 게다가 집에서 얼마나 걱정할까 생각하니 맘이 편치 않았다. 특히 '내가 당신을 지금까지 얼마나 믿고 살았는데,'라면서 아내에게 면박 받을 것을 생각하니, 더더욱 잠이 오지 않았다. 하지만 지금 자지 않으면 내일 아침 활동할 수 없다고 생각해서 애써 눈을 감았다. 하지만 정신은 더욱 맑아졌다. 그러는 동안 창문을 통해 이제 떠오르기 시작한 아침 햇살이 점점 넓게 퍼지며 빛났다.

나는 무심코 반쯤 몸을 일으켜 창문을 열었다.

와, 이 얼마나 생기가 감도는 만물인가. 풀도 나무도 숲도 다시 태어난 듯이, 폭풍우를 잊은 듯이, 아침 햇살을 기꺼이 들이마시고 있다.

(1921.7.24)

제52회

어느새 다들 일어났는지 누군가 내 방문을 똑똑 노크했다.

"다미오 씨?"

"어이."

"마치 동물원의 호랑이 같은 소리를 내는군. 들어가도 되나?"

"들어와.

문을 열고 들어온 것은 C군이었다.

"자네 혼자 묵었어?"

"응."

"쓸쓸했겠군."

"조용해서 좋았어."

"목욕은 했어?"

"아니."

"다녀와 봐. 목욕탕이 아주 훌륭해."

"자네는 다녀왔나?"

"벌써 다녀왔지."

그럼 다녀와 볼까, 하고 벌떡 일어나서 목욕탕으로 갔다. 문 앞에서 남자 종업원의 아침 인사를 고관대작처럼 가볍게 받아넘겼다.

"목욕물은 준비되었나?"

"예, 이미 준비했습니다."

"들어가도 되겠나?"

"예, 괜찮습니다. 이쪽으로 오시지요. 여기 수건 있습니다." 남자 종업원은 미쓰코시 풍물인 듯한 수건을 건네주었다.

욕조는 완전히 서양식이었다. 한 사람 한 사람에게 따뜻한 물을 교환해 주는 방식이다. 나는 어느 책에서인가 이런 식의 목욕탕에 대해 읽은 적이 있기 때문에 조금도 놀라지 않았을 뿐 아니라, 남자 종업원 앞에서 파리에 세 번이나 다녀온 적이 있는 얼굴로 느긋하게 천정을 올려다보았다. 그때 종업원이 '씻어드릴까요?' 하며 다가왔지만, 나는 '그냥 놔둬.'라고 말했다. 한 번이라도 좋으니까 옛날 양반처럼 '그냥 놔둬.'라고 말해보고 싶었다. 이제까지 사용할 기회가 없었는데 오늘에서야 이런 곳에 와서 한번 써봤다. 내가 진지한 얼굴로 말했기 때문에 종업원은 나를 도쿠가와 쇼군의 친척 정도로 생각했을 것이다. 탕에서 나오니, 여종업원이 "방금 전부터 여러분들이 아래층에서 기다리고 계십니다."라고 알려주었다. 서둘러 식당으로 내려가니 여주인을 시작으로 모두가 테이블을 둘러싸고 앉아 담소를 나누고 있었다. 내가 들어가자 "어이, 왜 이렇게 늦어."라고 하길래, "어이, 왜 이렇게 빨라."라고 답해주었다.

히다카 씨 일행 다섯 명이 오는 것을 기다렸다가 식사를 시작했다. 여주인은 '여러분 정말 고생하셨지요?'라며 마음으로부터의 동정과 최선을 다한 환대를 보여주었다. 일동은 입맛을 다시며 기분 좋게 식사하면서 대화를 나누었다. 식사가 끝나자, 부족한 잠을 보충하기 위해 방으로 돌아가는 사람도 있고, 아침 산책을 하러 나가는 사람도 있었다. 모두 제각각 움직였다. 거기에서 느긋하게 있을 수 없는 것은 나뿐인지, 나는 집이 걱정되어 견딜 수 없었다. 모두에게 일일이 사정을 말하면 흥이 깨질 것 같아 주인 부부에게만 송구스럽다고 예의를 표하고, 다시 젖은 양복에 몸을 쑤셔 넣고 총총거리며 나와 발걸음을 재촉했다. 전날 밤 맹위를 떨치던 흔적이 여기저기 처참하게 남아있었다.

(1921.7.26)

제52회

아내에게 미안해서 어쩌지 걱정하며 집에 도착했다. 조마조마하면서 살짝 문을 열고 들어가려는데, 그 소리를 듣고 하녀가 뛰어나왔다.

"아휴, 어서 들어오세요."

"집사람은?"

"어젯밤부터 머리가 아프다고 하시다가 지금 잠이 드셨어요."

그 말에 나는 움찔했다.

잔소리를 미리 예방하는 게 좋을 것 같아 신발을 벗고 집 안으로 들어가자마자 "자 봐봐. 이렇게 젖어서 이러지도 저러지도 못했어." 라고 일부러 큰소리로 말하고, "얼른 툇마루에 내다 널어라."라고 하녀에게 지시했다.

"알겠습니다."

"도쿄도 굉장했지. 어젯밤 폭풍우가."

"아니요. 그 정도는 아니었어요." 하녀는 비교적 평온하게 대답했다. 그러고 보면 이쪽까지는 들이닥치지 않았나 보다. 들이닥치지 않았다면 이것 역시 곤란하다. 하룻밤을 묵고 왔어야 하는 절대적인 이유가 사라진다. 이른바 중요한 구실의 효과가 완전히 소멸하는 것이다.

하녀는 벗은 양복을 받아들 때마다, '아휴, 세상에 ' '아휴, 세상에' 하면서 놀라는 목소리를 내주었다. 이 경우 놀라는 목소리가 어떻게든 안방에서 자고 있는 아내에게 들려야만 한다. 나는 더욱 큰 목소리로 말했다.

"그렇지? 도네가와(利根川)가 범람하는 줄 알았어. 흙탕물이 철썩거리는데 정말 무시무시했지." 나는 아주 생생하게 표현하며 말했다.

"정말이요? 전부 진흙투성이예요. 모자도요. 제가 열심히 닦은 구두까지도요. 아휴, 아직도 물이 들어있어요."

'더 큰 소리로 말해줘, 고함쳐 달라고.'

그러자 너무 시끄러워서 가만히 있을 수 없었는지 아내가 슬쩍 일어나서 나왔다. 나는 가슴이 쿵 내려앉으면서 우선 그녀의 얼굴부터 살폈다. 앞으로 몰아칠 폭풍의 전주가 보였다.

"어디 가셨었나요?"

"쓰루미의 가게쓰엔에 갔었지."

"그건 알고 있어요. 어디서 묵으셨어요?"

"가게쓰엔 호텔에서."

"가게쓰엔에 호텔이 있나요?"

실은 나 역시 어젯밤까지는 몰랐었다.

"네, 거기서 묵었다고 말하는 거지요?"

"그럼."

"그렇게 좋았어요? 내 입장을 조금이라도 생각해 보셨나요?"

"하지만 방법이 없었어. 그런 폭풍우에는."

"그런 폭풍우라니요. 도쿄는 비가 살짝 내렸을 뿐이에요."

이 얼마나 요상한 비란 말인가.

(1921.7.27)

제54회

"도쿄는 도쿄, 쓰루미는 쓰루미지. 아주 심했다니까."

"그렇게 속이려 하지 말고 남자답게 털어놓으세요. 신바시(新橋)의 게이샤는 아름다웠나요? 귀여웠지요?"

"아니, 날 바보로 아는 거야. 게이샤하고 놀아났다면 옷이 이렇게까지 젖을 수 있겠어."

"그런 말씀 하지 마세요. 5년이나 함께 살았으니 대충 예상이 되니까요."

"그럼 내가 신바시에 갔다는 거야?"

"신바시인지 야나기바시(柳橋)인지는 모르겠지만요."

"무슨 소리 하는 거야. 너무 심하잖아."

"너무 심하다고요. 그럼 아내가 있는 사람이 그렇게 가볍게 집을 비워도 된다는 겁니까?"

"안 되지. 하지만 그게…."

"할 말 있으면 어디 해보시지요."

"천재(天災)가 발생했으니 어찌할 방법이 없었어."

"뭐가 천재인데요?"

"전차가 정차해서 움직이지 않았으니까."

"어째서 전차가 정차할 때까지 계셨는데요?"

"비바람 때문에 밖에 나갈 수 없었어."

"그런 말도 안 되는 소리 하지 마세요. 그래서 레인 코트를 가지고 나가셨잖아요. 우산도 빌릴 수 없었나요?"

"하지만 우산이나 레인 코트 정도로는 감당할 수 없었어."

"뭐라고요? 아니 어젯밤 그 정도로 심하게 비가 왔다고요? 얘야, 어젯밤 그렇게 비가왔니?" 아내는 하녀를 재촉해서 일부러 말하게 하려 했다. 하녀는 주인어른과 사모님 사이에 끼어들어 쓸데없는 소리를 하지 않을 뿐 아니라, 아예 입을 다물고 아무 말도 하지 않았다. 아주 영리한 아이다.

"내가 지금까지 아무 말 않고 있었는데, 당신 요 3개월 동안 하루라도 집에 일찍 돌아온 날이 있었나요? 이상하다, 이상하다 생각했는데 드디어 밖에서 자고 들어왔네요. 대단한 신분이세요."

"3개월? 내가 그렇게 집을 비웠다고?"

"네, 마음속으로 꼬박꼬박 세고 있었지요."

"만약 비웠다면 그것은 참신한 소재를 얻기 위해서 활발하게 돌아다닌 거지. 당신이 나라는 인간을 제대로 대접해 주지 않으면 곤란해."

"또 시작이군요, 가정의 평화를 깨더라도 당신은 유명해지고 싶으신 거지요. 밤놀이하는 게 유명해지는 길입니까?"

"……."

"나야 어찌 되든 상관없지만, 가여운 우리 시즈코(静子)는 어젯밤 잠이 깰 때마다 주위를 돌아보면서 '엄마, 아빠 어떻게 된 거야. 어떻게 된 거야?'라고 울먹였지요. 지금은 편안하게 자고 있지만 깨어나면 분명 '아빠는?' 하고 물어볼걸요."

나를 꾸짖는 아내의 수단은 실로 교묘하다. 아내는 내가 남보다 아이를 끔찍이 사랑하고 특히 정에 약하다는 것을 알고 있기 때문에 이번에는 부녀의 정을 이용해서 나를 공격해 왔다. 여기에는 나도 할 말이 없어서 입을 다물어 버렸다.

(1921.7.28)

제55회

그때 시즈코가 어찌 된 일인지 혼자 일어나서 천천히 다가왔다.

"아빠 어디 다녀왔어?"

"저기에"

"왜 저기에 갔어?"

"일이 있어서"

"무슨 일?"

"댄스."

"댄스라면 일이 아니잖아."

아이가 이렇게 말하면 아빠도 할 말이 없다.

"아이한테 벌써 이런 교육이나 시키고, 어쩔 거예요?"

"그래, 알겠어."

"대충 말해서 그냥 넘길 생각하지 마세요. 아이는 말하지 않아도 부모가 하는 것을 다 보고 배운답니다. 당신은 가정이라는 것을 너무 가볍게 생각하시네요."

"하지만, 어젯밤은 정말로…."

"더 듣고 싶지 않아요."

"듣고 싶지 않다면 무리하게 말할 필요가 없지. 아, 너무 피곤하다. 잠 좀 잘까?"

"잠 좀 자겠다고요? 어젯밤 호텔에서 묵으셨다면 잘 필요가 없지 않나요? 그런 거짓말에 그냥 넘어가지 않아요."

나는 더 이상 변명할 필요가 없을 것 같았다. '사람을 그렇게 의심하면 안 돼.'라고 일격을 가해서 종결을 지었지만, 아내는 일언의 대꾸도 하지 않았다.

아내가 나와 말을 않고 지내는 날이 사흘이나 계속되었다. 천재이건, 지진이건 무슨 말을 해도 밖에서 자고 온 것은 용납되지 않는 모양이다. 나는 엉뚱한 혐의를 받고 맛없는 반찬에 우울한 아내의 얼굴을 마주해야 했다. 게다가 가장 사랑하는 딸 시즈코까지 '아빠가 잘못했어.'라고 나를 혼내니, 집에서 나는 경건하게 있어야만 했다. 밖에 나가면 다미오 씨, 다미오 씨, 하면서 일대의 총아로 대접받는데, 한 걸음 집으로 들어오면 매실 절임처럼 쪼그라들어 버린다. 나는 이런 일이 생기면 그 사람을 생각하면서 위로를 받는다. 그 사람은 미국의 대 웅변가인 B씨이다. B씨가 연단에 서서 말하면 아무리 반대파라도 침묵하고 올려다볼 정도로 그는 권위가 있었다. 하지만, 집 안으로 한 걸음 들어오면 아내의 심부름을 하느라 분주해서 보는 사람이 안타까울 정도라고 한다. 그는 이른바 작은 일에는 자신을 죽이고, 국가라는 큰 문제 앞에서는 당당하게 주장을 펴는 인격자인 것이다.

그런 사람이라도 끄집어내어 나의 마음을 위로할 수밖에 없었다.

그 일이 있고 나서 매일 일찍 집에 돌아왔다. 그런데 왠지 아내에게 꾸지람을 듣고 굴종하는 것 같아 나는 아주 부아가 치밀었다. 그렇다고 늦게 들어온다면 조용해진 폭풍우가 다시 들이닥칠 지도 모른다. 폭풍우는 이제 정말 지긋지긋하다.

(1921.7.29)

제56회

아내의 학교 다닐 때 친구가 동창회 잡지를 보고 주소를 알아냈다며 우리 집에 찾아왔다.

"아, 정말 반가워, 많이 변했구나."

그녀는 일부러 오모리(大森)에서 만나러 왔다고 한다.

"아니, 히사에(久枝), 벌써 아이가 둘이나 있어? 행동이 빠르네."

아내도 동창을 만나서 아주 기뻐했다. 그리고 담담한 목소리로 "이 사람이 내 남편이야."라고 자리 한 가운데로 나는 끌어들였다. 나는 '괜찮은 남자지.'라고는 입 밖으로 말하지는 않았지만, 그런 마음으로 인사를 나누었다.

이야기를 들어보니, 히사에 씨 남편은 지금 남양³⁹ 자바에 있다고 한다. 남편은 '언젠가 돌아오면 집도 새로 짓고 장롱도 마련하자, 별장

---

39 과거 일본 제국이 위임통치했던 서태평양의 적도 부근에 펼쳐진 미크로네시아 섬들을 가리킨다.

은 하코네(箱根)가 좋겠지.' 하며 떠났다는데, 일시적으로라도 그런 위로의 말을 해서 아내의 허락을 받으려는 심산이었던가 보다. 그녀는 남편과 떨어져서 느긋하게 즐기면서 지내는데, 이보다 편한 생활이 없다고 했다. 그러자 아내는 "정말 행복하겠구나." 하며 부화뇌동했다.

"행복하지도 않아. 그냥 쓸쓸하지."

"그건 그렇겠다." 아내는 이렇게 말하면 이렇게 대답하고, 저렇게 말하면 저렇게 대답했다. 자기 색이 분명하지 않은 사람이다.

"나아져서 돌아오면 좋을 텐데…. 약간 술주정이 있었거든."

"그래? 술꾼? 나는 술꾼은 정말 싫어."

"나도! 하지만 어쩔 수 없지." 그녀는 남양 자바에까지 보고할 수 없는 일들을 한바탕 이야기했다. 그런 이야기 끝에 아내가 문득 생각이 떠올랐는지 "우리 남편이 댄스를 시작했어."라고 말했다.

"댄스?" 그녀가 다시 물었다.

"아사쿠사(浅草)의 긴류칸(金龍館)에서 하는 것 같은?"

"그것은 가극이지. 너는 정말 신지식에 둔감하구나." 아내는 손님을 꾸짖듯이 말했다. 이어서 아내가 다시 물었다.

"외무대신의 무도회에 초대된 적이 있니?"

"아니."

"그럼 모를 거야." 아내는 너무나도 초대받은 적이 있는 듯한 얼굴을 했다. "거기에 가면 내외국의 신사 숙녀가 모여서 꽃처럼, 나비처럼 춤을 추지. 그것을 댄스라고 해."

"그거라면 나도 알고 있어. 언젠가 영화에서 보았거든." 그녀도 질 수 없다는 듯이 영화를 끌어들인다.

"댄스를 시작한 것을 보니, 남편분이 외무성에서 일하시니?" 손님이 이렇게 묻자 아내는 살짝 퇴각하는 눈치이다.

"외무성에서 일하면 외무대신의 무도회에 초대 받겠니?"

"그렇기는 하지만…." 손님은 점점 소극적으로 되어간다.

이런 작은 집에 살면서 용케 댄스를 한다고 생각했는지 손님은 집안을 다시 한번 쭉 둘러보았다.

"그럼 왜 댄스를 시작했는데?"

(1921.8.2)

제57회

이번에는 아내가 앞장서서 대답했다.

"우선은, 사교를 위해서지."

"정말?"

"둘째는 오락을 위해서이고."

"아, 그래?"

"세 번째를 말하자면, 운동을 위해서야."

"그렇군."

"이 세 가지 요건을 위해서 댄스는 반드시 필요하지. 지금 상류사회에서 아주 유행하고 있거든."

아내는 상류사회 얼굴을 하고 댄스를 정의내려 버렸다. 손님은 다시 집 안을 둘러보았다.

"알겠니?"

"알겠어. 그런데 네가 댄스가 반드시 필요한 거라고 위협하는 것 같아, 좀 무섭네."

"호호호, 미안해. 남편이 댄스 이야기가 나올 때 하는 말투를 좀 흉내 냈지. 호호호"

"지금 말투를 들으니 도미(富) 선생님이 생각나는데?"

"도미 선생님이라면 이제 아주 할머니가 됐을 거야." 두 사람은 한바탕 도미 선생님 이야기를 했다. 그러다가 손님은 "그런데 오늘 너에게 대접 받을 마음은 전혀 없으니까 네 남편 댄스 하는 거나 좀 보여줘."라고 말했다.

"그럼, 그러자." 아내가 손님에게 대답하고, "여보, 친구가 댄스를 보고 싶다는데, 어때요?"라고 나에게 물었다.

"그냥 보시면 됩니다. 하지만 본 이상은 댄스를 시작해야 합니다."

"예, 재밌으면 시작할게요. 저는 한가한 몸인걸요."

"자, 그럼 보여드리지요. 모처럼 오신 손님이니까요."

내가 "어이" 하고 하녀를 부르니, 하녀가 달려왔다.

"너 가서 축음기 좀 가지고 올래?"

"네?" 하녀는 의아한 표정을 지으며 물었다.

"축음기라니까." 내가 눈으로 신호를 보내자 하녀는 원래 영리한 아이인지라 얼른 알아차리고 '예, 예.' 하면서 서둘러 물러났다.

정직하게 말하면 우리 집에는 축음기가 없다. 너무나도 사고 싶었지만, 사려고 할 때마다 축음기는 얼른 질린다, 나라면 빅터의 고급품을 사겠다, 빅터 제품은 너무 비싸다 등등, 주변의 의견이 분분해서 결국 사지 못했다. 또 하나 사지 못한 이유는, 아내가 하나를 구입한다면 축음기보다 피아노가 좋겠다는 등, 어려운 주문을 해서 맥 빠지게 만들었기 때문이다.

그러나 댄스를 하는 집에 축음기가 없는 것은 뭔가 체면에 관한 문제라는 생각이 들었다. 나는 왜 이런 쓸데없는 일에 큰 소리를 치는지, 그것을 모르겠다. 없으면 없다고 하면 될 것을, 때때로 이런 허세를 부려서 거들먹거리는 것을 보면 나는 아직 어린가보다.

(1921.8.3)

제58회

일전에 몇 년 만에 고향인 가나자와(金沢)에 갔을 때, 이시구로 덴로쿠(石黒伝六)라는 친구가 이번에 빅터 축음기를 새로 샀으니 전에 쓰던 것을 가져가라고 했다. 나는 축음기를 짐에 싸서 도쿄까지 가지고 가는 것이 귀찮아서 필요 없다고 거절했다. 도쿄로 돌아와서 이 일을 아내에게 말했다가 "공짜로 준다고 했으면 받았어야지요."라고 잔소리를 들었다. 나는 아내에게 잔소리 들을 줄 알았으면 말하지 말 걸 그랬다고 후회했다.

하녀는 눈치를 채고 뒷문으로 나가서 K군 집으로 냅다 달려갔다고 한다. K군은 문부성 관리다.

돌아오는 인기척이 들려서 나는 자리에서 일어나서 뒷문 쪽으로 가보았다.

"축음기판도 빌려 왔니?"

"예, 댄스 말씀이지요?" 이 하녀, 얼마나 주인이 생각하는 바를 잘도 이해했는지, 항상 그렇지만 정말 영리하다.

"너는 참 재치가 있구나." 나는 기쁜 나머지 하녀를 칭찬해주고 나서, 축음기와 축음기판 일체를 방안으로 가지고 들어왔다.

"자, 시작할까요?"

"여보, 일어서봐."

"아니, 제가 상대를 해줘야 하나요. 저는 춤 출줄 몰라요." 아내가 손님 앞에서 변명하면서 일어났다.

"자— 틀어도 좋아." 내가 신호를 보내자, "알겠습니다." 하면서 하녀는 축음기판 위에 바늘을 놓았다. 힘찬 행진곡이 방 안 가득 울려 퍼졌다.

"원스텝인 것 같은데…. 아, 원스텝이다. 이 얼마나 좋은 곡인가." 라고 말하면서 나는 아내와 커플이 되어 댄스를 시작했다.

아내의 댄스는 내가 직접 가르쳐준 것이다. 파블로바 씨나, 가게쓰엔에서 배워온 스텝을, 졸려서 싫다는 아내를 무리하게 깨워가며 밤늦게까지 가르쳤다. 몸의 골격도 커서 안고 추는 느낌이 좋다. 원스텝이 끝난 다음 왈츠, 그리고 왈츠가 끝난 다음 포엔스트로트 순으로 춤을 춰 보였다.

"어떻습니까?" 나는 손님에게 감상을 물었다.

"보고 있으니 재미있을 것 같네요."

"한번 춰보시지 않겠어요?"

"하지만 처음인걸요."

"제가 잘 리드해 드리지요." 아내도 "한번 춰봐."라고 친구에게 권했다.

드디어 손님이 일어났다.

"어이, 다시 한번 처음의 행진곡을 틀어줘." 나는 하녀에게 지시했다.

"원스텝이라는 것이 댄스 중에서 가장 쉽지요. 이렇게 하면 됩니다."

나는 손님을 자유롭게 리드해서 보여주었다. 손님의 몸은 탈지면처럼 부드러워서 생각대로 움직여 주었다. 처음 하는 사람은 대개 막대기처럼 자세가 굳어 있는데 이 손님은 그렇지 않다. 능숙하게 춤을 출 전조가 보였다.

(1921.8.4)

제59회

"춤이 금방 늘겠어요. 소질이 보이네요. 몸이 두부 같아서 남자가 자유자재로 다룰 수 있는데요." 나는 그녀를 진심으로 칭찬해 주었다.

인간이라는 것은 참으로 묘하다. 예컨대 아이에게 '너는 정말 산수를 잘하는구나. 1에 2를 더하면 3이지. 정말 똑똑하네.'라고 하면 아이는 점점 산수를 더 잘하게 된다. 이 기분은 어른이나 아이나 마찬가지이다. 어른이라도 '당신은 정말로 머리 손질을 잘 하네요.'라고 하면 점점 능숙해져서 나중에는 자신의 장기가 된다. 때문에 그 사람이 뭔가에 능숙해지기를 바란다면 제일 먼저 칭찬을 해주어야 한다.

과연 그 반응이 왔다.

"잘 출 수 있을까요?"

"되고말고요. 이런 몸이라면 금방 할 수 있어요. 남자가 마음대로 할 수 있으니까요."

그녀는 남자가 마음대로 할 수 있다는 말에 거슬려 하는 것 같았지만, 댄스할 때의 이야기라서 비난하지 않았다.

"그럼, 저도 시작해 볼까요?"

그러자 아내가 옆에서 끼어들었다. "그래, 몸이 그다지 건강해 보이지 않아. 댄스라도 시작해서 체력을 키우는 게 좋겠어." 아내는 옆에서 댄스가 무슨 계란이나 소고기인 것처럼 말한다.

"예, 꼭 해볼게요. 음악이 나오니까 어느새 기분이 상쾌해지네요."

이 정도로 효과가 있다면 나의 댄스 역시 우습게 볼 것이 아니다.

덕분에 이 특별한 방문객은 아주 만족해서 '가까운 시일 내에 꼭 다시 오겠습니다.'라는 말을 남기고 돌아갔다.

그런데 그 후로 이 부인에게서 전혀 소식이 없었다. 어찌 된 일일까 하며 아내와 그 손님 이야기를 나눈 지 며칠 후, 아침밥을 먹으려는데 한 통의 편지가 아내 앞으로 전달되었다. 편지를 다 읽은 아내의 안색이 갑자기 바뀌었다.

"무슨 일이야?"

"읽어 보세요."

아내가 편지를 건네주어서 나도 무슨 일인가 하며 받아서 읽어보았다. 거기에는, '갑자기 오모리를 떠나게 되어 아이는 부모님께 맡기고 저만 정양(靜養)하기 위해 이곳 오다와라(小田原)에 와 있어요. 혹시 시간 되시면 꼭 놀러오세요, 여전히 댄스에 열중하고 계시겠지요. 저도 때때로 생각하면서 웃곤 합니다.'라고 쓰여 있었다.

"왜 오다와라로 옮겼을까?"

"그 친구, 원래 몸이 약했어요. 혹시 가슴의 병이 아닐까요?"

"가슴의 병이라면 혹시 폐병?"

"폐병인지 뭔지는 모르겠지만, 안됐네요."

"당신, 병문안을 한번 다녀오는 게 어때?"

"가는 것은 상관없지만 오다와라면 좀 멀지요. 저보다 당신이 시간 있을 때 다녀오는 게 어때요?"

(1921.8.5)

제60회

"나는 남자잖아."

"남자면 안 되나요?"

"당신 요즘 좀 희한한 소리를 하는군. 여자 혼자 있는데 가는 것은 좀⋯."

"하지만 부인이잖아요."

"폐병에 걸렸다면 전염될 수도 있잖아."

"전염되지 않도록 조심하면 돼요."

"상대가 폐병이니까 안심하고 나한테 가라는 거지?"

"설마 그렇겠어요. 그리고 폐병인지 아닌지도 확실하지 않은데요, 뭘."

"그러면 왜 당신은 나에게 가라는 거야?"

"내 친구니까요. 게다가 남편의 인격을 믿으니까요."

"이상하군."

나와 아내 사이에 진지하지도 않고, 농담도 아닌 대화가 이어지다가 어느새 이야기가 옆으로 새어 버렸다.

그러고 나서 사흘이 지났다. 바람도 없이 화창한, 요즘 드물게 좋은 날씨였다.

"아— 정말 날씨가 좋네." 툇마루로 나와서 정원에 몸을 반쯤 걸치고 앉아서 나는 중얼거리듯이 혼잣말을 했다.

방을 청소하던 아내가 무슨 생각이 들었는지, "지금부터 오다와라에 다녀오세요. 날씨도 좋으니."라고 말했다.

"그래, 가볼까?" 나 역시 좋은 날씨에 이끌려서 병문안 갈 마음이 일어났다.

"가실 거지요?"

"응, 갈 거야."

"가신다면 빨리 가는 게 좋겠어요."

"응, 양복 좀 꺼내줘." 나는 이런 일에는 남달리 빠르다.

"선물을 좀 가지고 가지요?"

"알겠어."

"뭐 가져갈 거예요?"

"후게쓰의 슈크림."

"잘 생각하셨네요. 역시 머리가 좋아요." 나는 슈크림으로 머리가 좋다고 칭찬받을 줄은 몰랐다.

선물을 사러 교바시에 들렀다가 그대로 도쿄역으로 가서 기차에 탔다. 3등실이다. 나는 세 시간 안에 도착할 수 있는 곳에 갈 때는 반드시 3등실에 탄다. 특히 도카도(東海道)선은 시골 기차와 달리 손님의 수준이 높아서 2등실이나 3등실이나 큰 차이가 없다. 게다가 3등실 좌석이 개선되고 나서 수준은 2등실과 거의 같아졌다. 체면 때문이 아니라면 2등실에 탈 이유가 없는 것이다.

누군가 아는 사람이 탔으면 좋겠다고 생각하고 있는데, 신바시(新橋)에서 한 여자가 열차에 올라탔다. 이 차량에서 유일한 여자다. 그녀가 내가 앉은 쪽으로 걸어오는데, 얼핏 보니 안면이 있는 것 같았다. 하지만 다른 사람 어깨에 가려서 확실하게 알아볼 수가 없었다.

'그 여자 아냐?' 하고 생각나는 사람이 있어서, 나는 화장실로 가는 척하며 옆으로 지나가면서 확인하려고 일단 벗어놓은 신발을 다시 신었다. 내가 쓱 일어나서 가려고 하자 여자는 나를 보고 생긋 웃더니 고개를 숙여 인사했다. 아, 역시 그 여자였다.

(1921.8.6)

제61회

과거 아타미(熱海)의 M여관에 묵었을 때의 일이다. 그때, 여종업원 치고는 드물게 품위 있고 온순한 사람이 내 방 담당이었다. 이름은 오쿠라(お蔵)라고 했다. 그때의 여종업원인 것이다.

나는 심심하던 차에 잘 됐다 생각하며 여자에게 이쪽으로 오라고 손짓했다. 그녀는 당황해하면서도 선반에 올려둔 짐을 내려들고 얼굴을 붉히면서 나에게 왔다.

"여이, 이게 웬일이야."

"오랜만이네요."

"어디 가는데?"

"아타미로 돌아가는 거예요."

"그럼 여기에는 외출 나온 건가?" 나는 빈자리를 가리키며 그녀가 앉기를 기다렸다.

"언제 도쿄에 왔어?"

"사오 일 됐어요."

"혼자서?"

"아니요. 아가씨하고 같이 왔어요."

"나미코(浪子) 씨하고?"

"예."

"그래? 나미코 씨에게 무슨 일이 있었나?"

"실은 삼촌이 눈이 나빠져서 간호하러 왔어요."

"오호, 나미코 씨는 삼촌을 아주 좋아했지. 어지간히 이해심이 많은 삼촌이라고 들었는데."

"하긴 뭐든지 배려해 주시니까요."

"그런데 나미코 씨는 여전히 아름다운가?"

"예, 아름다운 분이지요. 아타미 제일이니까요."

"아내 삼겠다고 오는 사람은 없고?"

"많이 오지요. 나미코 씨는 도쿄로 가고 싶어 하는데 부모는 시골로 보내겠다고 해서, 양측의 의견이 충돌하고 있어요. 나미코 씨는 도쿄에서 교육을 받았고 게다가 도쿄 타입인데, 도쿄로 시집가지 못할까봐 걱정이에요." 나는 나미코 씨가 아주 믿음직한 사람을 자기편으로 두었다고 생각했다.

나미코 씨와 나는 어느 때부터인가 남달리 친했다. 그녀는 나를 오빠처럼 생각해 주었고 나 또한 그녀를 여동생처럼 아꼈다. 하지만 둘 사이에 어떤 오해가 생겨서 서로 편지조차 교환하지 않게 되었다. 서로의 마음이 통했을까. 이 두 사람의 심정을 잘 이해하는 사람이 바로 이 오쿠라 씨였다. 그래서 나는 나미코 씨의 일에 대해 꼬치꼬치 캐물을 수 있었다.

두 사람은 오다와라까지 함께 동행했다. 나미코 씨에 대한 이야기 끝에 나는 여러 가지 주의할 점을 이야기해 주었다. 여관에 오는 손님은 심심한 나머지 쓸데없이 희롱거리며 접근할 수 있으니 마음의 준비를 해두는 것이 좋다, 손님이 옷을 사준다고 해도 싫다고 해라, 이불 속에 있으면서 어깨를 주물러 달라고 하면 '안 돼요.' 하고 도망 나와라. 대게 남자라는 존재만큼 요상한 것은 없다, 여자를 납득시키기 위해서는 백 년도 참지만 일단 용무가 끝나면 부리나케 도망가는 게 남자다,라고 말해 주었다.

그랬더니 오쿠라 씨는, "여러모로 감사합니다. 이렇게까지 걱정해 주시는 것은 선생님뿐입니다. 어디로 시집을 가든지 잊지 않겠습니다. 나미코 씨에게도 좋은 분이라고 말씀드리겠습니다."라고 말해 주었다. 나미코 씨에게도 좋은 분이라고 말해준다는 것에는 그저 황송할 따름이다.

(1921.8.9)

제61회

오다와라에서 그녀는 전차를 갈아타야 했다. 그녀는 헤어지면서 "가까운 시일 내에 꼭 다시 뵙기를 바랍니다."라고 말했다. 나는 "아타미에 가더라도 그 집에 다시 묵는 일은 없을 거야."라고 대답했다.

"무슨 그런 섭섭한 말씀을 하세요."

"나미코 씨가 어딘가와 혼담이 결정되었다는 말을 들으면 그때 묵으러 가지."

"어째서 그런 말씀을 하시는데요?"

"아직 옛날 머리를 가진 사람들이 많아서…"

"제가 보기에는 두 분 모두 안타깝네요." 만사를 다 알고 있는 오쿠라 씨는 두 사람의 아름다운 삶을 위해서 눈을 감았다.

"안녕."

"안녕히 가세요."

나는 그녀가 멀어져 가는 것을 쭉 지켜보았다. 이 헤어짐이 왠지 이 세상에서 그녀와의 마지막 작별인 것처럼 생각되어 견딜 수가 없었다.

역을 나와서 차장이 가르쳐준 길로 가서 보니, 갑자기 철썩철썩 파도 소리가 들려왔다. 드디어 목적지인 양생관에 도착한 것이다.

"세야마 구니코(瀨山邦子) 씨 계십니까?"

"계십니다. 이쪽으로 오시지요." 나는 종업원의 안내를 따라 안으로 들어갔다. 돌과 작은 소나무로 꾸며져 있는 정원은 아름다웠다. 해안가에 있는 정양소라는 느낌이 바로 다가왔다.

"세야마 씨, 손님 오셨어요."

"예." 방안에서 목소리가 들리는데, 갑자기 당황해하는 것 같았다. 누군가 손님이 와 있는가 보다. 게다가 남자인 것 같다. 내가 방문을 열어도 될지 몰라 주저하고 있을 때, 안에서 여자가 나왔다.

"누가 오셨나 했네요. 어서 들어오세요."

"실례합니다. 누가 와 계신가요?"

"아니에요. 괜찮습니다." 그녀는 괜찮다고 말했지만 뭔가 마음이 편치 않은 것 같았다.

"들어가도 될까요?"

"그럼요. 들어오세요."

"그럼 실례하겠습니다." 방 안으로 들어가 보니 과자 그릇과 찻잔이 테이블 위에 놓여 있었다. 남자는 어디로 간 것일까?

"저, 언니의…."

"언니의?"

"친구입니다."

"친구요?"

"친구라고 해야 할지 뭐라 해야 할지, 언니가 있을 거라 생각해서 왔다는데 언니가 없어서요."

"그래서요?" 나는 남의 일을 캐는 것을 좋아하는 성격이라 그녀의 대답에 귀를 기울이며 되물었다.

"저와도 아주 친한 사이라서, 그래서 묵고 계시지요."

"함께 말입니까?"

"아니요. 옆방에서요."

"아아, 그럼 그냥 여기에 계셨어도 상관없었을 텐데요."

"그건 그렇지만,……지난번에는 실례가 많았습니다." 그녀는 다시 인사를 하면서 "부인은 그 후에도 별고 없으시지요?"라고 물었다. 부인이라고 말할 때의 그녀 목소리가 갑자기 커졌다. 나는 뭔가 집히는 게 있어서 '이 여자 참 능숙하다.'고 생각하면서, "예, 변함없습니다. 오늘은 집사람을 대신해서 제가 왔습니다."라고 대답했다. 그러고 나서 "어디 아프십니까?" 하고 물었다.

"가슴 병이 약간 있는 것 같아서요." 나는 여자가 꾸지람을 듣고 있는 사람처럼 말해서 더 이상 추궁할 수 없었다.

(1921.8.10)

제63회

"그럼 안 되지요. 몸조리 잘하셔야지요."

"예, 고맙습니다." 여자는 인사를 하면서 차를 타주었다.

나는 찻잔에 병균이 붙어 있을지 몰라서 손을 대지 않았다.

"드세요."

그녀는 재차 차를 권했다. 여자가 다시 권하는데도 내가 여전히 마시지 않는다면 이 여자, 분명 자기 병이 무서워서 사양한다고 생각할 것이다. 그래서 여자가 불쾌해진다면 오늘 병문안 온 내 목적과도 맞지 않는다. 나는 하는 수 없이 '이걸로 몸에 무슨 감염이 되겠어,' 하며 마치 용감한 수군처럼 각오를 다지고 꿀꺽 차를 목구멍으로 넘겼다. 본인 입으로 폐병이라고 선언한다면 이쪽도 단호하게 '사양하겠습니다.'라고 말하겠지만, 폐병인지, 무슨 병인지는 말하지 않고 그냥 가슴의 병이라고 하니 참으로 난감하다.

"여기 선물입니다. 후게쓰의 슈크림입니다. 좋아하나요?"

"아니 후게쓰? 슈크림? 좋아하는 정도가 아닙니다. 당신을 좋아하는 것처럼 좋아합니다."

그런 달콤한 말에 즐거워할 내가 아니라서, 나는 재차 물었다.

"어째서 저를 그렇게 좋아하십니까?" 나는 일부러 옆방 남자에게 도전할 것처럼 큰 목소리로 물어보았다.

"당신은 댄스를 잘 추시잖아요."

아, 아, 아니, 이게 무슨 소리란 말인가.

"이쪽 해안을 아세요?"

"아니요."

"나가볼까요?"

"지금 바람이 강하게 불어서 바깥은 추워요."

"아이, 남자분이 바람 따위에…." 여자는 아주 익숙한 태도로 나를 놀렸다.

"저는 이런 날에도 매일 산책하러 나가지요. 해안으로 나가는 게 집 안에 있는 것보다 오히려 따뜻해요."

"자, 그럼 나가보지요."

"오, 갑자기 강해지셨네요. 자, 나가지요." 여자는 자리에서 일어났다. 나는 "옆방에는 지장이 되지 않을까요?"라고 반은 빈정대는 말투로 물었다. 그러자 여자는 갑자기 표정을 바꾸고 잠시 생각하더니, "상관없습니다."라고 한다.

구니코 씨의 안내를 받아 정원 안에 놓여있는 다리를 건너서 해안으로 나갔다. 푸른빛이 선명한 넓은 바다가 갑자기 눈앞에 펼쳐졌다. 이쪽에도 저쪽에도 어부의 모습이 점점이 보였다. 두 사람은 가까이 붙어서 걸었다.

"추워요?"

"아니요."

모래를 밟을 때마다 사각사각 소리가 났다.

"당신은 남편을 사랑하십니까?"

"왜 그런 것을 물으시지요?"

"왠지 마음이 공허하신 것 같아서요."

"그럴지도 모르지요" 여자는 내 말에 수긍했다.

"아이는 있나요?"

"네."

(1921.8.11)

제64회

"네, 분명 마음이 공허하신….."

"더 이상 그런 말씀 말아주세요. 아아, 쓰러질 것 같아요." 그녀는 어지러운 듯한 표정을 지었다.

"그럼 그만둡시다. 분명 당신 언니도 불행한 사람이지요?"

"어, 어, 어떻게 아셨나요?"

"그냥, 당신이라는 사람은." 나는 새삼스럽게 그녀의 얼굴을 쳐다보았다.

"예언자 같으시네요. 그럼 저에 관해 말씀드릴 테니 들어주세요."

이렇게 해서 그녀는 자기 신변 이야기를 하기 시작했다. 옛날 그녀의 마음속에 정해 놓은 사람이 있었다는 것, 지금의 남편과 결혼한 날 밤 남편이 너무 싫어서 도망친 것, 오빠한테 이끌려서 돌아왔지만 남편 얼굴을 보자 다시 도망친 것, 시집간 집이 장사를 해서 하녀들이 사모님이라고 불렀지만 카운터에 앉아 있는 게 싫었던 것, 자신은 관리직의 직장을 가진 상대가 맞는다는 것, 일전에 들은 대로 남편은 지금 자바에 가 있다는 것, 그것이 계기가 되어 작은 병에 걸려서 일단 오모리로 갔지만, 시어머니가 별거하라고 난리 치는 바람에 병세가 더 심해져서 그것을 구실 삼아 오다와라까지 오게 된 것, 등을 세세하게 이야기했다. 게다가 친정 부모님의 성격 상 언니의 일은, 하고 여자는 이어서 다음 이야기를 했다.

그러는 사이 석양이 바다에 퍼졌다.

"이제 돌아갈까요?" 나는 추위가 느껴져서 일어섰다.

"아니에요. 보내드리지 않을 거예요. 조금 더 제 이야기를 들어주세요." 여자는 나를 다시 앉혔다.

두 시간 정도 그녀의 가슴 답답한 이야기를 듣고 나서 일어섰을 때는 이미 밤이 가까울 무렵이었다.

정양소로 들어가려고 정원에 있는 다리를 다시 건너려 하는데, 한 양복 입은 남자가 구니코 씨 방 앞에서 아주 불쾌한 얼굴로 왔다 갔다 하는 게 보였다. "그 사람이구나, 언니의 친구인가 뭔가 하는." 아까 애매하게 말한 사람이 생각나서 나는 모르는 척하는 얼굴로 다리를 건넜다. 구니코 씨가 나에게 다가와서 작은 목소리로 말했다. "저분 화가 났나 봐요. 우리 둘이서만 나오는 게 아니었어요."

"우리가 무슨 비난받을 만한 일을 했나요?"

"아니요, 그런 일은…."

"그럼 상관없지요…."

"예, 하지만…." 구니코는 얼굴에 불안한 기색이 가득했다. 남자에게 그녀에 대한 의심을 품게 하지 않으려고 둘이서만 산책을 나왔는데, 그게 오히려 이런 걱정을 만들어낸 것 같았다.

"아니, 저를 부르고 있는 것 같아요. 좀 갔다 올게요. 조금만 기다려 주세요."

이렇게 말하면서 여자는 남자에게로 달려갔다. 둘이서 잠시 동안 뭔가 수군수군 이야기하더니 구니코 씨가 방으로 들어갔다가 다시 나왔다.

"들어오세요."

"무슨 일이었나요?"

"손님이 왔는데, 그 손님이 우리 둘이서 걷고 있는 것을 보면 다른 사람이 이상하게 생각할 거라고 걱정해서, 우리가 돌아오는 것을 저렇게 기다리고 있었대요. 그래도 신경 써 주니 고맙지요. 손님이 누군가 했더니 제 동생이에요. 상관없어요. 들어오세요. 누가 왔나 해서 깜짝 놀랐지요." 그녀는 말을 끝내자마자 다시 이어서 말했다.

"그런데 저분이 이런 말을 하더군요. 지금까지 자기도 해안가에 있었는데 우리가 이상한 행동하는 것을 보았다고요. 언제 보았지요?"

"이상한 행동이라니 뭐가 이상하다는 거지요?"

(1921.8.12)

제65회

"우리 둘이 배 옆에서 딱 붙어 있던 때를 보았겠지요."

"그래서 기분이 나빠졌나요?"

"정말 너무해."

"걱정되지요?"

여자는 쓸쓸하게 웃었다.

우리를 보았다는 이 남자, 해안가에서 내가 폐병에 전염될까 봐, 그녀가 호흡하는 공기를 피해서 바람의 반대 방향에 앉았던 것을 안다면 안심했을 것이다.

방 안에 들어가니 동생이라는 사람이 앉아 있었다.

"갑자기 얼굴이라도 볼 겸 해서 왔어." 동생은 누나에게는 아무렇지 않게 말하면서, 나에게는 내가 이 누나의 가슴에 못이라도 박은 사람인 것처럼 인사했다.

"안녕하세요." 나는 인사를 하고 이어서 나를 소개했다.

그러는 사이 식사 시간이 되었다.

식사를 끝내고 나서 나는 누나와 동생 사이에 할 이야기가 많을 거라 생각해서, 또 병문안이라는 목적도 달성하기도 해서 이제 돌아가겠다고 말을 꺼냈다. 기차 시간을 확인해보니, 잠시 후에 기차가 출발할 예정이라고 한다. 벨을 눌러서 종업원에게 자동차를 불러달라고 지시하고, 구니코와 동생 그리고 나 셋이서 의미 없이 잡담을 나누었다. 그러는 사이 자동차가 도착했다. 나는 구니코 씨에게는 "그럼 몸 조심하세요."라고 말하고, 동생에게는 "실례가 많았습니다."라고 인사하면서 일어났다. 구니코 씨는 나를 배웅하겠다고 복도까지 나왔다.

"저 달 좀 보세요. 정말 아름답네요."

'예?' 나는 그녀가 가리키는 손가락의 방향을 보았다. 희다고 하기

보다 노란색의, 지금껏 본 적 없는 커다란 달이 하늘에 낮게 걸려 있었다. 이런 것에 그다지 감흥을 느끼지 않을 정도의 나이가 되었는데도 나는 나 자신을 잊어버리고 기둥에 기대어 그 멋진 달을 넋을 잃고 올려다보았다. "훌륭하네요. 뭐라 표현할 수 없을 정도로 멋진 달이네요."

"정말 멋져요. 시간을 연기해서 다음 열차로 돌아가기로 하고, 한 번 더 해안으로 산책 나가지 않겠어요?"

"하지만…." 나는 시계를 보면서 말했다.

"오늘 밤 안으로 돌아가면 되잖아요."

"그건 그렇지만요."

"이런 멋진 달을 남겨두고 그냥 돌아가는 건 너무 아까워요."

내가 생각해도 그녀의 말이 맞았다. "하지만 자동차까지 와서 기다리는데요?"

"자동차는 돌려보내면 되잖아요."

"예, 그럼." 나는 현관으로 가서 운전사에게 다음 열차로 가게 되었다고 말했다. 운전사는 이상하다는 표정을 지었지만, 얼른 상황을 눈치 챈 것 같았다. "잘 쳐서 줄 테니 나중에 당신이 오도록 하세요."라고 내가 의미 있는 말을 하자, 운전사는 "네, 네." 하며 기분 좋게 돌아갔다.

"아니 돌아간다고 하지 않았나요?"라며 배웅하러 나온 관리인이 말하자, 구니코 씨는 "달이 너무 멋져서요. 제가 무리하게 붙잡았지요."라고 변명했다.

"오늘 밤 달님은 정말 대야처럼 크니까." 관리인은 장사치처럼 맞장구를 쳤다.

두 사람은 다시 해안으로 나갔다. 주변에는 아무도 없고 오직 두 사람뿐이었다.

"동생분에게도 같이 나오자고 말해볼 걸 그랬어요."

"아니에요. 둘이서만 이야기하고 싶어요."

방파제에서 바람을 피하면서 두 사람은 웃었다.

"이제 가셔야지요?"

"글쎄, 시간이···."

"그래요. 어쩔 수 없네요." 점점 분위기가 가라앉아서 두 사람은 잠시 아무 말도 하지 않았다. 그러다가 갑자기 구니코 씨가 말했다.

"부디 저라는 사람을 잊지 말아 주세요."

"이런 사람이 있었다는 것 정도는 잊지 않겠지요."

"당신은 정말 담백하네요."

"그런가요?"

나는 그냥 웃어넘겼다. 이때 바람이 거꾸로 불어서 그녀의 머리카락이 흐트러지며 나의 볼에 닿았다. 그녀의 향기가 코를 찔렀다. 나는 슬며시 얼굴을 돌려 그녀의 호흡을 피했다.

"돌아가지요. 늦으면 안 되니까."

감상적인 것을 그다지 좋아하지 않는데다 바람도 거세져서 나는 발걸음을 서둘렀다.

"아직 괜찮지 않아요?"

"하지만 다른 사람이 이런 장소에 있는 우리를 보면 정사에 대해 이야기한다고 오해할 것 같아서 싫어요." 나는 좋은 구실을 발견한 듯이 말했다.

"자, 갑시다."

두 사람은 다시 걷기 시작했다.

나는 사람이 많거나 혹은 다른 사람과 같이 있으면 유쾌한 분위기에 휩싸여서 감상적이 되지 않는다. 하지만 이렇게 둘이서, 더군다나 남편과 떨어져서 아침저녁으로 파도를 친구 삼아 지내는 이 여자와 아름다운 달빛을 받으면서 이야기하고 있으니, 왠지 감상적이 되어서 눈물이 저절로 흘러내릴 것 같았다.

(1921.8.13)

제66회

정양소로 돌아와서 보니 차가 출발할 때까지 아직 30분 정도 여유가 있었다. 내가 "뭐하면서 기다릴까요?"라고 묻자, 구니코 씨가 "댄스 해요."라고 대답했다.

"댄스? 아주 멋진데요, 하지만 축음기가 없으면 안 돼요."

"있어요. 축음기."

"축음기가 있어도 댄스곡이 없으면 안 돼요."

"왈츠가 있어요."

"왈츠가 있어요? 아주 멋진데요. 해보지요. 어디에서 할까요?"

"전망실을 정리하면 될 거예요."

"넓어요?"

"예, 아주 넓어요."

"자, 그럼 그렇게 합시다."

"아 참, 도시코(敏子) 씨도 부르지요."

"도시코 씨라니요?"

"실은요, 이곳에 와서 사귄 친구가 있어요. 지난번 선생님 댁에서 돌아와서 댄스 이야기를 했더니 자기도 꼭 한번 보고 싶다고 하더라고요. 그녀를 부를까요?"

"네, 상관없어요."

"한번, 권해 보지요."

두 사람은 도시코 씨 방 앞으로 갔다. 구니코 씨는 "도시코 씨"라고 부르면서 살짝 문을 열었다. 보아하니 잠옷 차림의 도시코 씨는 지금 막 잠자리에 들려던 참인 것 같았다.

"앗, 미안해요." 내가 말하려는데, 구니코 씨가 문을 쾅 하고 닫아 버렸다. 나라는 남자에게 그런 모습을 보인 것을 알면 도시코 씨가 부끄러워할 거라고 생각했나 보다.

잠시 후 도시코 씨가 단정한 차림으로 나왔다.

"이분이 지금 댄스를 보여주겠다고 하셔서요. 같이 가지 않을래요?"

"지금이요? 좀 기다려주세요."

"자, 그럼 전망실에서 기다리고 있을 테니 어서 오세요."

"얼른 갈게요."

얼핏 본 도시코 씨는 외관상 이성적일 것 같은 아가씨였다. 구니코 씨는 전망실로 가면서 도시코 씨가 늑막을 다쳐서 이곳에 와서 요양하고 있다고 말해주었다.

전망실은 바다를 아래로 내려다볼 수 있는 훌륭한 위치에 있었다. 둘이서 테이블과 의자를 정리하고 있는데 도시코 씨가 허리띠를 두르고 왔다.

"저, 도시코 씨. 일전에 분명히 왈츠 축음기판이 있었는데요."

"아, 있어요."

도대체 뭘 하고 있는지 보러 온 종업원에게 나는 "미안하지만, 축음기를 빌릴 수 있을까?"라고 말했다.

"알겠습니다." 종업원이 나가더니 잠시 후 축음기를 들고 나타났다.

"축음기판은?"

"없어요."

"판도 필요해요. 안에 가서 왈츠라고 쓰여 있는 것을 빌려달라고 말해 주세요."

"왈츠요?"

"네, 왈츠요."

종업원이 나갔다. 그러는 동안 나는 구니코 씨를 안고 춤을 추어 보였다. 춤이 끝나자, 구니코 씨는 "재미있겠지요." 하면서 도시코 씨의 얼굴을 쳐다보았다.

"도시코 씨도 배워 보세요."

도시코 씨는 망설임 없이 앞으로 나왔다.

"몸을 부드럽게 해야만 해요." 나는 방이 좁아서 앞으로 나아갈 수 없어서 빙글빙글 돌았다. "몸이 저절로 돌고 있는 것 같아요. 발은 어떻게 해야 하나요? 도시코 씨가 나에게 묻고 있을 때, 종업원이 축음기판을 가지고 왔다. 구니코 씨는 그 판을 물끄러미 살펴보았다.

"이게 아닌데. 왈츠라고 쓰여 있는 게 있을 텐데."

(1921.8.14)

제67회

"그런 거 없던데요?"

"있어. 내가 보았는데. 다시 한번 찾아와 줄래요."

종업원은 나갔다가 다시 돌아왔다.

"역시 없어요."

"있었어. 분명히 있었어."

구니코 씨는 삐릿삐릿 신경질적인 얼굴이 되어 말했다.

"그럼 당신이 직접 찾아오는 게 좋겠어요." 내가 구니코 씨를 부추겼더니, 그녀는 "가도 되지만…."이라며 왠지 주저했다.

"꾸물거릴 시간이 없어요. 얼른 다녀오세요."

"저는 왠지…."라며 구니코 씨는 다시 뭔가 망설였다.

"좋아요. 그럼 내가 찾아올게요."

"예, 그래 주세요."

"좀 기다리세요." 나는 그렇게 말하고 빠른 걸음으로 카운터 쪽으로 갔다.

가는 도중에 나는 천정이 낮은 문을 열기도 하고 닫기도 했다. 아니, 나같이 키 큰 사람은 머리를 부딪치겠어, 하는 생각도 했다. 돌아올 때도 지금처럼 주의를 했더라면 이렇게 못생긴 몰골은 되지 않았을 것이다. 나는 그때 일생일대의 잊을 수 없는 상처를 남기고 말았다. 나라는 멋진 남자를 산산조각으로 만들어버렸으니 말이다. 어쩜 이렇게 한심한 일을 저질렀단 말인가.

카운터에 가보니, 열일고여덟 살 되어 보이는 소년이 있었다.

"축음기판을 보여주겠니?"

"왈츠 같은 것은 없습니다."

"내가 찾아볼게."

그러자 관리인이 옆에서 "다 보여드려."라고 소년에게 말했다. 소년은 둥근 축음기판 봉투를 무거워하면서 내 앞까지 가지고 왔다. 나는 빠르게 한 장 한 장 빼면서 서둘러 찾아보았다. 없다. 놓친 것은 아닐까 해서 다시 찾았다. 역시 없다. 어쩔 수 없이 군악 관련 판을 모아보았다. 행진곡이 세 장 나왔다. '이게 있으면 원스텝 정도는 할 수 있겠어. 이것으로 가져가자.'라고 생각하며 "이것 좀 빌릴게."라고 말하면서 일어났다. 시계를 보았다. 20분밖에 남지 않았다. 이렇게 꾸물거릴 때가 아니다. 나는 비둘기 날듯이 쏜살같이 달렸다. 아주 넓은 복도를 힘껏 달렸다.

그때 갑자기 쿵 하고 머리에 큰 쇠망치를 맞은 느낌이 들었다.

(1921.8.16)

제68회

정신이 들었을 때 나는 복도에 거꾸로 쓰러져 있었다. 어느 새인가 사람들이 새까맣게 모여들었다.

"무슨 일이 있었어요?"

나는 꿈속에 있는 것처럼 주변을 둘러보았다.

"무슨 일이에요? 집이 무너졌나 생각할 정도로 큰 소리가 나서 나와 보니, 이런 상황이네요." 관리인이 말했다.

"쾅 하고 어마어마하게 큰소리가 들렸는데, 종업원이 '크, 크, 큰일 났어요. 아가씨 손님이⋯.'라면서 달려왔지요. 정신없이 와보니 이런 상황인 거예요. 어쩐 일이에요." 구니코 씨는 의아한 얼굴로 물었다. 나는 겨우 몸을 일으켰다.

"괜찮아요. 걱정하지 말아요." 나는 무리하게 미소를 띠면서 일어서려고 했다.

"아니, 머리에서 피가 나요." 도시코 씨가 말했다.

"피가 난다고? 어디에?" 누군가가 내 머리를 들여다보았다.

"봐 봐요."

도시코 씨는 내 머리 한 부분을 손가락으로 가리켰다.

사람들이 들여다보았다.

"큰일 났어. 많이 찢어진 것 같아. 구멍이 뚫린 것처럼 찢어졌어."

"어떻게든 빨리 조치를 취해야겠어요."

사람마다 한마디씩 말했다. 나에게는 윙윙거리는 소리로 밖에 들리지 않았지만 그래도 몰라 한번 머리에 손을 대보았다. 손에 피가 끈적끈적 묻었다. 그 순간, 나는 '제국 호텔 무도회에 출석할 수 있을까?' 하는 것이 제일 먼저 머리에 떠올랐다. 한심한 일이다. 한 달 전부터 제국 호텔의 무도회에 가는 것을 기대하며 기다리고 있었는데. 야회복과 에나멜 구두에 몸을 감싸고 화려한 무대에서 내외귀빈 사이에 섞여서 춤추고, 춤추고, 또 춤추는 것을 생각하고 있었다. 특히 이 무도회는 이제까지의 소규모 무도회와는 차원이 다르다. 신문에서는 이 무도회를 일찍부터 예고하고 있었고, 이름 있는 명사들도 이 무도회를 기다리고 있었다. 나는 앞으로 맛보게 될 이 화려한 무대의 환희를 잊을 수가 없었다. 나의 태도와 용모가 다른 사람에 비해 조금도 뒤떨어지지 않아야 한다고 조용히 고민하고 있었다. 누군가 '저 사람이 다미오 씨야?'라고 물으면 그 '다미오 씨?'라고, 예상한 것 이상으로 멋진 모습을 사람들에게 보여주고 싶었다.

그런데 나는 오늘 입은 상처로 무도회에 참석할 수 없다는 선고를 받은 것 같았다.

"상처가 깊습니까?"

"깊어요. 안쪽에 뼈가 보일 정도예요." 어떤 젊은이가 말했다.

"그런 말씀 하지 마세요."

관리인은 젊은이의 정직을 나무라며 말했다,

"아니, 그렇게 심한 것은 아니에요. 심하지 않지만, 얼른 의사에게 가야겠어요."

이 말에 나는 가슴이 쿵 하고 내려앉았다.

"거울로 좀 볼 수 있게 해주세요."

"거울 같은 거 보지 않는 게 좋겠어요."

"아니요, 만일을 위해서 좀 보고 싶어요." 나는 어떻게든 봐야겠다고 우겼다. 종업원은 서둘러서 거울을 가지고 왔다. 그것을 받아들자마자 나는 황국의 발전을 위하여 상처를 비춰보았다. 머리 중앙부에 1촌(寸) 정도 옆으로 찢어진 상처가 있고, 그 주변이 무시무시한 피로 물들어 있었다.

"어떠세요. 정말 조금이지요." 관리인은 나를 너무 낙담시키지 않으려고 애써 말했다. 제국 호텔, 제국 호텔, 하고 나는 제국 호텔만을 생각하면서도, 한편으로는 구니코 씨와 도시코 씨 앞에서 용감함을 가장하며 말했다.

"아니, 아무렇지 않아요." 나는 쓸쓸하게 웃었다. 하지만 스스로 무섭기도 하고 딱하기도 하고, 불안이 멈추지 않았다.

"어쨌든 얼른 의사에게 가야겠어요. 병균이라도 들어가면 큰일이니까요." 사람들이 입을 모아 말했다.

"머리가 아프지요? 오늘은 여기서 묵으면서 좀 쉬는 게 좋겠어요. 제가 부인에게 전보를 칠게요."

"아닙니다. 돌아가겠습니다."

"하지만 기차 안이 흔들려서 혹시라도 상처가 더 나빠지기라도 하면…."

"무슨 그렇게까지." 나는 정신력이 강한 듯 말하면서, 이대로 돌아가겠다고 했다.

"안됩니다. 그러면 피가 더 나와서…. 아니, 안색이 안 좋아졌어요."

용감한 나는, 나를 비겁하게 만들 것 같은 이 말이 마음에 들지 않았다.

"아프지요…?"

"아닙니다. 피가 많이 나나요?"

"아니요. 이제 멈춘 것 같습니다. 조금씩 스며나오고 있지만."

(1921.8.17)

제68회

"정말로요?"

이런 말을 하면서 두 사람은 밖으로 나왔다. 구니코 씨는 '아아,' 하고 탄식했다.

"일부러 병문안을 와주셨는데 댁에 가셔야지요. 부인에게 죄송하네요. 미안합니다."

"아닙니다." 나는 손을 저으며, "제가 한 일인데요, 뭐."라고 말했다.

"아니에요. 그렇지 않아요. 당신이 나에게 축음기판을 가지고 오라고 말씀하셨을 때 제가 갔으면 이런 일이 일어나지 않았을 거예요. 모두 제 잘못이에요. 결국, 저만 생각해서…."

"지금 그런 말을 해도 아무 소용없어요."

"어째서 제 병문안을 온 사람은 모두 재수가 나쁠까요? 지난번에도 어떤 분이 병문안을 오셨는데 갑자기 심한 열이 났어요. 덕분에 거꾸로 환자인 제가 밤새도록 간호했지요."

"……."

아무 말 없이 나는 듣기만 했다.

"당신이 간다고 하실 때 붙잡지 말 걸 그랬어요. 하지만 달이 너무나 아름다워서…, 결국에는 이렇게 됐네요. 미안합니다. 용서해주세요.

"인제 와서 무슨 그런…. 병원은 먼가요?"

"아니요."

"아직 많이 남았나요?"

"아닙니다. 거의 다 왔어요."

어두운 밤길을 조금 빠져나가니 큰길이 나오고, 거기서 조금 더 걸어가니 병원이 보였다. 모리(森)라고 써져 있는 그곳을 구니코 씨와 나란히 들어갔다.

"선생님 계신가요?" 구니코 씨가 간호사에게 물었다.

"예."

"좀 급해서 왔습니다." 이번에는 내가 말했다.

"무슨 일인데요?"

"머리를 다쳤어요. 이거 보세요." 나는 머리를 내밀어서 상처를 보여주었다.

"아, 큰일이네요." 간호사는 이렇게 말하고 일단 안으로 들어갔다. 곧이어 의사가 나왔다. 통통한 의사다워 보이는 의사였다.

"어떻게 된 거예요? 그는 싱글거리며 다가왔다.

"이렇게 됐습니다." 나는 머리를 내밀어 상처를 보여주었다.

"어이, 찢어졌는데요. 피가 많이 났나요?"

"아니요. 그렇게 많이 나지는 않았어요." 구니코 씨가 대답했다.

"만약 이 부분이 찢어졌으면 피가 나와서 뇌빈혈로 쓰러졌을 거예요. 게다가 5분만 늦었으면 생명이 위험했을 겁니다. 정말 다행이에요." 의사의 말에 나는 조마조마하기도 하고 기쁘기도 했다.

"꿰매는 편이 좋을까요?"

"그렇지요. 꿰맵시다. 그러는 편이 좋겠습니다. 잘 꿰매드리지요."

이렇게 말하면서 의사는 나를 수술실로 안내했다. 내가 수술실 의자에 앉으려고 하자, "이쪽에 누우시지요." 하며 의사는 침대를 가리켰다.

(1921.8.18)

제69회

"그럴까요?"

커다란 몸을 위로 향해서 침대 위에 벌러덩 누웠다. 구니코 씨는 걱정스러운 얼굴로 나를 보았다.

의사는 우선 알코올로 내 머리를 소독했다.

"조금 따끔할 거예요."

"조금이 아닌데요. 아주 심하게 따끔거립니다."

"조금만 참으세요." 의사는 이렇게 말하면서 이번에는 뭔가 꾹 눌렀다. 아마 국소마취 주사를 놓았을 것이다. 그런 다음 의사가 간호사에게 준비됐냐고 묻자, 간호사는 그렇다고 대답했다.

"자, 그럼, 해 봅시다."

그때 나는 간호사가 하는 것을 지켜보았다. 그는 핀셋으로 바늘을 끼우고 있었다. 드디어 시작하려나 보다 생각하는데, 의사가 바늘을 받아들고 재빨리 꿰매기 시작했다.

그 딱한 모습을 보고 구니코 씨는 눈을 감았다.

그녀는 심하게 떠는가 싶더니 뒤로 쓰러지려고 했다. 나는 얼른 그녀의 손을 잡았다. 그리고, "보지 않는 게 좋겠어요."라고 말해 주었다.

"하지만, 많이 아프잖아요?"

"전혀 아프지 않아요."

"아, 또 바늘이구나." 구니코 씨는 이번에는 소매로 얼굴을 감싸버렸다. 의사는 약을 바르면서 말했다. "붕대를 감을까요?"

"감지 않을 방법이 있다면 그렇게 하고 싶어요. 실은 무도회에 가야 해서요."

"무도회? 어디서요?"

"제국 호텔에서 하는 무도회요." 나는 환자인 주제에 제국 호텔을 배경으로 해서 으쓱해 보였다.

"언제인데요?"

"닷새 후입니다. 그때까지 나을까요?"

"그때까지는 무리겠는데요. 자, 그럼 붕대를 감지 말고 콜로디온을 붙여 두지요. 거기를 숯 같은 것으로 검게 칠하고 나가면 전혀 모를 거예요."

"그럼 콜로디온을 붙여주세요."

의사는 그렇게 했다.

처치를 끝내고 수술실을 나오니 도시코 씨도 와서 걱정스러운 얼굴로 우리를 기다리고 있었다.

"어떠세요?"

"고마워요. 대단한 것도 아닌데요." 나는 그렇게 대답하면서 밖으로 나왔다. 정양소에서 알렸는지 차가 기다리고 있었다.

"자, 여러분 안녕히 계세요." 나는 두 사람에게 마지막 인사를 하며 차에 오르려 했다.

"아닙니다. 제가 역까지 배웅하겠습니다." 구니코 씨는 서둘러서 나를 제지했다.

"저, 운전사님. 얼른 차를 한 대 더 불러주세요."

나는 그만두라고 했지만, 운전사는 이미 달리기 시작했다. 그때 현관에 서 있던 의사가 상처에 대한 여러 가지 주의사항을 알려 주었다. 그리고 자기도 도쿄에 오랫동안 살았는데, 그때 알고 지냈던 순천당의 의사를 소개해 주겠다고 했다. 나는 다니는 병원이 있으니 귀경하면 그쪽으로 가겠다고, 후의는 감사하다고 말했다. 그러는 사이 차가 도착했다.

"그럼."

나는 도시코 씨에게 "다시 댄스를 가르칠 기회가 있겠지요."라고 애써 밝은 표정을 지으며 인사했다. 구니코 씨는 도시코 씨의 숄을 빌려서 자기 몸을 감싸고 서둘러서 내 차 뒤를 쫓았다.

역으로 오자 다행히 마지막 열차가 남아 있었다.

"이 상처를 볼 때마다 오늘의 일이 생각날 거예요." 나는 갑자기 감상적이 되어 말했다.

"오늘은 제가 잘못했어요. 하지만 저도!"

"빨리 몸이 쾌유 돼서 건강하게 남편이 돌아오는 것을 기다리셔야지요. 아이도 이곳으로 부르면 좋을 텐데요."

"예, 잘 알겠습니다."

"무엇보다 자신의 운명을 사랑하는 남편에게 바치세요."

(1921.8.20)

제70회

"예."

"그것이 정말로 당신 가정을 행복하게 할 겁니다. 화목하게 하겠지요."

"예."

"그러면 여기에서 헤어집시다. 안녕히…."

"아닙니다. 저도 플랫폼까지 가겠어요."

"저는 열차에서 헤어지는 것을 아주 싫어합니다. 왠지 쓸쓸한 비애가 느껴져서요."

"하지만 잠깐이라도…."

"아닙니다. 괜찮습니다. 안녕히…."

"안녕히 가세요."

나는 조용히 점점 멀어져갔다. 뒤돌아보지 않았지만, 그녀는 분명 내 뒷모습을 쭉 바라보고 있을 것이다.

집에 돌아갔더니 아내가 얼마나 걱정을 하는지, 자기가 병문안을 권하지 않았다면 이런 일이 생기지 않았을 거라며 안타까워했다.

하지만 상처 그 자체가 남편의 남자다움을 크게 훼손시킬 거라는 점에는 조금도 마음 아파하지 않는 것 같았다. 마음 아파하지 않을 뿐 아니라, 오히려 어느 정도 훼손되는 편이 낫다고 생각하는 것 같았다. 이렇게 된 이상 앞으로 내가 "내 남자다움을 봐. 당신이 얼마나 행운의 여자인지."라고 으스대는 일은 없어질 거라 생각했기 때문일 것이다.

×　×　×

다음날 나는 만일을 위해서 아는 의사에게 가서 상처를 보여주었다.

"당신은 일 년 내내 이런저런 이유를 대서 의사에게 민폐를 끼치는군요." 의사는 이렇게 말하고 웃으면서 상처를 보았다.

"아니 요도홈을 사용했네요. 당신은 요도홈으로 피부염이 생기는 체질 아닙니까?"

의사의 말을 듣고 보니 정말 그렇다.

"처치하는 동안 누워 있었는데, 그사이에 바른 것 같습니다."

"또 고생 좀 하실 거 같은데요."

"지금 떼어내 주시겠어요?"

"지금은 안 됩니다. 지금 잘못 만지면 상처의 실밥이 끊어져 버립니다. 이대로 놔둘 수밖에 없어요. 일부러 콜로디온으로 굳혔으니까요."

이삼일 지나자 나는 몸에 갑자기 오한이 나더니 머릿속이 가려워서 참을 수 없게 되었다. 우울해질 정도로 기분이 가라앉고 뭘 해도 즐겁지 않았다. 다시 진단을 받으러 갔다.

"그것 보세요. 제가 말씀드린 대로이지요. 점점 넓어질 거예요." 의사는 요도홈을 떼지 않고 뭔가 연고를 바르고 머리 전체를 붕대로 감아 주었다.

"내일모레까지는 낫지 않을까요?"

"뭐가 그렇게 급하세요."

"제국 호텔 무도회에는 반드시 가고 싶거든요."

"붕대를 감은 채로 가시면 안 될까요?"

"머리에 하얀 붕대를 감고 나타나면 싸움이라도 한 줄 알고 귀부인들이 싫어할 것 같아서요."

"하지만 붕대를 풀 수는 없어요."

"아, 어떡하지."

병원을 나와서 뭔가 묘안이 없을까 고민했다. 나는 문득 서양인들이 다쳤을 때 공공장소에 나갈 일이 생기면 반드시 검은 붕대를 해서 눈에 띄지 않게 한다고 어떤 사람이 말한 게 생각났다. '좋다. 머리를 검게 감싸면 몰라볼 거야.' 이런 생각으로 나는 검은 붕대로 뭐가 좋을지 아내와 상의했다. 아내가 모슬린이 좋겠다고 해서 우선 모슬린으로 붕대를 마련했다. 다음날 준비한 검은 붕대를 가지고 의사에게 가서 연습 삼아 이것으로 머리를 감아달라고 부탁했다. 바보 같아 보였다. 마치 두건을 뒤집어쓴 것 같았다. 드디어 내일 제국 호텔의 본 무대에서 내외 귀빈과 함께 춤을 출 거라 생각하니 우울한 기분까지 밝아졌는데, 이런 머리를 하고 다시없을 무대에 설 것을 상상하니, 나의 영광스러운 아름다움에 대해 만감이 교차했다. 가장 멋지게 남성미를 뽐낼 작정이었던 이 몸이, 가장 추한 모습으로 일변했으니, 여러 가지 후회가 물밀 듯이 밀려왔다. 무슨 일이 있어도, 쓰러져도, 죽어도, 가야겠다. 그 환락, 그 공기를 느껴야겠다.

x x x

드디어 제국 호텔의 무도회 날이 왔다. 도하의 신문들은 모두가 한목소리로 '가인(佳人)들이 모여서 아름다운 오늘 밤을 지새우며 춤을 추겠지요…' 혹은 '상류사회의 꽃, 환락의 날'이라는 제목 등의 기사로 오늘 벌어질 상황을 예고했다. 왠지 가슴이 벅차고 피가 용솟음쳤다.

의사에게 가서 꼼꼼하게 붕대를 처치 받았다. 나는 더욱 깨끗하게 수염을 깎고 야회복에 에나멜 구두로 몸을 감싸고 자세를 바르게 해서 거울 앞에 섰다. 머리는 거적을 감싼 것 같지만, 남자다운 풍모는 여전하고 그 당당함이 우와, 오우, 너무 수려하여 기쁘기 그지없다.

(1921.8.21)

제71회

조상님도 깜짝 놀랄만한 이런 모습을 하고서는 도저히 전차를 탈 수 없었다. 이 야회복 하나로 신분이 종3위훈2등[40]으로 격상했다. 좋든 싫든 자동차 안에서 담배를 피워야 한다. 아내에게 자동차 얘기를 하면, 아내가 '자기 주제도 모르네요. 집사람은 옷자락 동여매고 빨래하고 있잖아요.'라고 빈정댈 게 뻔해서, 나는 레인 코트로 몸을 감싸고 옆집에라도 가는 것처럼 하고 밖으로 나왔다. 하지만 대저 제국 호텔로 간다는 사람이, 하물며 무도회의 주인공이라 자부하는 사람이 자동차가 아니라, 터벅터벅 걸어서 간다면 나중에 후회막급일 거라 생각해서 서둘러 박사 집으로 갔다. 박사와 그의 가족 일동이 이날 자동차로 제국 호텔에 간다고 들었기 때문에 거기에 얹혀 타기 위해서이다.

다행히 그의 가족은 아직 출발하지 않은 상태였다.

'아니, 딱 적당할 때 왔네.' 나는 함께 가자며 슬쩍 차에 올라탔다. 그때의 기쁨이란. 1년에 세 번밖에 사지 않는 담배를 무심결에 꺼냈다. 덕분에 박사의 딸 중 하나는 앉을 자리가 없어져서 얼굴을 찡그리고 나를 쳐다보았다. "자, 너는 엄마 무릎에 앉아."라고 눈치 빠른 부인이 얼른 아이를 안았다.

드디어 자동차는 5명의 승객을 태우고 즐거움에 넘쳐서 해 질 녘

---

40 종3위는 상급귀족의 위계로, 율령제 하에서 종3위 이상을 귀족으로 칭했다. 근대 이후에는 자작에 해당한다. 훈등은 훈공에 따라 수여되는 것으로 훈1등이하 훈12등까지 12등급이 있었다.

의 도회지를 쏜살같이 달렸다.

제국 호텔 앞까지 오자 입구는 수십, 수백 대의 자동차로 꽉 차 있었다. 게다가 무수히 많은 자동차가 문밖에서 대기하고 있었다. 뒤의 자동차는 앞의 자동차가 손님을 내리고 가는 것을 기다렸다가 천천히 한 걸음 한 걸음 앞으로 나아갔다. 마치 제국 극장의 4등 티켓을 사는 사람들 같았다.

그러는 사이 내가 내릴 차례가 되었다. 제국 호텔 정면 현관에 자동차가 도착하자, 운전사가 얼른 나와서 공손하게 문을 열어주었다. 종3위훈2등의 얼굴을 하고 있는 나는 담배를 손에 쥐고 유유하게 차에서 내렸다. 이어서 눈부시게 꾸민 두 따님과 부인, 그리고 B박사가 내렸다.

제국 호텔 안으로 들어갔다. 와, 이 얼마나 화려한 광경인가. 밝은 전등불에 비치는 빨갛고, 파랗고, 하얗게 오늘을 멋지게 꾸미고 온 각국 공사 부인과 따님의 모습은 너무도 아름다웠다. 귀공자들 사이에 껴서 친근하게 이야기하는 일본 부인, 아가씨들의 모습이 다이아몬드처럼 빛났다. 향수가 퍼졌는지, 연지와 분 냄새인지, 알 수 없는 요염한 향기가 코를 찔렀다.

"아니, 머리는 어떻게 된 겁니까?"

어떤 사람이 나에게 말을 걸었다. 자세히 보니 내가 좋아하는 아오키 참사관이다.

"머리를 다쳤어요."

(1921.8.23)

제71회

"아, 그렇습니까? 저는 터키 사람인가, 아니면 중국 귀족인가 생각했지요. 그런데 다미오 씨와 정말 비슷하게 생긴 것 같아서 가까이 와 보았는데, 정말 다미오 씨네요. 하하하…."

아오키 참사관이 붕대를 감고 있는 내 머리에 대해 말하는 사이 '무슨 일이야, 무슨 일이야' 하며 이쪽에서도 저쪽에서도 나에게 다가왔다. 나를 모르는 사람들은 '아이참 보기 드문 외국인이네.' 하며 신기한 듯이 내 얼굴을 쳐다보았다. 그리고 그 외국인이 신기하게도 일본인임을 알아차리고 당황해서 다시 쳐다보았다. 게 중에는 수군거리며 웃는 사람도 있었다.

손님들이 계속해서 나에게 다가왔다. 귀부인 중에 섞여 있던 지인인 하라 노부코 씨가 나에게 왔다. 가타야마 야스코 씨가 왔다. 모리 리쓰코를 시작으로 제국 극장의 여배우가 왔다. 모두 '무슨 일이세요?' 하며 나에게 다가왔다.

시곗바늘이 정각 8시를 가리키자 도야마 학교의 군악대 연주가 시작되었다. 사람들이 무도장 안으로 쓸려 들어갔다. 그 광경은 놀라울 정도였다. 이 대무도장 구석구석이 멋지게 꾸민 부인과 아가씨들로 꽉 차있다. 그 숫자, 수백 명에 이르렀다.

와아, 이 얼마나 아름다운 세계란 말인가. 일본 대 도쿄의 모든 상류 사회의 가인들이 한자리에 모인 것 같다. 사진에서 보았던 공작과 백작이 모두 와 있다. 나는 그 찬란한 화려함 속에 혼을 빼앗겨 버렸다.

음악에 맞추어 춤을 추는 사람, 또 그것을 지켜보는 사람, 모두 제각각이다.

나는 B박사와 오른쪽에 있는 의자에 앉았다.

그러자 곧이어 성악가인 스즈키 노부코 씨가 어떤 아름다운 여성과 함께 다가왔다.

"저와 함께 온 여성을 아세요?" 노부코 씨가 내 옆으로 와서 작은 목소리로 물었다.

"아니요. 아름다우시군요. 누구신데요?"

"아름답지요. 미인으로 유명한 긴자(銀座)의 야마노(山野) 씨에요. 소개해 드리지요."

노부코 씨는 중간에서 두 사람을 소개해 주었다.

"나중에 한 곡 부탁하고 싶습니다만."

"예, 그러세요. 몇 번으로 할까요?"

"5번이나 6번으로 하지요."

"그럼 5번을 부탁하겠습니다."

"예, 그렇게 합시다."

댄스는 12회까지 있는데, 여자가 남자로부터 춤을 신청받을 때는 이미 제안받은 이외의 횟수에 한해서 다시 신청을 받을 수 있다. 아름다운 여자일수록 남자로부터 춤 신청을 많이 받는다. 춤을 신청하지 않고 멍하게 있다가는 여자의 약속이 다 차버려서 아름다운 여자와는 춤을 추지 못하고 끝나게 된다.

남성다운 원스텝의 곡, 너무도 아름다운 왈츠 곡, 몸을 녹일 듯한 폭스트롯이 반복해서 연주되었다. 신문사와 잡지사는 계단 위에서 경쟁적으로 이 환락의 광경을 사진에 담고 있었다. 내가 한 곡을 추고 즐거운 얼굴로 자리로 돌아와서 앉으려는데, 갑자기 뒤에서 "어이, 니시가와!" 하고 본명을 부르는 소리가 들렸다. 아니, 하고 목소리의 방향으로 돌아보니 중학교 때부터 친구인 철도성의 F군이다. 그 외에 젊은 고등관들이 네다섯 명 있었다. 모두 아는 얼굴이라 씩 하고 웃어 주었다.

"어이, 니시무라 군, 그 야회복 아주 잘 어울리는데." 사람들 앞에서 부끄럽게 F군이 큰소리로 말했다.

"오늘만은 아무 말도 하지 말아줘. 나를 무심한 얼굴로 대해줘." 나는 얼른 그를 끌어내서 귓불을 잡아당기며 작은 목소리로 부탁했다.

"하하하, 알겠어." 그는 통쾌하게 웃었다.

"어때 나 춤 잘 추지?"

"그래, 아주 잘 추는군." F군은 아주 형식적으로 칭찬했다.

"자네도 춤을 배우는 게 어때?"

"자네에게 선수를 빼앗겼다고 생각하니 분해서 참을 수 없네." F군은 본심을 말하며 항복했다.

"왜 이쪽으로 왔어?"

"잠깐 식사 하고 지나가다가 우연히 봤지."

"그렇군. 조금 더 나의 댄스를 봐봐."

"건방진 소리 하고 있네."

이때 장내에 다시 연주곡이 흘렀다.

히다카 씨 모습이 보이지 않는다. 춤추기로 약속했는데 말이다. 겨우 히다카 씨를 발견하고 1분도 아깝다는 듯이 춤추러 나갔다.

우리 주위로 춤추는 사람이 많아 움직일 수 없을 정도였다. 이쪽에서 콩, 죄송합니다. 저쪽에서 콩, 죄송합니다. 서로서로 죄송함의 연발이었다.

(1921.8.24)

제72회

사람들은 춤을 추면서도 서로 간의 아름다운 모습에 넋을 잃고 있었다. 많은 사람에게 누구보다 좋은 평가를 받은 사람은 가네코 겐타로(金子堅太郎)[41] 자작 아들 부인인 오하시 신타로(大橋新太郎)[42] 씨의 딸과 호텔의 지배인인 하야시 아이사쿠(林愛作)[43] 씨의 부인이었다. 이 두 사람이 특별히 아름다웠는데, 이것은 대부분의 의견과도 일치하였다.

---

41 가네코 겐타로(金子堅太郎,1853~1942): 하버드 대학 로스쿨에 유학, 귀국 후 일본제국헌법의 기초(起草)를 만들고, 그 공적으로 남작이 되었다. 사법대신, 농상무대신, 추밀원 고문을 역임했다.

42 오하시 겐타로(大橋新太郎, 1863~1944): 실업가, 정치가. 중의원의원, 귀족원의원에도 당선되었다.

43 하야시 아이사쿠(林愛作,1873~1951): 10대에 도미(渡美), 미술상으로서 뉴욕 사교계에서 활약했다. 귀국 후 제국 호텔의 지배인으로 취임(1909)했다.

휴식 시간이 되자, 사람들은 여기저기 휴게실에서 먹고 마시며 기분 좋게 피곤함을 풀었다. 그때 뜻하지 않게 알고 지내는 학습원의 재원들과 만났다. 다음 곡에 춤을 추지요, 해서 약속은 금방 성사되었다.

음악이 다시 시작되었다. 도쿠가와(德川) 씨의 딸과 춤을 추고 있으니 훅 하고 눈에 들어오는 여자가 있었다. 옛날에 내가 이 제국 호텔에 데리고 왔던 아야코 씨였다. 그때 그녀는 나를 버려두고 제멋대로 잘생긴 외국인만을 골라서 춤을 췄었다. 그 이후 나는 무슨 일이 있어도 그녀를 상대하지 않았다. 그리고 언젠가 댄스로 복수해 주겠다고 생각하고 있었다. 적당한 때를 만났다고 생각하면서, 나는 너무나도 즐거운 듯이, 너무나도 기쁜 듯이 그녀 앞으로 가서 춤을 추어 보였다 그리고 '어때 당신을 상대해 줄 사람이 아무도 없지.'라는 식으로 행동했다. 그녀는 후회하는 듯이 얼굴을 피해버렸다. 전에 그녀와 춤을 추었던 사람들도 이날만은 더 아름다운 여자들과 춤추느라 그녀에게는 눈길도 주지 않았다. 그러는 사이 그녀 모습이 쓱 사라져버렸다. 분명 더 이상 참을 수 없었을 것이다.

화려한 풍경과 환락의 연주는 밤새도록 계속되어서 그 끝을 알 수 없었다.

다음날 신문은 모두 제국 호텔의 무도회 사진을 많은 기사와 함께 경쟁적으로 게재했다. 도쿄일일신문에는 내가 머리에 검은 붕대를 감고 춤을 추는 모습이 실렸다. 왠지 괴로우면서도 기쁘지 않을 수 없었다.

이로써 무도회가 끝이 났다. 나는 그다음 날부터 다시 머리의 상처 때문에 번뇌하지 않을 수 없었다. 피부염의 고통과 이에 수반된 오한 때문에 불면의 며칠 밤을 보냈다. 내 생명이 길게 남지 않다고 생각될 정도였다. 하지만 그것도 일종의 기우에 불과했다. 병은 점점 좋아졌다. 그러나 처음에 의사가 단언한 대로 상처는 겉에서는 보이지 않지만 남아버렸다. 머리 중앙부에 3센티의 길이로 상처가 빛나고 있었다. 머리가 아무리 해도 되돌릴 수 없이 훼손된 것이다.

훼손된 것은 그것만이 아니었다. 머리를 긁은 손으로 언제부터인가 얼굴도 긁고 가슴도 긁었다. 피부염은 곳곳으로 번졌다. 나중에 피부염은 나았지만, 피부염의 상처는 그대로 남았다. 나는 거울을 보며 몇 번이나 통곡하지 않을 수 없었다.

아아, 어제까지는 만도(滿都)의 남녀로부터 동경과 찬미를 받던 멋진 다미오 씨. 오늘은 형편없이 가련하고 추해졌네요. 다른 사람과 만나면 얼른 고개를 숙이는 한심한 몸이 되었네요. 그렇게 되었네요.

(1921.8.25)

끝

고려의
단지
(高麗の壺)

이리에 신파치
(入江新八)

제1회

고미야 준이치(小宮純一)는 요즘 아주 게으른 사람이 되어버렸다.

그는 오랫동안 그림을 그리지 않았다. 시도 쓰지도 않았다. 긴 문장을 쓰는 일은 거의 없었다. 그래서 그의 경제 상황은 아주 힘들었다. 그런 어려움 속에서 그는 여전히 게으름을 피우고 있었다. 그러나 그는 자신이 게으르다고 조금도 생각하지 않았다. 게으르지 않을 뿐 아니라, 매일 열심히 공부한다고 생각했다. 이처럼 어떤 한 가지 일에 몰두해서 공부한 것은 태어나서 처음일 거라고 스스로 생각했다. 그는 매일 이러한 공부 때문에 몸이 피곤했다.

"아아, 피곤하다. 피곤해." 이렇게 말하면서 그는 집으로 돌아왔다.

그리고 겨우 숨을 헐떡거리면서, "아아, 배고파. 배고파서 죽겠어. 빨리 밥 좀 줘."라고 말하며 아내를 재촉했다.

"그렇게 배가 고프세요? 어디서 드시면 될 것을…. 그렇게 배를 곯고 다니면 어떡해요."

"그런 말 할 시간 없어. 빨리 밥 가져와. 뭘 구시렁대고 있어." 그는 화를 냈다.

"이미 다 준비해 두었어요." 부인은 아무렇지 않게 대답했다.

"빨리해. 배가 고파서 쓰러질 것 같아." 아내는 남편이 여전하다고 생각했다. 그 행동이 밉살스러워서 오히려 꾸물거리고 싶었다. 하지만 남편을 위해 서둘러서 식사를 준비했다.

"준비가 다 됐다더니 거짓말이잖아. 아무것도 준비되어 있지 않잖아." 고미야는 화가 난 듯이 말하고, 바닥에 놓아둔 꾸러미를 들고 거친 발소리를 내면서 서재로 갔다.

이미 날이 저물고도 한 시간이나 더 지났을 시간이었다. 서재는 주인이 돌아오는 것을 기다렸다는 듯 전기가 밝게 켜져 있었다. 불이 지펴진 화롯불에서 철 주전자가 끼익 끼익 소리를 내고 있었다. 아내가 남편이 돌아올 시간에 맞추어 실내를 따뜻하게 만들어 두었던 것이다.

그는 털썩 책상 옆에 앉았다. 그리고 꾸러미를 풀기 시작했다.

"여보, 식사 준비되었어요." 옆방에서 아내 노부코가 상냥한 목소리로 불렀다. 하지만, 서재 쪽에서는 대답이 없었다.

"여보…."

"…."

"여보 밥이 되었다고요. 여 어 보…." 그래도 대답이 없었다.

"여 어 보…."

"뭐라고? 시끄러워…." 고미야는 겨우 한마디 대답했다.

"배가 고파서 쓰러지겠다면서, 어쩐 일이에요." 노부코는 농치듯이 말했다.

"너무 배가 고파서 쓰러져서 지금 움직일 수 없어…."

"당신, 졸도하셨어요?" 그렇게 말하고 노부코는 키득키득 웃었다.

그녀의 웃음소리가 방문을 통해 그에게 희미하게 들려왔다.

잠시 동안 그의 집은 아무 소리가 나지 않고 조용했다.

(1925.3.13)

제2회

노부코는 밥상 위에 식사를 차리고 밥공기에는 밥까지 퍼 놓았다. 게다가 다리가 긴 유리잔에 포도주를 가득 따라 놓았다. 붉은 액체에 전깃불이 비추어 포도주는 커다란 루비의 단면 같아 보였다.

노부코는 그 유리잔 색을 바라보면서 다시 한번 미소를 지었다. 그러고 나서 그녀는 화로에 매달려 있는 냄비 상태를 슬쩍 보면서 말했다.

"정말 배가 고프다는 사람이 어떻게 된 거예요. 아직 졸도는 하지 않았나 봐요."

그렇게 말하는데도 남편이 여전히 대답이 없자 노부코는 몹시 화가 났다. 그러다 갑자기 일어났다.

노부코는 남편이 지금 서재에서 무엇을 하고 있는지 알고 있었다. 평소와 마찬가지라고 생각했지만, 불이 날 것처럼 아내를 재촉해놓고 이쪽에서 불러도 대답하지 않는 남편의 이기적인 행동이 미워서 화가 나서 갑자기 일어난 것이었다.

노부코는 방문을 드르륵 열었다. 그러자 그는 그녀가 예상했던 일을 하고 있었다. 노부코가 방 안으로 들어온 것도 눈치채지 못하고 그는 책상 위에 늘어놓은 물건을 물끄러미 바라보며 앉아 있었다. 일부러 깨끗하게 정리해놓은 그의 서재는 꾸러미를 포장해온 신문과 끈으로 널브러져 있었다. 그는 어질러진 방 안에서 노부코가 등 뒤에 서 있는 것도 알아채지 못한 듯, 평온하게 물건들에 집중하고 있었다.

"어때? 이 술병."

그는 등 뒤에 노부코가 서 있는 것도 눈치채지 못한 듯 일심 분란하게 책상 위에 늘어서 있는 물건을 바라보고 있었다. 하지만 정말로 아내가 서재에 들어온 것을 눈치채지 못했다면 그렇게 말하지는 않았을 것이다.

"……."

노부코는 남편이 밉살스러워서 대답도 하지 않았다.

그러나 그런데도 그 술병은 흥미로워 보여서 노부코는 멀리서 지켜보았다.

"어때? 이 술병은."

"……."

"어이, 어때 이 대접은……."

"……."

"그럼, 이 접시는 어때?"

그렇게 열심히 묻는데도 등 뒤에 있는 노부코가 전혀 대답하지 않자, 그는 맥이 빠져서 돌아보았다. 그러나 거기에 노부코는 이미 없었다.

"제기랄" 하면서 그는 혀를 찼다. 이와 동시에 갑자기 배고팠던 게 생각났는지 일어나서 옆방으로 갔다. 노부코는 화가 난 것처럼 말없이, 그러나 마음속으로는 뭔가 이상하다는 듯이, 게다가 슬픈 표정으로 남편 얼굴을 쳐다보았다.

고미야 준이치는 털썩 앉아서 꿀꺽 소리를 내서 술을 마시면서 "어때? 이 이조(李朝)[44] 술병 어때? 철사(鐵砂)로 문양을 낸 게 멋지지 않아?"라고 말했다. 노부코는 남편의 물음에 살짝 고개만 끄덕였다.

(1925.3.14)

제3회

고미야 준이치는 게을러지고, 그림도 그리지 않고, 시도 짓지 않고, 문장도 쓰지 않게 되었다. 그러자 집안은 몹시 가난해졌다. 그 원인은 매일 오늘 밤과 같은 일이 반복되었기 때문이다.

실은 고미야 준이치는 조선광(朝鮮狂)이 되었다. 다른 것은 모르겠으나, 분명 조선에 미쳐있었다. 하지만 그에게 조선 명물인 인삼 같은 것을 먹여도 그 병은 좀처럼 낫지 않았다.

이삼 년 전에 다른 친구에게서 전염된 이후 고미야의 이 병은 쭉 계속되었다. 게다가 최근에는 거의 마니아 상태가 되어버렸다. 이 병

---

44 식민지 시기 일본인들은 조선 시대를 비하하는 표현으로 '이씨 조선' '이조시대'의 표현을 사용하였다. 이 책에서는 당시 쓰는 표현을 전달하고자 그대로 번역하였다.

은 고미야 뿐 아니라, 고미야의 친구 예닐곱, 아니 열 명 그 이상에게 걸려 있었다. 그중에서 고미야와 도야마(都山)와 그리고 기다(木田), 이렇게 세 명의 상태가 특히 심했다. 고미야의 조선병(朝鮮病)이라는 것을 자세히 설명하면 길어지니 여기서 짧게 말하면, 조선예술에 심취해 있는 상태를 말한다. 그는 조선 땅에서 만들어진 미술품을 사랑하는 병에 걸렸다. 그는 삼국시대, 신라시대의 불상을 찾아다녔다. 그러나 그런 물건은 쉽게 발견할 수 없었다. 어쩌다 발견하면 그는 다른 모든 사정을 잊어버리고 그냥 사버렸다.

그리고 그는 고려시대의 도자기를 아주 사랑했다. 그런 물건도 손에 잡히는 대로 사재꼈다. 한때는 거울에 빠져 있었다. 그러다 다시 이조의 도자기에 달려들었다. 그는 지금은 어떤 한 가지 것, 예를 들어 불상이라든가, 거울이라든가, 도자기라면 이조 혹은 고려시대 것에 흥미를 집중시켰다. 애념(愛念)이 있는가 하면 그것도 아니다. 조선 땅에서 만들어진 조형미술에서 흥미로운 물건이라면 고금에 상관없이 갖고 싶어서 참을 수 없었다. 조선 예술을 사랑하면서도 그에 대한 소유욕이 발동해서, 도구 가게에서 그런 물건을 발견하면 그는 어떻게든 돈을 끌어들여 사야만 직성이 풀렸다. 그렇게 사들이는 것은 그들 동인 사이에서 경쟁이 되었다. 훌륭한 물건을 손에 넣은 사람은 그것을 친구들에게 보여주며 자랑했다. 그러면 다른 친구도 거기에 지지 않으려고 다시 그 이상의 것을 손에 넣고 자랑했다. 그런 일이 요 일이 년 계속되다가 올가을에는 그 열기가 한층 고조되어, 결국 초가을에 그들 동인은 '애선회(愛鮮會)'라는 이름으로 조선의 예술품을 한 곳에 모아서 전시했다. 전시는 세상의 칭찬을 받고 주목도 끌었다. 출품자 중에서 고미야가 내놓은 것의 평판이 가장 좋았다. 그 후 그는 한층 조선 것을 수집하는 데 열을 올려서, 요즘에는 그의 직업인 그림을 그리는 것이나 시문을 쓰는 것도 팽개쳐 버리고 매일매일 시중의 도구 가게를 돌아다녔다. 그러나 이미 도쿄의 시중에는 조선 물건으로 좋은 것은 하나도 남아 있지 않았다. 있어도 말도 안 되게 값이 비쌌다. 그의 지금 호주머니 사정으로는 좋은 물건을 발견해도 도저히 손에 넣을 수 없었다. 그 때문에 그는 초조했다. 거의 중독이 되어버렸다. 그는 하루도 거르지 않고 외출해서 시내를 돌아다녀야만 했다. 또한 하루에도 뭔가 한두 개라도 조선 물건을 사지 않고서는 견딜 수가 없었다. 뭔가를 사서 그의 초조한 기분을 위로해야만 했다.

그래서 실은 오늘도 이조의 술병을, 그것도 드물게 철사로 문양 낸 것을 발견하고, 지갑을 탈탈 털어서 사 온 것이다. 또 다른 가게에서 역시 이조의 대접과 접시를 발견했다. 도쿄에는 이조 물건이 더 이상 없다고 생각했는데, 그것을 찾아내자 탈탈 턴 지갑을 다시 탈탈 털어서 손에 넣었다. 결국 전차 탈 돈도 없어서 걸어서 집에 왔으니, 발이 퉁퉁 붓고 배가 고픈 것은 아주 당연했다.

그는 친구들 중에서도 가장 중병 환자였다. 그 때문에 아내인 노부코는 아주 난감했다. 그러나 그녀 자신도 언제부터인가 조금씩 그 병에 감염된 게 아닌가 하는 생각이 들었다. 당사자는 알고 있었다. 그래서 노부코는 스스로 두려워서 떨었다. 만일 자신도 그런 병에 걸린다면 그때는 남편과 헤어져야 한다고 생각했다. 그녀는 마음을 다잡았다.

그런데도 남편 준이치의 병이 점점 심해져서 노부코는 너무나 걱정이 되었다. 연말이 점점 다가온다. 벌써 11월 말이다. 노부코는 어떡하면 좋을까 걱정이 되어 견딜 수가 없었다.

(1925.3.15)

제4회

식사가 끝난 후 고미야가 다시 서재로 돌아가려고 할 때, 노부코는 남편을 불러 세웠다.

"여보, 잠깐만요."

"무슨 일인데?" 그는 의아한 표정을 지었다. 마음속으로 아내가 무슨 문제를 말할 것 같은 예감이 들었기 때문이다.

"그렇게 어정쩡하게 서 있지 말고 앉으세요."

"무슨 일인데?"

"뭐든 좋으니까 말해봐."

"빨리 말해봐, 무슨 일인데?"

노부코는 화로의 숯을 고르며 말했다. "내일이 30일이예요."

"그런가? 30일인 게 뭐가 어때서?"

"내일까지는 돈을 지불해야 해요."

"그렇군."

"그렇군이 아니에요. 당신 돈 있어요? 나는 전혀 없어요."

"그래? 나도 전혀 없는데."

"당신 오늘 30원 가지고 나갔잖아요."

"지금 남은 게 없어. 그것으로 그 이조 술병을 샀거든. 아직 11월 말이잖아. 12월 말일까지는 시간이 남아 있으니 너무 서두르지 마."

"여보, 제발 부탁이니 잠시만이라도 지금의 취미만은 좀 참아주세요. 예? 제발 부탁이에요. 그리고 조금이라도 가정을 위해 일해 주세요. 12월 말에도 지금과 같은 상황이면 어떡해요. 아주 더 심각해질 거라고요. 그러니까 이제부터 조선 물건 즐기는 일은 참아 주세요. 네? 부탁이에요. 그러지 않으면 분명 가까운 시일 내에 우리 가정은 파산해 버릴 거예요."

노부코는 떨리는 목소리로 말했다. 잠시 동안 준이치는 말없이 바닥만 내려다보았다. 찌릿 하고 노부코의 말이 가슴에 부딪혀서 그는 갑자기 아무 대답도 할 수 없었다.

"이제 그만둘게. 하지만, 노부코⋯."

"하지만? 왜요? 무슨 일이에요?"

"하지만, 나는 그 고려의 단지, 그것만큼은 어떻게 해서든 갖고 싶어. 그것만 갖게 되면 그만둘 수 있을 것 같아. 그놈을 사면, 그것을 마지막으로 더 이상 하지 않을게. 내가 남자로서 수년 동안 염원하던 그놈을 사지 못하고 그냥 포기한다면 너무 억울할 것 같아. 그 고려의 단지는 어떻게 해서든 갖고 싶어. 그것만 손에 넣는다면 이제 모든 것을 그만둘게. 그것으로 다 포기할게."

"정말 그것만 사면 그만두는 거죠? 정말이지요?"

"분명히, 분명히 신에게 맹세할 수 있어. 약속하지."

그는 그렇게 말하고 몸을 굽혀 노부코에게 꾸벅 인사했다.

드디어 12월 말일이 되었다. 노부코의 손에는 그날 지불해야 할 150원 정도의 돈이 남아있었다. 노부코가 자신의 반지와 옷을 전당포에 맡기고 마련한 돈이다. 노부코는 31일 점심 무렵 그것을 가지고 밖으로 나갔다. 그리고 도구 가게에 가서 준이치의 애념이 담긴 고려의 자기를 150원을 주고 샀다. 그리고 돌아오는 길에 소나무와 매화와 목단을 조금씩 사서 그 단지에 꽂아서 도코노마(床の間)⁴⁵에 장식해 두었다.

밤 11시가 넘어서 준이치가 돌아왔다. 너무나도 초췌한 얼굴이었다. 돈 한 푼도 없이 흐느적거리며 시내를 돌아다녀서인지 아주 피곤해 보였다. 그는 문득 도코노마를 보았다. 거기에는 고려의 단지가 장식되어 있었다. 그는 앗, 하고 놀랐다. 그때 백팔종소리가 울리기 시작했다. 준이치와 노부코는 말없이 종소리를 들으며 그 고려의 단지를 바라보았다.

(1925.3.20)

---

45 일본식 방 한쪽에 꽃이나 족자로 장식해 두는 공간.

권총
(拳銃)

데라다 도시오
(寺田寿夫)

제1회

따르릉, 따르릉.

전화벨이 갑자기 어스름한 흙마당 한쪽에서 울렸다.

KO 자동차의 운전사인 아키야마는 이제 겨우 스멀스멀 잠에 빠져들고 있었다.

따르릉, 따르릉. 전화벨이 계속해서 울렸다.

"쯧" 아키야마(秋山)는 혀를 차면서 몽롱한 상태로 일어나서 차가운 수화기를 귀에 갖다 댔다.

용건을 다 듣고 나서 그는 하품하고 기둥에 걸려있는 시계를 올려다보았다.

시곗바늘은 2시를 가리키고 있었다.

"2시군." 그는 부루퉁하게 중얼거리고 갑자기 한기를 느낀 듯 몸을 부르르 떨었다.

그러고 나서 자기 방을 힐끗 보고는 조수인 시마자키(島崎)를 불러 깨웠다.

"어이, 시마자키. 어서 일어나." 시마자키는 눈을 비비면서 일어났다.

"몇 시인데요?"

"2시야."

"어디서 왔어요?"

"어디든 무슨 상관이야. 겨우 1원짜리 호출이야."

"아, 힘들어."

"건방진 소리 하지 말고 어서 서둘러. 아주 급하다는구나."

5분 정도 지난 후 KO 자동차 회사에서 나온 택시 한 대는 두 개의 헤드라이트를 맹수처럼 반짝이며 심야의 거리를 질주하였다.

아키야마는 멍하게 여러 가지 장면을 상상했다. 전화가 걸려온 곳이 스이쇼테이(翠松亭)였기 때문이다.

손님을 마중 가거나 배웅하려고 불렀을 것이다. 평소에는 사랑을 나누려는 남녀나 색을 탐하려는 남자들이 부르는 경우가 많았다. KO 자동차의 운전사들에게는 그 연애극의 서막과 종말을 구경하거나 상상하는 역할이 주어졌다.

'아이, 시시해. 다른 사람의 진수성찬을 구경하는 거나 마찬가지잖아.'

그는 마음속으로 중얼거리며 혼자서 쓴웃음을 지었다.

"오늘 밤도 역시 마찬가지인가…."

그는 더 이상 아무 흥미도 없고 지루하기만 했다. 스이쇼테이 입구 가까이 가서 아무 생각 없이 벨을 누르고 돌계단 앞에 바싹 다가가 기다렸다.

인기척을 기다렸다가 다시 두세 번 벨을 눌렀다. 입구에서 건물까지는 거리가 있기 때문이다. 고지대에 있는 이 요정 부근은 쥐 죽은 듯이 고요했다. 하늘에는 희미한 별이 가득 떠 있었다.

"그것참 많이도 기다리게 하는군."

시마자키가 불평했다.

"내가 너무 서둘러서 왔나?"

아키야마는 스스로 이유를 대면서 웃었다.

"한 번 더 눌러볼까요?"

시마자키가 그렇게 말했을 때, 집 안쪽에서 세 명의 그림자가 움직였다.

정원수 사이로 구두소리와 조리소리가 가볍게 속삭이며 이쪽으로 걸어오고 있었다. 꺼 놓았던 차내 전등이 켜지자, 그 불빛이 어스레함 속에 피어난 달맞이꽃처럼 부드럽게 빛났다.

"수고하셨어요."

젊은 여자 목소리가 들렸다.

"조용히 하시지요."

다른 여자 목소리도 들렸다.

아키야마는 휙 하고 뒤로 고개를 돌렸다. 그의 눈에 비친 것은 젊은 신사와 스무 살 정도의 체구가 크고 아름다운 여자였다. 그 여자는 손잡이를 열어 차 안으로 들어오려고 했다.

아키야마는 앗, 하고 마음속으로 외쳤다. 심장이 쿵 하고 크게 요동쳤다. 그는 곧 혼란 속으로 빨려 들어가는 것을 느끼면서 핸들을 세게 붙잡았다.

(1928.3.29)

제2회

아키야마는 혼란스러운 기분 속에서도 자신이 취해야 할 행동을 순간적으로 생각했다.

그는 운전대 라이트를 껐다. 조수인 시마자키는 별달리 신경이 쓰이지 않는 듯 뒤를 돌아보며, "어디까지 모실까요?"라고 물었다.

"글쎄….."

뒤에 앉은 아름다운 여자는 당혹스러운 듯, 그리고 얼른 생각이 나지 않는 듯 신사의 얼굴을 쳐다보았다. 신사는 중절모를 뒤로 젖혀 쓰고는 술에 취해 곤드라져서 제정신이 아니었다.

"xx정(町)까지 가 주세요."

여자는 겨우 생각이 난 듯 낮은 목소리로 대답했다.

엔진이 커지자 한 쌍의 헤드라이트가 어스름한 길 위를 비추었다.

차는 움직이기 시작했다. 그렇지만 운전대 라이트가 꺼진 것은 누구도 눈치채지 못한 것 같았다.

신사는 고개를 위로 쳐들고 창백한 얼굴이 되어 괴로운 듯이 신음했다. 여자는 신사의 얼굴을 바라보더니, 자기가 걸치고 있는 숄을 벗어 남자에게 베개를 만들어주었다.

"자, 베개를 베어보세요. 괴로워요? 술이 참 약하네요."

그렇게 말하고 여자는 살짝 미소를 지었다. 고무를 생각나게 할 정도로 탄력 있는 통통한 볼은 거나하게 취한 듯 붉게 빛나고, 처녀임을 알려주는 부드러운 입술에서는 진주처럼 작은 알갱이의 이빨이 하얀 빛을 내뿜는 것 같았다.

아키야마는 가만히 자신의 코끝에 있는 창문을 응시했다.

그곳으로 등 뒤에 있는 두 사람의 모습이 확실하게 비쳤기 때문이다.

"저기요. 좀 일어나요. 심심하잖아요. 약골이야. 정말 약골이야."

여자는 어리광을 부리듯 남자의 볼에 입술을 대고 속삭였다.

"미즈다니(水谷) 씨, 좀 봐 봐요."

여자는 남자의 목덜미를 하얀 손목으로 감싸 안고 조용히 흔들었다.

'미즈다니 씨.' 아키야마는 그 이름을 그냥 흘려듣지 않았다. '에잇, 도시코(敏子).' 그는 얼굴이 후끈 후끈 달아올랐다. 호흡이 가빠졌다. '드디어 찾았어. 절대 그냥 놔주지 않을 거야. 그런데 도시코는 아직 나를 보지 못한 것 같아. 정말 알아보지 못하네.' 그는 마음속으로 중얼거렸다. '아니, 잠깐만. 혹시 알아봤는지도 몰라. 일부러 자기 모습을 보여주려고 못 본 척 하는지도 몰라.' 그렇게 생각하니 전신의 피가 거꾸로 솟는 것 같은 분노가 치밀어 올랐다.

"도시코, 폐만 끼치고 미안하네, 미안해." 신사는 낮은 목소리로 괴로운 듯이 말했다.

"당신은 거짓말쟁이예요. 부인이 기다리고 있으면서, 폐는…." 여자는 비꼬듯이 되받아치고 싱긋 웃었다. 여자가 입은 거친 꽃문양의 하오리가 둥글고 통통한 어깨에서 가슴까지 대충 여며져 있는 게 보였다. 칠 대 삼으로 가르마를 탄 머리도 흐트러져서 있었다. 그것이 오히려 향기롭고 요염해 보였다.

'4년만이다.'

아키야마는 기억을 되살렸다. 그리고 갑자기 오래된 상처가 다시 아파오는 것 같은 고통을 느꼈다.

(1928.3.30)

제3회

"여기에서 내려주세요." 여자가 말했다. 자동차는 어스름한 큰길 사거리 모퉁이에 멈추었다.

"저는 여기서 내리겠어요. 당신 괜찮겠어요?"

"고마워. 잘 가."

신사는 고개를 들지 않고 드러누운 채로 대답했다. 그 와중에 남자는 숄을 머리맡에서 빼서 여자에게 주었다.

"베개가 없어도 괜찮지요. 빌려줄 수는 있지만, 그냥 가져갔다가는 부인한테 혼날 테니까요."

여자는 더욱 비꼬는 듯한 농담을 건네면서 차에서 내렸다. 그리고 운전사를 향해, "저분 좀 부탁할게요."라고 말했다.

"예, 알겠습니다." 조수인 시마자키가 대답했다. 아키야마는 어두운 운전대에 웅크린 채로 여자의 모습에 주의해서 보았다. 여자가 걷기 시작한 바로 앞으로 카페 이즈미(泉) 간판이 보였다.

"저기구나."

아키야마는 직감했다. 자동차는 움직이기 시작했고, 여자는 걸어가면서 차 안에 있는 신사에게 "잘 가요."라고 말했다. 카페 이즈미의 입구에 서서 자동차를 배웅하는 여자의 모습이 처마의 불빛을 받아 희뿌옇게 보였다.

자동차가 2, 3정(町) 달렸을 때 "여기서 됐어."라고 신사가 말했다.

"댁은……?"

아키야마가 처음으로 입을 열었다.

"음, 여기서 가까워. 바보같이 술에 취해서는, 걸어가면서 술을 깨야겠어."

신사를 차에서 불안하게 내렸다. 그리고 5원 지폐를 내밀었다.

"1원입니다만, 잔돈이 없는데요."

"잔돈이라고? 하하하. 아무도 잔돈 달라고 하지 않았는데?"

신사는 호탕하게 웃었다.

"고맙습니다. 사장님, 괜찮겠습니까?"

"괜찮아. 고맙네."

신사는 다시 걷기 시작했다. 하지만 조금 걸어가는가 싶더니 전신주를 잡은 채로 꼼짝도 하지 않았다. 술에 취해서 구토라도 하려는 것 같았다.

자동차는 어느새 붉은 후방 등을 눈물처럼 빛내면서 큰길로 사라져 버렸다.

"아름다운 여자네요. 아키야마 씨." 시마자키는 아키야마에게 말을 걸었다.

"그 남자가 5원 주었지?" 아키야마는 여자에 대해서는 대답하지 않고 이야기를 돌렸다.

"어리석은 녀석이에요. 취해서 정신도 못 차리면서 허세나 부리고 말이에요." 시마자키는 그렇게 말하며 웃었다.

차가 드디어 KO 자동차에 도착했다.

"오늘 밤처럼 이렇게 이상한 일은 처음이야."

방으로 들어가서 아키야마는 시마자키에서 내뱉듯이 말했다.

"왜요?" 시마자키는 궁금해하며 아키야마의 얼굴을 보았다.

"자네는 내가 운전대 라이트를 켜지 않은 것을 알고 있었지?"

"예, 알고 있었지요. 저도 이상하다고 생각했어요."

아키야마는 담배에 불을 붙이면서 어렵게 말을 꺼냈다. "그 여자 말이야. 도대체 어떤 여자라고 생각하나?"

"글쎄요. 그런 요정에서 나오는 걸 보면 여염집 딸은 아닌 것 같아요." 시마자키는 호기심을 작동시키며 애매하게 대답했다.

"그 여자는 카페의 여급이야. 게다가 내가 잘 아는 여자이지. 이야기는 나중에 하지, 벌써 늦었군. 나 좀 자야겠어."

아키야마는 벌러덩 드러누웠다.

(1928.3.31)

제4회

그 일이 있고 나서 이틀 후, 도시코가 아침 화장을 하고 있는 곳으로 전화가 걸려 왔다.

"어디에서 왔는데요?"

도시코는 거울 앞에 앉아서 카운터 쪽을 향해서 물었다.

"교코(淸子)한테서 왔어." 카운터에서 마담이 대답했다.

"그래요?" 도시코는 얼른 일어나서 서둘러 수화기로 쪽으로 갔다.

교코는 카페 마쓰바(松葉)에 있는 여급으로, 도시코와는 아주 친한 사이였다.

"여보세요."

"도시코?"

"안녕."

"안녕."

"무슨 일 있어? 이렇게 이른 시간에 전화를 걸고. 나 지금 일어났 거든." 도시코는 웃으면서 말했다.

그러자 수화기 너머로 호호호 웃는 소리가 들렸다.

"뭐가 그렇게 우스운데? 교코, 정말 싫어." 도시코도 상대의 웃음 소리에 따라 웃으면서 투덜댔다.

"도시코?"

"뭔데?"

"호호호."

"아이, 정말 싫어. 뭐가 그렇게 우습냐고." 도시코는 살짝 화가 난 듯이 말했다.

"도시코, 기대해도 좋아."

도시코는 얼굴이 화끈거렸다. 그리고 좀 당황스러웠다.

"교코, 그게 무슨 말이야?"

"그렇게 발끈할 필요 없어. 거짓말해도 소용없어. 증거가 나왔거든."

"그럼 한번 말해봐."

"그래, 그럼 말해 주지. 너, 그 사람과 거기 갔다 왔다면서…?"

"아직도 시치미를 뗄 거야. 그렇게 숨길 필요 없어. 나한테 숨기니까 좀 의심스러운걸."

"그래도 불쑥 그렇게 말하면 무슨 말인지 모르잖아."

"도시코, 너도 여간내기가 아니구나. 언제부터 그렇게 대담해졌어?"

"장난치지 마. 그런 얘기라면 인제 그만둬." 하지만 도시코는 교코가 누구에게서 그 이야기를 들었는지 궁금해서 견딜 수 없었다.

"교코, 누구한테 들었는데? 응? 말해 줘."

"말해줘도 상관없지만, 지금은 안 돼. 직접 만나서 말해줄게. 우리 가게에 오지 않을래?"

"그래, 갈게."

"몇 시에 올래?"

"지금 갈게."

"그래, 그럼 기다리고 있을게."

"그래."

도시코는 교코가 자신과 미즈타니의 비밀을 눈치챈 것은 그다지 괴롭지 않았다. 교코는 이미 두 사람의 문제를 알고 있었기 때문이다. 이런저런 이야기 끝에 교코는, "도시코, 너 미즈타니 씨를 사모하는 거 아냐?"라고 거침없이 질문한 적이 있었다.

"어, 좋아하지. 하지만 거기까지야. 의심할 것 없어. 제대로 이야기를 나눈 적도 없으니까." 도시코는 그렇게 대답했었다.

"그렇다면 다행이지만, 상대는 유부남이니까 피곤하지 않을까?"

"그건 알고 있어. 그러니까 나는 절대로 깊은 관계까지 가지 않을 거야."

두 사람은 이런 일까지 터놓고 이야기하는 사이였다. 하지만 교코에게 그렇게까지 선언해 놓고 미즈타니와 둘이서 요정에 가서 늦게까지 놀다 온 것이 도시코로서는 좀 부끄러웠다.

게다가 도시코는 교코가 아직 뭔가 자신들의 비밀을 알고 있는 것 같아 신경이 쓰여서 견딜 수가 없었다. 도시코는 서둘러 외출 준비를 하고 밖으로 나갔다. 물론 카페 마쓰바에 있는 교코를 만나러 가는 것이었다.

(1928.4.3)

제5회

카페 마쓰바는 이제 겨우 아침 청소를 마친 참이었다. 도시코가 마쓰바의 문을 열려고 하자, "도시코." 하고 위층에서 부르는 소리가 들렸다. 이층의 열린 창가에 앉아서 교코가 부르는 것이었다.

"어, 안녕." 도시코는 가볍게 인사하고, "올라가도 돼?"라고 물었다.

"기다리고 있었어." 교코가 위에서 대답했다.

이층에는 방 한가득 따뜻한 햇살이 들어와 있었고, 남산 일부가 처마 사이로 보였다. 탁자 위에는 이제 겨우 움튼 시클라멘 꽃이 물기를 머금고 향기를 내고 있었다.

"일찍 왔네." 교코는 도시코가 자리에 앉자 곧 이야기를 시작했다.

"서둘러서 왔지."

"오늘은 아주 빠르네. 바쁘다, 바쁘다 하면서 나에게는 전혀 놀러 오지 않더니 자기 일이라고 하니까 얼른 오고 말이야." 교코는 비꼬듯이 말하며 웃었다.

"오랜만에 왔는데 너무 놀리지 마." 도시코도 농담조로 받아치고 미소를 지었다.

"하지만, 오늘은 교코에게 혼날 각오로 왔지. 그러니까 아무것도 숨기지 말고 말해줘." 도시코는 얼굴을 붉히며 천정을 한번 올려다보고는 조신하게 말머리를 뗐다.

"글쎄, 나도 편하게 말할 테니까 너도 숨기지 말아줘."

"그래."

"도시코, 그날 밤 둘이서 스이쇼테이에 갔었지?"

"맞아."

"아, 그래? 너 아주 대담해졌구나. 둘이 언제 그렇게 깊은 사이가 되었어." 교코는 조금 진지해져서 말했다.

"네가 그렇게 말하면 할 말은 없지만, 전혀 이상한 관계가 아니야. 정말로." 도시코는 붉어진 볼을 만지면서 '정말로'에 힘을 주었다.

"호호호. 좋아하는 남자와 둘이서 밤 2시까지 놀아놓고 이상한 관계가 아니라고? 그렇게 변명한다고 누가 믿어주겠어." 교코는 쾌활하게 웃으면서 도시코의 말에 상대하려고 하지 않았다.

"도시코, 내가 전에 말했지. 그 사람과 깊은 관계까지 가면 안 된다고……. 그 사람에게는 부인이 있어. 그러니까 잘 될 수가 없지. 게다가 남자라는 것은 아무리 훌륭하고 친절해 보여도 다 믿을 수 없어. 그 점은 내가 말하지 않아도 네가 선배니까 더 잘 알 거야…"

"그래 계속 말해봐."

"게다가 네게는 내지(內地)⁴⁶에는 이미 약속해둔 훌륭한 남자가 있잖아. 그렇게 바람을 피운다면 그 남자에게 미안한 일이지."

"교코, 그 일이라면 이제 많이 들었어. 그보다도 그날 밤 일을 누구한테 들었는지 그거나 가르쳐줘. 그게 알고 싶어서 일부러 온 거니까…"

"알았어. 가르쳐 줄게. 어쨌든 나쁜 짓 하고 살면 안 되겠어. 호호호."

"또 그런 소릴 하는구나. 상관없어. 실컷 놀려봐."

"화났어?"

"화낼 거야."

"알았어. 그럼 말해줄게."

"………."

"너 그날 밤 돌아올 때 자동차에 탔었지?"

도시코는 깜짝 놀랐다. 어떻게 교코가 그렇게 자세하게 알고 있는지 궁금해서 견딜 수 없었다.

(1928.4.5)

---

46 해외의 식민지를 외지(外地)라고 부르는 것에 대응해서 일본 본국을 일컫는 말이다.

제6회

도시코는 기습을 당한 듯 발끈해서 얼굴을 붉히면서 교코의 얼굴을 쳐다보았다.

"그래, 자동차에 탔지. 그런데 그걸 어떻게 알았어? 네가 봤니?"

"아니야. 내가 본 것은 아니고, 운전사인 아키야마 씨에게 들었어."

"뭐라고?"

도시코는 쿵 하고 가슴을 얻어맞은 것 같았다. 동시에 지금까지 교코가 했던 모든 말에 대한 의문이 풀렸다.

"아, 그래." 도시코는 잠시 침묵하다 대답했다. 그리고 되물었다. "그 사람이 운전사가 되었어?"

"그럼, KO 자동차 회사의 운전사이지. 너를 아주 많이 찾았었나 봐."

"그리고 또 무슨 말을 했어?"

"나쁜 여자라고…하더라. 삼사 년 만나지 못하다 겨우 만났는데 이상한 장면을 보게 됐다고, 가슴이 타들어가서 아주 혼났다고 흥분해서 말하더라."

"그래? 하지만 그렇더라도 어쩔 수 없어. 나는 그 사람에게 원망받을 이유가 전혀 없거든. 분개하라지 뭐. 자기 맘이니까." 도시코는 살짝 발끈해진 말투로 되받아서 말했다.

"그건 그래. 분개할 이유가 없을지도 모르지. 하지만 그쪽 입장에서 보면 가만있을 수 없었을 거야. 아주 반해서 정말 목숨을 걸고 너한테 빠져 있었으니까. 게다가 자기가 운전하는 자동차 안에서 사랑하는 여자가 다른 남자에게 교태부리는 것을 보았다면 참을 수 없었겠지."

"무슨 소리, 교태부린 적 없어." 도시코는 변명하듯이 말하고 한숨을 쉬었다.

"그래, 그렇게 변명하지 않아도 괜찮아. 딱히 내가 본 것도 아니니까. 아키야마 씨가 그렇게 말했을 뿐이야. 그런 말을 하면서 우리 가게에서 술을 엄청 마시고 돌아갔지."

"뭐 다른 말을 한 것은 없어?"

"말했지. 이제 도시코가 있는 곳을 알았으니 가까운 시일 내에 꼭 찾아가겠다고, 그리고 어떤 일이 있어도 내 사람으로 만들겠다고, 그렇게 말했지." 교코는 그렇게 말하고 소리 없이 웃었다. 그리고 덧붙여서 말했다. "예쁜 여자로 태어난 것도 괴로운 일이군. 그런 사람에게까지 사랑을 받으니…."

"자기 사람으로 만들겠다고? 그런 말까지 했어. 그 사람 정말 끈질기네. 그렇게까지 거절했는데. 교코, 너도 그때 일을 잘 알고 있지?" 도시코는 아직도 흥분해 있었다. 지금까지 잊고 있던 아키야마에 대한 옛 기억이 떠올라서 괴로울 정도로 가슴이 답답했다. 하지만 그녀는 억지로 냉정을 가장해서 말했다.

"언제 나를 찾아오겠대?"

"확실히는 말하지 않았지만, 이삼일 안에 분명히 갈 거라고 했어. 맞아 맞아, 그 사람 아직 독신인 거 모르지?"

"물론 모르지."

"그러니까 어떻게든 너를 자기 각시로 만들겠다는 거야. 호호호."

교코는 놀리듯이 가볍게 웃었다. 하지만 도시코는 점점 어두운 기분에 빠져들었다.

(1928.4.6)

제7회

N회사 건너편에 있는 카페 이즈미는 이 회사 전용 식당과 같은 곳이었다. 사장 이하 대부분의 사원은 이 카페에서 점심을 먹고, 회사가 끝나면 다시 들렀다. 이 회사에서 일하는 미즈타니도 이런 사람 중 하나였다.

그는 도시코와 스이쇼테이에서 놀다온 후 그녀에 대해 격렬한 연정을 느끼면서 한편으로 그녀에 대한 깊은 의혹도 품게 되었다.

그는 그 불쾌하고 초조한 기분이 가라앉을 때까지 도시코와 만나지 말아야겠다고 다짐하고 그 다음날에는 이즈미에 가지 않았다.

"어제는 왜 오지 않았어요?"

그가 카페로 들어오자 미요코(美代子)라는 여급이 의자를 권하면서 물었다.

"어, 바빠서…."

그는 성의 없이 대답하고 구석 테이블에 모자를 던져놓고 커피를 주문했다.

도시코는 건너편 구석에서 납작모자를 쓴 두 청년에게 맥주를 따르다가 그가 들어오는 것을 보고 고개를 돌리며 "어서 오세요." 하고 낮은 목소리로 인사했다. 가게에는 다른 두 그룹 정도의 손님이 있었지만, 언제나 오는 회사 사람은 한 사람도 보이지 않았다.

그는 뭔가 불만스러웠지만, 마음이 편해지는 것을 느꼈다. 벽을 향해 앉아서 담배 연기를 내뿜으면서 그는 아무렇지 않은 듯 도시코가 오는 것을 기다렸다.

하지만 도시코는 전혀 올 기색이 없었다. 그리고 그녀는 살짝 취했는지, 남자의 무릎 위에 손을 얹기도 하고 큰 소리로 웃기도 하면서 미즈타니는 쳐다보지도 않았다.

그러는 동안 미요코가 주문한 커피를 내왔다. 잠시 후 기미코(君子)라는 통통한 여급도 미즈타니 옆에 와서 앉았다.

"미즈타니 씨. 이제 꽃구경하는 계절이 왔네요. 인천이라도 데려가 주지 않을래요?"

미요코는 눈부신 듯한 눈빛으로 어리광을 피우듯이 말했다.

"글쎄. 가도 좋지."

"또 그런 식이네요. 미즈타니 씨는 정말 기백이 없어요. '가도 좋지.'라니요. 그렇게 말해놓고 한 번도 실행해 주지 않잖아요…."

"까딱 실행했다가 누구한테 혼날지도 모르잖아."

"그런 식으로 말해서 잘도 피한다니까요."

"피하는 게 아니야. 여기에서 그냥 커피 마시는 게 더 무난하다는 거지."

"그건 그렇겠지만요. 누구누구가 가자고 하면 설마 싫다고는 답하지 않겠지요. 그렇지? 기요코." 미요코는 그렇게 말하면서 기미코에게 동조를 구했다.

"그렇지요. 우리들하고는 가지 않겠다는 거지요." 기미코도 비꼬듯이 말하고 소리 내서 웃었다.

"뭐가 그렇게 재미있어?" 도시코가 갑자기 뒤돌아보며 두 여급에게 말을 걸었다. 도시코는 성큼성큼 미즈타니 옆으로 다가와 평소와 달리 경박한 말투로 말했다.

"미즈타니 씨, 미요코를 데리고 어딘가로 좀 놀러 가는 게 어때요? 나도 좀 놀러 갈 거니까요."

도시코는 그렇게 말하면서 납작 모자를 쓴 남자를 쳐다보았다. 그 남자는 긴장한 얼굴을 풀고 하얀 이를 드러냈다. 미즈타니는 그 남자가 보내는 강한 시선을 처음으로 느꼈다.

(1928.4.7)

제8회

미즈타니에 대한 도시코의 태도는 확실히 평소와 달랐다. 평소에 미즈타니가 오면 그녀는 부끄러운 표정으로 말수가 없는 사람처럼 보이려고 애썼다. 그러던 것이 오늘만큼은 전혀 조심하지 않고 오히려 대담하게 말했다. 물론 그것은 그녀가 술에 취했기 때문이기도 했다. 하지만 미즈타니를 일부러 불쾌하게 만들려는 의도 역시 깔려 있었다. 미즈타니 자신도 그녀의 그러한 속내를 짐작할 수 있었다. 미즈타니는 상대의 이러한 기분을 민감하게 느끼면서 자신 특유의 반발 의식이 생겨났다. 하지만 이런 상황에서 경솔하게 분노를 폭발하는 것이 얼마나 꼴불견인지 알고 있었다. 그렇게 되면 이 게임에서 결국 질 수밖에 없다고 생각해서 그는 흥분한 감정을 꾹 눌렀다.

"그건 도시코의 자유이지." 그는 겨우 그 말만을 했다. 그리고 뭔가 더 말하고 싶었지만, 말문이 막혀서 더 이상 말이 나오지 않았다.

"도시코는 약속이 있다고 하니까 우리끼리 가면 되겠네요. 미즈타니 씨."

"음, 그게…."

미즈타니는 이런 경우 뭐라고 대답해야 할지 몰라서 애매하게 말 끝을 흐렸다.

"우리끼리 가도 괜찮지? 도시코." 미요코는 이번에는 도시코에게 다시 물었다.

"그래, 그래. 괜찮고말고." 도시코는 뒤도 돌아보지도 않고 큰 소리로 대답했다.

"도시코, 저 사람에게 한잔 드리지." 납작모자가 갑자기 맥주 컵을 내밀었다. 도시코는 컵을 받아서 미즈타니에게 전달했다.

"제 손님이 드리라네요."

미즈타니는 '제 손님이….'라는 이 말이 아주 거슬렸다.

"그래?" 미즈타니는 갑자기 피가 얼굴로 솟아오르는 것을 느끼면서 입을 꾹 다문 채로 컵을 받았다. 험악한 분위기가 그의 서늘한 눈에 흘렀다.

"고맙군." 그는 단숨에 마셔버린 다음, 컵을 돌려주었다.

"아휴, 아주 훌륭한 솜씨네요. 언제부터 그렇게 마시게 되었나요." 도시코는 놀리듯이 말하며 하얀 이를 드러냈다. 육감적인 입술에서 매끄러운 볼로 이어지는 피부가 얄미울 정도로 반들반들 빛나고 있었다.

"미요코, 맥주 좀 주지." 미즈타니가 미요코에게 맥주를 주문했다.

"맥주 마실 거예요? 오늘은 웬일이래요." 미요코는 알 수 없다는 듯이 미즈타니의 어깨에 양손을 얹고 얼굴을 바라보며 물었다. "정말인가요?"

미즈타니는 아무 말 없이 고개를 끄덕였다.

맥주가 나오자 미즈타니는 얼른 납작모자에게 컵을 내밀었다.

"도시코, 좀 전해 주지."

도시코는 말없이 맥주잔을 받아서 앞에 앉은 남자에게 전달했다.

"미즈타니 씨가 준 거예요."

"미즈타니 씨···. 미즈타니 씨라고 했어?"

남자는 그렇게 말하고 괴로운 듯이 단숨에 마셨다.

"샌님 감사합니다."

남자는 컵을 돌려주면서 일부러 '샌님'이라고 표현했다. 거기에는 분명히 상대를 얕보는 울림이 있었다.

이 한마디를 듣자마자 미즈타니는 격앙된 눈빛으로 상대의 면상을 쏘아 보았다.

(1928.4.10)

제9회

그는 격정에 휘감겨서 위험하게 자제력을 잃어버린 것 같았다.

그때 카페 문을 밀면서 스무일고여덟 되어 보이는 키가 큰 청년이 불쑥 들어왔다. 모든 사람의 시선이 그 남자에게 쏠렸다.

"여어, 오하시(大橋) 군."

"여어, 미즈타니 군"

"미즈타는 군, 자네 혼자인가?" 오하시는 미즈타니와 같은 테이블에 자리를 점하고 쾌활하게 말했다.

"음." 미즈타니는 무뚝뚝하게 대답하고 오하시에게 컵을 건넸다.

"한잔하지?"

"맥주야? 나는 마시지 않겠어."

"괜찮아. 한 잔 정도는." 미즈타니는 무리하게 한 잔을 따랐다.

"오하시 씨, 혼자 오셨어요?" 도시코가 반가운 목소리로 말을 건넸다. 다른 여급들도 이런저런 인사를 했다.

"도시코, 커피와 과일을 좀 가져오지."

오하시는 가까이 있는 미요코나 기미코는 의식하지 않고 일부러 멀리 있는 도시코에게 부탁했다. 그것은 분명 도시코에 대한 그의 심경을 말하는 하나의 수단이었다.

도시코는 가볍게 일어나서 카운터 쪽으로 갔다.

미즈타니는 오하시가 도시코에게 마음을 두고 있을 것을 알고 있었다. 오하시 역시 미즈타니가 도시코에 관심 있는 것을 어렴풋이 알고 있었다.

그래서 그들은 상대 앞에서는 될 수 있는 대로 자신의 마음을 드러내지 않으려고 애썼다.

이와 동시에 기회를 보아 사랑의 경쟁자 앞에서 도시코와 친한 것을 과시해서 우월감을 맛보려 했다.

그러나 미즈타니는 이제까지 자신이 이런 볼꼴사나운 연애의 시장에 발을 들려놓게 될 줄은 꿈에도 생각하지 못했다. 그런데 이제 와서 갑자기 그의 앞에 지금까지와는 다른 별세계가 펼쳐진 것이다. 즉, 내 것이라고 생각했던 도시코가 갑자기 다른 남자의 것이라는 사실을 발견한 것이다. 또 한편으로 생각하면 미즈타니의 도시코에 대한 사랑은 사실은 무디고 얕았을지도 모른다. 이른바 유희적이었을 지도 모른다. 그것이 점차 진지하고 깊어졌기 때문에 지금까지 발견하지 못했던 것이 눈에 들어오게 되었을 지도 모른다.—누군가를 사랑하는 사람은 상대의 숨소리도 그냥 흘려들으면 안 된다, 미즈타니는 그렇게 생각해보았다. 그러나 갑작스럽게 당면한 이 상황에서 그는 그것을 뛰어넘어 나아갈 수도, 물러서서 포기할 수도 없었다.

그는 지금 도시코라는 여왕 앞에 넙죽 엎드려 있는 많은 남자와 함께 이 한심스러운 사랑을 호소해 보자고 생각했다. '어리석게도….' 라고 마음속으로 외치며 자신을 비웃어 보았다. 여자 하나 때문에 이 얼마나 슬픈 모습들인가! 그는 눈앞에 있는 오하시의 존재도 잊어버린 듯 괴로운 망상에서 벗어나려고 머리를 흔들었다.

"많이 기다리셨습니다."

도시코가 오하시의 커피를 가지고 왔다.

"뭘 그렇게 생각하세요?"

미요코가 갑자기 미즈타니의 어깨를 두드렸다.

'아아', 하고 그는 꿈에서 깨어난 듯 갑자기 일어나서 모자를 썼다.

(1928.4.11)

제10회

미즈타니가 카페 이즈미를 나간 후 납작모자 중 하나가 "잠깐만…." 하고 도시코를 입구 쪽으로 불러냈다. 한밤중 큰길에는 인적이 드물었지만, 두 사람은 한 키나 떨어져서 문밖에 섰다.

"그 남자였지? 요전에 한밤중에 자동차에 같이 탔던 사람…."

남자는 강하게 힐문하는 듯한 말투로 물었다.

"네, 그랬지요." 도시코도 지지 않고 단호하게 대답했다.

"도시코." 남자는 여자 쪽으로 한걸음 다가갔다. 도시코는 남자를 피하려고 살짝 물러섰다.

"왜 그래요…? 아키야마 씨!"

"오랜만이군."

"예, 오랜만이지요."

"그날 밤은 정말 우연이었지. 도시코도 내가 설마 운전사가 되었을 거라고는 생각하지 못했겠지." 남자는 불타는 눈동자로 여자의 하얀 옆얼굴을 바라보면서 말했다.

도시코는 희미하게 한숨을 쉬고 '예.' 하고 낮은 목소리로 대답했다.

"물론 저 남자도 그날 밤의 운전사가 나인 것을 모르겠지?"

"예. 저 사람도 알 리가 없어요."

"하지만 그날 밤은 아주 즐거워하던데."

"……."

"나쁜 짓을 하고 살면 못 써."

"아키야마 씨. 누가 나쁜 짓을 했다고 그래요. 아주 무례하군요."
도시코는 떨리는 목소리로 말했다.

"그래, 그건 내가 지나치게 말했는지도 몰라. 하지만 좋아하는 남자와 둘이서 밤늦게까지 요정에서 노는 것은 그다지 자랑거리가 아니야."

"예, 아무도 자랑하지 않았는데요. 게다가 나는 당신한테 그런 말을 듣고 싶지 않아요. 그냥 나를 내버려 두세요."

"내버려 두라고? 그래 맞아. 내가 도시코를 간섭할 권리는 없지. 하지만 당신을 위해서 말하는 거야."

"그래요? 고맙네요. 하지만 그런 말이라면 그만두세요. 손님이 기다리겠어요…."

"손님이 누군데?"

"방금 왔잖아요."

"아, 혼자 와서 커피를 마시던 그 호색꾼. 여전히 도시코는 인기가 많군. 몇 년이 지나도 내 순서는 돌아오지 않으니 말이야."

도시코는 더 이상 아무 말도 하지 않았다. 침묵이 잠시 동안 이어졌다.

"이제 됐지요? 저 이제 들어갈래요." 그렇게 말하고 도시코는 안으로 들어갔다. 남자도 뒤를 따라 들어가서 자기 자리에 앉았다.

오하시는 혼자서 심심한 듯 담배를 피우고 있었다.

"오하시 씨, 쓸쓸했지요?" 도시코는 그렇게 말하면서 오하시 옆에 앉았다.

"도시코, 어디 갔다 왔어?" 오하시는 납작모자가 도시코를 불러내서 밖에 나갔다 온 것을 알고 있으면서 짐짓 모르는 척하며 물었다.

"비밀 이야기가 있어서요."라고 말하며 도시코는 웃음으로 넘겨버렸다.

"도시코, 방금 약속한 드라이브 말인데, 몇 시가 좋을까? 이번 일요일이 괜찮은데, 인천까지 달려보지 않을래?" 납작모자가 건너편 테이블에서 도시코에게 말을 걸었다. 도시코는 약간 당황한 표정이 되었다.

"언제라도 상관없어요."

그녀는 마음에도 없는 대답을 하고 오하시 얼굴을 힐끗 보았다.

오하시의 미간에 희미하지만 어두운 그림자가 떠올랐다.

(1928.4.12)

제11회

가게 문을 닫고 여급들이 방으로 들어온 것은 오전 3시가 가까울 무렵이었다.

도시코는 몸이 아주 피곤했지만 흥분했기 때문인지 좀처럼 잠이 오지 않았다.

게다가 그녀는 그날 밤 일어났던 일이 하나하나 마음에 걸렸다. 미즈타니, 오하시, 아키야마. 방금 전까지 그녀를 둘러싸고 그녀 앞에서 사랑의 암투를 벌이다가 상처를 안고 집으로 돌아간 세 명의 남자. 그 세 명에 대해서 그녀는 생각하고 또 생각했다.

이 세 명은 성격이 전혀 다르듯이 각자 다른 형태로 그녀의 눈에 비쳐서, 각자 다른 방법으로 그녀의 마음을 강하게 흔들었다.

차가우면서도 따뜻하고, 침울하면서도 활발하고, 귀공자 같으면서 기골 있고, 느긋하면서도 성급하고, 사교적이면서 외골수이고, 방탕아 같으면서 도련님 같은 복잡한 성격의 미즈타니. 나이는 젊지만 서생 같고 게다가 실컷 놀아본 경험이 있는 것처럼 말도 잘하고 사교적인 오하시. 강직하고 거칠고 집요하고 진취적인 아키야마.

그녀는 이 세 사람이 각각 자신을 사랑한다는 것은 알고 있었지만 이상하게 그녀의 마음을 사로잡는 것은 미즈타니였다.

그것은 과장해서 말한다면 로미오와 줄리엣의 사랑같은 것이었다. 첫눈에 반해서 서로에게 사랑의 감정이 싹트는….

하지만 두 사람은 아직 진정으로 이 사랑의 싹을 발견해서 그것을 함께 키워나가겠다고 생각하지 않았다.

벌써 반년도 지난 일인데, 도시코가 카페에 온 지 사오일 째 되는 날 미즈타니가 불쑥 카페로 들어왔다.

어딘가 품위가 있는 그의 용모, 즉 복장, 동작 등, 그녀는 카페에 출입하는 많은 손님과는 다른 청순함을 그에게서 느꼈다.

그는 점심을 먹는 동안 미요코와 기미코와 유쾌하게 대화를 하고 식사가 끝나면 후딱 돌아갔다.

그때 도시코는 화장도 하지 않고 에프론도 메지 않은 상태에서 우연히 미즈타니의 모습을 본 것이었다. 아니면 '어서 오세요' 정도의 인사는 했는지도 모른다. 그러나 기억에 남아있지 않다.

미즈타니가 돌아간 후 마담이 도시코에게 말했다.

방금 나간 그분은 미즈타니 씨라고 하지. 다른 사람과는 좀 달라.“

"그래요? 어디서 일하는데요?" 도시코는 가볍게 되물었다.

"건너편 회사에서 일하지. 그 회사 사람들 얼굴은 모두 기억해야 해, 도시코." 마담은 그렇게 말하고 싱글싱글 웃었다.

(1928.4.13)

제12회

미즈타니는 미즈타니대로 점점 도시코에 대해 친근한 감정을 느끼게 되었다. 도시코가 이즈미에 오고 나서 이십일 정도 지난 어느 날이었다.

미즈타니는 회사에서 돌아오는 길에 우연히 이즈미의 마담을 만났다. 마담은 목욕탕에 다녀오는 길이라 작은 대야를 들고 있었다.

"미즈타니 씨, 어제는 오시지 않았네요."

걸어가고 있던 미즈타니는 마담이 하는 말을 듣고 "너무 바빠서요."라고 무심하게 대답했다.

"그렇군요. 하지만 잠깐이라도 얼굴을 보여주지 않으면 벌 받아요. 호호호." 마담은 미즈타니의 얼굴을 힐끗 보고 의문의 미소를 지었다.

"마담이 하는 말을 저는 모르겠는데요." 미즈타니는 이해할 수 없다는 표정으로 마담의 얼굴을 보았다.

"그러니까 미즈타니 씨. 어제는 도시코가 술을 마시고 우울해서 아무 말도 하지 않았지요."

"하하하."

"하하하가 아니에요. 그 애는 진지하게 생각하고 있어요."

"무엇을요?"

"무엇을요라니요? 당신을요⋯."

"⋯⋯."

"가엾지도 않으세요?"

"마담, 놀리면 안 돼요. 도시코에게 실례하는 거예요."

미즈타니는 유쾌하게 웃으며 마담의 이야기에 상대하려고 하지 않았다. 하지만, 그는 이상하게 마음이 두근거리는 것을 느꼈다.

"나도요, 처음에는 농담으로 '그 사람은 부인이 있으니까 그렇게 그리워해도 소용없어.'라고 말했지요. 그런데 도시코가 이렇게 말하더군요. '나는 그 사람과 사랑에 빠진다든지 어쩐다든지 그런 마음은 전혀 없어요. 또 그러는 게 나쁘다는 것은 저도 잘 알아요. 하지만 왠지 그리워서 견딜 수가 없어요. 그러니까 정말로 그냥 친구처럼 사귀고 싶어요. 당신이 생각해도 가엾지 않나요.'라고요."

마담이 처음과 달리 아주 진지하게 이야기해서 미즈타니는 어느 정도 마음이 움직였다. "마담, 나는 여급의 내막 같은 것은 잘 몰라요. 하지만 여급이 어쩌다 남자에 빠지면 아주 어이없는 꼴을 당하잖아요."

"물론 닳고 닳은 사람도 있지요. 하지만 그 아이는 스물두셋이나 됐는데도 아직 순수해요 내가 알아봤더니, 내지에 약혼자가 있을 뿐 특별한 관계를 가진 사람은 전혀 없다고 하네요."

"그렇게 아름다운 아가씨가, 게다가 여급을 하면서 순결을 유지할 수 있겠어요? 남자 쪽에서 가만두지 않을 텐데, 하하하…." 미즈타니는 마담의 말에 농담으로 대응했지만, 문득 어떤 생각이 떠오른 듯이 다시 진지한 얼굴이 되었다.

"마담이 하는 말이 진짜인지 거짓인지 모르겠지만, 진짜라면 마담이 도시코에게 잘 좀 부탁한다고 말해주세요."

이렇게 말했지만 미즈타니 자신도 '잘 부탁한다.'는 것이 무슨 의미인지 알지 못했다. 하지만, 지금으로서는 적당한 말이 생각나지 않았다.

"예, 그렇게 당부해 두지요. 좋아할 거예요."

(1928.4.14)

제12회

두 사람이 스이쇼테이에서 만날 수 있었던 것은 삼사 개월 동안 상대의 기분을 알기 위해서 진지하게 살폈기 때문이었다.

스이쇼테이에서 만난 날 밤은 처음으로 두 사람에게 허락된 자유로운 세상이었다. 하지만 두 사람은 묘하게 굳어서 아무 말도 하지 않은 채로 많은 시간을 허비했다.

그러는 동안 미즈타니는 술을 한 병 마시고 이유도 없이 취해 버렸다.

미즈타니는 두 손을 겹쳐 베고 불을 뿜어내듯이 괴로운 숨을 내쉬면서 누워 있었다. 도시코는 그 옆에 단정하게 앉아 옷깃에 얼굴을 반쯤 묻은 채, 대리석 조각처럼 꼼짝도 않고 생각에 잠겼다. 그러다가 자기 옆에서 괴로워서 누워 있는 미즈타니를 보고, 그녀는 자신의 무릎을 베개로 빌려주면서 남자의 이마에 손을 대어 보았다.

"도시코, 무릎이 아프지 않아?" 미즈타니가 걱정스럽게 물었다.

"아니요. 괜찮아요. 많이 취하셨나 봐요. 잠시 누워 계세요." 그녀는 그렇게 말하고 깊은 한숨을 쉬었다.

아마 한 시간 정도 시간이 흘렀을 것이다. 미즈타니는 취기가 돌았는지 잠들어버렸다. 문득 눈을 뜨자 자신의 얼굴 바로 위로 자신을 바라보고 있는 조각과 같이 희고 아름다운 얼굴이 눈에 들어왔다.

"나 자고 있었지?"

"네, 잘 주무시던 데요."

"미안하게 됐군. 자 이제 베개는 필요 없으니까 다리를 펴봐."

"괜찮아요. 정말 괜찮아요." 여자는 당황해서 미즈타니의 얼굴을 가볍게 제지했다.

"몇 시쯤 됐을까?"

"12시요." 도시코는 자신의 하얀 손목을 감고 있는 작은 시계를 보고 대답했다.

"너무 늦었는걸. 이즈미에서 걱정하겠어." 미즈타니는 걱정스러운 얼굴이 되었다.

"저는 상관없어요. 당신 집에서 걱정하고 있겠어요."

두 사람은 다시 아무 말도 하지 않았다. 미즈타니는 가볍게 여자의 손을 잡고 말했다.

"도시코. 오늘 밤 여기에 온 거 불편하지 않았어?" 도시코는 아무 말 없이 머리를 흔들어 보였다. 두 사람의 눈과 눈이 서로의 얼굴과 얼굴의 그림자 사이에서 신비한 빛을 띠며 빛났다. 그러자 갑자기 미즈타니의 볼 위로 따뜻하고 굵은 눈물이 뚝뚝 떨어졌다.

'울고 있구나.'

미즈타니가 올려다본 도시코의 눈에서 눈물이 흘렀다.

미즈타니는 여자의 손을 잡고 "미안해, 자 돌아가지."라고 말하고 일어났다.

"오늘 밤은 함께 이야기도 못하고 취해버렸네. 게다가 도시코에게 실례만 했어. 이것으로 기회가 완전히 날아가 버린 것은 아닌지…." 미즈타니는 일어나서 아주 걱정스러운 듯이 말했다. 그의 눈에도 눈물이 맺혔다. 미즈타니의 모습을 보자 도시코는 "제가 미안하네요. 잘못했어요."라고 말하며 엎어져서 울기 시작했다.

아키야마가 운전하는 자동차가 그들을 모시러 온 것은 그로부터 20분 정도 지난 후였다. 이 한 번의 비밀스러운 만남이 예상치 않게 도시코를 사모하는 남자 아키야마에게 발각되어 버렸다. 하지만 미즈타니는 아키야마의 존재를 전혀 모른다. 물론 이즈미에서 만난 납작모자가 그날 밤 운전한 아키야마라는 것도 알 리가 없다.

(1928.4.15)

제14회

카페 이즈미에서 미즈타니와 오하시 그리고 아키야마 세 명이 만난 것은 그다음 날의 일이었다.

도시코는 교코에게서 온 전화를 받았다. 그 내용은 꼭 할 이야기가 있으니 저녁 때 중국요리 금화원(金華園)으로 와 달라는 것이었다.

아무리 중요한 일이 있어도 이제까지 두 사람은 카페 마쓰바나 카페 이즈미에서 만나서 이야기했는데, 일부러 자기를 금화원까지 불러내는 것을 보면 분명 중요한 이야기가 있을 거라고 도시코는 생각했다.

그래도 도시코는 전화통화에서 "할 이야기라는 게 네 일이니? 아니면 내 일이니?" 하고 물어보았다. 그때 교코는 "내 일로 상의할 것이 있어."라고 대답했다. 도시코는 조금은 안심이 되었다. 혹시 자신의 일이라면 또 미즈타니나 아키야마의 문제에 대한 충고를 하려는 게 분명했기 때문이다.

도시코는 교코가 도시코와 아키야마를 맺어주려는 것이나, 도시코와 미즈타니 사이를 떼어놓으려는 이유를 짐작할 수 없는 것은 아니었다. 그것은 단지 우정에 의한 충고만으로 받아들일 수 없는 이유가 있었기 때문이다.

교코는 미즈타니에 대해 남모르는 연모의 정을 품고 있었다. 도시코도 여러 차례 교코의 감정을 느꼈다. 교코는 자신의 사랑이 이루어질 수 없더라도 미즈타니가 다른 여자와, 게다가 친구인 도시코와 관계를 맺는 것에 질투를 느꼈다.

한편 아키야마는 아키야마대로 교코에게 가서 자신의 생각을 그대로 말해 버렸다. 그리고 아주 자연스럽고 용감하게 도시코에 대한 짝사랑을 털어놓았다.

물론 교코도 아키야마의 마음과 그 열심에 감복되어 아키야마를 도시코와 연결시켜 주고 싶었다. 또 아키야마와 도시코 두 사람이 맺어진다면 자연히 미즈타니와 도시코 사이는 파탄 나게 될 거라는 것을 알기에, 그녀는 더욱 아키야마를 응원했는지도 모른다.

도시코는 교코의 이러한 마음을 어느 정도 눈치챘다. 하지만 오늘 만나는 용건은 교코 자신에 대한 것이라고 하니, 도시코는 오늘 할 이야기가 전혀 예상되지 않았다.

'그녀의 기둥서방인 기시마(木島)와 문제가 생겼을까, 아니면 다른 카페에서 일하게 되었나.' 그 정도로 도시코는 단순하게 생각했다.

그녀는 목욕을 하고 화장을 하면서도 문득 오늘 미즈타니가 카페에 오지 않은 게 생각났다.

"어젯밤 일로 기분이 상한 게 분명해." 그녀는 마음이 불안해졌다.

"내가 일부러 화나게 해본 건데 진심으로 받아들였을 지도 몰라." 그러자 돌이킬 수 없는 후회가 밀려왔다. 마음은 우울하면서도 정열적인 미즈타니의 얼굴이 눈앞에 떠올랐다.

하지만 혹시 오늘 밤에라도 미즈타니가 불쑥 카페로 들올지도 모른다. 하지만 도시코 자신은 외출하고 없다. 만일 자기가 없는 사이에 온다면 더더욱 기분 나빠하겠지.

'그냥 금화원에 가지 말까. 하지만 이미 약속해버렸으니….'

그녀는 혼잣말을 했다. 그리고 풀이 죽은 얼굴로 이즈미를 나왔다.

거리에는 벌써 전등이 켜져 있었다. 따뜻한 밤기운 사이로 봄에 어울리는 고민이 땅 위로 올라오는 것 같았다. 그녀는 고민하는 게 싫어서 '봄이 싫어.' 하고 입버릇처럼 말했었다.

그녀는 걸어가면서도 이유 없이 한숨을 쉬었다. 그러다 10분 정도 지났을 때 그녀는 이미 금화원 입구에 도착해 있었다.

(1928.4.17)

제15회

도시코가 금화원에 도착해서 보니, 교코는 현관까지 나와서 기다리고 있었다.

"빨리 왔네." 도시코의 모습을 보자 교코가 애교 있게 말을 걸었다.

"서둘러서 왔지. 기다렸지?" 도시코는 이마에 땀이 맺혀서 숨을 헐떡이며 말했다.

계단을 올라가면서, 불현듯 도시코는 "너 혼자야?" 하고 물었다.

"으으응." 하고 교코는 대답했지만, 어딘지 말꼬리를 흐렸다.

길쭉한 방은 칸막이로 나뉘어 있었다. 두 사람은 작은 테이블을 사이에 두고 앉았다.

"무슨 일인데?" 도시코는 성급하게 물었다.

"아이, 그렇게 서두르지 마. 천천히 이야기할게." 교코는 도시코의 질문을 교묘하게 피하면서 말했다.

"어젯밤 미즈타니 씨와 아키야마 씨 그리고 뭐시기 라더라, 도시코를 좋아하는 그 세 사람이 부딪혔다며. 호호호." 교코는 역습을 가하듯이 말했다.

"아니, 네가 어떻게 그걸 알아?" 도시코는 기가 막힌 듯 눈을 크게 떴다.

"내가 천리안을 가졌거든." 교코는 농담처럼 말했다.

"알겠다. 아키야마 씨에게 들었구나?"

"아니야. 아키야마 씨는 어제 나에게 오지도 않았어. 스파이를 보내두었으니까 뭐든지 아는 거야. 호호호." 교코는 약간 덧니가 있었지만, 그게 오히려 애교가 되는 아름다운 이를 드러내며 웃었다.

"기분 나빠. 놀라게 하지 마." 도시코도 반쯤 농담으로 대답했지만 왠지 모를 불안이 느껴져다.

두 사람은 요리를 먹느라 잠시 침묵했다.

"도시코" 교코가 진지하게 불렀다.

"왜?" 도시코도 약간 긴장하며 되물었다.

"나 부탁이 있어."

"아이 정말, 쓸데없이 긴장시키지 말고 말해봐…. 무슨 일인데?"

"나와 관련된 일은 아냐. 하지만 친구로서 들어주었으면 좋겠어."

"무슨 일인데? 말해 봐."

"너 아키야마 씨가 싫으니?"

"……."

도시코는 좀 당황했지만 자연스럽게 질문을 피하면서 물었다. "왜 그런 것을 무턱대고 묻는 건데?"

"아키야마 씨에게 특별히 부탁받은 것은 아니야. 그 사람 너를 위해서 몇 년 동안이나 고생했잖아. 왜 그 사람 있었지? 게이오(慶應) 출신의 조선인인데, 아, 그 뭐였더라? 그 정 씨. 반드시 너와 결혼하겠다고 아주 진지하게 담판을 짓겠다고 했던 그 남자. 그때 아키야마 씨는 남대문통에서 독신으로 통했잖아…" 교코는 신나게 떠들어댔다.

이 이야기를 칸막이 너머 건너편 테이블에서 귀를 쫑긋 세우고 듣고 있는 남자가 있었다.

(1928.4.18)

제16회

도시코는 교코에게 가끔 그런 의미의 말을 들은 적이 있었지만 이렇게 정색을 하고 심각하게 말하는 것은 처음이었다.

평소라면 적당히 넘겨버렸겠지만 지금은 거짓말을 할 수도 없어서 그녀는 당황스러웠다. 그리고 말없이 고개를 숙였다.

그러는 가운데 그녀는 불현듯 좋은 구실을 생각해 냈다. 교코와 전화 통화를 했을 때 오늘 밤 만나는 용건이 교코 자신의 문제라고 했던 것이다.

"너의 호의는 잘 알겠지만 그런 문제에 금방 대답할 수는 없지. 나에게는 일생의 큰 문제니까. 그것보다 오늘 밤은 교코 너의 문제를 들으려고 여기까지 일부러 온 거야. 그러니까 약속대로 교코, 네 문제를 이야기해 줘." 도시코는 능숙하게 피했다고 생각하고 생글생글 웃으며 상대의 얼굴을 보았다.

그때였다. 옆자리에 앉아 있던 사람이 일어나는 느낌이 들었다. 그리고 문을 열고 복도로 나가는 것 같았다.

"누가 옆에 있었나!" 도시코는 놀란 듯이 눈을 크게 떴다.

"아무도 없었어. 종업원인가 봐." 교코는 아무렇지 않은 듯이 대답했다. 두 사람 사이에는 다시 잠시 동안 침묵이 흘렀다.

그러자 복도 쪽에서 구두 소리가 다급하게 났다가 문 앞에서 멈추는가 싶더니, 딸각 하고 문고리 돌리는 소리가 들렸다. 두 사람은 소리가 나는 쪽으로 돌아보았다. 그와 동시에 문이 열리고 아키야마가 몸을 반쯤 내밀며 들어왔다.

"여이…." 아키야마는 두 사람에게 말을 걸었다.

"여기 어쩐 일이야?" 그는 지금 들어 온 사람처럼 생글생글 웃었다.

"아니, 아키야마 씨. 또 무슨 일로 여기 오셨어요?" 교코가 물었다.

"오늘 친구와 여기서 만나기로 했는데 내가 먼저 도착했지. 고향으로 돌아가는 녀석인데, 송별회를 해주려고."

"그래요. 그럼 들어오세요."

"도시코도 와 있었구나. 어젯밤은 실례가 많았어." 그렇게 말하고 그는 성큼성큼 걸어 들어왔다. 그리고 두 사람 사이에 앉았다.

순간적으로 일어난 일이지만 도시코는 상황을 이해할 수 있을 것 같았다. 교코와 아카야마 사이에 이야기가 미리 되어 있었던 것이다. 하지만 아키야마와 교코의 행동으로 보아, 연기가 너무나 능숙해서 우연히 만났다고 밖에 생각할 수 없었다.

어쨌든 도시코는 교코의 함정에 빠진 듯한 느낌이 들었다.

"어젯밤 도시코의 가게에 놀러 갔지. 그런데 도시코와 친하다고 들었던 그 미즈타니라는 남자가 왔더라고. 내게는 변변치 않은 남자로 보이던데, 도시코에게는 멋져 보였나봐. 하하하." 아키야마는 용감하게 빈정거리며 말했다.

"하지만, 어젯밤 그 녀석, 도시코에게 된통 당하고 비관해서 돌아갔지. 불쌍한 녀석. 하하하."

아키야마는 개의치 않고 떠들었다. 그러나 도시코는 마음이 무겁게 가라앉아 버렸다.

(1928.4.19)

제17회

"도시코, 어젯밤에 약속한 것 지켜주겠지?" 아키야마는 평소와 마찬가지고 거친 말투에 결심한 듯이 억압적으로 말했다.

"약속…? 무슨 약속을요…?" 도시코는 불안한 눈을 들어 아키야마를 쳐다보았다.

"시치미 떼면 안 되지. 벌써 잊어버렸어?" 아키야마는 약간 실망한 기색을 보이면서 거의 협박조로 말했다.

"그러니까 무슨 약속이냐고요. 말씀해 보세요." 도시코도 약간 반항적인 말투로 되물었다.

"자동차로 함께 놀러 가자고 약속하지 않았어?" 아키야마는 도시코의 얼굴을 지긋이 쳐다보았다.

"네, 약속했지요."

"언제 실행할 건데?" 아키야마는 곁눈질하며 물었다.

"언제라도 좋아요. 내일이라도요." 도시코는 포기한 듯한 말투로 대답했다.

"그렇군, 고마워. 도시코가 지금까지 내 얘기를 한 번도 들어준 적이 없으니까, 너무 잔인하다고 원망하고 있었지. 게다가 말이야. 나는 도시코를 단념할 수 없어서 독신으로 있었거든. 독신으로 있은 것은 내 맘이지만, 도시코가 조금이라도 동정해 준다면 벌 받지 않을 걸. 교코, 그렇지 않아?" 아키야마는 아무런 거리낌 없이 자신의 마음을 솔직하게 말했다.

"그래 맞아. 도시코도 조금은 아키야마의 입장을 생각해 주는 게 좋지 않겠어? 우리 같은 여급에게 친절을 가장해서 다가오는 남자는 하루에도 수십 명이야. 하지만, 다들 한순간의 위로를 받으려는 늑대뿐이지. 아키야마 씨처럼 몇 년이 지나도 변하지 않고 생각해주는 사람은 소수에 불과해. 이런 말을 하면 실례일지 모르겠지만, 도시코는 아름답기도 하고 여학교에 다닌 적도 있으니까 이상이 높아서 아키야마 씨 같은 운전사는 싫다고 말할지도 몰라. 하지만 어차피 여급이 정착할 곳은 정해져 있어. 가끔 괜찮은 곳과 혼담이 오가더라도 결국 첩으로 가는 정도야. 그보다 신분이 높더라도 정말로 사랑해 주는 사람과 사는 게 현명한 일이지." 교코도 도시코를 설득하는데 열심히 가담했다.

"고마워. 이제 알겠어. 하지만 혼담이라면 나 혼자 생각해서 결정할 수 없어. 엄마도 있고 언니도 있고, 게다가 부모님이 이미 약속해놓은 사람도 있어. 지금 나는 시집가겠다는 그런 생각은 하지 않아. 이제까지 고집을 부리면서 여러 가지 유혹과 싸워왔지만, 요즘에 와서는 어차피 될 만한 일은 되겠지 싶어 포기했어." 도시코는 흥분한 말투가 되어 단호하게 말했다. 그리고 컵에 술을 따라 꿀꺽 하고 한 모금 마셨다.

그녀는 미즈타니를 약 오르게 하기 위해서 아키야마와 함께 놀러가겠다고 약속한 것을 후회했다. 지금에 와서 어떻게 할 수도 없었다. 만약 약속을 깬다면 저돌적인 아키야마가 무슨 일을 할지 모를 일이다. 게다가 한번 말한 것은 지킨다는 그녀의 자부심 때문에 약속을 깰 수도 없었다.

하지만 도시코 자신도 어젯밤 어째서 미즈타니에게 그렇게 매정하게 대했는지 그 이유를 알 수 없었다. 그것은 아마 오하시와 아키야마에게 자신의 마음을 보여줘서는 안 된다는 트릭 같은 것이었다. 그러나 지금은 그 트릭에 자기 자신이 걸려버린 결과가 되어버렸다.

(1928.4.20)

제18회

금화원에서 나왔을 때 도시코는 아주 취해 있었다. 왠지 다리가 흐느적거렸다. 하지만 다행히 어스름한 골목길이라 누구도 그녀를 알아보지 못할 것 같았다.

그녀는 술에 취해서 더욱 감상적이 되었다. 무슨 계기만 생긴다면 금방이라도 울 수 있을 것 같았다.

무엇보다 교코가 아키야마와 합작해서 자신을 감쪽같이 꼬셔낸 것이 화가 났다. 물론 이런 일에 그다지 놀라는 성격은 아니지만, 내일 아키야마와 둘이서 저녁 먹으러 가겠다 약속한 것이 신경 쓰였다.

그녀는 이제까지 남자의 부탁으로 요정에 가거나 여행을 간 적은 있지만, 그때마다 대개 친구가 함께 가거나 아니면 남자 쪽이 두세 사람 함께였다. 남자와 단둘이 놀러 간 적은 한 번도 없었다. 그녀는 양갓집 따님처럼 무경험의 공포에 사로잡힐 일은 없지만, 남자의 기분을 살피는 것에 단련되어 있었고 또 남녀관계를 민감하게 예측할 수 있었다. 이 때문에 그녀는 아키야마와의 만남을 어떻게 교묘하게 벗어날 수 있을까 초조하게 고민하기 시작했다.

그녀는 수년간의 여급 생활로 언제부터인가 제대로 된 남성관을 가지고 있었다.

그것은 결국 남자라는 남자는 이 사람도 저 사람도 모두 여자에게 흑심을 품고 있다는 것이다. 때로는 강하게, 때로는 약하게 보이면서 교묘한 말 한마디로 여자의 마음을 사로잡는다. 그리고 남자는 그 여자를 정복하기만 하면 다음 여자로 옮겨간다. 모든 남자가 그렇다고 는 할 수 없지만, 적어도 카페에 출입하는 남자는 독신도 유부남도 모두 그런 변덕스러운 야심을 가지고 있었다.

이 때문에 결코 남자에게 정복되어서는 안 된다, 좋아하는 남자에 게도 결코 정조를 허락해서는 안 된다, 만약 허락한다면 이제는 남자의 장난감이 된다. 이는 여자의 윤리관에서 나온 결론이 아니라, 많은 남자로부터 혹은 동료 여자들이 밟아 간 전철에서 얻은 결론이다.

이러한 남성관을 가지고 있기 때문에 그녀는 사랑에 빠지지 않고 사랑을 감상만 했다. 또 남자를 사랑하지 않고 남자에게 사랑받기만 을 바랐다. 그러한 그녀의 바람은 어느 정도까지는 이루어졌다. 그녀 는 균형 잡힌 육체미에, 탄력 있고 요염한 얼굴, 이런 일을 하는 여자 로서는 드물게 처녀성을 잃지 않으면서도 매력이 넘쳤다. 이 때문에 처음 온 손님도 이 여자에게 얼른 끌렸다. 설사 끌리지 않더라도 결코 불쾌한 인상을 받는 일은 없었다.

이러한 여러 조건 속에서 그녀는 점차 남자를 조종하는 경험을 쌓 아갔다. 그러나 그녀 자신, 결국 남자와 사랑에 빠질 수 없는 것이 쓸 쓸했다. 그러면서도 사랑에 빠진 이후에 다가올 쓸쓸함이 두려웠다. 그녀가 고뇌하기 시작한 것은 그녀의 육체가 점차 화려해졌기 때문 이기도 하지만, 미즈타니처럼 여자의 의지대로 움직이지 않는 남자 가 나타났기 때문이기도 했다.

지금까지 그녀에게 마음을 두었던 거의 모든 남자는 그녀로부터 다소 냉대를 받더라도, 혹은 거의 그녀의 눈길조차 받지 못하더라도 미련을 두고 집요하게 그녀를 따라다녔다.

그녀의 마음을 빼앗은 미즈타니에게 일부러 냉담한 화살을 쏘아 보았을 뿐인데, 그것 때문에 매일 오던 미즈타니가 오늘 하루 오지 않은 것이 그녀는 섭섭해서 견딜 수 없었다. 또한 그녀의 자부심이 배신 당했다는 느낌 역시 지울 수 없었다.

"내일은 그 사람이 올지도 몰라."

그녀는 걸어가면서 중얼거렸다.

(1928.4.21)

제19회

장미꽃이 아름답다고 해서 그 뿌리까지 뽑아 볼 필요는 없다.

미화될 것이라면 미화해 보고 싶다. 이것이 과거 미즈타니가 품었던 인생에 대한 욕망이었다. 하지만 그는 언제부터인가 장미의 뿌리를 뽑아보겠다고 생각했다.

그는 회사가 끝나고 나서 남산공원을 어슬렁어슬렁 걸으면서 끝임 없이 생각했다. 그는 지금까지 연애에 대해 거의 수동적이고 비겁했다. 이 때문에 지금까지는 연애의 고통을 느끼지 않을 수 있었다.

그의 연애 경험은 아주 평범했다. 사랑 이야기 같은 것은 거의 없었다. 하지만 이것은 그 자신에게 결코 만족할만한 과거라고는 할 수 없었다. 왜냐하면 그것은 향기가 없는 꽃을 바라보는 것과 마찬가지이기 때문이다.

사랑은 인생을 장식하는 꽃이다. 사랑은 그 향기이고 또 벌이다. 그는 이러한 연애관을 품으면서도 향기를 맡고 꿀을 빠는 것에 겁쟁이였다. 사랑이 없는 인생의 쓸쓸함은 알고 있었지만, 사랑을 얻으려는 쓰라린 괴로움은 맛본 적이 없었다.

그것이 어쨌단 말인가. 지금 그는 사랑을 얻고자 괴로워하고 있다. 사랑을 얻기 위해 그의 신앙을 버리고 '아름다운 장미의 보기 싫은 뿌리를 파보려고' 하는 것이다.

"내가 너무 단순했어. 자만했어. 제삼자 앞에서 카페의 여급 정도에게 모욕을 당하다니. 거칠고 무례한 태도에 말 한마디 되받아치지 못하고 순순히 물러나다니. 그 이유는 무엇일까? 그녀의 무례를 탓하기 전에 나 자신 왜 싸우지 않았는지를 생각해야 한다. 그것은 결국 내가 그녀를 사랑하기 때문이다. 굴욕을 참고 사랑을 얻을지, 사랑을 버리고 체면을 세울지, 두 가지 길 중에 하나를 선택해야 한다. 나에게는 아내가 있다. 세상에 대한 명예가 있다. 생활의 궤도가 있다. 냉정하게 돌아가 천칭에 달아보자!"

그는 마음속으로 이렇게 반복해서 외쳤다.

"아키야마, 오하시, 고야마, 이시이, 정 씨, 이 씨, 그, 그 …. 그녀에게 야심을 갖고 있는 사람은 내가 아는 것만도 열 명 아니, 열다섯 명에 그치지 않는다. 하물며 그 외에 내가 모르는 사람까지 하면 수십 명 수백 명에 이를지도 모른다. 예컨대 그들과 사랑의 경쟁자가 되는 것이 세상에서 보면 얼마나 한심한 일인가! 경쟁에서 지면 또 얼마나 비참해지겠는가. 이겼다고 하더라도 그 종말은 어떻게 되겠는가. 결혼, 그것이 이루어질 리가 없다. 또 연애가 결혼에 의해 완전하게 열매를 맺을 수 있을지 그것 역시 의문이다. 첩—그것은 상대를 사회적으로 죽이는 것과 마찬가지이다. 말도 안 되는 일이다. 나는 이 연애의 고통과 싸워서 그녀의 유혹에서 벗어나야만 한다."

그는 발밑에 아무렇게나 피어있는 개나리꽃을 막대기로 가볍게 두드렸다.

하지만 곧이어 그녀의 사랑스러운 모습이 다시 되살아났다.

그가 카페 이즈미에서 나올 때면 그녀는 언제나 문 앞에 서서 그의 모습이 보이지 않을 때까지 배웅해 주었다.

"어젯밤에요. 그 사람 마담에게 쫓겨났어요."

다음날이 되면 그녀는 이런 일을 농담 섞어서 미즈타니에게 이야기해 주었다. 그것은 결코 거짓말이 아닌 것 같았다. 하지만 지금 생각해보면 그것도 자신을 낚기 위한 교묘한 트릭이었는지 모른다.

어쨌든 자신은 이 괴로움에서 벗어나야만 한다.

그는 결연하게 마을 쪽으로 내려갔다.

(1928.4.24)

제20회

카페 마쓰바로 미즈타니가 불쑥 들어왔다.

해 질 녘 카페는 아직 한산했다. 여급들도 대부분 목욕하러 가서 조용했다.

목욕탕에서 돌아와서 화장을 끝내고 이층에서 내려오면서, 교코는 미즈타니가 들어오는 것을 보고 깜짝 놀랐다.

"아휴, 어서 오세요. 오랜만이네요." 미즈타니는 살짝 고개를 숙여서 인사했지만 금방 침울한 표정으로 돌아갔다.

"지금 회사 끝나고 돌아가는 길인 가요?"

"산책하고 돌아가는 길입니다." 미즈타니는 무심하게 대답하고 위스키를 주문했다.

"술을 드시려고요…? 희한한 일이네요." 교코는 애교 있게 미소를 띠며 위스키 한잔을 따른 다음 미즈타니 옆에 앉았다.

"정말 오랜만이네요. 왜 오시지 않았어요?"

"먹고사느라 바빠서요."

"무슨 그런 말씀을…. 저, 다 알고 있어요. 호호호."

"무엇을 말입니까? 한가하지 않은 이유를요?" 그는 왠지 어색하게 되물었다.

"저, 미즈타니 씨"

"저도 한잔 주지 않겠어요?"

"이런 실례했습니다." 그는 한잔을 들이켜고 교코에게도 한잔 따라주었다.

"제가 할 말이 있는데, 화내시면 안 돼요."

"하하하하, 화내지 않아요. 무슨 일인데요?"

"진짜예요?"

"네, 약속하지요. 그렇게 중요한 일인가요?"

"그렇지 않아요. 그럼 말할게요. 이삼일 전 밤에 도시코와 스이쇼 테이에 갔었지요?" 미즈타니는 생각지 않은 질문에 얼굴이 붉어졌다. 교코는 미즈타니의 안색을 살피며 다그치듯이 다시 말했다.

"도시코도 바람둥이네요. 남자가 몇 명이나 있으면서…."

'몇 명이나 있으면서', 이 한마디가 미즈타니의 심장에 찌릿하고 파고들었다.

그는 도시코에 대한 각오는 하고 있었다. 하지만 혹여 교코의 모략이라고 하더라도 도시코에 관한 일을 자신의 귀로 직접 들으니 지금까지 담아두었던 도시코에 대한 의혹이 일어났다. 이와 동시에 질투로 격분에 휘말려서 어찌할 수가 없었다.

"어떻게 그 일을 알고 있지요?" 그는 약간 분노를 띠고 힐문하듯이 물었다.

"그날 밤 자동차를 운전했던 사람이 도시코의 옛날 단골이에요. 어젯밤에도 도시코와 그 운전사인 아키야마라는 사람이 만났을 걸요."

미즈타니는 몸속에서 분노가 치밀어 오르는 것을 느꼈다. 눈앞에 교코가 없었다면 신음소리를 냈을지도 모른다. 그러나 겨우 격정을 누르고 위스키를 단숨에 쭉 한 잔 들이켰다.

그 이야기를 들은 후 10분 정도 지나 그는 카페 마쓰바를 나왔다. 거리에는 가로등이 장식되어 있었지만, 그는 취기와 광분으로 주변이 빙빙 도는 것 같았다. 그는 이유도 없이 눈앞에 나타난 K극장으로 들어갔다. 그리고 이층 구석에 드러누웠다. 두 시간 정도 지나 겨우 취기가 깰 즈음 "미즈타니 씨, 전화요." 하는 소리가 들렸다.

(1928.4.25)

제21회

"누구한테 온 거지?"

미즈타니는 누가 전화를 걸었을까 생각하면서 계단을 내려갔다. 잘못 걸려온 전화일지 모른다고 생각했지만, 어쨌든 전화실로 들어갔다. 그는 수화기를 들고 "여보세요."라고 말해 보았다.

'여보세요. 미즈타니 씨인가요?' 남자 목소리였다.

"그렇습니다만."

"좀 기다리세요." 상대의 남자 목소리가 잠시 끊어졌다.

"여보세요. 미즈타니 씨인가요?" 이번에는 낮은 여자 목소리였다.

"그렇습니다."

"정말이요…?"

"미즈타니입니다."

"정말이지요?" '왠지 다른 사람 같아' 하고 낮게 중얼거리는 여자 목소리가 미즈타니에게 들렸다.

"저 미즈타니입니다. 누구시지요?" 미즈타니는 조금 화가 난 듯이 물었다.

"죄송합니다. 저를 아시는지요? 쉬고 계신데 불러내서 죄송합니다." 목소리는 쉬어서 낮았지만 분명 도시코였다. 미즈타니는 갑자기 가슴이 두근거렸다. 그는 흥분한 채로 아무 말 없이 서 있었다. 그러나 도시코 쪽에서 다시 말을 이어갔다.

"당신, 어제 왜 오지 않으셨어요?"

"……."

"화난 거예요?"

"……."

"저기 미즈타니 씨…… 왜 대답이 없어요?" 여자는 울먹이는 것 같았다.

"내가 화가 났다고요? 내가 화낼 이유가 어디 있나요? 도시코 씨의 자유를 속박할 권리는 없으니까요. 하하하." 그는 겨우 이 말만을 하고 공허하게 웃었다.

"그럼 왜 오지 않으셨지요?"

"창피를 당하러 갈 필요는 없으니까요." 그는 스스로 잘도 비꼬아 말한다고 생각했다.

"알겠어요. 하지만 미즈타니 씨, 여자는 약하답니다…." 도시코는 지금이라도 울 것처럼 말했다.

"내일 가겠습니다." 그는 결국 여자의 유혹에 넘어가서 그렇게 말해 버렸다.

"꼭이에요. 그럼 안녕히 계세요." 여자는 힘주어 말하고 전화를 끊었다.

미즈타니는 지금까지의 격분과 함께 여자에 대한 연민의 정이 희미하게 샘솟는 것을 느꼈다.

그가 하루 오지 않은 것에 대해 그녀는 진실로 외로움을 느꼈을까, 아니면 남자에게 경솔하게 퍼부은 것에 대해 미안한 척 가장하는 것일까. 속인 것이라면 거기에 넘어가서 신나게 '내일 갈게요.'라고 약속한 자신이 부끄러웠다.

하지만 무엇보다 이상한 것은 자신이 지금 K극장에 있는 것을 그녀가 어떻게 알았을까 하는 것이다. 그것은 가족조차 모르는 일이었다. 물론 카페 마쓰바를 나올 때 교쿄에게도 말하지 않았다. 자기 자신조차 극장 앞에 오기까지는 들어올 계획이 없었다.

두 번째로 우선 남자 목소리로 전화를 걸었다는 점이다. 도시코 자신의 용건이라면 왜 처음부터 본인이 직접 호출하지 않았을까?

그는 지금 가련한 도시코에게 끌려갈 뻔했다. 하지만 다시 생각하니 그 가련함은 가장된 것이었다. '세련된 연애의 유희.' 그는 도시코처럼 순수하고 신선하면서 또 고상한 규수 풍의 여자가, 나쁜 방식으로 세련됐다면 어떤 일이든 할 수 있을 거라고 생각했다.

미즈타니는 도시코를 여기까지 해부해 보았다. 하지만, 이렇다 할 확증이 있는 것은 아니었다. 이 때문에 그녀가 순수하다고 혹은 순수하지 않다고 단정할 수 없었다. 생각하면 생각할수록 머리만 혼란스러울 뿐이었다.

"한 번 더 속는 셈 치고 만나볼까." 그는 자신의 약함을 탓하면서도 그녀에 대한 미련을 버릴 수가 없었다.

그녀는 아키야마와의 관계를 어떤 식으로 해결할 것인가? 미즈타니에게 언제까지나 비밀로 일관할 것인가? 아니면 타협할 것인가? 이는 미즈타니에 대한 도시코의 사랑이 얼마나 큰지 가늠할 수 있는 문제이다.

"가자. 내일 만나서 아키야마와의 관계를 물어보자."

그는 불안 속에서도 어딘지 탐정 같은 호기심이 발동했다.

(1928.4.26)

제22회

다음날 저녁이 되었다. 미즈타니는 카페 이즈미를 찾았다. 계단 아래쪽에 학생 같아 보이는 손님이 한 팀 있을 뿐이었다. 그는 곧장 이층으로 올라갔다.

이층에는 아직 손님이 하나도 없었다.

"아, 어서 오세요." 미요코가 올라와서 말을 걸었다.

"어제는 왜 오시지 않았어요?" 미요코가 그의 옆에 앉아서 물었다.

"일이 바빠서." 그는 적당하게 대답하고 맥주를 주문했다.

"안주는 무엇으로 할까요?"

"아무거나 상관없어."

"적당히 가져오면 되겠지요?"

미요코는 가려다가 멈춰 서서 뭔가 생각난 듯이 말했다.

"아 참, 그렇지. 미즈타니 씨가 어제 오지 않아서 도시코가 풀이 죽어 있었지요. 호호호."

"쓸데없는 소리 하지 마. 하하하." 미요코의 발소리가 사라져 갔다.

> 하루 못 보면 천년,
> 그리움을 품은 마음과 마음

애조를 띤 노랫소리가 아래층에서 들려왔다. 이 목소리를 들어보니 그 주인공은 도시코 같았다. 드디어 계단을 올라오는 발소리가 들렸다. 맥주와 요리를 가져온 것은 도시코였다. 그녀의 눈은 부어서 푸석푸석하면서 무거워 보였고 머리는 대충 묶은 상태였다. 그녀는 말 없이 그의 옆에 앉았다.

"와 주셨군요."

그녀는 그렇게 말하고 미즈타니의 눈을 보았다. 미즈타니도 그녀의 눈을 보았다. 그녀의 눈은 지금까지 울고 있었는지 눈 주위가 젖어 있었다. 아무 이유도 없이 미즈타니는 그녀가 애처롭게 느껴졌다.

"무슨 일이야? 도시코, 울었니?"

"아니에요. 좀 기분이 좋지 않았을 뿐이에요." 그렇게 말하고 그녀는 억지로 웃어 보였다. 하지만 평소와는 다르게 쓸쓸해 보였다.

"저기, 미즈타니 씨. 오늘은 맥주 같은 것은 그만두고 달달한 것을 먹지 않을래요?"

"그것도 좋지. 그럼, 과자를 좀 부탁할까?"

"그렇게 하지요." 그녀는 갑자기 생기가 도는 듯 자리에서 일어나더니, 잠시 후 종이 꾸러미를 안고 돌아왔다.

"오늘 사온 건데 드셔볼래요?"

종이 꾸러미를 풀자 동그란 거, 길쭉한 거, 슈크림 등 모두 미즈타니가 좋아하는 과자들이 들어있었다.

"고마워. 모두 내가 제일 좋아하는 것들이네." 그는 정말로 기뻐하며 말했다.

"저는요. 당신이 뭘 좋아하는지 다 알고 있어요. 항상 주의해서 봤거든요. 아, 정말 기뻐요. 일부러 사두었는데 당신이 싫어하면 어쩌나 걱정했어요…." 그녀는 순진하게 웃으며 동그란 과자를 둘로 나누어, "반은 제가 먹겠어요."라고 말하고 나머지 반을 미즈타니에게 내밀었다. 이미 두 사람 사이에는 어떤 응어리도 없었다. 아이처럼 청순한 순정이 흐를 뿐이었다.

"스이쇼테이로 갔던 날 밤에요, 아주 깜짝 놀랄 만한 사람을 만났어요."

도시코는 눈을 크게 뜨고 미소를 지으며 말했다. 미즈타니는 도시코가 말하려는 사람이 교코에게서 들은 아키야마라는 것을 직감했지만 모르는 척하면서, "어떤 사람인데?"라고 물었다.

"그때 운전했던 사람이 글쎄, 제가 아는 남자였어요. 게다가 아주 오래전에 저를 계속 따라다니면서 색시로 삼겠다고 했던 남자예요."

"하하하, 그 남자를 다시 만난 거야. 곤란했겠군."

"어느새인가 운전사가 되었더군요. 저는 몰랐거든요. 원래는요. 남대문통 어느 가게의 점원이었어요. 까맣게 잊고 있었는데 다음날 아침 교코가 이야기해 주어서 깜짝 놀랐지요. 그 남자는 아키야마라는 사람인데요. 글쎄, 교코에게 가서 저에 대한 불만을 말했나 봐요…."

도시코는 주저하지 않고 이야기했다. 미즈타니는 교코에게서 들어 아는 이야기였지만, 도시코가 먼저 이야기해주어 기뻤다. 하지만 금화원에서 아키야마와 만났다는 것은 교코에게서도 자세하게 듣지 못한 거라, 그것만이 마음에 걸렸다.

그는 도시코가 어디까지 털어놓을지 궁금했다.

(1928.4.27)

제23회

그때 회사원 같은 젊은 남자가 네다섯 명 우르르 이층으로 올라왔다.

"어이, 도시코 오늘따라 조용하네."

그중 한 명이 미즈타니와 도시코를 보고 농담을 던졌다. 그들은 어딘가에서 마시고 온 듯 많이 취해 있었다.

"여기 맥주."

그들은 미즈타니 옆에 자리를 잡았다.

도시코가 아래층으로 내려가자, 무리 중 한 사람이 말했다.

"나카무라(中村), 지금 저 여자가 도시코야. 괜찮지?"

"음, 괜찮은데. 미즈타니 야에코(水谷八重子)[47] 같은 느낌이군."

나카무라라는 영화팬 같은 남자는 아미타에 씌운 모자를 왼손으로 빙글빙글 돌리면서 감탄했다.

"저 여자는 말이야. 원래 엔젤에 있었지. 그때는 더 순진하고 귀여웠어. 요즘은 너무 살이 쪘지. 아직 처녀라는 말도 있고, 애인이나 정부가 있다는 말도 있고, 어쨌든 특별하다니까."

"어리석은 소리, 여급 중에 처녀가 어디 있어. 만약 처녀라면 나카무라가 그냥 놔두겠어? 하하하."

도시코가 맥주를 가지고 올라왔다.

---

47 미즈타니 야에코(水谷八重子, 1905~1979): 신극에서 신파에 이르기까지 전후 일본 연극계를 대표하는 여배우이다.

"많이 기다리셨어요."

"도시코, 할 이야기가 있어 여기 좀 앉아 봐." 납작모자 남자가 도시코의 손을 잡아끌었다.

"그래요? 어떤 이야기? 나중에 천천히 들을게요."

"도망쳐도 괜찮아. 누군가 정부라도 와 있나 보지."

"글쎄요, 와 있는지도 모르지요. 호호호."

"정부라고? 나 말고 달리 없을 텐데. 하하하." 나카무라가 농담하며 웃었다.

미즈타니는 하던 이야기가 끊겼기 때문에 좀 불쾌했다. 그렇다고 자신의 약한 마음을 드러내는 것 같아 그다음 이야기를 재촉할 수도 없었다. 집에 가야겠다고 생각했지만 그것도 왠지 적절치 않은 것 같았다.

"도시코, 손님 왔어." 아래층에서 미요코의 목소리가 들렸다. 도시코는 계단 중간까지 내려가 손님을 맞이했다.

"어젯밤은…어떻게 된 거야?"

"실례가 많았어요. 정말로…." 계단을 올라오면서 손님과 도시코가 이야기하는 소리가 들려왔다. 미즈타니는 그 이야기에 이끌려서 계단 쪽으로 귀를 기울였다. 그러자 두 남자와 도시코가 나란히 올라왔다. 납작모자를 쓰고 양복을 입은 남자와 미즈타니의 시선이 딱 마주쳤다.

"미즈타니."

어느 날 밤에 만난 남자.

두 사람은 한순간 긴장한 얼굴로 상대를 보았다.

그가 그날 밤 운전했던 사람이다. 게다가 어느 날 밤에는 이즈미 카페에서 미즈타니에게 냉소를 보냈었다. 그 아키야마라는 남자임에 틀림없다.

곤란한 자리에서 만났다고 생각했지만 미즈타니는 도망갈 수도 없었다.

아키야마와 그의 친구처럼 보이는 일본 옷을 입은 건장한 남자는 미즈타니의 등 뒤에서 테이블을 끼고 앉았다.

"도시코, 어젯밤은 어떻게 된 거야? 연극을 보다가 이유도 없이 갑자기 돌아가겠다고 하고. 기분이 나빠진 거야?" 아키야마는 손님들 앞에서 자기가 도시코가 친하다는 것을 과시하고 싶은 듯이 전혀 거리끼지 않고 말했다. 하지만 도시코는 귀까지 빨갛게 되어버렸다.

미즈타니는 미즈타니대로 쿵 하고 가슴을 얻어맞은 것 같았다. '어젯밤 K극장—전화' 도시코는 아키야마와 같이 와 있었던 것이다.

순간적으로 이렇게 판단하자, 미즈타니는 도시코에 대한 의혹과 분노가 다시 끓어올랐다. 이와 동시에 가정도 명예도 잊어버리고, 사려도 분별도 없이 이런 연애 시장에 들어와 있는 자신이 너무도 한심하게 느껴졌다.

(1928.4.28)

제24회

도시코는 주문한 내용을 카운터에 알리고 얼른 여급 방으로 들어갔다.

그녀는 아키야마의 거침없는 발언으로 그녀와 아키야마의 비밀이 폭로되었다고 생각했다. 이와 동시에 미즈타니가 분명히 불쾌할 것 같았다. 게다가 자신과 미즈타니 두 사람 사이에 다시 거리가 생기는 것을 각오해야만 했다.

하지만 유부남인 미즈타니와 결혼할 수 없다, 장래를 약속할 수도 없는 남자에게 희망을 품는 것은 쓸데없는 일이다, 지금은 다소 괴롭겠지만 장래를 위해 미즈타니와 헤어지는 게 좋겠다, 그녀는 이렇게 생각하게 되었다.

이때 그녀는 그녀를 둘러싼 많은 남자가 머리에 떠올랐다.

그녀에게 결혼을 신청한 사람은 이미 네 명이나 있다. 한 사람은 아키야마이고 또 한 사람은 오하시이다. 오하시는 처와 가까운 시일 내에 헤어질 테니까 그러고 나서 도시코를 선택하겠다고 했다.

그리고 상고를 졸업하자마자 K회사에 다니는 이타무라. 그는 학생 때부터 도시코와 아는 사이로 결혼하고 싶다며 열심히 도시코를 만나러 왔다.

또 한 사람은 정 씨이라는 회사원인데, 유부남인 이 사람도 부인은 어떻게든 정리하겠다며 도시코에게 푹 빠져 있었다.

그러나 네 사람을 나란히 놓고 일생을 허락한다고 가정해보면, 도시코는 어떤 남자에게도 다소의 불만이 있었다. 도시코는 오랫동안 여급 생활이 몸에 배어 있어서 가정생활에 속박되고 싶지 않았다. 게다가 남자들 대부분이 가정생활은 거의 기계적으로 하는 것을 알고 있었다. 이런 것들이 도시코가 결혼하고 싶지 않은 이유였다. 또한 자신을 희생해서 부모를 봉양하고 동생의 학비를 조달하는 것이 그녀에게는 자부심이고 위로였다.

밖에서 손뼉 치는 소리가 들려서 그녀는 서둘러 방에서 나왔다. 하지만 이층으로 올라가는 것이 왠지 두려웠다.

이층으로 올라가니 4명 한 팀인 쪽은 미요코가 응대하고 있었다. 미즈타니는 따분한 듯 담배를 피우다가 도시코가 올라오자 얼른 맥주를 주문했다. 아키야마는 술을 마셔서 아주 얼굴이 벌게져 있었다. 4명 한 팀인 쪽은 흥이 올라서 요즘 유행하는 노래를 합창하기 시작했다. 실내 공기가 점차 흐트러져 갔다.

미즈타니는 기미코를 상대로 맥주를 두세 잔 마셔서 갑자기 취기가 올라오는 것 같았다.

그때 문득 아키야마와 동석한 남자가 일어서서 변소에라도 가려는지 흐느적거리다가 미즈타니의 탁자에 부딪혔다. 맥주병이 바닥에 떨어져서 쨍 하고 깨지는 소리가 났다. 순간적으로 미즈타니는 화난 눈빛이 되었다. 긴장된 무거운 시간이 흘렀다.

그 남자는 미즈타니에게 냉랭하게, "미안." 한마디를 하고 성큼성큼 걸어갔다.

"기다려." 이 한마디를 하고 미즈타니는 벌떡 일어섰다.

모든 사람의 시선이 이 두 사람에서 쏟아지고, 당장이라도 휘몰아칠 것 같은 전쟁의 광풍 앞에서 실내 공기는 이상하게 전율하고 있었다.

(1928.4.29)

제25회

"뭐야!" 상대 남자는 예상한 듯이 침착하게 뒤돌아봤지만, 눈에는 긴장하는 빛이 역력했다.

"용건이 뭐야?" 남자는 다그치며 미즈타니에게 다가갔다.

"무례하지 않은가?" 미즈타니는 얼굴이 파래져서 우두커니 선 채로 고함을 질렀다.

"그러니까 미안하다고 했잖아. 뭘 더 말해야 해." 남자는 건장한 팔로 팔짱을 끼고 호연하게 말했다.

"무슨 일이야, 니시무라." 아키야마는 기다렸다는 듯 일어나서 미즈타니에게 적대적인 의지를 확실하게 보였다.

"그걸로 사과했다고 하는 거야. 지금 시비 거 아냐." 미즈타니도 지지 않았다.

갑자기 니시다(西田)의 오른팔이 움직이나 했더니 연약한 미즈타니의 목덜미를 잡았다.

니시다는 "뭐야?" 한마디 큰 소리를 쳐서 상대를 한방에 굴복시키겠다는 기세를 드러냈다. 그와 거의 동시였다. 니시다는 '앗' 하고 외치며 슬금슬금 두세 걸음 뒤로 물러섰다. 미즈타니가 니시다의 정강이를 세게 찬 것이다. 니시다의 기세가 꺾인 사이 미즈타니는 맥주병을 잡고 상대의 왼쪽 어깨를 가격했다. 니시다가 등 뒤의 탁자에 부딪혀서 꽈당 하는 소리가 났다.

미즈타니는 기세를 올려서 니시다를 공격하려고 했다. 그때 누군가가 등을 세게 가격했다. 미즈타니가 고개를 돌리자 아키야마가 그를 향해 돌진해 왔다. 미즈타니는 얼른 탁자를 돌려 의자를 세로로 잡았다.

"제기랄!" 아키야마는 맥주병을 잡고 미즈타니에게 던졌다. 미즈타니는 고개를 돌려 병을 피했다. 맥주병이 뒷벽에 걸려있는 삼색판 액자틀에 부딪혀서 소리가 났다. 쨍그랑하고 유리가 깨져서 파편이 떨어졌다.

미즈타니는 위험하다고 직감하고 제비처럼 계단을 뛰어 내려갔다.

뒤에서 이상한 신음소리를 내면서 쿵쾅쿵쾅 따라오는 발소리가 들렸다. 미즈타니는 단숨에 문밖으로 뛰어나가 어두운 골목길로 돌아들어갔다. 한참 달리고 나서 뒤를 돌아보았다. 뒤쫓아 오는 사람은 없는 것 같았다. 그는 거칠게 숨을 몰아쉬며 잠시 멍하게 서 있었다.

흥분이 어느 정도 가라앉은 다음, 그는 터벅터벅 걸었다. 밝은 큰 길로 나오고 나서 문득 머리를 만져보니 모자가 없다. 그리고 등뼈 부근이 아파왔다. 분명히 맥주병이나 뭔가로 맞은 것 같았다.

그는 걸어가면서 니시다와 아키야마의 행동을 생각했다. 분노가 끓어올랐다. 지금 다시 쳐들어갈까 생각했지만, 도저히 완력으로 무뢰한 놈들을 이길 수 없을 것 같았다. 그러고 보면, 그가 도망쳐 나온 것은 비겁하기는 하지만 분명 현명한 처사였다.

그렇더라도 그는 무분별한 젊은이를 상대로 나잇값도 못하는 게 부끄러웠다. 그리고 카페 이즈미에 폐를 끼친 것에 대해 빨리 사과해야겠다고 생각했다.

그는 자동전화까지 가서 이즈미에 전화를 걸었다. 전화를 받은 것은 도시코였다.

"소란을 피워서 미안하네. 그 남자는 다치지 않았나?"

"당신은 다치지 않았나요? 많이 걱정했어요."

"고마워. 다친 데는 없는데, 그런데 모자를 두고 온 것 같아."

"모자는 제가 맡아 두고 있을 게요."

"마담에게 미안하다고 전해줘. 언제 한번 사과하러 갈게."

그는 자동전화를 나와 집으로 돌아가려고 했다. 그때 아무것도 모르고 집에서 기다리는 아내 레이코(玲子)의 순진한 모습이 떠올랐다. 갑자기 눈가가 뜨거워졌다.

(1928.5.1)

제26화

다음날 아침이었다. 미즈타니는 창백한 얼굴로 출근했다. 회사 안에는 이미 이즈미에서의 난투 사건이 몇 사람에 의해 선전되어 있었다.

"자네, 어제저녁 이즈미에서 싸웠다며?" 나이토(内藤)라는 남자가 놀리는 투로 미즈타니에게 말을 걸었다.

"응." 미즈타니는 무겁게 대답했다.

"적당히 하지 그래. 집에 아내가 버젓이 있으면서 정부의 일로 싸우다니, 정말 꼴사납네." 나이토는 정면에서 독설을 퍼부었다. 미즈타니는 화가 났지만 참고 있을 수밖에 없었다. 미즈타니는 나이토가 이런 일에 참견하기 좋아하는, 천박하고 사려 부족한 남자라는 것을 알고 있었다.

게다가 나이토 자신도 속으로는 도시코에게 야망을 품고 있었다. 그는 자주 오하시와 밤 두 시경에 이즈미에 들이닥쳐서 도시코에게 시시덕거렸다. 또한 미즈타니와 도시코 관계를 어렴풋이 알고 나서는 질투심이 발동해서 미즈타니를 좋게 생각하지 않았다. 미즈타니는 이런 나이토의 기분을 눈치채고 있었다.

이 때문에 쓸데없이 참견하기 좋아하는 이런 비겁한 상대와 얽혔다가는 분명 사장이나 중역에게 가서 자신의 험담을 할 거라는 것은 각오해야 했다. 미즈타니는 오히려 상대를 피하면서 아무 말도 하지 않았다.

그는 도시코라는 사랑의 상대를 얻고 나서, 남의 일에 간섭하기 좋아하는 사람이 세상에 얼마나 많은지 절실하게 느꼈다.

이제까지 그는 남자도 여자도 선량한 친구라고 생각해서 어떤 악감정도 갖지 않았다. 그러나 도시코가 이즈미에 오고 나서는, 약간 과장되게 말하면, 회사 안 사원에서 회사 밖 손님까지 갑자기 경쟁자가 된 것 같았다.

미즈타니도 분명 그중 하나였다. 그리고 언제부터인가 자신도 도시코를 둘러싼 사랑의 경쟁자 속에 포함되어버렸다. 이들 경쟁자는 친한 친구 사이라도 뒤에서는 서로 상대에게 상처를 입힌다.

"도시코, 조심해. 오하시라는 녀석, 여급을 놀다 버리는 전과자야."

언제나 오하시에게 밥을 얻어먹는 송 씨가 혼자서 도시코를 찾아와서 하는 이야기를 들은 적이 있다. 이때 미즈타니는 인간이 추하다고 절실하게 느꼈다.

미즈타니가 머릿속으로 인간을 분석하고 해부하고 있을 때 급사가 그를 부르러 왔다.

"미즈타니 씨, 가와쓰(河津) 이사님이 부르시는데요?"

"가와쓰 이사님이라고?" 미즈타니는 앵무새처럼 입속으로 중얼거리며 가와쓰 이사 방으로 들어갔다. 가와쓰 이사는 의자에 묵직하게 앉아서 한가롭게 담배를 피우고 있었다.

(1928.5.2)

제27회

"거기 앉게." 가와쓰 이사는 의자를 가리키며 미즈타니에게 권했다. 미즈타니는 그의 말에 따라 의자에 앉아서 상대의 말을 기다렸다.

"자네, 다치지는 않았는가?" 느닷없이 가와쓰 이사가 물었다. 미즈타니는 어젯밤의 싸움 이야기일 거라고 직감은 했지만, 그러기에는 너무 사건이 빨리 보고되어 놀라지 않을 수 없었다. 그러자 그는 당황해서 얼굴이 붉어졌다.

"예, 다친 곳은 없습니다만……." 그는 쑥스러운 듯 애매하게 말끝을 흐렸다.

가와쓰 이사는 시종 생글생글 웃으며 미즈타니의 얼굴을 쳐다보다가 드디어 담배를 재떨이에 놓고 무거운 분위기 속에서 입을 열었다.

"일부러 자네를 부른 것은 설교를 하려는 게 결코 아니네. 오늘 아침, 회사에서 몇 사람에게 자네가 어젯밤 이즈미에서 싸운 이야기를 들었지. 그 원인이 무엇이든 간에 될 수 있는 대로 싸움 같은 것은 하지 않는 게 좋겠지만, 뭐 어쩌겠나. 싸움은 그렇다 치고, 도시코에 관한 것도 실은 다소 들은 바가 있지. 하지만 나는 그것을 책망하려는 게 아닐세. 이른바 자네와 함께 이 문제를 생각해보자는 거지. 왜냐하면, 어렵게 들릴지 모르지만, 연애라는 것은 연애 당사자가 아니면 그 진상을 알 수 없는 법이거든. 나는 연애라는 것을 이런 식으로 해석하지. 지극히 천박한 비유일지는 모르겠지만, 한마디로 말해서 연애는 색깔이야. 연애 당사자는 직물이고. 나는 그 직물이 비단인지, 목면인지, 순백인지, 뭐가 묻었는지, 이것에 따라 연애의 염색이 달라진다고 생각하네. 그러니까, 나는 우선 연애가 순수하냐 불순하냐는 그 사람 됨됨이에 따라 판단하고 싶어. 그렇다고 자네를 칭찬하는 것도 아니고, 혼낼 마음도 없어. 단지 나는 유부남인 자네가 그런 무분별한 일을 했다고 생각하지는 않지만, 그렇다고 인간이라는 존재가 결코 탈선하지 않는다고 장담하지도 않아. 그러니까 자네 자신이 냉정하게 성찰할 수 있다면 이런 것 때문에 흔들릴 필요는 없어. 어떤 사람들은 자네에 대해 나쁘게 이야기하겠지. 하지만 대개의 경우는 똥 묻은 개가 겨 묻은 개 나무라는 부류인 걸. 그것을 들추어내자는 말은 아니지만, 자신의 명예나 회사의 명예도 생각했으면 좋겠어. 그렇다고 자네에게 '이렇게 해 달라.'고 말할 정도로 나는 총명한 사람이 아니야. 상대 여자, 자네의 처, 그런 관계에 대해 피상적으로 추측하는 것에 불과하니까 독단적으로 충고하는 것은 그만두겠어. 그러니까 자네가 자중하기를 바란다고 말하는 것뿐이야. 이것은 어디까지나 나 개인으로서, 즉 자네의 친구로서 하는 말이지, 상사로서 하는 말은 아니니까 오해하지는 말게. 하하하."

가와쓰 이사는 비웃는 듯 비웃지 않는 듯, 주의의 말을 당부했다. 그의 진심은 미즈타니에게 확실하게 전달되었다. 미즈타니는 호의를 담은 그의 충고가 고마웠다.

"감사합니다. 걱정을 끼쳐드려 죄송합니다."

그는 정중히 예를 갖추고 이사 방을 나왔다.

(1928.5.3)

제28회

그 일이 있고 나서 미즈타니는 사흘 정도 이즈미에 모습을 보이지 않았다.

그날 밤의 난투 사건은 표면적으로는 아키야마의 친구에 의해서 촉발되었지만, 그 이면을 보면 도시코를 둘러싼 아키야마와 미즈타니의 사랑의 결투라는 것을 도시코는 분명하게 의식했다.

x x x

난투 사건이 있은 다음날 밤, 오하시가 카페에 와서 미즈타니의 일을 이것저것 도시코에게 들려주었다.

그 내용인즉은, 난투 사건이 회사 중역의 귀에 들어가서 도시코와 미즈타니의 관계가 크게 소문나고, 미즈타니가 회사를 그만둘게 될 지도 모른다는 것이었다.

그리고 오하시는 이런 말도 했다.

"미즈타니는 괜찮은 남자이기는 한데, 냄비처럼 잘 끓었다 잘 식 어버리는 면이 있지. 게다가 중역에게 주의까지 받았으니, 비겁한 성 격을 가진 그 친구 입장에서는 더 이상 카페에 오지 않으려 할 거야. 중역의 환심을 사고 싶어 하는 친구니까. 그에 비하면 나는, 한번 마 음에 두면 최선을 다해 갈 때까지 가는 식이라서 아주 위험하지. 여자 에게 약한 편이거든. 그러니까 이렇게 몇 번이고 도시코에게 와서 부 탁하는 거야. 조금은 동정해 주어도 되지 않을까. 하하하."

맥주 한 병에 얼굴이 붉어진 오하시는 신이 나서 말하며 도시코의 기분을 살폈다. 그리고 평소와 마찬가지로 마지막에는 '같이 밥 먹으 로 가자.'고 권했다. 그런 때 도시코는 '네, 같이 가지요.'라고 대답하 지만, 막상 가려고 하면 무슨 구실을 대서라도 함께 외출하는 것을 거 절했다.

도시코는 지금 오하시에게서 미즈타니의 사정을 듣고, 미즈타니 가 아주 위험한 벼랑에 서 있는 것을 알게 되었다. "미즈타니 씨도 안 타깝네요. 저와는 아무 특별한 관계도 아니거든요. 아무리 여급이 천 한 직업이라도 아직 처녀로서의 자부심만은 상처 받고 싶지 않아요. 남자와 밥 먹으러 가는 정도의 일은 지금까지 몇 번이나 있었어요. 그런데 이 사람 저 사람 가자고 하니까, 남자라는 게 겉보기와 달리 귀찮은 존재네요."

그녀는 차분한 어조로 그렇게 말하고 한숨을 쉬었다.

"나는 도시코가 미즈타니와 특별한 관계라고 생각하지 않아. 그냥 미즈타니와 도시코가 위험한 곳에 발을 들여놓지 않기를 바라는 것뿐이야."

오하시도 조금 불쾌한 듯이 말했다.

x x x

도시코는 오하시가 말한 것을 생각하며, 미즈타니가 오지 않는 것에 대해 여러모로 고민했다. 이제 더 이상 미즈타니가 들르지 않을 거라 생각하니, 갑자기 참을 수 없는 쓸쓸함과 표현할 수 없는 초조함이 몰려왔다. 그녀는 그 기분을 애써 술로 풀려는 듯 마음 편한 손님이 오면 얼마든지 상대가 되어 맥주를 마셨다.

(1928.5.4)

제29회

상쾌하게 맑은 일요일 아침이었다. 미즈타니는 모자도 쓰지 않고 훌쩍 남산으로 외출했다.

그는 경성신사에서 조선신궁 쪽으로 걸었다.

경성 거리는 청명한 5월의 아침 햇살을 받아서 녹색으로 물들어 있었다. 산의 나무들 사이에서 불어오는 바람은 신록의 향기를 물보라처럼 일으켰다.

'벌써 나흘이나 만나지 않았구나.'

그는 도시코를 생각하고 있었다. 난투 사건이 마치 한 달도 훨씬 이전에 있었던 것처럼 생각되었다. 그가 사흘 동안 이즈미에 가지 않은 것은 특별한 노력 덕분이었다. 그는 회사가 끝나면 당구를 치러 가거나 활동관에 가는 등, 될 수 있는 대로 다른 곳에서 시간을 보내려고 애썼다. 하지만 매일 잠자리에 들어도 깊은 잠을 잘 수 없었다. 그는 자신이 진정으로 도시코를 사랑하는 것을 이제 확실하게 알 수 있었다.

'안 돼. 안 돼.'

그는 도시코에게 끌려가는 자신의 나약함과 한심함을 절실하게 느꼈다. 하지만 어쩔 도리가 없었다. 그리고 지금까지 굳건하게 지켰던 자신이 이렇게 무너져버렸다고 생각하니 스스로 가여워서 눈물이 났다.

'아무래도 괜찮아. 한 번 더 도시코를 만나서 그녀의 진심을 들어봐야겠어. 만일 그녀가 나를 사랑하지 않는다면 그때는 그녀를 결연하게 포기하겠어.'

그렇게 생각하자 그는 애가 타서 가만히 있을 수 없었다. 지금 곧장 이즈미로 가고 싶었지만, 문득 정신을 차리고 시계를 보니 아직 오전 8시였다.

'지금 가 봤자 다들 자고 있을 거야.'

그는 쓴웃음을 지으며 조선신사 광장까지 올라가서 돌로 된 울타리에 앉아 멍하게 용산 쪽을 내려다보았다.

10분 정도 지났을까, 조선신궁의 신전 쪽으로 무심코 고개를 돌렸다. 그때 건너편에서 한 여자가 고개를 떨구고 걸어오는 게 보였다.

그 순간 그는 그녀가 도시코라는 것을 한눈에 알아볼 수 있었다. 스이쇼테이에 갔던 그날 밤에 입었던 큰 무늬에 어깨가 둥글게 내려온 하오리를 입고 있었기 때문이다.

미즈타니는 전신의 피가 거꾸로 솟는 듯한 기쁨을 느끼면서 그녀가 다가오는 것을 기다렸다.

그녀는 골똘히 생각에 잠긴 듯 고개를 떨군 채로 미즈타니 앞을 지나치려고 했다.

"도시코!" 미즈타니는 말을 걸었다. 도시코는 놀라서 고개를 들고 미즈타니를 쳐다보고는 '앗, 예.' 하고 희미하게 말하면서 멈춰 섰다.

"혼자서 참배하러 왔어?" 두 사람은 나란히 걷기 시작했다.

"왜 오시지 않는 거예요?" 도시코는 눈물을 머금고 말했다. 미즈타니는 입을 다물고 있다가 갑자기 말을 꺼냈다.

"도시코, 할 말이 있어. 오늘 밤 스이쇼테이로 와주지 않겠어?" 도시코는 고개를 숙인 채로 잠시 생각하더니, "예, 갈게요."라고 대답했다.

(1928.5.5)

제30회

그날은 아침부터 비단실처럼 봄비가 내렸지만, 저녁이 되자 약간 맑아져서 서쪽 하늘이 부드러운 석양으로 물들었다. 가로수 잎은 은 빛으로 빛나고, 노면에서는 젊은 여자의 한숨처럼 하얀 연기가 희미하게 흔들리면서 올라왔다.

도시코는 오후가 되자, 목욕탕에 다녀오기도 하고 화장도 하면서 안정되지 않는 채 날이 저무는 것을 기다렸다. 그녀는 미즈타니와 둘이서 만나는 것이 기뻤지만, 막연하게 엄습해 오는 불안 역시 느끼고 있었다. 그것은 아키야마와 미즈타니의 적대관계, 아키야마로부터의 결혼 신청, 미즈타니의 일신상의 전기(轉機), 약혼한 남자에 대한 앞으로의 대응 등의 일 때문이었다. 어쨌든 그녀는 궁지에 몰려있었다. 그녀는 당면한 문제가 오늘 밤 미즈타니와의 만남에 의해 갑자기 바뀌지는 않을까 하는 막연한 예감에 사로잡혔다.

'만약 그 사람이 폭력을 이용해서라도 나를 완전히 정복하려 한다면 그때 나는 어떻게 해야 할까? 그래도 나는 그를 거부할 수 있을까? 만일 내가 지금까지 지켰던 처녀로서의 자부심을 버리고 미즈타니에 대한 사랑의 확증을 보여준다면, 나를 정복한 후의 미즈타니가 지금까지와 마찬가지로, 아니 지금보다 더 깊이 나를 사랑해줄 것인가. 설사 사랑해주더라도 나의 생활은 어떻게 될 것인가? 유부남과 어떻게 정당하게 진정한 사랑의 생활을 영위할 수 있을까? 이는 도의적으로도 미즈타니의 처에 대한 커다란 죄악일 수밖에 없다. 그럼에도 불구하고 오늘 밤 나는 미즈타니와 만나기로 이미 약속해 버렸다.

하지만 지금이라면 어떻게든 구실을 만들어 약속을 파기할 수 있다. 그렇게 해버릴까? 그렇게 해서 이 위험한 상황에서 벗어날까?"

도시코는 거울 앞에 앉기도 하고 멍하게 거리를 내다보기도 하면서 생각에 잠겼다.

하지만 그녀는 미즈타니와의 약속을 도저히 파기할 수 없었다. 만일 약속을 깬다면 두 사람은 영원히 멀어질 것이다. 상대의 마음을 모르는 채로, 사랑하기 때문에 미워하고 슬퍼하고 고민하다 헤어지는 것은 상상만으로도 두렵고 슬펐다.

그녀는 이제 순교자와 같은 기분이 되어 일체를 순리에 맡기자고 결심했다. 그리고 옷을 갈아입고 외출 준비를 마쳤다. 마담에게는 어머니 집에 다녀오겠다고 하고 가게를 나왔다. 아스팔트는 이제 부분부분 하얗게 말랐고 거리에는 석양빛이 희미하게 쏟아져 있었다.

두세 걸음 걷고 있을 때 불쑥, "도시코."라고 부르는 소리가 들렸다. 뒤를 돌아보니 아키야마가 서 있었다. 아키야마는 외출하는 도시코를 보고 흥분하면서도 약간은 실망하는 눈치로 물었다.

"어디에 가는 거야?"

"엄마에게 다녀올 거예요. 들어가세요."

"도시코가 없으면 나도 재미없지. 실은 요즘 바빴어. 그 바쁜 가운데서 짬을 내서 온 거거든. 도시코가 없으면 나도 그냥 돌아갈래."

"아니예요. 괜찮지 않나요? 저 금방 돌아올게요. 기다리고 계세요."

도시코는 귀찮은 듯이 아키야마를 한번 쳐다보고는 도망치듯이 다시 걷기 시작했다.

(1928.5.7)

제31회

비가 그치고 따뜻한 해 질 녘의 바람이 벚나무를 흔들고는 창 안으로 흘러들어왔다. 미즈타니는 전등도 켜지 않고 스이쇼테이의 별채에서 멍하니 정원을 바라보았다. 약속시간이 30분 정도 지났지만 도시코는 아직 도착하지 않았다. 만약을 위해서 전화를 해볼까도 생각했지만 그냥 참고 기다리기로 했다.

"아니, 아직 불도 켜지 않으셨네요." 마담이 와서 전등을 켰다.

"같이 오시기로 한 분은 아직 도착하지 않았나요? 쓸쓸하시겠어요. 무슨 요리라도 가지고 올까요?" 미즈타니는 아무 말 없이 고개를 끄덕였다.

'요전에도 이 방이었지.' 하고 미즈타니는 그리운 듯이 세 평짜리 방을 둘러보고 그날 밤의 정경을 떠올렸다. 그러자 갑자기 가슴이 아플 정도로 그리움에 빠져버렸다.

"그날 밤은 두 사람이 그냥 헤어졌지. 번민에 괴로워하면서 최후의 일선을 남기고 서로 자존심에 상처 주지 않고 끝냈어."

화해하기를 한없이 원하면서도 상대에게 결코 정복당하지 않겠다는 불가사의한 연애의 심리. 신중하게 접근하면서도 안전하게 상대로부터 도망치려는 모순. 그러나 서로에 대한 연애의 정찰은 오늘 밤으로 끝날 것이다. 이 이상 번민하는 것은 참을 수 없다. 미즈타니는 한시도 기다릴 수 없어서 그 끝이 왔으면 좋겠다고 초조해하며 도시코가 오는 것을 기다렸다. 혹시 그녀가 거짓으로 약속해 놓고 오지 않는 것은 아닐까. 그렇다면 자신을 완전히 우롱한 것이 된다. 그렇게 된다면 자신도 미련 없이 그녀와 헤어질 것이다. 하지만 사랑하는 사람에게 배신당한 울분은 어떻게 감당할 수 있겠는가. 여기까지 생각이 미치자 그는 더 이상 가만히 기다릴 수 없어 홀연히 정원으로 나가서 어스름한 가운데 나무들 사이를 걸어 다녔다.

시계를 보니 약속 시간이 벌써 1시간 정도 지났다. 그는 애가 타서 문 쪽으로 걷기 시작했다.

그때 하얀 숄을 걸친 여자가 발걸음도 빠르게 다가왔다. 그 모습을 보자, 미즈타니는 지금까지의 불안이 일소된 것처럼 기뻤다.

"미안해요. 기다리셨지요." 도시코는 숨을 몰아쉬며 말했다. 그리고 아름다운 이를 드러내며 웃었다. 평소보다 옅은 화장을 한 듯 어스름한 가운데 서있는 그녀는 젊은 여성 특유의 생기 있고 요염한 매력에 감싸여 있었다. 도시코는 방으로 들어갔다.

"아, 그날 밤의 방이네요." 그녀는 경쾌하게 말하며 숄을 바닥에 던지고 무너지듯이 옆으로 앉아서 "늦어서 미안해요. 당신이 화나지 않았을까 걱정이 돼서 서둘러서 왔어요. 호호호. 아 더워."

그녀는 아이처럼 순수하게 말하면서 땀이 맺힌 이마에 살짝 손수건을 갖다 댔다.

(1928.5.8)

제32회

두 사람은 탁자를 사이에 두고 두세 번 잔을 교환했다.

"오늘 밤은 저도 마셔도 되지요?" 도시코는 상기되어 얼굴이 붉어져서 말했다. 미즈타니가 한 잔 마시면 그녀도 한 잔을 마셨다.

"도시코, 오늘 밤은 약속을 지켜주었군. 혹시 오지 않는 게 아닌가 걱정했었어."

"저도 가지 말까 생각했지요. 아니, 그건 거짓말이에요, 거짓말. 저는 아주 대담해졌다니까요."

그녀는 처음에는 웃음으로 얼버무렸지만, 결국에는 한숨을 쉬고 옆에 있는 창문 쪽을 가만히 응시했다.

"미안해. 하지만 오늘 밤은 진심을 말하고 싶어서 와달라고 했어."

"무슨 이야기요? 어디 해보세요."

"나도 이렇다 하게 생각이 정리된 것은 아냐. 솔직히 말하면 나는 도시코를 마음에 두고 있어. 하지만 나와 도시코는 어차피 함께 할 수 없어. 게다가 도시코가 나를 마음에 두고 있지 않다면 더더욱 도시코에게 폐만 끼칠 뿐이야. 서로가 아름답게 사귄다고 해도 어쨌든 우리는 남자와 여자야. 세상에서는 그렇게 순수하게 보아주지 않지. 도시코도 여러 가지 오해를 받을 거야. 나도 오해도 받고 박해도 받았지. 하지만 그런 일을 차치하고라도 도시코에게는 어떤 행운이 기다리고 있을지도 몰라. 그 행운을 내가 가로챈다면 미안한 일이지. 게다가 도시코에게는 지금도 서너 명의 구혼자가 있다고 들었어. 언젠가는 시집가야하는 사람을, 유부남인 내가 아무리 마음에 둔다 한들 무슨 소용이 있겠어. 어차피 조만간 결정을 해야만 해. 헤어질 때 헤어지더라도 적어도 나의 마음을 전해야겠다고 생각해서 오늘 밤 와달라고 한 거야…"

미즈타니는 격정적인 분위기 때문인지 이제까지 해본 적 없는 말이 술술 나오는 것에 스스로도 놀랐다. 왠지 돌이킬 수 없는 일을 해버렸다는 생각이 들면서도 도시코의 답이 궁금해서 속이 타들어가는 것 같았다.

도시코는 가만히 듣고 있었다.

"잘 알겠습니다. 어차피 한 번은 울어야 한다고 각오는 하고 있었습니다만, 저도 아내가 있는 분을 사모하는 것이 죄악이라는 것은 잘 알고 있어요. 하지만 저도 어쩔 도리가 없어요. 앞으로 어떻게 될지 저 자신도 모르겠어요. 여자라는 것은 강한 것 같지만 마음이 약하지요. 가여운 존재랍니다."

그녀는 그렇게 말하면서 고개를 흔들었다. 하얗게 빛나는 눈물 두세 방울이 뚝뚝 그녀 무릎에 떨어졌다.

그것을 보자 미즈타니도 갑자기 흐르는 눈물을 멈출 수 없었다.

잠시 후 미즈타니는 "고마워. 나는 지금 얼마나 기쁜지 몰라."라고 말하며 일어서서 "잠깐 목욕하고 올게."라고 말했다. 그러자 도시코는 놀란 듯이 얼굴을 들어 미즈타니를 올려다보았다. 미즈타니는 훌러덩 양복을 벗고 잠옷으로 갈아입더니, 방을 나가면서 벗은 옷을 도코노마에 던져놓았다.

그때 쿵 하고 소리가 났다.

(1928.5.9)

제33회

미즈타니가 방에서 나가고 나서 도시코는 갑자기 쓸쓸해져서 창문을 열고 정원을 멍하니 바라보았다. 벚나무와 버드나무 사이로 전등이 꿈속처럼 빛을 발하고 있었다. 건너편 방에서는 악기 퉁기는 소리가 들려왔다.

도시코는 술의 취기로도 기분을 풀 수 없는 것이 괴로웠다. 이러한 초여름 밤의 정경 속에 빠져 있으니 왠지 현실 세계에서 떨어져 나온 것 같아 문득 '정사'라는 말이 머리에 떠올랐다. 그리고 희미하게 전율이 느껴졌다.

그때 건너편 나무들 사이로 그림자 하나가 서 있는 것이 보였다. 어느 방의 손님이 술을 깨려고 나와 있나 보다고 생각했다. 하지만 곧이어 그녀는 머리에 번쩍 하고 어떤 생각이 떠올랐다.

이즈미를 나올 때 아키야마와 우연히 만난 것이었다. 그리고 아키야마가 어쩐지 자신을 미행하고 있다는 느낌도 들었었다. '혹시 나를 미행해서 여기까지 왔는지도 몰라.' 이런 생각이 머리를 스치자 갑자기 불안해지기 시작했다.

게다가 미즈타니가 평소와 달리 흥분해 있는 것도 신경이 쓰였다. 만일 두 사람이 여기에서 싸움이라도 한다면 무슨 일이 벌어질까. 그녀는 공포를 피하기 위해서 창문을 닫고 아무렇지 않게 도코노마로 시선을 돌렸다. 그러자 거기에 내던져진 미즈타니의 바지 주머니로 검은 물체가 삐져나와있는 게 보였다.

그녀는 호기심에 이끌려서 가까이 다가갔다. 그리고 손으로 그것을 살짝 만져보았다. 차가운 촉각이 전신에 흘렀지만 그녀는 아직 그것의 정체를 알 수 없었다. 주머니에서 살짝 빼보았다. 피스톨!

그녀는 무심결에 앗 하고 외쳤다. 자살, 타살, 정사 한순간 이러한 공포의 장면이 전광처럼 번쩍였다. 그녀는 안색이 변해서 그 자리에 털썩 주저앉았다. 잠시 후 마음을 안정시키고 가슴의 고동을 가라앉힌 후 이번에는 '무엇 때문에 피스톨을 가지고 왔을까?' 하고 하나하나 생각해 보았다.

이제까지 거친 행동을 보인 적이 없는 미즈타니가 무엇 때문에 저런 무서운 흉기를 가지고 왔을까? 자신을 협박하면서까지 정복할 셈이었을까? 아니면 죽이려고 하는 것일까? 그렇지 않으면 정사를 강요할까? 자살하려고 결심한 것일까?

어찌 됐든 죽음에 직면해서 위험이 몰려오고 있다. 지금이라도 도망갈까? 도망간다고 해서 그걸로 끝날 일이 아니다. 도망간 다음 배신한 것에 대해 다시 위협해 오지 않을까?

그녀는 현기증이 일어날 정도도 머리가 혼란스러웠다. 안 되겠다 싶어서 마음을 다잡고 술을 두세 잔 더 마셨다.

그때였다. 밖에서 발소리가 들렸다. 그녀는 서둘러 피스톨을 원래의 위치에 숨기고 애써 냉정을 가장하면서 탁자에 기댔다.

발소리는 방 입구에서 멈추었다. 방 안의 분위기를 살피는 것 같았다.

'미즈타니 씨일까? 그러기에는 너무 일러.' 그녀는 의심스러운 듯이 미간을 찌푸렸다.

"누구세요?" 그녀는 참을 수 없어서 말을 걸었다. 슥 하고 문이 열리더니 한 남자가 나타났다.

"앗!"

그녀는 엉겁결에 소리를 질렀다.

(1928.5.10)

제34회

입구에는 아키야마가 서 있었다.

도시코는 무섭기도 하고 놀라기도 해서 크게 외치며 뒤쪽 창가로 물러나서 폭풍우를 예감한 작은 새처럼 공포에 질린 눈으로 아키야마를 보았다.

아키야마도 창백해져서 질투와 분노에 불타오르는 시선으로 도시코를 노려보았다. 그는 성큼성큼 도시코 쪽으로 다가와서 미즈타니가 앉았던 자리에 앉았다.

마치 적군이 총검을 겨누며 노려보는 것처럼 극도로 긴장해서 적의를 품은 두 사람은 벙어리처럼 침묵했다.

"신났군." 아키야마는 진한 눈썹을 험악하게 움직이며 비꼬듯이 말했다.

"……." 도시코는 대꾸하려고 해도 말이 나오지 않았다.

"거짓말쟁이! 음탕한 년" 그 한마디를 듣자 도시코는 지금까지의 공포도 잊어버리고 발끈 하고 화가 나서 외쳤다.

"아키야마 씨, 당신 누구 허락받고 이 방에 들어온 거예요. 이 방은 미즈타니 씨의 방이라고요. 나가 주세요."

"미즈타니의 방인 것은 나도 잘 알고 있어. 나는 오늘 밤 남자로서의 자존심을 세우러 온 거야. 잘못하면 내가 죽든지 미즈타니가 죽든지 하겠지. 어쨌든 너한테 속아버린 답례는 할 테니까."

"누가 당신을 속였는데요? 나는 그런 기억 없어요. 당신이 맘대로 나를 사모한 거잖아요. 내가 원망받을 이유는 하나도 없다고요. 게다가 당신, 남자로서 비겁하군요. 나를 미행해서 함부로 방으로 들어오다니, 무례하지 않나요? 나는 당신에게 더 이상 용무가 없으니 나가 주세요." 아키야마는 도시코의 말에 분노를 느꼈는지 그녀를 노려보면서 주먹을 쥐었다.

"무슨 소리야. 이 건방진…."

아키야마는 지금이라도 달려들려고 했다. 그러자, 도시코는 반쯤 일어나서 방구석 쪽으로 물러섰다. 아키야마는 여자가 약해진 것을 보자 갑자기 기세가 꺾인 듯 다시 원래의 자리에 털썩 주저앉았다.

"도시코, 나는 당신을 위해 일생을 바칠 생각으로 오늘 밤 여기에 왔어. 당신을 괴롭히려고 온 게 아니라고." 그는 약하고 슬픈 어조를 띠며 말했다.

"아아, 나는 이제 남자라는 남자는 모두 싫어요. 당신의 친절은 고맙지만, 나는 이제 어디로도 시집가지 않을 거예요. 이제 더 이상 나를 괴롭히지 말아 주세요." 그녀는 숨을 들이쉬며 말하고, 다시 덧붙였다.

"자, 이제 돌아가 주세요. 미즈타니 씨가 오면 안 되니까요." 그 말을 듣자 아키야마는 다시 불끈 화가 났다.

"돌아가라고? 나는 당신과 함께 돌아갈 거야." 그 말을 듣자 갑자기 골계가 생각났는지 도시코는 쓴웃음을 지었다.

"자, 마음대로 하세요. 나는 여기서 실례하겠어요." 그녀는 일어나서 출구 쪽으로 갔다. 하지만 아키야마가 그녀 앞을 막아섰다.

"어디 가는 거야. 나도 같이 가겠어."

그때 입구 쪽에서 서둘러 걸어오는 발소리가 들렸다.

도시코는 무심코 소리를 질렀다.

"미즈타니 씨, 빨리 와주세요."

(1928.5.11)

제35회

방문이 열리자마자 미즈타니가 먹이를 탐하는 맹수처럼 뛰어 들어왔다.

아키야마는 벽으로 물러나서 이제 곧 벌어질 싸움 상대를 향해 주먹을 불끈 쥐고 숨을 죽이며 결투할 태세를 취했다. 미즈타니는 도시코의 애원하는 듯한 눈빛과 아키야마의 적의에 찬 눈을 한순간에 보았다.

"아키야마!"

"미즈타니!"

두 사람은 상대의 자세를 확인하고 거의 동시에 낮지만 날카롭게 외쳤다.

지금 두 사람은 어떤 말도 할 여유도 없었다. 적의에 차서 한시라도 빨리 상대를 굴복시키겠다고 노려볼 뿐이었다. 네 개의 눈이 분노로 불타올랐다. 서로 기회를 엿보아 달려들려고 할 때, 미즈타니가 재빨리 피스톨을 꺼냈다.

"쏘겠어!"

검게 빛나는 총구가 아키야마의 가슴팍을 조준했다.

"앗! 미즈타니 씨." 도시코는 정신을 잃은 듯 손으로 얼굴을 감싸고 푹 쓰러졌다.

아키야마의 얼굴은 점점 흑색이 되었고, 이마에서는 진땀이 뚝뚝 떨어졌다. 그는 고정되어 버린 듯 입술을 떨면서 벽에 딱 붙어 섰다.

"쏜다!" 미즈타니는 다시 한번 소리치며 한걸음 앞으로 다가갔다.

"잠깐만요." 아키야마는 긴장된 목소리로 살려달라고 간청했다. 그리고 그 자리에 쓰러지듯이 주저앉았다.

적을 완전히 정복했다고 생각한 미즈타니는 겨우 정신을 차리고 나서, 방아쇠가 힘껏 당겨져 있는 것을 알아차렸다. 그는 전율을 느꼈지만, 곧바로 살았다는 기쁨이 용솟음쳤다. 왜냐하면 탄환을 장착하지 않은 것이 생각났기 때문이다. 전투력을 상실한 아키야마를 보자, 미즈타니는 갑자기 불쌍한 마음이 들었다. 하지만 아직도 어딘가 부족한 것 같았다.

그는 아키야마 앞에 피스톨을 던졌다.

"어이, 아키야마. 놀라지 마. 그 피스톨은 비어있어. 탄알이 들어있지 않다고. 하하하…."

아키야마는 원망스러운 듯이 미즈타니의 얼굴을 올려본 다음 아무말 없이 고개를 숙였다.

"어이, 아키야마. 우리는 어느새인가 서로 적이 되어 버렸어. 하지만 이제 오늘 밤으로 나는 자네의 상대를 그만 놓아주려고 하네. 사실, 이 피스톨은 도시코의 마음을 시험할 요량으로 친구에게 빌려 온 거야. 그런 것이 이상한 곳에 쓰여 버렸네. 원래부터 탄알 같은 것은 준비하지 않았어."

미즈타니는 그렇게 말하고 이번에는 도시코에게 다가갔다. 그녀는 거의 실신 상태가 되어 엎어져 있었다.

그가 도시코를 안아 올려 보니 희미하게 뜬 그녀의 눈은 그의 눈 아래에서 꿈처럼 빛나고 있었다.

"도시코, 여러모로 걱정을 끼쳐서 미안하네. 이것으로 헤어지는 거야. 나는 더 이상 도시코를 괴롭히고 싶지 않아." 그는 그렇게 말하고 나서 감격이 한순간에 밀려오는 듯 눈물을 흘렸다. 도시코의 얼굴에 눈물이 뚝 하고 떨어졌다.

도시코의 어깨가 갑자기 흔들리는가 싶더니, 그녀도 참을 수 없는 듯이 흐느끼면서 미즈타니의 목을 두 팔로 감아 안았다.

(1928.5.12)

끝

1930년의
서곡
(1930年の序曲)

하야시 후사오

(林房雄)

1.

"…그렇습니다. 저는 사람을 믿지 못하는 병에 걸렸습니다.…당신은 저의 이러한 병을 낫게 해줄 수 있으신지요? 일이 끝내는 대로 빨리 도쿄로 오셔서 제 병을 고쳐주세요."

이런 내용을 포함한 레이코(礼子)의 편지를 히로시(浩)는 신슈(信州)의 눈 속에서 읽었다.

읽기에 따라서는 분명 연애편지다. 혹여 연애편지가 아니더라도 부드러운 암시와 그늘진 여자의 필체 때문에 그는 무리해서라도 시간을 내어 마음을 담아 답장을 쓰고 싶었다.

그러나 그는 바빴다. 사적인 편지에 감정을 담아 대답할 만한 여유가 없었다. 다음날 아침 동트기 전에 일행은 산을 넘어서 출발해야만 했다.

2.

딱딱한 결정의 유리 가루 같은 눈이 낙엽송 가지에서 미끄러져, 밟을 때마다 멀리서 속삭이는 듯한 소리가 났다. 벼랑 틈에 거꾸로 자라난 고드름이 이제 날이 밝은 아침 공기 속에서 신화처럼 하얗게, 그리고 푸르게 매달려 있었다. 길 위에 부는 바람은 잠잠해졌지만 오른쪽 아래로 내려다보이는 깊은 골짜기에는 산에서 부는 세찬 바람에 휩쓸린 듯, 눈의 장막이 두껍게 삼나무와 낙엽송의 가지 끝에 드리워져서 한쪽으로 소용돌이가 일어난 듯이 보였다.

"어이…."

다섯 명의 유세단은 지쳐 있었다. 정류장을 나와 2리(里) 정도까지는 아직 노래나 농담이 끊이지 않았다. 하지만 밭과 초가집 사이의 평탄한 길에 다다르니 양쪽으로 졸참나무, 상수리나무, 밤나무, 가시나무, 화백나무, 낙엽송, 백일홍 등의 원시림이 있고, 구불구불한 산길 언덕으로 접어드니 일행은 무거운 쇠망치에 얻어맞은 듯 침묵에 잠겨 버렸다.…새하얀 눈이 덮인 경사면으로 적당히 거리를 둔 다섯 개의 흑점이 일렬로 천천히 움직였다.

"어이, 정상은 아직 멀었나?"

"아직 멀었는데…."

다섯 개의 흑점 중, 뒤에서 두 번째에서 그는 간신히 따라가고 있었다. 선두에 선 사람은 오늘의 길 안내역으로, 어젯밤 짚으로 만든 설상화에 플란넬 방한바지를 입고 N마을농민조합지부에서 도회지까지 일행을 마중 나온 소년이었다. 가장 후방을 맡은 사람은 그다지 지치지 않았는데도 느릿느릿 걸으며 등을 굽혔다가 연신 멈춰 서서는, "아직인가?"라며 광대 같은 목소리를 냈다. 원래 제사(製絲) 직공이었던 익살스러운 동지였다.

"여러분, 들어주세요.…내가 있던 공장 여공들의 자궁은 모두 말을 맞춘 듯이 뒤틀려 있더군요…."

그는 그런 식으로 연설하는 남자였다. 청중은 와락 웃었다. 웃음이 멈추는 것을 기다렸다가 그는 재미있다는 듯이 다시 이야기를 꺼냈다.

"여러분, 웃으셨지요? 하지만 이것은 그렇게 웃을 만한 일이 아닙니다. 길고 긴 노동 시간, 심야 작업, 인간이 버틸 수 없을 정도로 심각한 음식에서 오는 영양 불량, 말도 안 되게 나쁜 위생, 그것이 원인입니다. 이 때문에 여공들은 모두 불임증이 되는 것입니다. 여자에게 생명이고, 집안의 보물인 아이를 낳을 힘이 없어지는 겁니다. 게다가 여러분, 그 불임증을 앓는 여공들은 과연 누구의 딸입니까. 소작인의, 그리고 여러분 자신의 딸이고 누이이고 여동생이지 않습니까. 현재 이 마을에는 스무 명 남짓한 여공들이 도회지로 나가 있습니다…."

오늘도 그는 별로 지치지 않았는데도 평소처럼 건들건들 느긋한 발걸음으로 굳이 행렬의 후방을 맡고 있는 것이다.

하지만 뒤에서 두 번째에 서서 간신히 따라가고 있는 히로시는 정말로 지쳐 있었다. 한 걸음씩 발을 옮길 때마다 심장이 입에서 튀어나올 것 같아, 이를 참고 참아가며 숨을 쉬고 있었다. 하지만 섣불리 심약한 소리를 하면,

"역시 안 되겠어, 지식계급은."

이라고 누군가 한마디 던졌을 것이다. 상대는 물론 가볍게 농담할 요량으로 악의는 없었겠지만, 그것이 히로시에게는 가시나무 채찍처럼 흠씬 다가왔다. 할아버지는 메이지유신(明治維新)의 공신이고 아버지는 유명한 은행가이고…, 그 자식인 그는 대학을 중도에서 뛰쳐나와 좌익운동에 뛰어들었다. 히로시에게 출신을 문제시하는 것은 생살을 벗겨내는 것처럼 괴로운 일이었다.

그 때문에 히로시는, 느긋한 제사 직공이 굳이 후방을 맡아 주는 것에 진심으로 감사하면서 코끝에 얼어붙은 눈 조각을 거칠게 털어내며 기름이 바닥난 낡은 자동차처럼 터덜터덜 걷고 있는 것이다. 주변은 은색과 초록의 밝은 빛—설산 등산같은 말로 멋지게 형용하고 싶은 광경이지만 말이다.

언덕의 정상에서는 플란넬 목도리를 머리부터 뒤집어써서 인형처럼 눈만 내놓고 등교하는 소학교 학생 무리가 마치 미끄럼을 타는 것처럼 신이 나서 떠들면서 내려왔다. 스쳐 지나치는 순간에는 서로가 서로에게 장난치듯 인사한다.

"안녕!"

"안녕!"

"어이, 안녕"

마지막으로 '안녕' 하고 인사한 아이를 간신히 불러 세워서 히로시는 물었다.

"정상까지는 아직 멀었니?"

"아직 반 리는 남았는데요."

맥이 빠졌다. 갑자기 무릎에 힘이 빠져서 눈 속에 털썩 주저앉았다. 그때 후방에서 구세주 같은 소리가 들렸다.

"어이, 20분 휴식이다. 모두 좀 쉬자."

눈에 앉고 나서야 비로소 눈이 이렇게 깊은 것에 놀랐다. 허리가 파묻히고 다리가 푹 빠진다.

히로시는 아버지 집의 호화로운 응접실에 있는 루이14세풍의 긴 의자가 생각났다.

그 의자에, 그 소파에 몸을 누이고…, 그렇다. 작년 크리스마스이브에는 레이코와 함께 차이코프스키의 <모스크바의 추억>, <삼두마차>, 그리고 <1812년의 서곡>을 들었다. 이곡은 화려한 프랑스의 곡조에 소박한 슬라브 멜로디가 흐르는 가운데, 고통으로 가득 찬 전쟁에서 이긴 용감한 카자크[48]군이 외치는 함성으로 끝난다. 그 고전적인 관현악을 함께 들었다.

스토브가 붉게 타오르고, 장식된 유리창 밖은 새하얀 눈이 내렸다. 그렇다. 새하얀 눈, 그리고 새하얀 레이코의 피부가 있었다.

3.

레이코의 아버지는 귀족이면서 외교관이었다. 레이코는 부친의 신분과 직업의 특성을 정확하게 물려받은 근대의 여성이었다. 로코코

---

48 15세기 후반에서 16세기 초반에 걸쳐 우크라이나와 남러시아에서 형성된 군사 공동체.

풍의 귀족적인 화려함을 좋아하고 외교관 풍의 자유로우면서도 영리한 사교성…. 그것이 그녀 내부로 귀족적인 니힐리즘의 투명한 독즙을 흘려 넣었다. 스무 살을 갓 넘긴 이 딸은 이제 어른이었다. 그녀는 '사람을 믿을 수 없는 병'에 걸렸다고 공언하기에 이르렀다.

히로시와 레이코의 교제는 길었고 그리고 깊었다. 루이14세풍의 긴 소파 위에서, 질주하는 자동차 속에서, 술집 구석의 어두운 등불 아래에서, 붕산이 빛나는 댄스홀 바닥 뒤에서, 바다가 내려다보이는 호텔 테라스에서…. 소비만이 있고 생산이 없는, 결과만 있고 과정이 없는, 현재만이 있고 미래가 없는, 화려하기는 하지만 지루한 생활 속에서 히로시도 레이코도 위태롭게 같은 병에 걸려 있었던 것이다. 주관도 없고, 의지도 없는 게으른 세기말의 세대.

그러나 히로시 안에는 유신 혁명가였던 할아버지의 피가 살아 있었다. 근대 경제의 첨단을 걷는 은행가인 부친의 합리성이 계승되어 있었다. 그리고 좋은 친구가 있었다. 그의 대학은 지식을 상품화하는 것을 긍정하지 않았다. 일체의 오래된 권위에 굴복하고 싶어 하지 않는 학생들이 많았다. 그 덕분에 히로시는 가까스로 멈춰 설 수 있었다.

히로시는 아버지 집을 버렸다. 학교를 버렸다. 그리고 레이코와의 교제도 버렸다.

레이코는 웃었다.

"양심적인 도련님.—당신은 금방 돌아올 걸요. 루이14세의 긴 소파 위로. 창문 밖 공기는 당신에게 너무 거칠어요."

바깥 공기는 정말 거칠었다. 그리고 차가웠다. 그러나 히로시는 감히 그것을 견뎌냈다. 레이코에게로 돌아가지 않았다.

그리고 1년이 지났다. ─히로시는 지금 지쳐서 눈 위에 앉아 있다. 주변은 춥다. 마음은 얼어 있다. 히로시는 과거의 따뜻한 스토브 옆으로 다시 돌아가야 할 것인가. 외투 포켓에는 히로시에게 손짓하는 레이코의 편지가 들어있다. 거기에 답장을 써야할 것인가.

"자, 가자. 벌써 20분 쉬었어."

제사 직공이 힘 있는 목소리로 말하며 일어났다.

"좋아, 가자."

허리의 눈을 툭툭 털어내고 히로시도 일어섰다.

소학교 학생 한 무리가 다시 산을 내려왔다.

"안녕?"

"안녕?"

"어이, 안녕?"

4.

고개를 넘었다. 2, 3정(丁) 내려가니 골짜기 밑으로 눈에 덮인 철판 지붕을 한 제재(製材) 공장이 나왔다.

덜컹덜컹…. 평원과 마을이 내려다보이는 벼랑 끝에서 새까만 기계가 골짜기에 소리를 내며 돌아가고 있었다. 강과 밭, 마을의 지붕, 그리고 눈과 눈 위 멀리까지 케이블카의 강철 로프가 공중으로 뻗어 있었다. 이것을 움직이는 기계의 활기찬 소리이다.

목재를 실어 나르기 위한 광차 선로가 케이블과는 반대 방향으로

5리나 되는 산속까지 이어져 있었다.

연설회장은 그 궤도에서 벗어난 곳에 있었다. 제시간에 당도하기 위해서는 반드시 이 궤도를 이용해야만 했다.

"케이블이 움직이고 있는 이상, 궤도도 분명 움직일 거야. 잘 됐어, 잘 됐어."

제사 직공은 그렇게 혼잣말을 하면서 유리문으로 구획된 공장 구석의 사무실 안으로 실례합니다, 하며 들어갔다.

사무실 흙마당에는 산더미처럼 쌓인 숯불이 타고 있었다. 북쪽 식민지 어딘가에나 있을 법한 창문으로 벼랑에 달린 고드름이 보이는 작은 방이었다. 흙마당의 숯불이 반가워서 일행은 우르르 몰려갔다.

"안녕하십니까?"

"어서 들어오세요."

한 사람만이 숯불 옆에 우두커니 앉아있었다. 빨간 수염에, 땅딸한 체구를 한 남자가 붙임성 있게 돌아보면서 말했다.

"연설하러 오셨군요. 고생이 많으십니다."

"눈이 아주 많이 쌓였네요."라고 제사 직공이 말했다.

"궤도는 움직이겠지요?"

"글쎄요, 그게 말입니다…."라고 말하며 남자는 안타까운 듯이 어깨를 움츠렸다. 그리고 이어서 "선로 위에 2촌(寸) 이상 눈이 쌓이면 더는 움직이지 않습니다. 해 질 녘까지는 3촌 넘게 쌓일 겁니다. 이런 식으로 가다가는 움직이지 못하게 될 지도 모릅니다."라고 말했다.

고개를 내려올 때부터 갑자기 세차게 내리던 눈이 창밖으로 비스

듬히 내리고 있었다.

"걸어볼까? 5리 정도인데…. '눈의 진군(進軍), 얼음을 밟고서'[49]"

방한바지를 입은 소년이 활기찬 목소리로 노래하기 시작했다.

"걸어가지 않아도 모두가 돌아가면서 밀어주면 못갈 것도 없지요."라고 사무실 남자가 말했다.

"하지만 실수로 낭떠러지에서 떨어지면 그것으로 인생 종치는 거야. 어제 신문 보았지. 산 건너편에서 두 사람이나 동사했대."라고 다른 한 사람이 나약한 소리를 했다.

"어때, 자네 걸을 수 있겠어?" 제사 직공이 히로시를 돌아보며 말했다. 단호한 목소리로 히로시는 걸을 수 있다고 대답했다.

"하지만 걸을 수 없어도 오늘 밤 회의에 늦으면 안 돼. 5백 명의 제재 직공들이 눈 속에서 우리를 기다리고 있을 거야. 자, 가자."

거짓말이 아니었다.―걸을 수 있어. 걸을 수 없어도 걸어 보이겠어.

"좋아, 걷지, 자네가 걸을 수 있다면 우리가 걷지 못할 리가 없지…. 자, 정말 미안합니다만 광차를 좀 빌려주세요. 갈 수 있는 데까지 가 볼게요."

사무실 남자는 고개를 끄덕이고 문 밖으로 나갔다. 히로시도 뒤를 따랐다.

눈은 세차게 내리고 있었다. 새하얗다. 땅도, 공기도, 하늘도….

---

49 「눈의 진군(雪の進軍)」이라는 군가. 1895년 육군 군악대 대장이었던 나가이 겐시(永井建子)가 작사, 작곡했다.

이것은 차이코프스키 음악의 색이다. <1812년의 서곡>에 나오는 모스크바 교외의 대평원의 색이다.

덜컹덜컹 기계소리. 이것은 그 서곡에서 나오는 종소리다. 퇴각하는 프랑스인의 종소리다.

오두막 안에서 상자 모양의 광차 한 대가 나왔다.

"좋아, 내가 이 차를 먼저 밀어줄게."

장갑을 찾으려고 무심코 손을 주머니에 넣었다. 히로시의 손에 핑크빛 봉투가 만져졌다. 레이코의 편지다…. 작게 찢어서 땅바닥에 버렸다. 새하얀 눈 위의 선명한 붉은 색. 보고 있으니 눈에 덮여서 점점 사라져갔다….

히로시의 귀에 폭발하는 노래 소리가 들렸다.

'1930년의 서곡'의 용맹한 카자크 군대의 노래 소리가.

(1930.1.1)

여공(女工) 오키치(お吉)

가타오카 뎃페이
(片岡鉄兵)

제1회

그 녀석은 정말 힘쎈 놈이다. 오늘도 어떤 기이한 집 이층에서 그 녀석 이야기가 나왔다.

"당신은 도저히 그 사람에게 대적할 수 없을걸요."

얼굴에 온통 흰 분을 칠한 여공 오키치의 말을 듣자, 힘자랑하기 좋아하는 다메조(為造)가 격하게 화를 내며 말했다.

"거짓말하지 마. 이번에 내가 그놈을 찾아내서 반쯤 죽여 놓을 테니까, 잘 지켜보라고."

다메조가 그렇게 우쭐대는 것은 무리가 아니었다. 다메조는 이 마을 왕초의 첫 번째 부하로, 지금까지 싸워서 진 적이 한 번도 없었다. 다메조는 유도 2단이라는 소문도 있었다.

"나보다 힘쎈 놈은 절대 없어." 다메조는 자신 있게 말할 수 있었다. 여공 오키치는 코웃음을 쳤다.

"뭐라고요? 당신은 자신을 모르는 게 문제예요. 한번 그 사람과 만나서 싸움이라도 걸어보시지요. 당신은 꺅, 하면서 반죽음이 될걸요."

"바보 같은 소리 하지 마. 자네는 은근히 그놈 편을 든다니까. 그놈한테 사랑받은 적이라도 있나 보지?"

다메조는 배포 크게 웃었다. 하지만, 그 이면에 담겨있는 질투 때문에 억지로 웃는 것처럼 보였다.

"누가요? 그 사람은 그렇게 추잡한 사람과는 달라요."

"제길. 어디서 굴러먹던 개뼈다귀인지도 모르는 놈을 칭찬하다니. 여공의 망신이네. 그놈은 사회주의자라고 하지 않았나."

"가쓰오부시를 깎는 게 고양이의 수치이고 배우에게 홀리는 게 게이샤의 수치라면, 사회주의자를 비난하는 것은 여공의 수치이지요."

"요런, 이렇게 말하면 저렇게 말하고. 저렇게 말하면 이렇게 빠져나간다니까." 다메조는 손가락 끝으로 여자의 볼을 콕 찌르며 말했다.

그 녀석은 정말 강한 놈이라서 어찌할 도리가 없었다. 어떻게 해서든 그 녀석을 이 마을에서 쫓아내야 한다. 무슨 좋은 방법이 없을까. 물론 경찰 손은 몇 번이나 빌려보았다. 단속, 또 단속하는 식으로 여러 가지 시도해 보았지만 그놈은 어느새 아무렇지 않게 마을에 모습을 드러냈다.

"도대체 어찌된 놈인가?"

이 마을에는 커다란 제사 공장이 있었다. 공장주가 노동자—주로 여공이지만,—를 말도 안 되는 임금으로 혹사했다. 여공 기숙사의 밥은 맛이 없었다. 노동 시간이 부당하게 길어서 노동자들은 제대로 밥 먹을 시간도 없었다. 여공들은 저절로 폐병에 걸리는 상황이었다. 예컨대 다른 어디 여공도 비슷한 상황이겠지만, 이곳 공장은 특히 노동자의 생피를 빨아먹는 구조가 제대로 갖춰져 있었다.

(1930.1.15)

제2회

"어째서 내가 이런 곳에 왔을까?"

여공들은 그리운 고향을 버리고 이런 곳으로 돈 벌러 온 것을 분하게 생각했다. 여공이 되면 내일부터라도 시집갈 비용을 저금할 수 있고 생활이 궁핍한 부모에게 송금할 수 있다는 선동꾼의 능숙한 말솜씨에 속아서 이런 공장에 뛰어들었다.—정말 분해서 참을 수가 없다.

이 때문에 누군가가 와서 여공들에게 용기를 북돋기만 하면 그녀들은 노동자의 올바른 요구를 내걸고 스트라이크라도 할 것 같았다. 그 정도로 이 공장 여공들은 불평불만뿐이었다.

그런데 도쿄에서 사회주의자인 그 녀석이 갑자기 이 마을로 들어왔다고 한다. 이에 공장주는 깜짝 놀랐다. 그 녀석이 여공들을 선동하면 어쩌나 우려했기 때문이다. 공장주는 여러 가지 수단을 사용해서 그놈을 마을에서 쫓아내려고 했다. 하지만 그놈은 공교롭게도 무시무시한 호걸과 함께 와 있었다. 어떠한 방법으로 처치할까? 여공 가운데 두세 명은 이미 그놈과 연락을 하고 있다고 한다. 공장 안에서는 때때로 이상한 비라가 돌아다녔다.

"조합을 결성하자." 그런 말이 비라에 쓰여 있었다. 공장주는 몹시 난감해서 무슨 큰일이 일어나면 어쩌나 하고 마음 졸이고 있었다.

"사회주의자가 이 평화로운 마을에 들어왔다는 것은 실로 태평성대의 불상사이다. 우리는 관민 일치해서 이런 무뢰한을 이 마을에서 추방해야만 한다."

이러한 의견이 마을의 부자들 사이에서 맹렬하게 일어났다. 경찰도 사회주의자의 불순한 언동에 대해서는 충분히 단속할 의무가 있었다.

하지만 이 얼마나 난감한 일인가. 그 녀석이 수많은 호걸과 함께 와 있다니. 을러 보고 달래 보아도 결코 물러서려고 하지 않는다. 조금도 움직이지 않는다. 잘도 견디는 놈이다.

그런데 그 녀석에 대한 이상한 소문이 퍼지기 시작했다.

이 남자가 류큐(琉球)[50]의 마법사라는 것이다. 류큐에는 가라테라는 무술이 있다. 이는 예로부터 내지(內地)[51]에서 전해오는 무술로 아주 과격한 기술이다. 창이나 칼을 들고 있는 상대 세 명이나 다섯 명을 주먹 하나로 넘어뜨릴 수 있다는 무술.— 한마디로 말해서 싸움의 기술인 것이다. 그런데 그 남자가 가라테의 명인이라는 소문이 여기저기서 전해지기 시작했다.

가라테의 명인이라면 모르겠지만, 그는 언제부터인가 <마법사>로 되어버렸다.

옛날 류큐가 규슈(九州)의 시마즈 번(島津藩)에 점령당했을 때, 류큐

---

50 오키나와(沖繩)의 옛 이름.

51 해외의 식민지를 외지(外地)라고 부르는 것에 대응해서 일본 본국을 일컫는 말이다.

는 섬 전체에 있는 무기를 전부 빼앗겼다. 류큐에는 활도 칼도 창도 없었다. 그때 류큐인은 전쟁하기 위한 기술로 무기가 필요 없는 가라테를 생각해냈다. 과거 류큐에서 가라테가 고안되어 발달한 것이다. 이것이 가라테라는 기술의 시작이다.

(1930.1.16)

제3회

이 마을 신문에 중학교 검도 교사의 담화가 실렸다. 이 이야기는 과장되어 다음과 같은 이야기로 마을 전체에 퍼졌다.

"가라테의 명인은 노려보는 것만으로 상대의 생명을 빼앗을 수 있다. 이 때문에 가라테의 명인이 노려본 사람은 반 년 사이에 점점 몸이 쇠약해지고 얼굴색이 파래져서 결국에는 죽는다. 가라테는 일종의 마법인 것이다."

그 남자는 이러한 기술을 터득하고 있다. 남자는 마법을 부릴 수 있다. 이 소문은 공장주에게 점점 공포심을 일으켰다.

어느 날 밤, 다메조가 불러내자 여공 오키치는 귀찮아하면서 만나러 나갔다. 만나러 가지 않으면 어떤 난폭한 행동을 할지 모를 일이었기 때문이다.

"공장주의 부탁으로 내가 드디어 마법사를 정벌하러 가게 되었지."

"그래요." 오키치는 의미 없이 대답했다.

"이 정벌에서 성공하면 공장주가 사례로 백 원을 주겠대. 그거 받으면 너에게 옷 하나 사줄까?"

다메조는 히죽히죽 웃으면서 오키치의 땀 냄새 나는 머리에 얼굴을 갖다 댔다.

"그놈은 오늘 밤에도 여공 기숙사에 분명히 숨어들 거야. 오늘 밤 늦게 기숙사에 들어온 놈을, 나와 스승인 도라사에몬(虎左衛門) 님이 같이 잡아 때려눕힌 다음, 털썩 주저앉혀서 꺼이꺼이 울게 만들 거야." 하는 것이 다메조의 계획이었다.

그 이야기를 들은 오키치는 슬펐다. 그 성실하고 힘쎈 사람이 다메조와 도라사에몬에게 맞을 거라 생각하니 견딜 수가 없었다. 다메조는 유도 2단이고 도라사에몬은 옛날에 다메조를 때려눕혀 항복을 받아내서 왕초가 된 사람이다. 아무리 호걸인 그 남자도 정말로 털썩 주저앉힐 것 같았다.

"하하하. 뭘 그렇게 걱정하고 있어. 괜찮아, 지는 일은 없어."라고 다메조는 기분이 좋은 듯 큰 소리로 계속해서 웃었다.

늦은 밤 도라사에몬과 다메조는 대범하게 여공 기숙사 안으로 들어갔다.

"모두 일어나. 모두 일어나라니까." 낮 동안 고단하게 일한 후 지쳐서 자고 있는 여공들을 두드려 깨우면서 도라사에몬은 웬일인지 입맛을 다시듯이 입술을 오물거렸다.

여공들을 깨워서 조사해보니 오늘 밤 그 힘쎈 남자는 기숙사 안으로 숨어들어온 것 같지 않았다.

"변소 안에 숨어 있을 지도 몰라." 하고 다메조가 말했다.

(1930.1.18)

제4회

도라사에몬과 다메조는 긴 복도를 걸어서 막다른 곳에 있는 변소 쪽으로 갔다. 무슨 일인가 하고 여공들은 졸린 눈을 비비면서 복도로 나와 두 사람의 뒷모습을 지켜보았다.

도라사에몬은 밖에서 기다리고, 다메조 혼자서 변소 안으로 들어 갔다. 변소 안은 어스름한 전등이 켜져 있었다. 이때 다메조는 문득 자신이 지금 마법사를 찾으러 이 어스름한 곳에 들어왔다는 사실이 떠올랐다.

그러자 무시무시한 공포가 느껴져 등짝이 오싹했다. 그놈이 노려 보면 나는 죽는다. 이 어스름한 변소 어딘가 구석에서 그놈이 나를 노려보고 있는 것은 아닐까. 내가 알아채지 못하는 사이 목숨을 빼앗겨 버리는 게 아닐까?

다메조는 힐끗 오른쪽으로 돌아서 변소 밖으로 후퇴했다. 복도에 는 도라사에몬이 혼자 서서 기다리고 있었다.

다메조의 얼굴은 아주 창백해져 있었다. 그것을 보고 도라사에몬도 움찔했다. '다메조가 저렇게 창백해진 것을 보면 분명 변소 안에 그놈 이 있을 거야. 그놈의 마법에 걸려들어서 파랗게 되어 나왔을 거야.'

그렇게 생각하자 도라사에몬은 많은 여공이 쳐다보는 것도 잊어 버리고 자기도 모르게 으악, 하고 외치며 원래 있던 복도 쪽으로 도 망갔다. 그때 도라사에몬이 도망가는 것을 본 다메조는, '그렇다면 내 뒤에서 그놈이 분명 노려보면서 따라 나왔을 거야. 이 때문에 도라사에몬 씨가 도망갔을 거야.'라고 생각했다. '가만히 있을 수 없다.' 하며 다메조도 으악 하고 외치며 도라사에몬의 뒤를 쫓아 도망쳤다.

뒤에서 다메조가 도망쳐 오기 때문에 도라사에몬은 점점 더 두려워서 필사적으로 도망가는 발걸음을 재촉했다. 다메조도 지지 않고 달렸다. 쿵쾅쿵쾅 복도가 울렸다.

여공들도 와아 환성을 지르고 열심히 복도를 달리기 시작했다. 기숙사 전체가 뒤집힌 것처럼 큰 소동이 일어났다. 보이지 않는 그림자 때문에 모두 덜덜 떨었다. 그리고 모두가 기숙사 밖으로 나갔다. 그래도 무서워서 공장 밖으로 나갔다.

오키치도 많은 여공과 함께 큰 소리로 외치면서 공장 밖으로 달려 나갔다. 하지만, 그녀는 도라사에몬과 다메조가 점점 우습게 보이고 이와 동시에 이런 두 남자를 두렵게 만든 그 사람이 점점 존경스러워졌다.

이게 무슨 일이란 말인가?

이 장면은 한바탕의 희극이 아니다. 공장 앞에 서 있는 여공 속에 수많은 오키치가 있다는 것, 이것은 결코 희극으로 끝나지 않을 것이다.

(1930.1.19)

장쉐량
몰락의 날
(張學良没落の日)

미쓰이 지쓰오
(三井実雄)

이 글은 신문기자의 수첩에서 발췌한 실화이다. 작중 인물은 될 수 있는 대로 본명을 그대로 사용했다. 글도 거칠게 쓴 그대로이고 각색은 하지 않았다.

장쮀린(張作霖)[52]은 누구나 알고 있는 대로 만주 마적에서 성장했다. 그는 마적 시대에 어떤 마을에서 한 처자를 약탈하여 아내로 삼았다. 그리고 그 사이에서 태어난 것이 장쉐량이다. 일설에 의하면 장쉐량은 아비 없는 자식으로 장쮀린의 친자식이 아니라는 말도 있다. 하지만 장쉐량의 얼굴을 보면 장쮀린의 얼굴을 그대로 옮겨 놓은 것을 알 수 있다. 온화한 얼굴에, 게다가 말투까지 상냥해서 어디를 봐도 장쮀린 아들이 틀림없다. 또한, 범상치 않은 큰 야심을 가졌다는 점에서도 장쮀린의 피를 이어받았다고 할 수 있다. 단지, 부친 장쮀린의 야심은 남북 지나(支那)의 통일이었고, 황구툰(皇姑屯)에서 폭사하기 직전까지

---

52 장쮀린(張作霖, 1875~1928) 중화민국 초기 군벌정치가. 1919년 동북 3성의 실권자가 되어 봉천 군벌을 형성하였다. 육해군 대원수로 취임, 군 정부를 조직하여 국민 혁명군에 대항하였다.(1927) 1928년 일본군이 음모한 열차 폭발로 폭사하였다.

장쭤린은 베이핑(北平)[53]까지 진출해서 자신을 대원수라고 호언했었다. 그러나 장쉐량의 야심은 그것과 전혀 닮지 않은 경망한 것이었다. 한마디로 말해서 여색을 만끽하면 그것으로 충분했다. 장쉐량이 얼마나 여색을 탐했는지, 그 예는 아주 많다. 도저히 하나하나 열거할 수 없을 정도이다. 그중에서 내가 눈으로 본 것을 말해 보겠다. 그것은 당시 펑티엔성(奉天省)의 성장(省長)인 자이(翟)의 딸 차이펑(彩鳳)을 임신시킨 일이다. 펑티엔에는 통즈(同澤)여학교라는 학교가 있었는데, 자이의 딸은 그 여학교 2학년 학생이었다. 나이는 열일고여덟 정도 되었을 것이다. 어느 날 장쉐량은 통즈여학교를 시찰하러 나갔다. 장쉐량이 꽤나 공부를 좋아했을 거라 생각하는 것은 너무 이른 판단이다. 목적이 전혀 달랐다. 장쉐량의 목적은 '좋은 처자 찾기'에 있었다. 여학교를 견학하는 일은 그때까지 여러 차례 있었고, 측근들은 이번에도 가련한 인신 공양을 해야 한다며 눈살을 찌푸렸다. 시찰 다음 날 통즈여학교에서 차이펑의 모습이 사라졌다. 차이펑은 그렇게 장쉐량의 밤 시중을 받아들여야만 했고, 그로부터 몇 개월 후 장쉐량의 씨를 품고 친정으로 돌아왔다. 임신한 여자는 장쉐량에게 필요 없는 존재였던 것이다. 차이펑의 아버지인 자이는 몇 번이나 장쉐량에게 딸의 처지를 탄원해 보았다. 하지만 그때마다 아주 쌀쌀맞게 쫓겨났다. 자이가 성장에서 해임된 것은 그것이 원인이었다. 표면적으로는 사임이었지만 실제는 면직당한 것이고, 그 원인은 임신한 딸인 차이펑 때문이었다. 그

---

[53] 베이징의 옛 이름.

후 자이는 펑티엔에서 모습을 감추었다. 산둥(山東)으로 갔다는 설도 있고, 장쉐량의 베이핑 별장에서 총살당했다는 설도 있다. 나는 자이와 일면식이 있는 관계로 그의 소식을 알아보았지만, 아무리 조사해도 지금까지 나오지 않는 것을 보면 총살당한 게 사실이지 않을까 생각한다. 장쉐량은 그런 일을 어렵지 않게 해내는 사람이기 때문이다.

x x x

국민 정부의 남북통일 이전에 장쉐량은 양위팅(楊宇霆)과 창인화이(常蔭槐)를 마작하자고 꾀어내어 총살했다. 자신을 모살하려 했다는 게 이유였는데, 사실 그것도 이유 중 하나였지만 거기에도 사랑의 원한이 숨겨져 있었다. 장쉐량은 양위팅의 네 번째 부인을 사모하였다. 하지만 이룰 수 없는 사랑에 결국 양을 암살하고, 양의 복신인 창까지 모살해 버린 것이다. 이것도 있을 법한 일이었다. 무엇보다 고생을 모르고 자란 장쉐량이기 때문에 그런 오만한 행동을 할 수 있었다. 측근들은 '군자, 위험한 곳에 가까이 가지 않는다.'는 식이 되어, 장쉐량에게 간언하는 사람이 하나도 없었다. 하지만 그런 교만한 장쉐량에게도 생각대로 되지 않을 뿐 아니라, 걸핏하면 자신을 몹시 힘들게 하는 것이 있었으니, 바로 일본이었다. 일본만은 자신의 권위를 세우는데 전혀 도움이 되지 않았다. 그때 생각한 것이 동삼성(東三省)[54]의 역치(易

---

54 중국 동북지역에 대해 20세기 후반까지 사용되던 명칭이다. 라오닝(遼寧)성, 지린

職), 즉 오색기[55]를 내리고 청천백일기(靑天白日旗)[56]를 게양하는 것이었다. 아버지 장쭤린이 고생고생해서 이룩한 지반을 국민 정부에 팔아버리는 것이다. 이때 '부친 장쭤린의 유훈을 버릴 수 없다, 일본에 저항하는 것은 이롭지 못하다.'고 말하며 장쉐량을 말린 것이 양위팅이었다. 양위팅이 암살당한 것은 이런 이유도 작용했다.

x x x

양과 창의 총살은 장쉐량에게서 보면 효과 만점이었다. 적어도 '풋내기 녀석 장쉐량, 무슨 짓을 할지 모르겠다.'고 대관들이 벌벌 떨었던 것도 사실이니 말이다. 그것이 장쉐량을 점점 성장시켰다. 그즈음 껄껄 미소짓고 있는 사람이 국민 정부의 주석, 장제스(蔣介石)였다. '이런 식이라면 일은 수월해진다.'고 생각한 장제스는 여기에 맞는 계획을 세웠다. 장제스는 장쉐량에게 먹이를 던졌다. 바로 육해공군 부사령이라는 자리였다.

(1933.3.29)

(吉林)성, 헤이룽장(黑龍江)성을 동삼성이라 불렀으며, 현재 중국에서는 '동북 삼성'
이라고 부른다.

55 중화민국 성립(1912) 이후 국민 정부 성립까지 사용한 중화민국의 국기이다.

56 중화민국 국민당의 당기로 1928년 중국 국민당의 장제스가 처음 창안하였다. 현재
의 타이완 국기이다.

국민 정부의 육해공군 부사령에 임명하고, 군사비로 그 반액인 이천오백만 원(元)을 지급한다.

약관의 장쉐량이 이 먹잇감에 달려든 것은 무리가 아니었다. 죽은 부친 장쭤린의 지반이 어찌 되든, 부사령의 요직은 국민군의 두 번째로 높은, 오르기 힘든 지위였기 때문이다. 게다가 이천오백만 원의 대금이 주머니로 굴러들어온다고 생각하니, 최상의 조건이었다. 하지만 장쭤린의 수족과 같은 노신들은 이처럼 동삼성이 중앙 정부의 세력 하에 들어가는 것을 개탄했다. 장쭤린 시대에는 중앙 정부가 손끝하나 대지 못했던 동삼성과 명목뿐인 부사령의 자리를 교환하는 것은 너무나 어리석은 판단이었기 때문이다. 그러나 노신들은 장쉐량의 횡포가 두려워서 한마디도 반대할 수가 없었다. 표면적으로 반대하지 못했지만, 그 대신에 그들 중신과 장쉐량과의 사이에는 커다란 간극이 생겼고, 그 간극은 날이 갈수록 깊어져 갔다. 장쉐량의 오늘날의 말로는 이미 그때부터 예견된 것이었다. 장쭤린의 수족이 되어 동삼성을 건설한 중신들이 장쉐량으로부터 점차로 멀어져 간 것은 장쉐량에게 치명적인 상처라고 해도 좋을 것이다.

펑티엔 정부의 오색기, 그것은 장쭤린이 목숨을 걸고 지킨 오색기였다. 그 역사 있는 오색기가 아무렇지 않게 내려지고, 그 대신 청천백일기가 게양되어 나부꼈다. 바로 1930년 12월 29일의 일이다. 다음 해 1931년 3월 4일에는 국민당의 동북 군부가 펑티엔에 설립되고, 같은 달 18일에 국민 정부는 장쉐량을 그 주석에 앉히고 이로써 지도 위원도 각각 임명하였다. 국민 정부에서는 우테청(吳鐵城)과 장췬(張群)이 펑티엔으로 들어가 화려한 정치 공작을 시작했다. 봉건적 제도로 굳어진 장벌(張閥) 이외는 한 걸음도 들어가는 것이 허락되지 않았던 펑티엔 성(城)에서는 한밤에 대혁명이 일어났다. 삼민주의를 주장하지 않으면 인간이 아니라고 말하는 선전과 시위 행렬이 매일같이 이어졌다. 그러나 장벌의 중신들은 그냥 손을 놓은 채로 방임하지 않았다. 중앙 정부 요인들의 배후에는 끊임없이 차가운 모젤 총이 겨누어져 있었다. 우테청과 장췬은 자객들이 중앙 요인들의 출입을 파악하는 것을 알고 있었다. 그런 까닭에 그들의 행동은 신출귀몰해서 성 정부에 모습이 보였다가도 어느새 장쉐량의 별장으로 날아가서 교묘하게 자객의 눈을 따돌렸다. 그들은 신변에 다가오는 위험을 느끼면서도 장쉐량을 언제라도 쓸 수 있는 카드로 만들었다. 매일 밤 장쉐량은 화려한 술잔치에 휘둘리며 중앙 정부가 계획한 대로 몰락해 갔다. 그가 모르핀에 마작에 댄스, 그리고 여자를 안고 취해 쓰러지는 동안, 정치적인 삼민주의는 중앙 정부에서 파견한 지도원에 의해 펑티엔에서 지린(吉林)으로, 지린에서 헤이중장(黑龍江)으로 마지막에는 하얼빈(哈爾濱) 특별구로 점차 확대되어갔다.

x x x

자신의 지반이 어떻게 잠식당하는지, 천하의 형세가 어떻게 변하는지 전혀 모르는 장쉐량은 천하태평의 꿈에 빠져 있었다. 장쉐량은 자신이 중앙에 서는 것으로 만족했다. 그것은 그의 소아병적인 영웅 심리를 만족시키기에 충분했다. 게다가 육해공군 부사령에 취임하고 나서 장쉐량은 이전보다 훨씬 오만불손해서 공공연하게 항일을 내세 웠다. 그것은 중앙 요인에게 영향받은 사상을 외부로 배출한 결과였 다. 항일의 실례를 들어보면 끝이 없을 것 같아 그만두겠지만, 완바오 산(萬寶山) 사건[57], 나카무라(中村) 대위 사건[58], 1931년 9월 18일 밤의 만주철도 류탸오후(柳條溝)의 철도 폭파사건[59] 등은 가장 큰 실례였다.

다음으로 장쉐량이 중앙 정부에 받기로 약속한 군사비 이천오백 만 원은 어떻게 되었을까? 선불로 이백만 원을 받고, 나머지 이천삼 백만 원은 기다려도, 기다려도 받지 못했다.

펑티엔을 시작으로 각지의 각종 세금 수입은 모두 국민 정부에 헌납하도록.

---

57 창슌(長春)서북에 위치한 완바오산에서 일어난 사건(1931)으로, 이주한 조선인과 이에 반발하는 현지 중국인 농민과의 수로(水路)에 대한 분쟁에 중국 경찰이 움직 이고, 거기에 대항하는 일본 경찰과 중국인 농민이 충돌한 사건을 말한다. 사상자 없이 끝났지만, 이 사건을 계기로 조선반도에서 중국인에 대한 감정이 악화되어 중국인 배척운동이 일어나 많은 사상자를 냈다.

58 만주사변 발발의 한 원인이 된 사건이다. 육군참모인 나카무라 다쓰타로(中村辰 太郎) 대위와 그 외 3명이 펑티엔 소속 중국군에 잡혀서 스파이 혐의를 받고 총살 (1930)되었다.

59 펑티엔 부근의 류탸오후 부근에서 일본 소유의 남만주철도의 노선이 폭파된 사 건을 말한다. 관동군은 이를 중국군에 의한 범행이라고 발표함으로써 만주에서의 군사 전개 및 그 점령의 구실로 이용했다.

그러지 않을 경우 군사비 지급은 불가하다.

　국민 정부의 명령이 장쉐량에게 전달되었다. 국민 정부의 이천오백만 원의 속임수는 여기에 있었다. 즉 수익을 전부 걷어 들인 다음, 국민 정부는 그 수익에서 군사비를 알아서 주는 형식을 취했다. '한 푼 아끼려다 백 냥 잃는 줄 모른다.'는 말처럼 장쉐량의 머리는 겨우 이 정도밖에 안 됐던 것이다.

(1933.3.30)

제3회

　장쉐량은 열아홉 살에 포병상교(砲兵上校) 대좌, 스물두세 살에는 펑티엔 잠편제일혼성여(暫編第一混成旅)의 제2단장(연대장), 1920년에는 이미 육군소장의 영직에 올랐다. 장쭤린이 죽은 후에는 스스로 보안 총사령(대장)이 되어 동북4성에 군림하였다. 중장으로도 대장으로도 자기 마음대로 오를 수 있었던 것은 부친 장쭤린 덕분이었다. 장쉐량은 올해 서른네 살이지만, 첫째 부인인 위펑즈(于鳳至)는 아주 기가 세서 남편을 쥐고 흔들었다. 장쉐량이 다른 여자를 탐하면 부인도 이에 지지 않고 남자를 데리고 놀았다. 이 부인은 아주 젊은 남자를 좋아하는 취향을 가졌다. 펑티엔에서 피서지인 베이따이허(北戴河)까지 가서 젊은 남자와 쾌락을 즐긴다는 소문이 한두 번 나온 게 아니었다. 또 피서지에 가서는 남편을 사랑한다는 절절한 정을 담은 편지를 특

사 편에 장쉐량이 있는 곳으로 보냈다니, 장쉐량을 조종하는 데 그 수
단이 아주 좋았던 것 같다. 그렇기 때문에 장쉐량은 오늘날의 궁지에
몰렸다고 할 수 있다.

x x x

역치 직후 펑티엔에 랴오닝(遼寧) 외교후원회가 만들어졌다. 외
부 간판은 외교후원회이지만, 실제로는 배일회(排日會)였다. 그 뒤에
는 장쉐량의 입김이 작용하여 관헌들은 견인 발분하여 배일의 열기
를 선동하였다. 일본 측의 관헌이 묵도할 수 없어 이에 항의하면, '민
중운동이라서 단속할 방법이 없다. 항의하면 오히려 악화할 것이다'
운운 하며 지나다운 지령으로 항의를 무시해버렸다. 나는 어느 날 기
자단의 일원으로 이 배일의 본거지인 외교후원회의 간부들을 회견한
적이 있다. 그 회견은 도쿄시회 의원인 가시이 시게나오(笠井重治) 씨
가 펑티엔을 방문한 것이 계기가 되어 성사되었다. 우리는 그들과 탁
자에 마주 앉았다. 펑티엔 교육회 부회장이라는 왕화이(王化一)가 간
단한 인사를 했다. 저녁 식사를 하면서 간담하려는 취지였다.

"(이하 1행 판독 불가)

지나를 모욕하는 말이 많이 나옵니다."라고 지나 신문의 주필인
장(張) 모가 강한 어조로 말을 꺼냈다.

오사카아사히신문(大阪朝日新聞)의 다케다(武田) 씨는,

"이른바 최근에는 일지(日支) 양 국민 모두가 너무 날카로워져 있

습니다. 이런 관계가 지속된다면 앞으로 어떤 사태가 벌어질지 알 수 없습니다. 우리는 과거는 과거로 두고 새롭게 협력해가야 한다고 생각합니다. 오늘 이후 협력을 도모할 필요가 있습니다."라고 온건한 말투로 설명했다.

중등상무총회의(中等商務總會)의 히로시(博)라는 남자가 대답했다.

"우리 쪽은 처음부터 그랬습니다. 계속 싸울 생각은 없습니다. 당신 나라 분들이 그렇게 하겠다면…."

그 후 쌍방은 활발하게 의견을 주고받았다. 양측을 위한 통역은 자오신보(趙欣伯) 씨가 혼자서 맡아주었다.

"민중의 유지로 조직된 애국단체입니다."

"후원회는 배일의 주체가 아니라고 말하는 건가요?"

"무슨 소리! 배일과는 전혀 관계가 없어요."

양측 모두 점차 성난 얼굴이 되어 갔다. 자오신보 씨는 당황한 얼굴로 통역을 계속했다. 회의장이 찬물을 끼얹은 듯 조용해졌을 때, 한 지나 여성이 방으로 들어왔다. 이 여성은 왕쩡팅(王正廷)[60]의 처제로 펑티엔의 세무국 국장의 부인인데, 오늘 외교후원회 멤버의 일원으로서 출석한 것이다. 이 여자는 여자답지 않게 우리를 쏘아붙이며 말했다.

"당신 나라의 관리나 국민은 중국인에 대해 억압적이고 난폭합니다."

자오신보 씨가 통역했다.

---

60 중화민국의 외교관, 정치가, 법학자. 베이징 정부의 외교총장, 국민 정부의 외교부장을 역임하는 등 민국기(民國期, 1912~1928)를 대표하는 외교의 중진이다.

"예컨대 만철부속지를 걸어 봐도 그렇고, 기차를 타도 그렇고…."

"중국인의 손을 비틀기도 하고 묶기도 하고 정말 난폭합니다…."

"당신 나라에는 인도(人道)라든가 도덕이 없는 게 아닌가 생각됩니다."

한마디 말하면 자오신보 씨가 다시 한 마디 통역했다. 이 여자는 달변가처럼 말했지만, 그 내용은 아주 저열했다.

(이하 2행 판독불가)

(1933.3.31)

제4회

관내에 병사를 남기지 않은 채, 장제스의 중앙군과 대치하고 있던 장쉐량은 부친 장쭤린이 폭사했다는 소식을 듣고 극도로 당황했다. 중앙군과 겨루고 있을 때가 아니라는 것을 깨달았던 것이다. 장쉐량은 중앙군에 눈물로 호소해서 화친을 구하고 일단 펑티엔으로 귀환했다. 이어서 장쭤린이 죽은 후 보고나 원조를 청하러 난징(南京)으로 가서 장제스와 회견했다. 난징에서 화려한 만찬이 열렸다. 그 자리에서 장쉐량의 눈에 들어온 것은 왕쩡팅의 여동생인 차이(彩) 모라는 아름다운 여자였다. 그는 이를 어떤 식으로 해결했을까? 결국에 이 여자를 얻어서 펑티엔으로 데려가 첩으로 삼았다. 아버지의 유해는 발밑에 내버려 두고 첩에 푹 빠져버린 것이다. 실로 기가 막힌 노릇이다. 첩의 자매에 해당하는 사람은 앞서 말한 펑티엔 세무국 국장의 부인이다. 세무국 국장의 자리도 첩의 알선이었다. 그 외에도 자기 딸과 여동생을 장쉐량에게 진상해서 높은 관직에 오른 사람이 많았다. 심한 경우에는 자기 아내를 바쳐서 장쉐량의 눈치를 살피려는 사람도 있었다. 게다가 장쉐량에게 그렇게 해서 받은 관직을 자랑으로 여기는 관리도 있었다.

x x x

국민군의 육해공군 부사령에 취임한 장쉐량은 취임 피로연의 리셉션을 펑티엔의 동북군장관공관에서 성대하게 개최했다. 1931년 3월 10일의 일이다. 이날 공관 앞에는 초대받은 외국 영사와 지나 요인들의 자동차가 수십 대 늘어서 있었다. 공관 입구에는 화려한 군복을 입은 의장대와 군악대가 도열해서, 각국 영사와 중국 대관이 정문으로 들어갈 때마다 장엄한 환영 군악을 연주했다. 나도 이날 펑티엔 어느 신문의 대표자로 이 리셉션에 참가했다. 빨간 꽃 리본 아래 장쉐량의 얼굴을 사진판으로 해서 인쇄한 종잇조각, 그것이 내가 받은 초대장이었다. 나는 볼품없는 그 종잇조각을 야회복의 가슴에 꽂고 공관의 현관으로 갔다. 군악대가 서있는 현관으로 들어가니, 정면으로 이어진 막다른 곳에 대여섯 단의 석단이 있었다. 그 석단 높은 곳에 장스이(臧式毅)[61]씨가 문관 대례복을 입고 서서 참가한 내외 귀빈에게

---

61 중화민국의 군인, 정치가. 베이징정부 펑티엔파의 군인으로 이후 '만주국'의 요인이 되었다.

일일이 인사했다.

장 씨는, "어이, 오랜만입니다…."라고 말하며 커다란 손을 내밀어 나의 손을 잡았다.

"네네, 오늘은 정말 감사합니다." 인사에 여유롭게 대답하면서 나도 악수에 응했다. 장 성장과는 이제까지 몇 차례 만난 적이 있지만, 개인적인 이야기를 나눌 정도로 친밀한 관계는 아니다. 장 씨 쪽에서도 형식적으로 인사했을 것이다. 그래서 나도 "네네." 정도로 적당하게 대응했다.

x x x

대연회장은 내빈으로 가득했다. 각국 인사들의 복장 중에서 특히 눈길을 끈 것은 외교관의 정장이었다. 평상시는 '금처럼 번쩍이는 옷'이라고 가볍게 비웃었는데, 이렇게 각국 외교관이 모였을 때 보니 금처럼 번쩍이는 옷일수록 어깨가 넓어 보였다. 하야시(林) 총영사[62]는 하얀 문양이 들어간 어깨 장식을 달고 있었다. 샴[63]에서의 공사시절에 그 나라 황제로부터 받은 훈일등이라고 하는데, 아주 멋졌다.

보이 두 명이 내빈 한 사람 한 사람에게 쓰리케틀을 나눠주고, 어

---

62 하야시 규지로(林久治郎, 1882~1964)를 가리킨다. 1907년 외무성에 입성, 1922년 펑티엔 총영사에 임명되었다.

63 현재의 태국.

른이 그 뒤를 다니면서 성냥불을 붙여주었다.

x x x

곧이어 장 성장의 선두에서 장쉐량이 모습을 드러냈다. 장쉐량은 각국 영사와 그 외 내빈에게 인사하면서 홀을 한 바퀴 돌았다. 타오창밍(陶尙銘)이 통역으로서 수행했다. 장쉐량은 귀공자 풍의 태도로 여유있게 악수하며 돌았다. 그는 미국 영사와 뭔가 이야기를 나누었다. 다음으로 하야시 총영사 앞에서 한번 멈추어 인사를 나누었다. 장쉐량은 앞에서 말했듯이 약한 벌레도 죽이지 못하는 얼굴을 하고 있다. 하야시 총영사도 시종 싱글거렸다. 30일이라면 배일이 가장 활발하게 진행되고 있을 때이다. 그날도 성 안에서는 배일 행렬이 이어지고 있었다. 그것을 남의 일인 것처럼 배일의 우두머리인 장쉐량과 배일의 공격 대상인 하야시 총영사가 마주하고 있는 것이다.

(1933.4.1)

제5회

이제 별실의 향연장에서 입식의 연회가 열렸다. 회장의 정면 벽에는 청천백일기가 걸려 있고, 천정에는 만국기가 교차되어 형영색색으로 화려하게 늘어져 있었다.

"이봐, 아까부터 찾고 있었는데 일본 깃발이 보이지 않는데?"

옆에 있던 T신문의 S가 나에게 속삭였다. 과연 일본 국기는 회장 어디서도 찾아볼 수 없었다. 고의인가 우연인가, 뭐라 말할 수 없이 괘씸한 처사에 화가 났다. 샴페인이 펑펑 하고 몇 병이나 터졌다. 장 쉐량이 사투리 섞인 지나어로 인사했다. 외교단 총대표인 독일 영사가 결석했기 때문에 차석인 하야시 영사가 축사를 맡았다. 비꼬는 내용은 없는지, 하야시 총영사는 일본어의 조용한 어조로, "장쉐량 각하는 이번에⋯."라고 축하의 마음을 전했다. 격앙되지 않고 담담한 목소리를 나는 '괜찮은데.' 하면서 도취되어 들었다.

x x x

이어서 관병식(觀兵式)이 북대영(北大營)에서 거행되었다. 그 사이 장쉐량은 별실에서 아편을 마시고 모르핀 주사라도 맞고 왔을 것이다. 장쉐량 부사령장관은 군복 정장 위에 장교 망토를 입고 석단을 내려갔다. 국악대가 일제히 웅장한 음악을 연주했다. 그때 신문사 사진반의 카메라가 일제히 그쪽으로 향했다. 장쉐량은 한쪽 다리는 자동차에 걸치고 얼굴을 카메라 쪽으로 향하며 씩 하고 작위적인 미소를 지었다. 장교 망토가 젖혀지니 새빨간 붉은 견으로 된 안감이 보였다. 그 옆 정원에는 백일홍이, 이것 역시 붉은 꽃을 피우고 있었다.

"아니꼬운 녀석이군." 주변 사람에게 나는 토로하듯이 말했다.

관병식은 북대영의 연병장에서 거행되었다. 콘크리트로 만든 지상 1, 2미터의 높은 열병대 위에 장쉐량이 서고, 이를 중심으로 해서 각국 영사와 지나 대관들이 늘어섰다. 나도 뻔뻔스럽게 그 사람들 속에 섰다. 그곳은 아주 혼잡했다. 문득 정신 차렸을 때 나는 장쉐량 옆에 나란히 서있는 위펑즈의 바로 뒤에 있었다. 거기에서 의도치 않게 위펑즈를 바로 뒤에서 관찰하는 기회를 얻었다.

단발이라고는 하지만 머리를 어깨까지 늘어뜨리고 머리 장식은 따로 하지 않았다. 몸은 가늘고 키는 컸다. 청색 비단의 지나 옷은 눈에 띄게 아름답다고는 할 수 없고 그냥 보통 옷 같았다. 그러나 구두는 서양 왕비가 신는 것 같이 아주 아름다웠다. 은색 구두에 금색 자수가 놓여 있는 딱딱한 금속성의 느낌이 나는 구두였다. 나는 이때를 이용해서 그녀를 머리부터 발끝까지 살펴볼 수 있었다. 그녀는 계란형의 얼굴에 밝고 아름다운 눈동자를 가진 미인이지만, 얼굴이 밤샌 다음 날 아침 무리하게 홍백 분을 바른 것처럼 윤기가 없고 피곤해 보였다. 양절 담배를 계속 피었는데 술을 너무 많이 마신 탓도 있을 것이다.

장쉐량은 장교 망토를 벗고 있었다. 서늘한 눈매에는 악의가 있어 보이지 않았고 옆모습이 부친 장쭤린과 판박이였다. 하지만 젊은이 다운 패기가 전혀 느껴지지 않고 피곤해 보였다. 장관 공서를 나온 지 약 두 시간, 더 이상 모르핀의 효과가 남아있지 않기 때문일 것이다.

× × ×

군악과 함께 분열 행진이 시작되었다. 기마 장교가 장쉐량 앞으로 달려와서 보고했다. 이 사람은 바로 북대영의 왕이저(王以哲) 여장인데, 중장의 견장을 달고 있었다. 말이 움직이자 지휘도가 칭칭 흔들렸다. 보병이 지나갔다. 기병이 지나갔다. 포병이 지나갔다. 장갑차와 전차대도 이어서 행진해갔다. 기병 약 1만 명이라고 하니 정말 장관이다. 분열식이 끝나자 장쉐량의 열병이 거행되었다. 모던한 멋진 자동차에 장쉐량과 위 부인이 동승하고, 지나 각 대관과 각국 영사도 각각 수행해서 도열한 지나 군대 앞을 일주했다.

x x x

지금 생각해보면 이때가 바로 장쉐량의 전성시대였다. 육해공군 부사령으로서 또 동북군 장관으로서 마지막으로 가장 빛났던 때였다. 그로부터 6개월 후, 펑티엔 사변에서 북대영의 그 1만 군사는 밭에 세워진 허수아비와 마찬가지가 되었다. 펑티엔이 점령되던 9월 19일 아침, 오사카마이니치신문(大阪每日新聞)의 다나카(田中) 기자와 함께 멋진 하이칼라 자동차로 전장을 달렸다. 그 자동차는 관병식 당일 장쉐량이 탔던 자동차였다. 장쉐량이 몰락한 오늘에 와서 그 추억이 새록새록 생각난다.

(1933.4.2)

끝

엄마의 남편
(母の良人)

마에다코
히로이치로
(前田河広一郎)

제1회

규헤이(久平)의 귀에 묘한 소문이 들려왔다.

그에게도 엄마가 있다는 것이다.

'그런 바보 같은 소리. 사람은 나무 가랑이에서 태어나는걸!'

이렇게 규헤이는 엄마의 존재를 계속해서 완강하게 부정했다.

어느 날 학교에서 돌아와서 보니 화롯가에서 할머니가 어떤 여자와 얼굴을 마주하고 소곤소곤 이야기하고 있었다. 여자는 규헤이를 보자 갑자기 "아이고, 이렇게 많이 컸구나." 하며 놀란 듯 붉게 달아오른 얼굴로 돌아보았다. 그때 규헤이는 갑자기 가슴이 철렁했다.

조심성을 모르는 여자였다. 웃으면서 규헤이의 손을 잡고 어깨를 치고 이곳저곳을 어루만졌다. 요즘 들어 증오라는 것을 알게 된 규헤이지만 방금 난로를 쬐던 따뜻한 손을 증오할 마음은 생기지 않았다.

"이 녀석, 너 엄마 모르겠어?"

무서울 정도로 흥분해서 이 여자는 자기가 규헤이의 엄마라고 말했다.

"아니라카이. 내한테 엄니는 우리 외숙모야."

그는 여자의 손을 떼어내며 말했다.

규헤이는 학교에 다니는 학생이다. 게다가 아주 최근에 사누키다(佐貫田) 선생님에게 여자에 대해 배웠다. '남자는 함부로 여학생과 가까이해서는 안 돼!'

뭐가 우스운지 여자는 검게 물들인 이빨을 드러내며 웃었다

"정말, 완전히 시골 사투리를 쓰게 되었구나. 엄마 좀 봐봐. 이 녀석, 엄마 얼굴 잊어버렸니?"

그렇게 말하는 것을 들으니 어딘가에서 본 얼굴 같기도 했다. 인생 깊숙한 곳에서 여러 얼굴들이 나타나서는 계속해서 규헤이를 위협했다. 그러나 그런 것에 신경 쓸 규헤이가 아니다. 세상에는 삼촌과 외숙모, 할머니와 하녀인 야요이(彌生)만이 존재하고 다른 인간은 모두 타인인 것이다.

"너하고는 인연이 깊지 않은 아이란다."

할머니는 눈이 부신 것처럼 슬쩍 옆으로 고개를 돌려버렸다. 여자는 계속해서 눈을 깜박이다가 갑자기 소매에 얼굴을 묻었다.

이 덕분에 규헤이는 해방될 수 있었다.

"이 녀석아, 좀 기다려봐."

우는 것 같던 여자는 뒤에서 규헤이의 손을 꼭 잡고 손바닥에 하얗게 빛나는 돈 하나를 쥐여 주었다.

"아니, 무슨 돈을! 애한테 돈을 주면 안 돼. 할머니가 맡아 둘게."

할머니는 호주머니 지갑에서 구멍 뚫린 돈을 두 개 꺼냈다. 그리고

여자에게 받은 하얀 것은 집어넣었다.

"진짜? 그럼 맡아 주이소."

규헤이는 어른에게는 숨기는 게 없어야한다고 생각하는데, 하지만 어른들은 그것을 자주 잊어버린다.

규헤이는 집 밖으로 뛰어나갔다. 지금 다니구치 규헤이(谷口久平)는 깜짝 놀랄만한 세계에 살고 있다.

거기에서 만물은 돈으로, 구멍 뚫린 돈으로 교환된다. 가토 기요마사(加藤清正)[64]도 육군 대장도 돈을 하나 내면 열 장이 되어 돌아온다. 열 장은 한 묶음이 되어 실로 묶여있다. 돈이 두 개 있으면 스무 장이 내 것이 된다. 실을 자르면 가토 기요마사도 하라다 주키치(原田重吉)[65]도 오야마(大山) 대장[66]도 으음, 하고 좋은 향기가 났다. 그것을 땅바닥에 내리쳐서 다른 아이의 가토 기요마사와 싸운다.

다른 아이의 가토 기요마사를 생포하면 이제 그것은 내 것이 된다. 이는 당연하다. 내가 이겼기 때문이다. 이겨라! 규헤이의 인생은 이기는 것이다. 진다면, 진다면, 아직 할머니의 주머니에 하얀 동전이 남아있다.

(1936.10.3)

---

64 가토 기요마사(加藤清正, 1562~1611): 일본의 무장. 어린 시절부터 도요토미 히데요시의 가신으로 활동했다. 임진왜란, 정유재란에 참전했다.

65 하라다 주키치(原田重吉, 1868~1938): 일본 육군 군인. 청일전쟁 때 평양전투에 참가, 평양을 함락시키는데 공을 세운 것이 신문에 보도되어 일약 영웅이 되었다.

66 일본의 무사, 육군 군인, 정치가인 오야마 이와오(大山巖, 1842~1916)를 가리킨다.

제2회

그 여자는 언제나 집에 있었다.

학교에서 돌아오는 규헤이를 집에서 기다렸다가 규헤이가 오면 중얼중얼 이런저런 이야기를 했다. 그리고 끝에 가서는 울었다. 사람들은 뭔가 갖고 싶을 때, 아무도 그것을 사주지 않을 때, 우는데 말이다.

"뭐땜시 저 아지매는 훌쩍훌쩍 울기만 하는교?"

할머니에게 물어보았다. 잠시 입술을 깨물고 나서 할머니는 드디어 납득할 수 있게 설명해주었다.

"그것은 눈물점이 있기 때문이란다."

아아, 그렇다. 어른들은 머리가 참 좋다. 규헤이 같이 어린 아이가 모르는 것을 어른은 훨씬 이전부터 다 알고 있으니 말이다.

"할매한테는 없는교?"

그러자, 그 여자는 입술을 꾹 물었다.

"아주 옛날에는 할머니도 눈물점이 있었는데, 이제 없어졌어."

규헤이는 안방으로 가서 장식장 기둥에 걸려 있는 길쭉한 거울에 얼굴을 비추어 보면서 검고 작은 점을 눈가에서 찾았다. 다행히 규헤이에게는 그런 것이 없었다.

그러나 그때 거울에 비친 자신의 얼굴이 왠지 눈물점 여자와 닮은 것 같았다. 그는 기둥에서 두 손을 뗐다.

(아니, 이게 무슨 일이람.)

다시 기둥에 딱 달라붙었을 때, 반짝이는 거울 위에는 규헤이의 얼굴밖에 없었다.

규헤이에게는 가까이가지 않으면 생각나지 않는 사람이 몇 명 있다. 아주 옛날에 보았던 사람의 얼굴은 멀어지면서 희미해진다. 그러나 신기하게도 문득 떠오르는 때도 있다. 소가 '음메—' 하고 우는 소리를 들으면 어떤 남자가 떠올랐다. 또 머릿기름 냄새를 맡으면 이빨을 검게 칠한 여자 얼굴이 보였다. 하지만 눈물점 여자만은 소의 울음소리와도, 기름 냄새와도 상관이 없었다. 그 자체로 어디서 본 듯한 얼굴이었다.

이 여자는 규헤이에 대해서 아주 잘 알고 있었다. 규헤이에게 매일 반복해서 같은 말을 해서 규헤이는 완전히 외워버렸다. 이제 주인 없는 바둑이게도 말할 수 있을 정도였다.

"자, 인자 어무이가 하는 말을 잘 들으라카이! 삼춘이 돌봐주셔서 네 녀석이 이 집에 와 있지만, 실은 내가 니 어무이란다. 그러니까 무럭무럭 자라 훌륭한 사람이 돼서 얼른 삼춘의 은혜를 갚아야만 해. 알겠재? (이 지점에서 규헤이는 바둑이 머리를 툇마루에 콩콩 찍게 해서 알겠다는 시늉을 시켰다.)

어무이는 다른 집안 여자지만, 네 녀석이 커서 훌륭한 사람이 되는 것을 멀리서 지켜볼란다. 억수로 공부하고 삼춘하고 외숙모 말씀을 잘 들어야 한다카이."

바둑이는 열심히 고구마 쪽을 바라보면서 규헤이 말에 꼬리를 흔들었다. 그러나 바둑이는 이 이상 설교가 계속되는 것을 기다릴 수 없는지, 갑자기 툇마루 앞에 발을 올리고 긴 혀로 고구마를 핥으려 했다.

"안 된다카이. 젊잖게 들어야재!"

한 손으로 바둑이 머리를 때렸는데, 이는 여자를 흉내낸 것이었다. 끝에 가서는 바둑이도 규헤이도 고구마를 입에 쑤셔넣어 목이 막혀버렸다.

그러나 어른에게는 끝이라는 것이 없다. 삼촌은 이 여자에게 때때로 이런 말을 했다.

"얼른 돌아가거라. 전남편한테로."

그러면 언제나 여자는 울었다.

"또 눈물점이 터졌네."

규헤이는 무심코 말이 튀어나왔다. 누군가가 큰소리로 "바보."라고 그를 야단쳤다.

(1936.10.4)

제3회

어른이라는 존재는 다른 사람의 얼굴을 보면 '많이 컸구나!'라고 말하는 버릇이 있다.

아이는 처음부터 컸는데도 말이다.

(컸기 때문에 세수를 하고, 사흘에 한 번 목욕을 하고, 밤에는 양말을 벗고 자고, 공부를 열심히 한다!)

이것은 컸기 때문에 해야 하는 번거로운 과정이다. 그렇게 크는 것만 걱정하지 말고 가끔은 '어이, 좀 작아져라!'라고 말하는 사람이 있어도 재미있지 않을까.

또 이번에도 한 남자가 규헤이에게 "많이 컸구나!"라고 말하며 다가왔다.

이 남자는, 의사인 삼촌 집으로 아침부터 몰려든 여러 환자에 섞여서 그렇게 말한 것은 아니다. 일부러 학교까지 와서 이 친구 저 친구에게 다니구치 규헤이의 이름을 암송시킨 후 그렇게 말한 것이다. 그렇게까지 해서 칭찬받지 않더라도 규헤이는 혼자서 클 자신이 있었다.

"많이 컸구나. 이제 2학년이니?"

규헤이는 고개를 가로저었다.

"3학년?"

"그렇게 크지 않아요."

"아아, 1학년이구나. 아주 많이 컸네."

학교에는 심상(尋常)과 고등(高等)과정이 있고, 고등도 4학년까지 있다고 한다. 학급에 대해 말하자면 규헤이는 그다지 잘 알지 못한다. 1학년이라고 결정을 내려주었기 때문에 그다지 어색한 느낌 없이 받아들일 수 있었다.

"이 녀석, 네 엄마는 삼촌 집에 있니?"

남자는 얼굴을 살짝 붉히며 낮은 목소리로 물었다.

"예, 있어요."

"뭐 하고 있는데, 어딘가 가려는 것 같지는 않니?"

"울고 있어요."

"울고 있다고?"

이렇게 말하고 남자는 살짝 닭 있는 쪽을 보았다. 학교 옆에는 옛날부터 항상 닭이 있었다.

"이 녀석 나를 모르겠어? 내가 네 애비야. 아버지라고. 잊어버렸니? 원래 본 기억이 없지. 얘야, 착하지. 엄마가 혼자 있을 때 아버지가 이렇게 말했다고 전해 줄래. 아버지가 기다리고 있다고. 그냥 기다리고 있다고 말하면 돼. 알겠지? 자, 여기 용돈 받아라. 뭐 맛있는 거라도 사 먹어. …정말 많이 컸구나."

"이런 거 필요 없소."

규헤이는 하얀 돈을 돌려주었다. 그것은 은화였다. 이런 돈을 가지고 있으면 할머니한테 당연히 야단맞는다.

'은화 같은 것은 아이가 가지고 있으면 안 돼!'

언젠가 그런 말을 들은 적이 있었다.

"음, 아버지가 가난해서 아무것도 사줄 수가 없구나. 게다가 자식까지 다른 사람 손에 맡겨 놓았으니…. 그러니 신경 쓸 필요 없어. 그냥 넣어 두어. 과자라도 사 먹어…."

은화는 오른손에서 왼손으로 옮겨졌고 그러고 나서 다시 오른손으로 돌아왔다. 하지만 어느 쪽에 있어도 안정되지 않았다. 그러는 사이 남자는 아무 말도 하지 않았다.

"아, 종이 울린다."

(1936.10.5)

제4회

급사가 학교 가장 높은 곳에서 규헤이 쪽을 내려다보며 종을 쳤다.

'아버지'라는 남자는 규헤이에게 다가와서 허리띠 사이에 굵은 손가락을 거칠게 쑤셔 넣었다. 그리고 10전 은화를 허리띠로 싸서 두세 번 둘둘 말아 그 위를 툭툭 두드렸다.

"자, 이제 됐어. 어서 가거라. 얼른 자라렴. 얼른 자라서 훌륭한 사람이 되거라. 아버지 같은 가난뱅이가 되면 안 돼!"

그 남자의 가슴에서 위쪽으로 술 냄새가 났다. 대부분의 남자가 긴 설교를 할 때 이것을 마시기 때문에 규헤이에게는 그다지 놀랍지 않았다. 언제부터인가 술과 설교는 마찬가지 것이라고 규헤이는 생각하고 있었다.

종이 울렸다. 교정에는 학생들이 나와서 줄을 서고 있었다. 선생님 목소리가 들렸다. 규헤이는 마음이 불안해서 가만히 있을 수 없었다. 남자는 아직 설교를 하고 싶은 듯 입을 우물거렸다.

땡땡땡, 급사가 종을 쳤다.

"안녕!"

규헤이는 달리기 시작했다.

귓속에서 종소리가 아직도 울리는 것 같았다.

"차렷!"

늘어선 줄로 뒤늦게 끼어든 규헤이를 힐끗 보면서 선생님은 교정 전체가 울릴 정도의 큰 목소리로 말했다.

누가 뭐라 해도 사누키다 선생님의 목소리는 학교에서 가장 크다. 그러나 2학년 학생들은 고토(後藤) 선생님의 목소리가 더 크다고 했다. 2학년은 분명 사누키다 선생님의 목소리를 직접 귀로 들은 적이 없기 때문일 것이다.

앞으로나란히. 지금부터는 체조 시간이다. 살짝 뒤를 돌아보니 '아버지'라는 남자는 닭 있는 곳을 지나서 말 앞을 돌아가려는 참이었다. 말에서 마을까지의 길은 아주 험악해서 정류장까지 긴 길이 계속 구불구불 이쪽저쪽 부딪히며 이어져 있었다. 말은 언제나 굽은 길모퉁이에서 밖으로 엉덩이를 내밀어 지나가는 아이를 발로 찰 준비를 하고 있었다.

멀어지면 어른도 작아진다.

그것은 2학년 선생님인 고토 선생님 목소리가 멀리서는 그다지 크게 들리지 않는 것과 마찬가지일 것이다.

'아버지'는 납작한 모자를 쓰고 조리를 신고 하얀 옷에 잠방이 다리로 걸어가고 있었다. 모퉁이를 돌 때는 잠방이만 걷고 있는 것처럼 보였다. 그것은 결코 당당한 모습이 아니었다. 규헤이가 알고 있는 사람 중에 잠방이를 입고 호령하는 사람은 없다. 분명 잠방이를 입었기 때문에 가난한 지도 모른다.

"자, 자, 규헤이, 고개가 돌아갔잖아. 뭐야 부급장이 다른 짓 하면 어떡해? 체조는 규율이 제일 중요해!" 선생님은 수영하듯이 팔을 벌리면서 호령을 붙이고 있지만, 그래도 볼 것은 다 보고 있다. 아마도 허리띠 사이의 은화를 째려보고 있는 것은 아닐까.

시간이 흘러갔다. 길고 더운 시간이었다. 규헤이의 그림자가 모래 위에서 춤을 췄다. 긴 시간을 견디기 힘들어하는 인형처럼 흔들흔들 지친 모습으로 춤을 췄다.

"아까 그 사람 누구니?"

방과 후에 선생님이 물었다.

"누구를 말하는지 모르겠어요!"

규헤이는 선생님 가슴에서 아래쪽만을 보면서 말했다. 손으로는 허리띠를 꼭 쥐고 있었다.

(1936.10.6)

제5회

집으로 돌아갔다.

"그런데, 그… 그 여자는…?"

"누구?"

"눈물점 아지매는?"

"엄마한테 누가 그런 나쁜 말을 한대?"

"어무이는 어디 갔는교?"

"가버렸어. 이제 없어."

"가버렸다고?"

"아냐, 다시 올 거야. 네 녀석이 커서 삼촌처럼 수염이 나서 훌륭해 지면 보러 올 거야."

"뭐야, 가버렸어."

규헤이는 할머니에게서 얼굴을 돌렸다. 조금 섭섭한 기분이 들었다. 마구간 모퉁이에서 구불구불 구부러진 마을이 머리에 떠올랐다. 그곳은 이상하게 바람이 세게 불어서 검게 그을린 집을 둘러싸고 흙먼지가 날렸다. 사람들은 집 안쪽에서 마을을 바라보았다. 그곳을 지나면 기차가 떠나는 정류장이 멀리 보인다.

"그 아지매, 정말 우리 어무이였나?"

"정말이지."

"아부지는?"

"글쎄…, 네 녀석 아버지는 술주정뱅이에 몹시 나쁜 놈이라서, 삼촌이랑 할머니랑 같이 내쫓아버렸어."

"아아, 역시 나한테도 아부지가 있었네?"

"당연하지. 부모 없는 자식이 어디 있어."

"하지만, 할무이가 인간은 나무 가랑이에서 태어난다고 말하지 않았소?"

"응, 그건 그냥 했던 말이지."

"나무 가랑이에서 태어난다고 말한 거, 거짓뿌렁이재?"

"거짓말이라고 하면 거짓말이고 진짜라고 하면 진짜지. 이 녀석, 그런 거 함부로 물어보면 안 돼."

"와?"

"크면 알게 되니까."

"내 이미 컸다."

"그런 말도 안 되는 소리 하지 말고, 돈 줄 테니까 얼른 밥 먹고 놀러 나갔다 와."

"돈이라면 가지고 있어. 보여줄까? 자 봐봐."

"아니, 이 녀석이. 그런 돈 어디서 주웠어?"

"주운 거 아냐."

"주운 게 아니면 어떻게 된 거야? 이 녀석 어디에서…."

"아무것도 아냐."

"훔쳐 온 거야?"

"훔쳐 오다니, 누가?"

"이 녀석 다른 사람 물건을 훔치면 이렇게 되는 거야."

할머니는 담뱃대 잡은 손과 담뱃잎 집은 손을 등 뒤로 돌려 모았다.

"그런 돈 아냐."

"자, 보여줘 봐.…… 은화지?"

"싫다."

"요 녀석이."

할머니는 눈을 깜박이면서 입술을 둥글게 모아 후―하고 숨을 내쉬고서는 갑자기 얼굴색을 바꿨다. 규헤이는 지금이 도망가야 할 타이밍이라는 것을 알고 있었다. 전혀 화를 내본 적이 없는 할머니 얼굴에서 학교 선생님의 무서운 얼굴이 지금이라도 튀어나올 것 같았다. 어른의 빠르기는 돌을 던졌을 때보다 빠르다.

그런데 신발이 없다. 불행하게도 오늘은 툇마루 쪽에서 벗어놓고 들어왔다.

"사무라이 자식이 도둑질을 해!"

"찰싹하고 할머니의 손이 볼에 부딪혔다. 규헤이는 순간적으로 눈을 크게 떴다.

'도대체 뭐란 말인가. 사무라이의 자식이라는 것은?'

규헤이는 이 새로운 표현이 두려운 듯, 입을 벌리고 앙 하고 울었다.

할머니 입에서도 설교 냄새가 확 하고 풍겼다.

(1936.10.7)

제6회

돈이라는 것은 두려운 존재이다. 누가 이런 두려운 것을 만들었을까? 하지만 돈이 없으면 가토 기요마사의 딱지도 살 수 없고 다른 하고 싶은 것도 못 한다. 돈 중에서도 빛나면서 조각이 새겨진 것은 더욱 두려운 존재이다. 그것은 도깨비나 귀신 같은 특별한 두려움이 아니다. 흔한 두려움이다. 그렇게 흔한 것이 어떻게 이렇게 두려울 수 있을까? 그렇기 때문에 매를 맞게 되는 것일까?

할머니는 손을 어디 둬야할지 고민하는 듯 양손을 두세 번 포개서는 그 위를 뚫어지게 보았다. 규헤이는 잠방이 남자에게서 받은 은화를 오른손 주먹에 꼭 쥐었다.

"빨리 솔직하게 말해!"

이쯤 되면 할머니의 눈 속에 규헤이의 몸이 통째로 들어가 버려서, 도망가고 싶어도 도망가는 걸로 끝나지 않는다.

"무슨 소란이야?"

바로 그때 안쪽에서 하오리를 입은 삼촌이 나와서 화로 옆에서 소란을 피우고 있는 두 사람을 눈으로 꾸짖었다.

"이 녀석이 글쎄 이런 걸 가지고 있네. 자, 보게."

삼촌은 할머니가 내민 것을 보았다. 그리고 화로 옆에 앉아 말없이 궐련초 끝으로 하얗게 된 불을 휘저었다. 삼촌이 말없이 있을 때는 조심할 필요가 한다. 불이 아니라 재인 줄 알고 하얀 숯을 집었다가 아주 뜨거워서 혼났던 것을 규헤이는 기억하고 있다. 내심 삼촌 역시 화가 나 있는 게 틀림없다.

"누구한테 받았니?"

코로 연기를 내뿜으면서 삼촌은 위로하는 듯한 목소리로 말했다. 삼촌은 분명 내 편을 들어줄 것 같았다. 삼촌은 분명 알고 계신다. 그런데 돌연 새의 눈처럼 눈꺼풀을 움직이면서 나를 뚫어져라 바라보더니 갑자기 마음을 바꾸었다.

"할무이가 때렸어요."

"알았어, 때리지 않을 테니 말해봐. 누구한테 받았니? 누구한테 받아 왔냐고?"

입과 콧구멍에서 동시에 연기를 내뿜으면서 삼촌은 눈이 매운 듯한 표정을 지었다. 연기를 마시면 당연히 매울 것이다. 얼굴을 찌푸리면서 삼촌은 계속해서, 계속해서 연기를 마셨다. 어른은 찌푸린 얼굴을 하기 위해서는 이렇게 불로 태운 것을 입속에 넣는가 보다.

"아주 고집이 세구나, 이 녀석. 누구한테 받았는지 말하라고 하잖아? 아니면 주운 거니?"

이미 은화는 삼촌 손으로 넘어간 상태였다. 말하는 것도 할머니와 그다지 다르지 않다. 은화를 보면 누구나 같은 말을 하게 되는가 보다. 갑자기 규헤이의 머리에 묘한 것이 떠올랐다.

학교 교실에서였다. 아이들이 손을 들고 있었다. 선생님은 수염이 가득 난 얼굴에 눈만 반짝이며, 들고 있는 아이들의 손을 바라보았다.

"다니구치 규헤이, 너는 왜 손을 들지 않는 거니?"

학생들이 손을 내리자 규헤이가 일어섰다.

"글쎄, 샘님요. 저는요, 아부지도 어무이도 없습니더…."

선생님을 옆으로 고개를 돌리며 코를 킁킁거렸다.

"그래, 앉거라."

이날은 '부모에게 효도하기'를 배우는 도덕 시간이었다.

규헤이는 삼촌을 보았다. 할머니 얼굴을 보았다. 두 사람 모두 내 부모는 아니다. 아마도 그 눈물점 아줌마와 잠방이 남자가 진짜 나의 부모일지도 모른다.

(1936.10.8)

제7회

누군가가 밖에서 규헤이 이름을 불렀다. 눈앞으로 바둑이가 지나가다가 규헤이의 모습을 보고 주춧돌에 앉아서 기다렸다. 야요이는 아까부터 규헤이의 밥상을 차려놓고 내오려고 대기했다. 배에서는 분위기에 맞지 않게 꼬르륵꼬르륵 소리가 났다. 규헤이는 짜증이 나기 시작했다. 누구도 밥 먹으라고 말하지 않는 것이 슬퍼서 참을 수가 없었다. 분명히 이 두 사람은 부모가 아니다. 부모라면 규헤이가 지금 얼마나 배가 고픈지 분명 알 것이다.

"…학교에서 받았어요…."

울면서 그는 결국 고백했다.

"누구한테?"

삼촌과 할머니는 둘이서 같은 말을 동시에 했다.

"어머니는 가만 좀 계세요." 삼촌은 할머니를 한 손으로 저지했다.

"…잠방이를 입고 있었어요…."

"잠방이? 잠방이가 누구야? 잠방이 입은 사람이 얼마나 많은데. 어떤 사람이야? 사람이라면 눈도 있고 입도 있을 거 아냐. 이름은 물론이고 말이야. 네 녀석도 학교에 다니니 그 정도는 알고 있지? 자 말해봐."

삼촌은 도쿄 사투리로 말했다. 어려운 말을 할 때는 도쿄 사투리가 튀어나온다. 삼촌이 어려운 말을 하는 것은 몹시 화가 나 있다는 증거이다.

"잘 크라고 했어요."

"그래, 그래. 그냥 잘 크라고만 했니? 달리 뭐라고 말하던?"

"내 배고프다."

규헤이는 곁눈으로 붉은 칠을 한 밥상에 올라온 삶은 콩과 생선조림을 슬쩍 보았다. 그의 목소리를 듣고 야요이는 한 손에 밥공기를 들고 다른 한 손을 밥통에 올렸다. 집 안에서 배고픈 것을 정말로 동정해 주는 사람은 이 여자아이뿐이다. 언제나 웃어주는데 오늘은 그렇지 않다.

"잠깐 기다려. 이 녀석에게는 아직 물어봐야 할 것이 있어. 이 녀석, 저 개새끼 좀 쫓아내 버려."

"빨리 털어놓으면 좋을 것을, 얼른 밥 먹게 해줄게."

할머니는 철주전자를 만지면서 말했다. 할머니 손이 철주전자를 만질 때는 집에서 밥을 먹을 때나 술을 마실 때뿐이다.

"잠방이…잠방이라면, 하하하하, 알겠다. 맨날 여기 오는 미나미초(南町)의 노부타로(信太郎) 씨구나? 그 다리 아픈 사람?"

규헤이는 고개를 흔들었다.

"그렇다면 우산 집 아저씨를 말하는 거니? 그 가난뱅이가 틀림없어. 아이에게 은화를 준 걸 보니."

'술주정뱅에 아주 나쁜 놈이라고 할머니가 지금 말씀하시지 않는가!'

규헤이는 마음속으로 이렇게 원망하면서 야요이에게 물을 맞아 꼬리를 내리고 줄행랑치는 바둑이를 보았다.

"그래, 어떻게든 말하지 않겠다 이거지?"

갑자기 삼촌은 벌떡 일어났다. 규헤이는 뭔가가 흉—하고 바람을 가르고 날아오는 것 같아 깜짝 놀라 물러섰다. 은화였다. 삼촌이 던진 은화가 툭 하는 소리를 내며 다다미 위에 떨어졌다. 삼촌은 옷걸이에서 중산모자를 들고 주춧돌 위의 조리를 신고 있었다. 왕진 갈 요량이다.

"그 돈 가지고 나가거라. 네 녀석이 가고 싶은 데로 가버려. 삼촌은 너처럼 거짓말쟁이를 데리고 있을 수 없다. 잠방이나 술주정뱅이, 목수, 아무나 상관없으니까 네 부모한테 가거라. 나는 환자를 왕진하고 올 테니까."

규헤이는 얼굴이 붉어졌다. 삼촌은 뭐든지 다 알고 있었던 것이다. 규헤이는 어른의 세계 안에 웅크리고 있는 작은 포로에 불과했다.

(1936.10.9)

제8회

규헤이는 자기가 태어났을 때의 일을 알지 못한다. 하지만 삼촌 집은 자기 집이고 그 집에서 나오는 것은 한 번도 생각해본 적이 없다. 어차피 자기 집이니까 집을 나가면 당연히 다시 돌아오면 된다. 그런데 삼촌이 돌아오지 말라고 한다.

그런 일이 가능한 것일까?

규헤이는 지진이 났을 때처럼 다리가 후들거렸다.

"거짓말쟁이."

그는 할머니를 향해서 그렇게 소리쳤다. 들리지 않을지도 몰라서 다시 한번 큰 소리로 소리쳤다.

"모두 다 거짓말. 책상을 사준다는 것도 거짓말, 이 집이 규헤이의 집이라고 한 것도 거짓말, 모두 거짓말이야. 눈물점 여자한테 받았던 빛나는 돈도 가져가 버렸잖아."

할머니는 찻잔에 따라놓은 차를 천천히 입으로 가져갔다. 차를 마시기 전에 성긴 이로 끽끽 소리를 냈다. 규헤이는 할머니에게 뭣으로든 크게 복수해주고 싶어졌다.

매일매일 몇 년 동안이나 할머니는 나한테 거짓말을 아무렇지 않게 밥 먹듯 해 왔다.

"알았어, 그럼 콱 죽어버릴 거야!"

그는 입 밖으로 그렇게 소리쳤다.

소리치며 은화를 줍고 울면서 툇마루를 내려갔다. 누구에게도 우는 얼굴을 보이고 싶지 않았다. 그러나 뒷문까지는 너무 멀었다. 그 사이에 배나무와 큰 오동나무가 서 있었다. 나무 위로 올라가서 떨어지면 죽는다. 내가 죽은 다음에는 할머니가 아무리 울어도 돌아올 수 없다. 죽으면 누구라도 분명 울어줄 것이다.

우물가에서 쌀을 씻고 있던 야요이가 얼굴을 싸맨 수건 아래의 둥근 눈으로 지금부터 죽으러 가는 규헤이를 겁쟁이 보듯 쳐다보았다.

"…이 녀석아, 어디 가니? 이 나쁜 녀석?"

할머니 목소리가 툇마루를 돌아서 쫓아왔다.

규헤이는 빠른 걸음으로 달리기 시작했다.

달리는 동안 배나무와 오동나무는 잊어버렸다. 할머니의 툭 튀어나온 이마와 눈물로 그렁그렁한 눈과 앙상한 손목에서 도망치기만 하면 되는 거다. 죽는 것보다 당장은 그쪽이 중요했다. 뒷문의 담장 사이에는 거미줄이 쳐져있고 어둡고 항상 냄새가 났다.

규헤이는 그쪽에서 웅크렸다.

뒷문쪽 돌길을 걸어오는 조리 소리가 따각따각 들려왔다. 분명 야요이일 것이다. 조리 굽이 진흙을 저벅저벅 밟았는지 소리가 들리지 않게 되었다.

규헤이는 갑자기 배가 고파졌다.

'가자!'

그러는 찰라 이게 무슨 일인가, 눈물점 여자가 아주 옛날에 규헤이에게 빨갛고 하얀 큰 막대 사탕을 쥐어줬던 여자라는 게 눈 앞에 떠올랐다. 그때도 그녀는 역시 울고 있었다. 붉은 털을 가진 커다란 동물이 있고, 히죽 웃으며 혀를 내민 남자가 죽어 있고, 집 위 야소의 무덤에서 작은 흰 꽃이 하늘하늘 흩날리는……그 집.

'그곳으로 가자!'

"아이고 아이고, 규헤이가 이렇게 많이 컸구나."

벽이 낡아 허물어진 집에서 이를 검게 물들인 여자는 분명 깜짝 놀라서 이렇게 외칠 것이다. 그 여자는 좋은 여자다. 규헤이에게 젖을 물린 여자다. 그곳은 센다이(仙台)다. 역시 규헤이의 진짜 집은 그곳이지 않을까?

규헤이는 담장 그늘에서 살짝 빠져나가 냄새나는 개천을 따라 안쪽 강으로 난 길로 발을 내디뎠다.

(1936.10.10)

제9회

어디서 나왔을까? 언제부터인가 그가 걷고 있는 길에 개 그림자가 따라붙었다.

"바둑아!"

바둑이는 고개를 들어 울고 있는 규헤이의 얼굴을 보았다.

"멍멍"

얼마나 영리한 개인지 큰 소리로 학생처럼 대답한다.

"잘 들어보라카이. 어무니는 다른 집안 여자지만, 멀리서 네 놈 크는 것을 지켜볼거다."

눈물점 여자가 말한 대로 바둑이에게 말해주었다. 그러자 바둑이는 곁눈으로 규헤이를 보면서 더 크게 짖어댔다. 규헤이의 눈에서 눈물이 멈추지 않고 흘러내렸다.

길은 뽕나무밭 사이를 굽어서 학교 옆으로 나 있었다. 아직 상급생은 수업 중일지도 모른다. 교정은 조용했다. 어딘가 교실에서 들려오는 음악 소리가 느긋하게 교정 안을 채웠다.

개는 넓은 곳을 보자 일직선으로 내달리기 시작했다.

규헤이는 가슴이 덜컹했다.

어딘가 교실에서 외숙모가 바둑이를 발견할 것이다. 이 개를 보았다면 분명 규헤이가 생각날 것이다. 그러면 지금부터 센다이로 가려는 계획도 알게 된다. 외숙모는 학교 선생님이다. 그녀의 빛나는 눈앞에서는 무엇 하나 감출 수가 없다. 규헤이가 휙 하고 휘파람을 불자 바둑이가 골목길 막다른 곳에 있는 만두 가게 앞에 멈추어 섰다. 이 골목길에서 김이 모락모락 나는 만두가 바로 뒷골목에서 오는 학생들을 기다리고 있었다. 어떤 학생도 이곳을 지나갈 때면 군침이 돌아서 만두에 돌멩이라도 던져보고 싶은 기분에 사로잡힌다. 하지만 창백한 얼굴로 소처럼 계속 머리를 흔들고 있는 아저씨가 일어서면 학생들은 와 하며 모두 도망친다.

규헤이는 은화를 꺼냈다.

아저씨는 밀가루 묻은 손으로 뒷짐을 지고 천천히 가게에서 나와서 이놈, 하고 우선 바둑이를 혼냈다. 규헤이는 얼른 "4전…." 하고 말했다.

"아아, 나카초(仲町)의 다니구치 선생님 댁 아이구나?"

아저씨는 허리를 펴서 천장에서 봉지를 꺼내서 그 안에 공기를 크게 불어 넣었다.

"자, 이건 서비스다."

규헤이는 남은 돈을 허리띠 사이로 말아 넣고, 잠방이 남자가 했던 것처럼 그 위를 팡팡 두드렸다.

봉지 안의 만두는 바둑이가 발견하기 전에 혼자서 먹었다.

불행하게도 바둑이는 아무리 먹어도 언제나 충분하지 않다. 이 때문에 이 개는 미움을 받는지도 모른다.

"자, 이번에는 이거."

규헤이는 만두인 것처럼 속여서 끈 떨어진 짚신을 멀리 던졌다. 짚신이 날아가자, 바둑이는 짚신이 뭔가 살아있는 생명체인 것처럼 앞다리로 누르고 규헤를 물끄러미 쳐다보면서 낮은 소리로 킁킁거렸다. 따라가 보니 바둑이가 짚신을 물고 열심히 도망가고 있다. 멀리까지 가자 꼬리인지, 개인지, 짚신인지, 알 수 없는 것이 웅크리고 앉아 규헤이가 오는 것을 기다렸다.

규헤이는 먹던 만두를 반으로 나눠주었다.

낡은 짚신과 만두, 만두와 낡은 짚신. 만두 봉지가 텅 비자 바둑이는 두 개의 기둥 중 하나에 오줌을 누었다.

"이놈."

앞치마를 한 남자가 나뭇가지로 바둑이를 때리려고 했다.

"바둑아, 바둑아, 바둑아!"

그러나 나뭇가지보다 바둑이가 더 빨랐다. 바둑이는 이미 정류장 앞의 광장 위를 새처럼 날고 있었다.

"앗, 규헤이!" 누군가 그곳 이층에서 규헤이의 이름을 불렀다.

(1936.10.11)

제10회

그는 흠칫 놀라 고개를 돌렸다.

커다란 손이 손짓하고 있었다. 손 위로 남자 얼굴과 여자 얼굴이 나란히 보였다.

"지금 이 시각에 뭐 하는 거니?"

"올라와라, 올라와. 규헤이 녀석아!"

이제 저물어가는 붉은 석양이 남자의 벌린 입속의 금니를 반짝반짝 빛나게 했다.

젓가락을 들고 있던 남자는 이층과 아래를 번갈아 보면서 도쿄 사투리로 외쳤다.

"이층으로 올라오거라. …누구 이 아이를 소나무실로 안내 해 주소!"

그러는 사이 눈물점 여자가 서둘러 계단을 콩콩하며 내려와서, 여기 오면 안 된다는 듯이 거세게 손을 저었다. 하지만, 다시 생각이 바뀐 듯 계단 밑에서 규헤이의 작은 발에서 신발을 벗기고 이층으로 힘차게 올라갔다. 어디를 보아도 거친 여자이다.

"이 녀석, 혼자니?"

잠방이 남자는 더 이상 잠방이를 입고 있지 않았다. 사냥모자도 쓰지 않았다. 가슴팍이 벌어져서 옷깃 사이로 머리카락이 나와 있고, 삼촌처럼 역시 밥상 앞에서 책상다리를 하고 있었다. 그 상 위에 익살맞은 술병이 놓여 있는 것도 삼촌과 다르지 않았다.

"또 무슨 일이니? 어쨌든 잘도 찾아왔네, 규헤이!"

커다란 손이다. 규헤이는 그 손안에 잡혀서 두세 번 쓰레기가 버려지는 것처럼 흔들렸다. 아직 술에 취하지 않은 듯, 설교 냄새도 나지 않았다.

"여보, 얼른 애를 집으로 돌려보내는 게 좋겠어요."

집요한 눈으로 몸을 훑어보던 여자는 천천히 손을 뻗어서 아이를 계단 쪽으로 가게 했다. 남자는 술잔을 입으로 가져가서,

"어쨌든 여기까지 왔으니 당신과 이 아이를 같이 데려가고 싶은데,

어때? 부모 자식 세 명이 원래대로 돌아가는 거야. 자식은 역시 옆에 놓고 키워야 한다니까."라고 하면서 한 손으로 규헤이를 앉혔다.

대부분의 여자는 남자가 술병을 들어 술잔에 따르려고 하면 손을 뻗어서 남자의 술병을 받아드는 법이지만, 이 여자는 남자가 직접 술 따르는 것을 멀찍이서 말없이 보고만 있었다. 그 모습은 술병을 무서 워하는 것 같이 보였고, 술병을 보고 있는 커다란 눈은 손이 데일까 걱정하는 듯이 보였다.

"그러면 오라버니의 의리를 저버리게 되지요."

이제 눈물점의 특징이 슬슬 나오기 시작했다.

상 위에 있는 계란말이가 무리하게 규헤이의 입속에 넣어졌지만, 규헤이는 '나, 집에 갈래.'라고 말하고 싶었다.

바둑이일 것이다. 누군가가 요놈하고 쫓아내는 소리가 들렸다. 게 다가 방금 정류장으로 기차가 도착했는지, 문소리에 다른 소리까지 섞여서 아래쪽 광장이 갑자기 소란스러워졌다. 그 위로 어디선가 졸 린 저녁 공기가 들어와서 눈이 감겼기 때문이다.

석양은 슬프다. 이것은 규헤이가 세상을 알기 전부터 경험한 것 같 은 슬픔이었다.

계란말이를 다 먹고 난 다음 그는 계단 아래를 슬쩍 내려다보았다. 멀리 바둑이가 도망가는 모습이 희미하게 보였다.

"얼른 집에 갈래!"

남자와 여자는 얼굴을 마주 보았다.

(1936.10.12)

제11회

"그러니까 빨리 아이를 돌려보내줘요."

"돌려보낸다고?" 남자는 약간 붉어진 눈을 크게 떴다. "이 밤길에 애를 보내라고? 어리석은 소리 하지 마."

"어쩌다 우연히 여기 왔을 거예요?"

"역시 부자간의 정이란 이런 거야. 뭔가에 이끌려서 온 거지."

"규헤이 오늘 뭐 하러 여기 왔니? 엄마에게 말해보렴. 왜 왔는지 이유를 말해보렴."

남자는 가부좌하고 그 위에 규헤이를 앉혔다. 처음에는 무서웠지만, 그 다음부터는 그다지 무섭지 않았다. 삼촌 같은 수염도 없었다. 게다가 삼촌은 이런 식으로 안아준 적이 한 번도 없었다. 이렇게 앉아 있으니 남자 쪽으로 가야 할 젓가락이 때때로 규헤이의 입으로 들어왔다. 다른 사람들도 이런 식으로 밥을 먹는다면 서로 으르렁거리는 일은 분명 없을 것이다.

잠시 동안 규헤이는 음식을 먹느라 바빴다

머리 위에서는,

"사람을 바보 취급하는 거야!"

"인정머리 없는 사람!"

"돈이 생기면 인간은 점점 지저분해진다니까."

이렇게 투덜거리는 소리와 함께 술잔이 규헤이의 코끝을 빠르게 왔다갔다했다.

술이 두 병째가 되자 남자가 털이 난 정강이에서 내려주어, 규헤이는 처음으로 밥그릇과 젓가락을 쥘 수 있었다.

"좋아, 오늘 밤은 자고 가거라. …… 아니 센다이로 데려갈 거야. 내일 새벽 이 녀석 삼촌이 일어나기 전에 기차로 센다이에 데려갈 거야. 이 녀석은 앞으로 이 아비가 잘 키워서 훌륭한, 아주 훌륭한 목수로 만들 거야. 목수 어때, 좋지?"

"그런데 할머니는 당신이 나쁜 사람이라고 했어요."

"나쁜 사람? 할멈이 그렇게 말했다고. 그 할멈이 이 아비의 마음을 알 리가 없지!"

"…그래서 도망쳐 왔어요."

"그렇구나. 그래서 도망쳐 왔구나."

남자는 과장된 목소리로 규헤이에게 말했다.

"마치 둘이서 이 아이를 유괴라도 한 것 같아요. 일이 아주 곤란하게 되었어요."

여자는 울음을 멈추고 손을 흔들면서 방 안을 들락날락 했다.

"자, 규헤이야. 잘 들어봐라. 이 아비는 말이야. 신분은 단지 목수이지. 그, 그러니까 훌륭한 사람도 뭣도 아냐. 하지만 네 삼촌과 할머니처럼, 네가 태어났을 때 말이야,… 그러니까 네가 엄마의 거시기에서 나왔을 때이지. 아무리 네 삼촌의 입신출세 때문이라고는 하지만, 빌려 줄 돈 좀 있냐고 했다고, 아니, 돈을 조금만 빌려 달라고 했다고 이런 주정뱅이에게 딸을 맡길 수 없다며 몰인정하게 부부의 연을 억지로 떼어놓지 않았겠니. 삼촌은 출세했지. 가난한 사족(士族)의 장남으로 누이와 여동생의 벌어다 준 돈으로 공부해서 어엿한 의사가 되었지. 절대 혼자 힘으로 된 게 아니야. 센다이 1번지의 외숙모, 도히(土樋)의 외숙모 그리고 네 엄마, 이 여자 셋이 입을 것 입지도 않고 벌어서 한 남자를 출세시킨 거지. 그래놓고 자기가 살만해졌다고 위세를 부려! 옛날 누이와 여동생은 뭐야, 추레해서 가까이 둘 수 없다고? 이렇게 말하는 상황이지. 어때 이제 잘 알겠니?"

같은 설교라도 이쪽은 들을 만했다.

(1936.10.13)

제12회

보고 있자니 설교하는 사람의 고개가 점점 숙여져서, 조금만 참고 기다리면 금방이라도 잠들 거라는 것은 보증할 수 있었다. 규헤이는 평소처럼 자기가 크고 난 다음의 일이라든지 아직 어리다는 소리를 반복해서 듣는 것보다, 잘 알지 못하는 삼촌이나 외숙모 같은 신(神)들의 뒷이야기를 듣는 것이 자신과 상관없어서 좋았다.

그런데 그러는 사이 정말로 취기가 올랐는지 얼굴이 새빨갛게 되어 눈을 고정하고 몇 번이나 손바닥으로 입 주변을 문지르면서 이렇게 말하는 데는 아주 난감했다.

"규헤이야. 오늘 밤 여기서 자는 거야. 아버지와 어머니와 규헤이, 이렇게 부모자식 세 사람이 함께 자는 거라고. 아 얼마 만인가, 부모자식 세 명이 내 천(川) 자로 누워 자는 것이…. 그런데 나한테서 여편네를 빼앗아가다니 도대체 이런 경우가 어디 있단 말이야? 여편네도 어엿한 성인인데 말이야. 나한테 다시 오고 싶어 한다고! 이거 어떻게 할 거야?"

몇 년 만에 함께 자는 거라고는 하지만, 소란이 지나간 후 이런 좁은 방에서는 아무리 자려고 해도 잠이 오지 않았다. 하지만 소란을 피운 이 남자는 기분 좋아져서 안심이 되었는지 드르릉 코를 골면서 먼저 다다미 위에 쓰러져버렸다.

시간이 조금 지난 후, 규헤이는 졸려, 졸려, 하면서도 깨어 있으려고 노력했다. 하지만 결국 잠이 들어 버렸다. 게다가 눈물점 여자의 무릎 위에 꼭 안겨서 자동차 같은 것에 흔들리면서 멀리멀리 가고 있는 느낌이 들었다.

그것을 깨달은 순간, 규헤이는 머리 위에서 그 여자가 계속해서 우는 것이 느껴졌다. 또 두세 사람과 이야기하는 소리도 들렸다. 하지만 그런 일들은 여자의 몸에 안겨 마음 편안하게 흔들리고 있는 규페이의 잠을 방해할 정도는 아니었다.

한밤중이라고 생각될 때였다.

"돌려줄 수 없어!"

날카로운 목소리가 하늘에서 지상의 어두운 구석을 향해서 울렸던 것과, 그 어두운 구석에서 규헤이의 꿈속에 몇 번이나 나타났던 눈물점 여자가 울면서 서성이던 것이 희미하지만 기억났다.

어른이라는 신들의 교섭 대부분은, 규헤이가 눈을 감고 있는 사이에 일어난다. 옛날부터 그랬다.

다음 날 아침 평소와 같은 기분으로 규헤이는 밥상머리에서 큰 소리로 말했다. ,

"저기, 아버지는 삼촌하고 똑같은기라. 역시 술을 마시더라. 마시고 나서 화낸다."

그러나 그날 아침만은 삼촌, 외숙모, 눈물점 여자, 할머니와 야요이 다섯 사람 모두 밥상 앞에 앉아 모른 채 하면서 어색하게 서로 눈치만 볼뿐, 누구 하나 규헤이의 의견에 공감해 주지 않았다.

"아니, 이 녀석 얼른 먹고 빨리 학교 가!"

잠시 후 삼촌은 신문을 접을 때처럼 옆을 보면서 말했다.

그리고 나서 그는 지난밤 이층집에서 규헤이를 돌려보내자고 말한 눈물점 여자를, 얼굴에 있는 주름을 이마로 모아서 쳐다보았다.

"오히사(お久), 나가지 말고 여기 있어. 네 올케언니 산달도 얼마 남지 않았잖아."

이 지점에서 다시 알 수 없는 여러 가지 일들이 있었지만, 어찌 됐든 규헤이와는 상관없었다. 어른들이 자기 일을 방해만 하지 않는다면, 그는 어른들의 세상을 어지럽힐 만한 야심은 갖고 있지 않았다.

(1936.10.14)

제13회

학교에서 규헤이는 산수를 배운다. 산수는 여자들처럼 간사한 답을 하지 않는다. 열 개의 빵에서 세 개를 바둑이에게 주면 언제나 일곱 개

밖에 남지 않는다. 이와는 달리 할머니는 결코 진실을 말하지 않았다.

"외숙모의 배가 불렀지?"

외숙모는 요즘 학교 선생님을 그만두어서 조금도 무섭지 않게 되었다.

"굉장히 크지? 이 안에 뭐가 들어있는 것 같아?"

"몰라. 생선하고 콩 조림하고 밥과 절임이 있겠재."

외숙모는 이를 드러내며 웃었다. 선생님이었을 때는 이렇게 웃은 적이 없었다.

"그것은 규헤이의 배이겠지. 외숙모 배 말이야."

이때 외숙모는 화로 앞에 앉아있는 할머니와 연근조림에 설탕을 넣었는지 아닌지 잠깐 동안 대화를 나누었다.

"그럼 뭐가 들었는데?"

"여기에는 아기가 있어."

"뭐라고, 아기가 있다고?"

"작은, 아주 작은 인간인 아기가 있단다."

"그렇구나. 그럼 역시 할무이가 한 말은 거짓말이었네?"

"할무이가 뭐라고 했는데?" 할머니는 맛을 보던 연잎 실을 입에서 뽑으면서 손자를 꾸짖듯이 물었다.

"할무이가 말했잖아. 인간은 나무 가랑이에서 태어난다고."

엄마라는 여자도 바느질하느라 손을 움직이면서 두 사람과 얼굴을 마주 보았다.

"너처럼 변변치 않은 녀석은 나무 가랑이에서 태어나지. 외숙모

아이는 훌륭한 아이라서 앞으로 대장이 될 거라 달라."

"아니, 뭐라카이. 어떻게 그런 말을 하는교…, 요전에 울면서 우리 어무이라고 말했으면서. 거짓말쟁이!"

"뭐야, 요 녀석 얼른 밥 먹어. 제대로 기억하고 있었구나."

순간 할머니는 다른 이유를 대려고 했다. 이럴 때 할머니에게는 다른 이유가 얼마든지 있다.

"그것은…." 외숙모는 학교에서 여학생에게 말하는 것 같은 말투로 말했다. "그건 생리라는 것을 말하는 거야. 규헤이는 아직 공부를 많이 하지 않아서 왜 엄마 몸에서 태아, 그러니까 아기가 나오는지 모르지. 그래서 할머니가 일단은 그렇게 알려줬던 거야. 알겠니?"

알겠습니다, 하고 말했지만, 할머니가 거짓말한 것이 납득이 되지 않았다. 규헤이가 거짓말을 하려 하면 발끈해서 화를 내는 할머니다.

'네 이놈, 거짓말쟁이. 자 봐봐. 네 놈같이 거짓말을 하면 나중에는 도둑놈이 된다니까!'라고 말이다.

"할무이가 하는 거짓말은 진짜고 내가 하는 거짓말은 거짓뿌렁이란 말이재?"

"뭐야. 정말 힘든 아이구나!"

외숙모는 어이없다는 듯이 입을 벌렸다. "너 같은 아이는 변호사가 되면 좋겠구나."

"아지매 배 속에 있는 얼라는?"

"아직 태어나지 않았으니까 모르지. 이제 20일만 있으면 응애 응애 울면서 나올 거야."

"얼라는 어디서 나오는교?"

세 여자는 기가 막힌 듯이 서로의 눈만 쳐다보았다.

그렇지만 외숙모만은 뜨개질하는 손을 멈추지 않았다.

"그건 생리학이라는 것을 배우지 않으면 알 수 없어."

"역시 공부해서 어른이 되고 난 다음에 알 수 있겠네."

(1936.10.15)

제14회

학교에 가기 전에 처음 보는 여자가 안방을 들락거리면서 부산하게 움직이고 있었다.

야요이는 비누를 옆에 들고 양은주전자에 물을 담았다. 할머니는 건넌방에 있다가도, 야요이나 규헤이가 안방으로 발을 들여놓으려 하면 통행금지 하듯이 양팔을 벌리며 엄하게 제지했다. 의사 집으로 마치 의사가 온 것 같았다.

"무슨 일이고?"

외톨이가 되어 밥을 먹던 규헤이가 야요이에게 물었다.

"사모님이…."

야요이는 손으로 입을 가리고 웃었다.

"아지매가 우째서?"

"그런 거 묻는 게 아니야!"

야요이는 규헤이를 때리는 시늉을 했다.

"알았다. 얼라가 나오려는 거구나."

"아이, 얘는!"

야요이는 얼굴을 붉히며 규헤이의 밥공기 위로 머리를 묻고 웃었다. 너무 웃어서 밥 주는 것도 잊어버린 것 같았다.

"밥 줘."

아직도 배꼽을 잡고 웃고 있는 하녀는 건성으로 밥을 전달했다.

규헤이는 여기서도 아기가 태어나고 저기서도 아기가 태어나고 그쪽에서도 아기가 태어나서 언젠가 크게 자라나서 다시 아기가 태어난다면 세상은 모두 아기로 득실거릴 것 같아 걱정이 되었다.

"어떻게 하지? 그렇게 얼라가 많이 태어나서…."

드디어 신문을 읽으러 거실로 나온 삼촌에게 지금 품고 있는 의문을 물었다.

"이놈, 건방진 녀석 같으니. 얼른 밥 먹고 학교에 가!"

삼촌은 신문 내용에 신기해했다. 규헤이는 세상이 신기했다. 세상은 이제 아기로 가득하게 되리라는 것은 정해진 사실이다. 신문은 어제 하루 동안 일어난 일을 보여주는 것에 불과하다.

"물 줘."

"밥 더 줘!"

"아니, 아직도 먹고 있어? …야요이, 이번이 몇 그릇째니?"

야요이는 다시 웃었다.

"네 번째입니다…."

"이제 됐어. 그렇게 먹으면 머리가 멍해지니까 그만 먹고 학교에 가거라.”

옛날부터 이 집에는 규헤이에게 밥을 먹이려는 사람과 먹이지 않으려는 사람, 두 부류가 있다. 여자는 어떤 여자라도 밥을 먹이려 한다. 하지만 남자는 그 반대다.

신문에 쓰여 있는지 삼촌이 하는 말은 언제나 정해져 있었다.

‘그렇게 먹으면 배탈 난다. 그만 먹어.’

그런 말을 들으면, 한 번이라도 좋으니 배탈이 날 정도로 먹어보고 싶다고 규헤이는 생각했다.

(1938.10.16)

제15회

“다녀오겠습니다.”

집을 나서려고 하자, 툇마루에서 할머니가 한쪽 발로 조리를 끌면서 와서는 규헤이의 코앞에 동전을 내밀며 후, 하고 웃었다.

“기다려봐. 이거 받아가.”

할머니는 돌 깔린 길 위를 걸어서 바깥 변소까지 따라 나왔다.

“어서 다녀와. 아휴, 이 불쌍한 녀석. 삼촌 자식이 될 거라고 생각했는데, 이제 삼촌한테 아기가 생겼으니 일이 어렵게 되었어. 자, 용돈 받아 가거라.”

할머니는 구멍 뚫린 동전을 주머니에서 꺼내서 두 개나 주었다.

“와…?”

규헤이는 이 교활한 할머니에게 또 속는 것이 아닌가 생각했다. 매일 학교에서 돌아오면 하나씩 주는데 오늘은 이상하게 아침부터, 게다가 두 개나 주는 것이 분명 뭔가 이변이 있는 것 같았다.

"자 얼른 받아. 평소 같으면 달라고 재촉하면서."

그러고 나서 할머니는 욕실 옆 남자 변소로 들어가 버렸다.

오늘따라 할머니가 남자 변소로 가는 것이 조금도 이상하게 보이지 않았다. 규헤이는 휘파람을 불며 친구인 기사부로(喜三郞)를 부르러 돌계단을 깡충깡충 뛰어 내려갔다.

기사부로 집은 돌계단에서 금방 보였다.

날씨가 따듯할 때면 이 집은 밥그릇이 몇 개인지 셀 수 있을 정도로 모든 문이 열려있었다. 그러나 문이 열려있어도 거기에는 없어질까 특별히 걱정할 만한 물건은 놓여있지 않았다. 그을린 화로에, 어둑한 곳에 아기 오줌냄새 나는 기저귀 같은 것이 걸려 있고, 벽에는 판자 덧문이 있을 뿐이었다.

아무리 대단한 놈이라도 화로나 판자 덧문을 훔쳐 갈리는 없다.

기사부로는 또 아기를 업고 있었다. 아기를 업고 있을 때의 그는 언제나 억울한 표정을 지었지만, 오늘 아침만큼은 싱글싱글 웃고 있었다.

"아직 학교에 안 갈 거니?"

"응, 아직 준비 못 했어……." 하고 말끝을 흐리던 그는 규헤이의 소매를 살짝 당겨서 호주머니에서 청동빛을 띤 대형 동전을 살짝 보여주었다. 그것은 아주 큰 덴포(天保) 동전[67]이었다.

"주웠어."

"진짜? 누구한테 받았다고 하면 나중에 니도 혼날걸."

"받지 않았어. 쓰레기 더미에서 주웠어."

규헤이는 할머니에게 받은 두 개의 돈을 보여주려던 참이었기 때문에 완전히 기가 꺾여버리고 말았다.

'주웠다고! 그런 큰돈이 어디에 떨어져 있었단 말인가!'

그는 무심코 기사부로 등에 업힌 아기를 보았다. 코가 납작하고 입만 컸다. 여자아기인지, 남자아기인지 잘 모르겠다.

'여기에도 아기가 있다.'

"이름이 뭐니?"

"오하리야."

"오하리?"

규헤이는 깊이 생각에 빠졌다. 외숙모의 아기가 태어나면 역시 오하리라는 이름을 붙일까?

"가시나가?"

"응. 근데, 오늘은 학교 쉬잖아."

그렇게 무심하게 말하며 친구 기사부로는 터벅터벅 볏짚이 쌓여 있는 뒷마당으로 가버렸다.

---

67 1835년부터 1891년까지 일본에서 유통된 동전이다. 덴포쓰호(天保通寶) 혹은 덴포 센(天保錢)이라고도 불렸다.

정류장 앞 이층집에서 돌아온 뒤, 갑자기 세상이 규헤이에게 차갑게 대한다고 느껴지는 것은 왜일까?

(1936.10.17)

제16회

규헤이는 그 원인이 무엇인지 따져보았다.

그것은 집 안에서 규헤이에게만 감추는 뭔가가 있기 때문이다. 생각해보니, 최근에 여러 가지 이상한 일들이 있었다.

매일 학교에 나가고 찐 콩에 간장 부어 먹는 것을 좋아하는 외숙모는, 학교에는 전혀 가지 않고 콩을 입에 대지도 않았다. 그리고 뜨개질도 하지 않고, 안방에서 더 이상 나오지도 않았다.

삼촌은 술도 마시지 않고, 평소에도 굳은 얼굴이 점점 굳어져서 책상자에서 두꺼운 책을 꺼내서 읽기만 했다. 눈물점 여자는 집에 있는데도 전혀 모습이 보이지 않았다. 어쩌다 안방에서 나와도 전처럼 규헤이를 붙잡고 같은 말을 구시렁구시렁 반복하는 일도 없어졌다.

제멋대로 말하는 것은 할머니와 야요이뿐이었다. 하지만, 예전처럼 큰소리로 야단치거나 웃거나 하지 않았다.

집 안은 조용하면서도, 언젠가 삼촌이 종기를 떼어내기도 전에 환자가 칼을 보고 벌벌 떨었을 때처럼 묘하게 나쁜 기운이 흐르고 있었다.

"아가!"

규헤이가 이 한마디를 내뱉으면 모두 다가와서 입을 막으려고 해서 아무 말도 할 수 없었다. 이렇게 어른을 음험하게 만드는 것이라면 아기라는 것은 분명 두려운 존재이다.

하필 이럴 때 환자도 아닌 사람이 주저주저하면서 이 집을 방문했다면, 그 사람은 분명 재수 나쁜 사람임이 틀림없다. 잠방이 남자가 바로 그 사람이었다.

비가 오는 어느 날, 아침부터 환자들이 거실에 서서 기다리느라 집 안은 북적거렸다. 게다가 일요일이라 규헤이는 아무 데도 나가지 않고 난로 옆에 앉아서 환자들이 들고 나가는 것을 계속 보고 있었다. 언제 들어왔는지 잠방이 남자가 환자들 사이에 섞여 있었고, 삼촌이 환자에게 처방전과 약을 지어주며 한 사람 한 사람 돌려보내자, 그 남자만이 남아 버렸다. 가장 마지막에 쌀집 노인이 돌아가자 그 남자는 슬쩍 화롯가로 와서 뭔가 투덜대듯이 말했다.

"저 왔어요."

그때까지 못 본 척하고 있던 삼촌은 할머니에게 무서운 눈짓을 해서 얼른 점심상을 준비하게 했다. 오늘도 술을 마시지 않을까? 그 남자는 말하는데도 힘이 없었고, 규헤이를 보아도 얼른 무릎에 앉히지 않았다. 드디어 술상이 나왔다. 삼촌과 잠방이 남자가 마주보고 있는 술상 위로 받침에 얹힌 술병이 나왔다. 삼촌은 자꾸 술을 따랐다.

두 사람 모두 슬슬 이야기를 꺼내려고 눈을 반짝이며 얼굴을 붉히고 있을 때, 삼촌이 먼저 입을 열었다.

"나는 여동생에 관한 일은 일절 모른다네. 그러나 겐지로(兼次郎) 군. 동생의 지금 남편에게서 이런 편지가 왔다네. 있는 그대로 말하자면 자네 이름은 쓰여 있지 않아. 하지만 자네가 정류장 앞에 있는 오쿠무라(奧村) 여관에서 유부녀인 내 여동생을 유괴하려고 한 것과 그에 대한 우려와 함께 동생을 잘 감독해 달라는 부탁의 말이 쓰여 있더군. 다음 달에는 반드시 센다이로 돌아갈 거고 그때는 오히사를 데리러 찾아뵙겠다고 쓰여 있었어. 그래서 말인데, 이것은 내 의견이지만, 자네는 이번 일에 대해 큰 각오를 했겠지? 예컨대 유부녀와의 간통으로 재판받는 사태가 생긴다면 자네는 재판에서 이길 수 있는 확실한 근거가 있겠지? 그렇지 않다면 함부로 남의 부인을 유혹해서 유괴할 수 없었겠지. 어쨌든 자네들 서로 간에 얼마나 이야기가 있었는지는 모르지만, 법률은 한 대로 심판하는 거니까, 상관없어. 그렇게까지 결심했다면 하고 싶은 대로 해. 나는 일체 책임을 질 수 없어. 동생은 지금 집에 있네. 집사람의 난산으로 그 간병을 하고 있지."

삼촌이 단숨에 이런 말들을 하자 규헤이는 깜짝 놀랐다. 그러나 요전에 보았던 것처럼 상대인 잠방이도 술을 마시면 결코 삼촌에게 질 만한 남자가 아니었다. 게다가 이 남자의 목소리는 삼촌보다 굵고 걸었고, 손도 삼촌의 배나 컸다.

"형님, 저도 어쩌다 이런 상황까지 와버렸나, 하는 심정입니다. 이런 심정을 얼른 토로하고 지금까지의 악연에서 완전히 손을 끊어 버릴 심산입니다. 뭐든 물에 깨끗하게 흘려버리려고요. 그게 지금의 심정입니다. 그래서 저도 결심했어요. 어차피 센다이 같은 작은 곳에서는 달리 방법이 없어요. 목수를 모집하는 곳도 있으니 마쓰마에(松前)로 가서 제 인생을 다시 시작해 보려고요. 그래서 먼저 해야 할 것은…"

(1936.10.18)

제17회

삼촌은 더 이상 술을 따르지 않았다. 게다가 잠자코 듣고만 있을 수 없다는 듯이 손을 안주머니에 넣고 어깨를 흔들면서 천정을 올려다보았다.

"겐지로 군. 자네가 마쓰마에로 간다는 것이 나와 무슨 관계가 있겠나?"

상대는 차가워진 술잔을 내려다보는 듯 고개를 푹 숙였다.

"형님, 옷깃만 스쳐도 인연이라는데 지금은 자식으로 겨우 이어진 인연이라지만, 동생이라고 불렀던 옛날을 생각해서 제발 그것만큼은."

삼촌은 앞에 있는 남은 술을 자신의 술잔에 따르며 술병 바닥을 할머니에게 보이며 눈에 언짢은 기색을 드러냈다. 야요이는 허둥대면서 다른 술병을 가지고 왔다.

"내가 사람이 좋은 건지, 겐지로 군. 여동생은 자네와 같은 게으름뱅이에게 상처를 입고 게다가 사생아까지 얻었네. 그 아이는, 갓 태어났을 때부터 내가 맡아 키우면서 이제 겨우 동생을 재혼시켰다고 생각했는데 다시 나타나서 치근대다니, 이런 뻔뻔스러운 일이 어디 있단 말인가. 자네, 자네는 도대체 어디를 누르면 그런 뻔뻔스러운 생각이 나오는가?"

할머니도 그쪽을 보면서 아들의 맞장구를 쳤다.

"아무리 그래도 너무 심하지 않은가."

"치근댄다고요. 웃기는 소리네요. 제가 치근댔다고 하신다면 어디

밝혀 보시지요. 형님, 재판이라고요? 재판 좋아하시네요. 그것도 괜찮겠지요. 하지만요. 소송을 하면 당신들의 소행도 남김없이 밖으로 드러나게 될걸요. 그래도 상관없나요? 장모님, 우선 장모님이 문제지요. 장남 한 명 출세시키겠다고 딸 셋을 얼마나 고생시켰나요. 그러다가 딸들에게 사위가 정해지면 사사로운 일에도 이유를 붙여서 멀쩡한 사위를 얼마나 괴롭혔나요. 그러고 나서 아들이 의사가 되었더니자, 이번에는 가난한 사위는 장래의 희망이 있다는 둥 없다는 둥, 그렇게 해서 가장 먼저 내쳐진 게 접니다. 저 역시 내 자식이 귀엽습니다. 그런 것을 장모님 당신이 오히사에게서 빼앗아가서 다니구치 집안사람으로 만들어 버렸지요. 당신들 두 사람이 내가 없는 사이에 내처와 자식을 데려가지 않았나요? 그래도 내가 치근댔다고 말하는 겁니까? 다니구치 씨."

"이런 바보 같은 소리"

화가 난 아들의 목소리를 할머니는 손으로 제어했다.

"환자가 있는데, 두 사람 다 큰 소리 내지 말게. 그리고 규헤이, 너는 밖에 나가지 말고 저쪽에 가 있거라."

어쩔 수 없이 복도로 나온 규헤이는 거기에서 고양이보다 조용하게 물끄러미 작약 꽃잎에 떨어지는 빗방울을 바라보는 눈물점 여자를 보았다.

그러고 나서 잠시 후 비가 멎었다.

안방에서 낮은 신음 소리가 나서 규헤이는 객실로 갔다. 이미 술도 밥상도 말끔하게 치워져 있고 할머니는 잠방이 남자가 앉았던 자리를 화가 난 듯이 빗자루로 쓸어내고 있었다.

삼촌은 다시 푸른 표지의 책을 보다가 눈을 치켜뜨며 비가 그친 하늘을 채광창으로 엿보고 있었다.

"정말 대책이 없는 놈이야."

규헤이는 야요이가 차려준 밥상으로 늦은 점심을 먹었다. 외숙모 일로 모든 것이 이상하게 돌아가는 모양새였다.

저녁이 되자 안방에서 괴로워하는 듯한 외숙모의 신음 소리가 어스름한 공기 속으로 전해져 왔다.

눈물점 여자가 허둥지둥 거실로 나와서 램프를 들고 있는 야요이에게 얼른 다리 건너 산파를 데려오라고 시켰다. 할머니는 부엌에서 커다란 대야를 규헤이에게 도와달라고 해서 툇마루로 꺼내놓았다. 눈물점 여자는 개수대에서 물을 받아서 큰 가마에 끓였다.

이러한 소란 속에서 삼촌은 못마땅한 표정으로 푸른 표지의 책을 넘기고 있었다. 드디어 요전에 본 적이 있는 여자가 왔다.

우르르 발걸음 소리가 안방으로 멀어지고 난후, 삼촌과 규헤이만이 램프 아래 남겨졌다. 삼촌은 책을 탁하고 덮고 천정을 올려다보면서 새처럼 눈을 깜빡였다.

"아이라는 게 참 돈이 드는 거구만."

그는 풀숲 쪽으로 눈길을 돌리더니, 어스름한 가운데 꽈리처럼 얼굴이 벌게진 눈물점 여자를 보고 일부러 헛기침을 했다.

(1936.10.19)

제18회

"이쪽에서 조르고 저쪽에서 졸라서 네 삼촌은 설 자리가 없구나."

"…군의(軍醫)로 나가는 거야. 삼촌?"

규헤이는 갑자기 옛날 일이 생각나서 이렇게 말했다. 술에 취해서 할머니와 외숙모 앞에서 엄청나게 으스대던 삼촌을, 규헤이는 지금도 잘 기억하고 있다. 그 기억이, 공기가 압축된 콜크 총처럼 저절로 퉁겨 나온 것이다.

"……."

삼촌은 어이가 없어서 멍하게 입을 벌린 채로 규헤이를 응시하다가, 그의 머리에 콩, 하고 꿀밤을 먹이고는 씁쓸하게 웃었다.

"제 아비와 꼭 닮았구나, 쯧쯧."

그때 할머니가 혀를 차며 나와서 삼촌을 안으로 데리고 들어갔다.

"얌전히 있지 않으면 네 녀석은 미운 오리 새끼가 돼서 아무도 상대해 주지 않을 거야."

연기로 목이 메는지 눈이 새빨갛게 되어 눈물점 여자가 부엌에서 올라왔다. 무슨 일인지 규헤이는 방금 툇마루에서 보았던 작약 꽃이 문득 머리에 떠올랐다. 꽃은 심하게 바람에 흔들리고 비에 젖어 있었다.

"엄마아."

"규헤이, 내 새끼…."

엄마와 아이는 껴안았다.

멀리서 희미하게 고양이 새끼가 우는 듯한 소리가 들려왔다.

잠시 후, 평소와 마찬가지로 쨍쨍한 할머니 목소리가 복도까지 울렸다.

"그래도 너는 여자의 역할은 다한 거야."

"엄마, 남자아이야 여자아이야?" 딸에게 이런 질문을 받자 할머니는 살짝 목을 움츠렸다.

"오히사, 너는 행복한 줄 알아. 이렇게 튼튼한 아이를 낳았으니 말이야.…네 올케에게는 희망이 없는 것 같아…."

규헤이의 삼촌은 의사다.

그래서 자기가 직접 사망아의 진단서를 쓰고 또 그 아이를 알코올에 담그는 것이 누가 봐도 이상하지 않았다.

진단서는 뭐라 썼는지 모르겠지만, 규헤이는 외숙모의 '아이'를 보았다. 그것은 기사부로가 등에 업고 있던 여자아이를 반으로 해서 다시 반으로 한 크기로, 처음부터 '끝'이었다. 그래도 태내에서 나온 다음 한번은 울었다고 하는데, 규헤이가 새끼 고양이가 우는 소리라고 생각했던 것이 아마 그 소리였는지도 모르겠다.

어쨌든 꼬깃꼬깃 작아져서 병 속으로 들어간 덩어리는 도저히 인간의 아이라고는 생각되지 않았다.

무엇보다 신기해서 견딜 수 없는 것은 그렇게 부풀어있던 외숙모의 배에 비해 태어난 아이가 너무 작다는 것이다.

정말 궁금했지만, 이런 질문을 했다가는 다시 얼른 크기나 하라고 비웃을 게 뻔해서 규헤이는 이 모든 의문을 가슴에 품고 단지 삼촌이 어떻게 알코올에 아이를 담그는지 보는 것에 만족했다.

사실을 말한다면 삼촌은 알코올에 담긴 아이를 어떻게 하려는 것이 아니었다. 아마추어라면 무명에 싸서 밀봉 상자에 넣을 것을, 그는 약국에 있는 입구가 큰 병에 아기를 넣고, 부패를 막기 위해 알코올을 부은 다음, 뚜껑을 밀폐했다. 게다가 그 병을 책상 위에 놓고 온종일 쳐다보거나, 다른 의사와 돌려보며 연구하거나 하지 않았다.

병은 요전에 상자에서 꺼내서 읽었던 『내과전서(內科全書)』와 나란히 유리 장 구석으로 옮겨져서 할머니 이외는 누구도 신경 쓰지 않았다.

할머니는 말했다.

"정말 이상하구나. 내 이 귀로 분명히 응애, 하고 우는 소리를 들었는데, 역시 잠깐은 살아 있었나 봐. 그러면 살아 있다가 죽은 거니까 장례식도 해줘야 하고, 묘지도 다니구치 집안 대대로 내려오는 가족묘 구석에 만들어줘야 하지 않을까?"

할머니는 언제나 말하는 "부처님" 속에 또 작은 한 명을 추가하려고 했지만, 아직 이름도 붙어있지 않아서 당장은 그렇게 하는 것이 마음에 걸리는 것 같았다.

"어쨌든 죽은 아이가 태어난 것이니 여기저기 알리지 않는 게 좋겠어요. 그렇게 하시고 싶으면 센다이에서 장례식을 치러 주세요. 그 대신 우리 집에서는 어머니 혼자만 가는 거예요."

"그런 장례식이 어디 있어?"

"우리 살아있는 사람도 바빠 죽겠는데 죽은 아이한테까지 어떻게 그렇게 신경써요."

"무슨 소릴 하는 거야. 그게 요즘 사람들의 방법이라는 거니? 조상님 얼굴을 차마 볼 수 없는 말만 하는구나."

(1936.10.20)

제19회

게다가 빈정거리는 말을 들은 할머니는 이번에는 세이와 겐지(淸和源氏)[68]라든가 20 몇 대(代) 전의 조상이라든가, 여러 부처님을 눈앞에 살아 있는 사람처럼 불러냈기 때문에, 삼촌도 이 정도에서 손을 들수밖에 없었다.

그러는 동안에 뼈와 거죽만 남은 것처럼 말라버린 외숙모도 이제 일어날 수 있게 되고, 할머니도 살아있는 사람을 돌보느라 분주해서 죽은 아기는 잊어버리게 되었다.

외숙모의 쾌유에 대한 축하 모임이 열렸다. 게다가 규헤이 엄마의 새로운 남편이 온다고 한다.

그날, 학교에서 돌아온 규헤이는 집 안 흙마당에 발 들일 틈이 없을 정도로 신발이 꽉 차 있는 것을 보았다.

부엌과 거실은 비교적 한가했지만, 안쪽에는 많은 사람이 축제를 위해 가마라도 짊어진 것처럼 소란스러웠다.

이렇게 시끌벅적한 소리가 나는 것은 규헤이가 세상에서 이 집을 발견한 이후 처음 있는 일이었다.

---

68 세이와(淸和) 천황의 자손으로 미나모토(源) 성을 받은 씨족.

슬금슬금 복도 쪽으로 다가가니, 안쪽 마루는 창문도 문짝도 다 떼어지고, 가문(家紋)이 들어간 하카마 입은 노인과 양복 입은 남자에 군복 입은 사람까지 일고여덟 명이 쭉 늘어앉아 제각각 웃음 경쟁이라도 하는 듯, 지지 않고 와 와 웃고 떠들고 있었다. 그 사이로 평소보다 예쁜 기모노를 입은 여자들이 술과 음식을 눈이 돌아갈 정도로 바쁘게 날랐다. 아는 여자도 있었지만, 손님도 있었고 또 근처에서 도와주러 온 사람도 있었다.

할머니 뒷모습을 발견하고 살금살금 그쪽으로 다가가려 할 때, 규헤이는 곧바로 한 사람의 팔에서 다른 사람의 무릎 위로 고무 인형처럼 술에 취한 남자들 사이로 옮겨졌다.

"어이, 네가 규헤이였지?"

"많이 컸구나."

"정말 많이 컸네."

"네가 그때 그 아이니? 아주 잘 자랐구나."

"어디, 어디 봐봐. 아저씨한테 오거라. 아휴, 아주 무거운데. 몇 학년이니?"

규헤이는 술 냄새나는 사람들 사이에서 정신이 나가 버렸다.

술을 마시고 아이를 보면 반드시 설교를 하고 돈을 주는 어른들은, 규헤이를 볼 때마다 손에 대여섯 개의 백 동이나 은화를 쥐어주었다. 게다가 다행인 것은 오늘만은 설교가 빠져 있었다.

"할머니, 여기."

규헤이가 받은 돈을 전부 할머니 손에 주었더니, 할머니는 갑자기 눈을 부릅뜨고 놀란 듯한 표정을 지었다.

누가 누구인지 모르겠지만 규헤이는 여러 가지 달콤한 음식을 계속해서 받아먹었다.

무슨 용무가 있는지 잠깐 얼굴을 내민 규헤이의 엄마도 한 손님이 무리하게 끌어당기는 바람에 군복 입은 남자 옆에 새빨간 얼굴이 되어 앉았다.

"그럼, 산사시구레(さんさ時雨)[69]로 한번 더 축하를 해줄까?"

누군가 이런 말을 하자 갑자기 집 안에 박자를 맞추는 손뼉 소리가 났다. 옛 가게에서나 들을 법한 노래가 시작되었는데, 글쎄, 선창하는 사람은 다름 아닌 규헤이의 할머니였다.

군복 입은 남자는 계속 싱글벙글해서는 술병이나 술잔이 다가오면, "아닙니다. 저는 술을 못합니다."라면서 금붕어 꼬리처럼 손을 휘저었다.

"사위에게 한마디 들어보지."라고 누군가 말했더니, 그는 "저는 군의(軍醫)의 심부름꾼 같은 간호학교 출신입니다. 이런 훌륭한 대접을 받게 되어 뭐라 드릴 말씀이 없습니다."라는 말만 하고 일어나서 변소로 가버렸다.

저녁 무렵, 노래도 소란도 점차 조용해졌을 때 규헤이는 삼촌의 중

---

69 센다이 지방의 민요이다. 에도시대 중기부터 축하곡으로 유행했다. 원래는 손 박자에 맞춰 부르는 노래이지만, 메이지 시대 이후 샤미센(三味線) 반주에 맞추어 부르기도 했다.

산모자를 쓰고 귀에 청진기 고무관을 끼고 『내과전서』 한 권을 펼쳐
놓고 말했다.

"지금 여기 태어난 아이는 사무라이의 자식입니다. 태어나서 응애
하는 울음소리 한 번만 내고 그 다음은 아무 소리가 없었습니다. 정말
이상한데? 어디, 내가 진찰해 줄게. 혀를 내밀어봐. 가슴을 콩콩, 숨을
내뱉고⋯."

와아, 하는 웃음소리 속에 규헤이는 삼촌에게 옆구리를 꼬집히는
게 느껴졌다.

(1936.10.21)

끝

의리남
(律儀者)

사토 하루오
(佐藤春夫)

제1회

한 남자가 러시아워 만원 전차에 뛰어올라 구석 손잡이에 매달렸다. 그 남자는 옆구리에서 석간을 꺼내서 한 손으로 솜씨 좋게 접어서는 필요한 부분을 눈으로 가져갔다. 그는 무슨 생각이 들었는지 느닷없이 작게 만든 신문을 거칠게 뭉쳐서 다시 주머니에 쑤셔 넣었다. 그의 행동은 약간 격정적이었지만, 곧이어 그는 진지하고 침잠한 표정으로 생각에 잠겼다. 그가 펼친 신문 면은 순국 충혼이라는 제목이 붙은 ○○방면의 전사자 명부였기에 그의 이러한 행동은 사연이 있는 것처럼 보였다. 이 남자는 명부 안에서 도대체 몇 명의 이름을 찾아낸 것일까. 형제일까, 친척일까, 친구일까. 아니, 몇 명의 이름을 발견하기에는 시간이 너무 짧았다. 단지 그런 제목의 기사를 보고 있는 자신을 발견하고, 이렇게 불쾌해진 것이다. 그는 요즘 전사자 이름을 보는 것을 의도적으로 피하고 있었다. 회사에서 정오판 신문도 석간신문도 볼 수 있지만, 일부러 주목하지 않았다.

그러나 "또 많은 사람이 희생당했구나."라고 말하는 동료들의 이야기를 들었기 때문인지 그는 회사 문을 나서자 평상시 습관대로 거의 무의식에 가깝게 전차를 타기 전에 석간을 한 부 샀다. 무의식이라고는 하지만, 실은 정오판도 석간도 일부러 보지 않은 것이 그로 하여금 더 신문을 보고 싶게 만들었는지도 모른다. 하지만 방금 산 신문에서 순국 충혼을 읽고 있는 자신을 발견하고 갑자기 불쾌해져서 신문을 주머니에 쑤셔 넣은 것이다. 이 남자는 '그 일'이 있고 난 뒤 신경쇠약에 걸려 있었다.

이 남자는 우시지마 교지로(牛嶋狂二郎)라는 특이한 이름을 가지고 있었다. 스스로도 교지로에서 광(狂) 자를 경(鏡)으로 바꿔 쓰거나 혹은 지로(二郎)만으로 자신의 이름을 말했다. 하지만 그는 친척들 사이에서 의리 있는 사람으로 통했고, 동료들 사이에서도 입사한 지 반년이 지나고부터는 모범 소시민으로 불렸다. 사람들은 약간의 유머와 장난을 섞어서 그를 그런 식으로 불렀지만, 사실 그는 아주 소심하고 친절하고 선량한 시민이었다. 지나사변에 임해서는 초기부터 국민의 모범으로서 부끄럽지 않게, 아주 진지하게 염려했다. 그의 염려는 주로 천하 국가에 있었다. 동년배 남자가 출동 명령을 받는 것을 보면서, 수년 전에 병사의 임무를 감당할 수 없다고 인정된 자신의 한심한 몸을 부끄러워했다. 따라서 그를 대신해서 출동하는 사람들에 대한 감사의 마음을 잊지 않았다. 만주에서 수비병이 된 남편을 걱정하는 여동생에게는 국가 관념을 주입하기도 하고, 사변의 진상을 설명하기도 하는 등의 노력을 아끼지 않았다. 하지만 여동생 가정에 대한 걱정에는 오히려 냉담했다. 여자들은 항상 집안을 위해서 살아가지만,

남자는 국가와 사회를 위해 살아야 한다는 게 그의 신념이었다. 이 훌륭한 남자가 최근 신경쇠약이 걸린 것에는 자그마한 일화가 있다. 그 전반은 이른바 총후미담이다. 실제로 이 일화를 총후미담으로 전한 신문도 있었다. 그러나 후반 부분은 어떻게 이름 지어야 할까? 필자도 모르겠다. 단지 너무도 의리 있는 사람의 행동이라고 생각해서 이를 알리고자 한다.

이 일이 있은 것은 아직 지나사변이 일어난 지 얼마 지나지 않아서였다. 어느 날 아침 출근길에 그는 신주쿠(新宿) 역 대합실에서 한 남자아이를 발견했다.

다섯 살 정도의 남자아이는 혼자서 대합실 중앙의 커다란 탁자 위에서 장난감 전차를 가지고 놀고 있었다. 그런데 탁자 위의 전차가 그의 발에 떨어졌다. 그는 전차를 친절하게 주워주었고, 이것이 계기가 되어 전혀 알지 못하는 여자가 그의 옆에 다가와서 말을 걸었다.

이 여자는 그보다 나이가 대여섯 많은 서른두셋 정도로 보였다. 그녀는 우선 자신을 소개했다.

"저는 고후(甲府)에 사는 시골 사람입니다. 이 아이의 어미지요. 갑자기 죄송합니다만, 어찌해야 할지 몰라 여쭙니다."

그녀는 그렇게 말하면서 가슴 띠 사이에 있는 지갑에서 쪽지를 꺼내어 "이곳은 여기에서 많이 먼가요?"라고 물었다. 쪽지에는 교하시구(京橋區) 몇 정(町)의 주소가 연필로 휘갈겨 쓰여 있었다.

"글쎄요. 여기는 도쿄 중심이라서 멉니다만."

"정말 난감하네요. 아이까지 데리고 모르는 곳에 와서 서둘러서 사람을 찾아야만 해서요."

그녀의 말을 들어보니, 찾는 사람은 '이 아이의 아버지'를 가리키는 것으로 보아 여자의 남편인가보다. 그는 군대에 간 적이 있는 상등병이지만, 이번에 상부에서 소집영장이 내려와서 한시라도 빨리 소집에 임해야 하는데 지금 집을 떠나 도쿄에 돈 벌러 와있단다. '아이를 데리고 도쿄에 와서 전에 일하던 집을 물어물어 찾아갔더니 남편은 이미 한 달이나 전에 그만 뒀다고, 지금은 여기 있을 거라며 주소를 받은 것은 다행인데 우물쭈물하는 사이 시간이 흘러버렸다, 그래서 출정 시간에 맞추지 못해서 상부의 명령을 따르지 못하면 어쩌나 조마조마하다'는 게 그녀가 호소하는 바였다.

"괜찮아요. 제가 찾아드리지요. 그 주소가 지금 제가 가려는 곳과 가까우니 나를 따라 오세요."

"고맙습니다."

그녀는 정중하게 몇 번이나 인사를 할 뿐 서두르는 기색이 없어서 우시지마 군이 오히려 나서서 "꼬마야. 아빠가 있는 곳을 찾아줄게"라고 말하며 일어섰다.

(1938.1.7)

제2회

아이는 갑자기 기분이 좋아져서, "아저씨 정말이지?"라고 물으며 움직이는 전차를 잡아서 주머니 안에 집어넣고 그에게 다가왔다. 아이 엄마도 아이 손을 잡고서 우시지마의 뒤를 쫓았다. 우시지마는 역 출구에 서서 택시를 불렀다. 택시가 도착하자 문을 열어 뒤로 물러서는 아이와 여자를 재촉해서 택시에 태운 다음, 자기도 택시에 탔다. 최대한으로 태엽을 돌려놓았는지 아이 주머니 안에서 전차의 태엽 풀리는 소리가 났다.

"교바시 xx정으로 가주세요. 안전택시 회사지요."

"예, 알겠습니다."

"안전택시를 찾으면 됩니다."

우시지마는 운전사에서 가는 곳을 알렸다. 그리고 출근 시간에 늦지 않을까 걱정하면서 손목시계를 보았다.

"정말 친절하시군요."

시골 여자는 생각나는 인사말을 모두 말해서 감사의 마음을 전달하려고 했다. 우시지마는 자기가 가려는 목적지와 같은 방향이라 겸사겸사 차를 타고 가는 것이니 그렇게 인사할 필요 없다고 몇 번이나 말했다.

안전택시는 금방 찾을 수 있었다. 우시지마의 출근 시간까지는 아직 15분 정도 여유가 있었다. 우시지마는 먼저 내려서 안전택시 안으로 들어갔다.

"여기 고후에서 오신 후지타(藤田)라는 분, 계십니까? 손님이 오셨어요."

"후지타 군은 있습니다만,"

"지금 가게에 있습니까?"

"지금은 숙소로 돌아갔는데요. 후지타 군은 출퇴근을 하거든요. 어젯밤 당번이라서 오늘 아침이 돼서 집으로 돌아갔습니다. 아마 자고 있을 겁니다."

"숙소는 어디입니까?"

"바로 가까운 곳에서 이층을 빌려 쓰고 있어요."

"그곳을 가르쳐 주세요. 소집영장이 나와서 고향에서 아내와 아이가 왔거든요."

"아니, 소집영장이라고요? 이번에 운전사가 대거 불려 들어갔어요."

차 안에 있던 여자와 아이는 우시지마가 무슨 이야기를 하고 있는지, 왜 남편은 뛰어나오지 않는 건지 안절부절못하며 차에서 내렸다. 우시지마는 그들에게 사정을 설명하고 기다리던 택시에 돈을 지불했다. 출근 시간이 다가오고 있었다. 전차로 간다면 갈아타는 등 해서 10분은 걸릴 것이다. 난감하다. 타고 온 택시를 조금 기다리게 한 다음 후지타의 숙소를 찾아주고 자기는 그 택시로 회사에 가면 되는데, 참으로 난감하다. 회사에 이삼십 분 늦는 것은 어쩔 수 없다. 가는 길에 후지타의 숙소를 찾아서 부인과 아이를 안심시키자. 지금 여기서 내팽개쳐 버린다면 이제까지 쌓은 친절이 뭐가 되겠는가.

후지타의 아내와 아이는 전혀 알지 못하는 사람이 전차 역에서 멀리 여기까지 데려와 준 친절을 안전택시 주인에게 설명하며 고마워했다.

(1938.1.9)

제3회

"자, 꼬마야, 그럼 아버지 계신 곳을 한 번 더 찾아볼까? 바로 저기 라는구나."

아이는 자기를 부르는 소리를 듣고 주머니 안의 장난감을 꺼내 안고서 우시지마에게 갔다. 그 뒤를 엄마가 따랐다. 안전택시 아저씨는 가게 앞까지 나와서 말했다.

"괜찮습니다. 후지타 군이 사는 곳은 제가 데리고 가서 알려줄게요. 아니, 차를 출발시키겠습니다. 모두 제 차에 타세요. 바로 저기라고 하지만, 몇 키로 가야 하거든요."

안전택시 주인은 벌써 차를 타고 가게 밖으로 나오려고 했다. 우시지마의 친절이 이 주인까지 감염시킨 것이다.

후지타 운전사는 부인과 아이를 만나서 알지도 못하는 사람이 베푼 친절을 듣고 그에게 너무도 고마워했다. 또한 그는 도쿄에 익숙한 운전사인 만큼 우시지마의 샐러리맨다운 풍채를 보고 믿을 만한 회사원이라 생각해서, 가게의 동료에게 일임하는 것보다 이 사람에게 부탁하는 게 더 안심이 될 것 같다며, 이미 팔아버렸어야 할 낡은 자동차 거래를 부탁하려고 돌아가려는 우시지마에게 명함을 달라고 했다.

"실례가 될지 모르겠습니다만, 선생님께 부탁드릴 일이 있을지 몰라 성함을 꼭 여쭤보고 싶습니다."

"이름을 알릴만한 사람은 아닙니다." 우시지마는 오히려 당황했지만, 상대가 재차 부탁했기에 딱히 감출 필요가 없을 것 같아서 부끄러

위하면서 명함을 교환했다. 상등병 운전사의 이름은 후지타 도라노스케(藤田寅之助)였다.

우시지마의 친절을 보고 감탄한 안전택시 주인은 주변 사람들에게 이날의 일을 이야기했다. 그러던 중 이 이야기는 시대에 맞는 감동적인 이야기로 신문 시내판 사회면 한쪽에 미담으로 활자화되었다. 모범사원이 지각했다고 이상하게 생각한 동료들도 그 원인이 미담 때문인 것을 알게 되었다. 평소 이 의리 있는 모범사원을 웃음거리로 삼았던 나쁜 무리는 이런저런 말로 야유하기도 했다. '후지타 상등병의 아내는 분명 미인이었을 거야.'

이는 자신의 마음으로 타인을 추측해서 하는 말들이었다. 그러나 그런 소리를 듣자, 우시지마는 이 시골 여자는 미인까지는 아니지만 호감을 느낄만한 여자라는 생각이 들었다.

후지타 상등병은 무사히 입대했다. 입대하고 나서는 '어디든 출동 명령이 내리기를 기다리고 있습니다. 그때는 당신의 친절에 보답하기 위해서라도 더한층 공을 세우겠다고 마음먹었습니다.'라는 인사 편지가 우시지마 군에게 도착했다. 상등병 아내인 지니는 아이 대신 붓으로 쓴 정중한 감사 편지와 함께, 시골 사람의 의리라며 산에서 아이와 함께 주운 밤 선물을 보내왔다. 우시지마는 답례의 엽서를 아내 지니 앞으로 보내는 것이 뭔가 떳떳치 못한 것 같아서, 잊어버린 남편의 이름을 알기 위해 일부러 명함을 찾아내서 '도라노스케 귀하'로 아내에게 편지를 보냈다. 또 엽서에는 아이 이름을 가르쳐 달라고도 썼다. 도라노스케의 아내인 지니와 편지를 교환하는 대신에 그 아이에게는 의지가 되고 싶다고 생각했기 때문이다. 우시지마는 어느 날 아침 문득 전사자 이름 속에서 후지타 도라노스케를 발견한다면 어떨까 생각했다. 그녀 남편의 안부를 걱정했기 때문일까? 남편이라면 오히려 여동생의 남편을 걱정해야 하는 게 더 자연스럽다고 우시지마는 자신에게 반문해 보았다. 만일 후지타가 전사한다면, 하고 상상하면서 우시지마는 자신이 그것을 마음속으로 희망하는 것이 아닌가 생각하기 시작했다. 말도 안 되는 소리다. 만일 그렇게 됐을 때 그의 아내에게 뭐라 위안의 말을 할 수 있단 말인가. 이렇게 스스로 변명도 해보았지만, 그렇더라도 아직 후지타 상등병에 대한 이상한 관심이 불안해서 견딜 수가 없었다. 후지타 상등병의 아내가 과부가 될 운명이기를 바라는 마음이, 정체를 알 수 없는 사심에서 나온 것은 아닌가 하는 의심이 자신에게서 사라지지 않았다. 아직 독신인 우시지마는 스스로 자각하지 못하지만 후지타 상등명의 아내에게 어떤 연정을 품고 있는 것은 아닌가 생각하지 않을 수 없었다. 그런 이유로 후지타 상등병의 전사를 기대한다면, 그것은 타인을 저주하는 것과 마찬가지이다, 그런 일이 있어서는 안 된다고 스스로 타이르면서 근처의 하치만(八幡) 신사에 가서 후지타 상등병의 무운장구(武運長久)를 기원한 일도 있었다. 우시지마가 신문에서 전사자 이름을 찾는 것을 두려워하는 데는 이런 마음이 숨어있었다. 그 여자는 자신보다 연상이니까 하며 마음에서 지워보았다. 하지만 우시지마가 그녀를 위해 했던 행동을 생각해 보면, 그녀가 나쁜 여자라고 느꼈다면 그렇게 호의를 가지고 근무시간까지 늦을 정도로 도와주지 않았을 것이다. 역시 우시지마는 결코 후지타 상등병의 생존을 저주까지는 하지 않더라도 그의 아내에 대해 특별한 마음을 품고 있는 것은 스스로 부정할 수 없었다. 그녀의 용모는 결코 타인의 주위를 끌 만한 것은 아니었다. 그러나 당황하면서 걱정하는 모습과 남편을 찾아내서 나라를 위한 역할을 담당하게 한다는 확실한 정신 상태가 그녀의 표정 속에서 빛나고 있었음을 우시지마는 잊을 수가 없었다.

(1938.1.11)

결혼 전
(結婚前)

무로 사이세이
(室生犀星)

제1회

요즘 들어서 요시코(良子)는 몰라볼 정도로 한창 유행하는 소지품으로 치장하고 다녔다. 요시코는 시종 즐거운 듯이 미소를 띠다가도, 어떤 때는 아주 침착해져서 안도하는 듯한 모습을 보이기도 하고, 또 어떤 때는 시계만 쳐다보는 이상한 행동을 하기도 했다. 그래서 요시에(よし枝)와 시노(信乃)는 아마도 요시코가 늦어도 다음 달 초에는 회사를 그만둘 거라 짐작했다. 다음 달에 들어서서 그만두게 되면 월초라 하더라도 그달 월급은 다 받을 수 있기 때문이다.

"어째서 털어놓지 않는 거지. 거의 결정되었으면서 말이야."

"나도 눈치채겠는 걸. 생글생글 웃는 게, 어쩐지 맘에 들지 않아."

"결혼을 앞둔 여자인데 왠지 밉살스럽지 않아? 보기 거북할 정도로 즐거워하는 게 영 아름다워 보이지 않아. 사랑스러워야 하는 게 당연한데도 말이야."

요시에는 요시코를 신랄하게 비난했다. 그것은 진심에서 우러나온 불쾌한 감정이었다.

"그것도 사람 나름이지. 아무리 친한 사람이라도 그런 행동은 좀 이상해. 특히 요시코 씨는 감추려고 하니까 더 미운 거야."

"즐거워하는 모습이 꼴 보기 싫다니까."

요시에는 자기보다 나이 어린 요시코가 입사한 지 아직 반년도 지나지 않아서 벌써 결혼 이야기가 나오는 것이, 능력이 있고 없고는 별도의 문제라 하더라도 너무 배려가 없는 것 같았다. 3년이나 다녔던 회사에 부탁해서 요시코를 입사시킨 것은 요시에 자신이었다. 요시에는 요시코에게 세세하게 신경을 쓰고 세심하게 업무를 가르쳐주어 이제 겨우 일에 익숙해졌다 싶었는데, 자기에게 한마디 상의도 하지 않고 결혼 때문에 회사를 그만두는 요시코의 행동이 아주 무례하다고 생각했다.

"결혼 상대는 누굴까?"

"그게 누구든 상관없지만, 사람을 이렇게 잔뜩 고생시켜 놓고 한마디 말도 없이 퇴사해 버린다면 내가 가만있지 않을 거야."

요시에는 혹시 모를 때에 대비해서 요시코에게 뭐라고 독설을 퍼부을까, 미리 마음의 준비를 해두어야겠다고 생각했다.

"그렇지만 소지품이 완전히 바뀌었어."

"어울리지 않는 옷을 걸치고 있는들 무슨 소용이 있겠어."

"그래도 그 정도로 갖춰 입기 쉽지 않지. 적당하게 흉내도 낼 수 없는걸."

소심한 시노는 요시코의 변화에 압도된 듯 그렇게 말했지만, 요시에는 그런 시노를 기분 나쁜 표정으로 바라보았다.

"누구라도 결혼을 앞두면 거기에 필요한 물건을 갖추기 마련이지. 필수품이잖아."

"모자만 해도 그래. 20원으로는 살 수도 없는 고급품이더라."

"너 정말 이상한 애구나. 남의 모자에 값이나 매기고."

"그렇지만 사실인걸."

"그럼 너도 사면되잖아."

요시에는 오랫동안 함께 일해 온 시노의 마음을 간파하고, 그녀의 불결한 속내가 느껴져서 아주 불쾌했다. 이제 내일부터 이 사람과는 가능한 한 친근하게 대화도 하지 않겠다고 생각할 정도였다.

하지만 엄청나게 변해가는 요시코의 물건을 바라보면서, 상상력을 발휘해서 자기 마음대로 그것들에 값을 매기고 있는 것은 시노보다 오히려 요시에였다. 시계, 반지, 핸드백은 그 자체가 너무 고급스러워 압도당하는 느낌이라 요시에는 결코 범접할 수 없다고 혼자 혀를 내둘렀다. 별거 아닌 물건이지만, 아름다운 흑요석과 같은 구둣주걱의 깊은 윤기를 눈으로 확인했을 때의 느낌은 더욱 그러했다. 보통 사람이라면 결코 신경 쓸 수 없는 물건까지 고급이라서 남자의 선물임이 틀림없다고 수긍할 정도였다. 그렇게 눈에 띄지 않는 물건에까지 돈을 들이는 것을 보면 상대는 분명 상당한 부자일 거라고 생각했다. 요시에는 겉으로는 냉담하게 무시하는 태도를 보이지 않으면 마음이 편치 않았다.

(1939.1.31)

제2회

"나라면 내가 지닌 물건들이 아무리 멋져도, 그걸로 꾸미고 다니는 것은 회사를 그만두고 나서 천천히 할 거야. 직장에 다니는 일개 여사원이 너무 훌륭한 복장을 하고 다니면 세상 사람들이 오히려 이상하게 볼걸."

"하지만 갖고 있는 물건이 훌륭하다면 당연히 주변 사람들에게 보여주고 싶은 기분이 들겠지."

"희한하게 너는 요시코 편을 드는구나."

"그렇지 않아."

시노는 요시에의 안색이 험악해진 것을 느끼며 당황해서 덧붙였다.

"나도 온화했던 사람이 어떻게 그렇게 변할 수 있을까 생각했어."

"설사 이런저런 물건을 선물로 받았다고 해서 회사에까지 여봐란듯이 꾸미고 올 필요는 없잖아."

요시에는 여자로서의 한창때가 지나서 여사원다운 피로감을 얼굴 전체에 짙게 드리우고 있었다. 게다가 요시코의 일로 묘하게 격앙되었을 때는 더욱더 추한 모습이 되었다. 시노는 그녀보다도 세 살이나 젊었다. 또 예쁘다는 면에서 시노 자신의 표현을 빌리자면, 사원들은 요시에 얼굴을 볼 때는 예의가 없다 싶을 정도로 정면에서 보지만, 시노를 볼 때는 곁눈질해서 본다고 하였다. 그런 점에서 시노는 자신의 아름다움에 자신이 있었고, 요시에에게는 사원들의 마음을 움직일만한 것이 전혀 없다고 생각했다.

어쨌든 요시코의 요즘 행동 하나하나가 요시에를 우울하게 만들었고, 시노는 심사가 틀어져 가는 요시에를 지켜볼 수밖에 없었다. 그 정도로 시노는 요시코 이야기가 나오면 어떤 때는 마음에도 없는 요시코의 험담을 같이할 수밖에 없었다.

요시코는 여러 남자에게 과하다 싶을 정도로 추파를 받았다. 하지만 여자의 세세한 부분까지 관심을 가지려는 남자들의 태도가 불편해서 마음이 무거웠다. 예컨대 남자가 여자의 장신구를 완전히 새것으로 바꿔주는 것은 상관없지만, 헤어스타일이라든지 화장이라든지 지금 입고 있는 옷을 평가하면서 자기 마음대로 하려는 남자의 태도가 요시코를 우울하게 만들었다. 나중에는 육체까지 개조해야 한다고 말할 것 같은 남자의 깊은 욕망이 불쾌해서 참을 수가 없었다. 또 육체를 허락한 것도 아닌데 여자에게 이 정도로 신경 쓰는 것을 보면, 결혼하면 또 무슨 말을 할까 하여 남자의 존재가 성가시게 느껴졌다.

남자는 함께 거리를 거닐면서 걸핏하면 짜증 내는 일도 있었다. 부모님들은 이제 약혼했으니까 하며 두 사람이 나다니는 것에 싫은 소리를 하지 않았지만, 온화하고 조심성 있는 요시코는 그렇게 허락받았다고 대놓고 거리를 나다니는 것은 당분간 조심하고 싶었다. 그러나 이틀이 멀다 하고 연락이 와서 신바시(新橋) 역이나 시세이도(資生堂)나 제국극장으로 와달라고 지시하면, 요시코는 회사에서 돌아와서 얼른 옷을 갈아입고 외출해야만 했다. 피곤에 지쳐있을 때는 금세 무거운 의무감이 몰려왔다. 게다가 만나고 나면 아무것도 아닌 일에 언짢아지는 일이 날이 갈수록 늘어났다.

"당신은 어딘지 둔감한 것 같아. 그 장갑 색만 해도 그래. 이 색깔은 어중간해서 별로야. 코코아색이라면 그럭저럭 봐줄 만하지만, 흰색도 아니고 회색도 아니고 이런 색은 별로라고."

장갑만큼은 작년에 끼던 것 그대로였다. 물론 색깔은 그다지 좋다고는 할 수 없지만, 그것을 굳이 이야기할 거라고는 생각하지 못했다.

아무 말도 하지 않자 남자는 사에구사(三枝) 앞에서 가게 안으로 성큼성큼 들어갔다. 입구에서 우물쭈물하고 있으니, 남자는 지나치게 크다 싶을 정도로 큰 목소리로 말했다.

"당신, 좀 들어와 봐."

(1939.2.2)

제3회

요시코는 얼굴이 붉어져서 가게 안으로 들어갔다. 남자는 자기가 고른 부드러운 가죽 장갑을 내밀며 끼라고 말했다. 요시코는 점원 앞이기도 해서 대놓고 싫다고 말할 수 없어서, 자신의 의지와는 다르게 움직이는 손이 가엽다고 생각하며 점원과 남자가 보는 앞에서 온순하게 가죽 장갑을 껴 보였다. 비참한 기분이 된 요시코는 새로 산 장갑을 일부러 길거리에 떨어트려도 조금도 아깝게 생각하지 않을 것 같았다.

"어중간한 색처럼 별로인 것도 없어."

"하지만 항상 받기만 하니 마음이 불편해서 참을 수가 없는걸요."

"어차피 당신에게 줄 거니까 상관없어. 조금이라도 빨리 주는 편이 낫지."

"이제부터 당신 마음대로 제 물건을 사지 말았으면 좋겠어요. 저도 제가 좋아하는 물건이 있고, 또 당신에게 받으면 미안한 마음이 들거든요."

"내가 당신 물건을 고르는데 이상할 게 뭐가 있어."

남자의 말투는 요시코에게 시비조로 들렸고 그때의 목소리에는 남자의 불쾌한 기분이 담겨 있었다. 요시코는 불행한 기분이 들었다.

"아직 결혼도 하지 않았잖아요. 그렇게 말씀하시는 건 좀 이르다고 생각되는데요."

"결혼한 거랑 마찬가지 아닐까. 당신은 그런 기분이 들지 않는가 보지. 그렇게 서먹서먹하게 말하니 말이야."

"하지만……."

요시코는 감정적으로 노리개 취급을 받는 것 같은 비참한 기분에 얼굴색이 파래질 정도로 화가 났다. 그러나 남자의 말에 대항하는 것에 위험을 느꼈고, 대항할 마음도 생기지 않아 입을 다물어버렸다.

"나는 내가 고른 물건으로 당신의 모든 것을 바꾸어주고 싶어. 이제까지 갖고 있던 옛날 물건은 모두 버려도 좋아."

"그럴 수는 없어요. 여자가 지닌 물건에는 아주 중요한 순간순간의 기분이 담겨 있거든요."

"나는 내 힘으로 모든 것을 새것으로 바꿔주고 싶어. 그런데 그 정도로 다른 남자들에게 받은 물건이 아주 많은가 보군."

"그런 말을 하려는 게 아니에요. 남자에게 받은 물건은 하나도 없어요."

"추억이 담겨 있다는 둥, 그런 말을 했잖아."

"아니요. 여자는 물건 하나를 사는데도 당신보다 경제적인 면을 많이 생각한다고 말씀드리는 거예요. 여러모로 생각해서 사는 거니까 그 정도로 마음에 사무치는 거예요."

"그 마음은 잘 알겠지만, 당신과 내 생활은 모든 것이 다시 태어난 것처럼 싹 바뀌어야 해. 그것이 결혼의 법칙 중 하나이지 않을까."

요시코는 '다시 태어나지 않으면 어떻게 할 거냐?'고 묻고 싶었지만 역시 말할 수 없었다. 그런 말을 했다가는 더욱 크게 화낼지도 모를 일이었다. 여자에게는 다시 태어나라고 하면서 자기는 변하지 않으려는 남자의 이기심이 얼굴에 드러나서 비참한 기분이 들었다.

요시코는 뭔가 틈만 있으면 다른 남자를 자신과 연결 지어서 생각하려는 이 남자의 태도가 아주 무례하다고 생각했다. 남자라는 인간은 원래 터무니없는 말을 하기는 하지만, 다른 남자를 그렇게 신경 쓰는 이유가 도대체 뭘까 생각해보았다. 하지만 그 깊은 의미를 알 수 없었다. 남자가 한 여자의 감정에 언제나 다른 남자가 있는 것처럼 생각하는 이유는, 남자 자신이 이전에 뭔가 저지른 실수를 새로 만난 이 여자에게서 찾으려는 것은 아닐까 생각해보았다.

(1939.2.4)

제4회

　요시코는 요사이 계속해서 요시에와 만날 기회를 만들려고 애썼다. 하지만, 요시에는 심술궂게 요시코의 업무를 인수인계하지 않고 동료인 시노에게 넘겨버렸다. 시노도 시큰둥하게 방치해두어서 업무는 순식간에 정체되었고, 요시코 책상 위에는 일이 산더미처럼 쌓였다. 요시코는 될 수 있는 대로 빨리 요시에에게 결혼 때문에 회사를 그만둔다는 말을 하고 싶었다. 그러나 남자에 대한 감정은 결정했으면서도, 마음속에는 충족되지 않은 뭔가가 있어서 여차하면 자기가 먼저 파혼을 제안할지도 모른다는 일말의 불안감을 느꼈다. 그 때문에 요시에에게도 이야기를 털어놓을 수 없었다. 하지만 이제 와서는 결혼을 거절하고 싶어도 거절할 수 없을 정도로 남자에게 선물을 많이 받아서, 정신을 차리고 보니 다른 선택을 할 수 없는 상황이 되어버렸다.

　요시코로서는 입사할 때 도움을 받았기 때문에 요시에에게만큼은 결혼의 경위를 말해야만 할 것 같았다. 그러나 얼굴을 마주쳐도 얼른 피하고 노골적으로 무뚝뚝하게 대하며 독살스럽게 행동하는 요시에에게 요시코는 말을 붙일 방법이 없었다. 요시에는 요시코가 식당에서 아침 인사를 해도 제대로 인사를 받아주지 않았다. 요시코는 이러한 감정이 분명 질투라는 것은 알고 있었다. 하지만 여자들 사이에서 결혼이라는 문제가 이렇게 거친 질투의 감정으로 변한다는 것은 처음 깨달았다. 그러나 회사를 그만두어야 하는 날이 채 1주일도 남지 않았기 때문에 요시에에게 이야기하지 않을 수 없었다.

어느 날, 사원들이 퇴근하는 것을 기다렸다가 요시코는 전찻길로 뒤쫓아 가서 겨우 요시에에게 말했다.

"할 말이 좀 있는데 같이 걸을 수 있을까요?"

"할 이야기라니 무슨 이야기?" 요시에는 눈을 내리깔고 성난 기색으로 말했다.

"사실 저 이번에 회사를 그만두려고 하는데요. 그래서……."

"언제쯤 그만둘 건데?"

"언니한테 이야기하고 나면 금방이라도 그만두려고 생각하고 있어요. 신세만 졌는데 너무 제 생각만 해서 미안하네요."

"그만두고 나서 뭐 할 생각인데?" 요시에는 눈빛이 한층 험악해졌다. 아니, 그보다는 훨씬 더 깊은 질투로 눈을 심하게 깜박였다.

"저 결혼하게 되었어요." 요시코는 얼굴을 붉히며 말했다.

"아, 결혼하시겠다? 그건 축하할 일이군." 요시에의 눈빛은 졸도할 정도로 심하게 흔들렸다.

"더 일찍 말하고 싶었지만……."

"어떤 사람인데?"

"그냥 직장인이에요."

"그러면 이제 곧 결혼식을 올릴 건가?"

"예."

"부자니?" 요시에는 노골적으로 파고들었다.

"그건 모르겠어요."

"하지만, 꽤 값나가는 선물을 받았잖아. 시계도 그렇고 반지도 그렇고, 다 선물로 받은 거지?"

"……."

이렇게까지 무례하게 들추어내자 요시코는 당황해서 아무 말도 할 수가 없었다.

(1939.2.5)

제5회

"요즘 네가 부자와 사귄다는 것 정도는 알고 있었지. 그렇지 않다면 네가 그렇게 비싼 모자 같은 것을 쓸 수 있겠니. 분수에 맞지 않게 하고 다니더라."

"아니……." 요시코는 할 말을 잃어버렸다.

"입사했을 때의 일을 생각해 봐."

요시에는 그렇게 말하고 요시코에게 눈길도 주지 않고 전차에 올라타 버렸다. 요시코는 눈물을 글썽이며 분해서 몸을 부들부들 떨었다. 게다가 오늘 밤은 남자와 풍월에서 만나서 저녁 식사를 하기로 되어 있었다. 하지만 마음은 내키지 않고, 그렇다고 가지 않을 수도 없었다. 이런 욕을 먹어도 그것이 거짓말이 아닌 이상 어찌할 도리가 없었다. 차라리 남자에게 받은 선물을 모두 돌려주고 싶었다. 하지만 일단 몸에 걸쳤던 것을 돌려주는 그런 비상식적인 일을 할 수가 없었다. 엄마가 시키는 대로 가볍게 남자에게 선물을 받은 것이 가슴 아프게 후회가 되었다.

겨울 햇살이 물러나고 거리에는 가로등불이 반짝였다. 남자는 먼저 풍월에 와서 테이블에 앉아 여자를 기다렸다. 요시코가 가볍게 인사하고 들어가자 남자는 이상하다는 듯 요시코의 얼굴을 뚫어져라 쳐다보았다.

"무슨 일이야? 어디 몸이 불편한가?"

"아니에요." 요시코는 '이 사람도 알아볼 정도로 내 안색이 나빠졌구나.' 생각했다.

"이상하게 힘이 없어 보이는군. 누구하고 싸움이라도 한 것 같아."

"그런 일 없어요." 요시코는 쓸쓸하게 살짝 웃어 보였다.

맛있고 우아하다고 이름나 있는 이 식당의 요리도 요시코의 식욕을 자극하지 못했다. 경멸에 찬 요시에의 모욕적인 말이 머리에 떠올라서 왜 이 남자에게 이런저런 물건을 받았을까, 자신의 어리석음을 되돌아볼 뿐이었다.

식사하느라 시간이 지났지만, 요시코는 어느 음식에도 거의 손을 대지 않았다.

남자는 요시코가 마치 의무적으로 앉아 있는 것 같아서 불쾌한 듯이 인상을 찌푸리며 말했다

"뭐가 마음에 들지 않는 게 있나?"

"아니에요."

"하지만 지금 입을 꾹 다물고 있잖아. 게다가 음식에는 손도 대지 않고. 뭔가 이상해."

"가슴이 답답해서 먹을 수가 없어요. 미안해요."

"당신이 즐겁게 식사할 거라고 생각했는데, 마치 의무감으로 나온 것 같군…."

"무슨 그런 말씀을 하세요…."

남자는 잠시 후 화난 듯이 말했다. "밖으로 나가지."

그와 그녀는 다시 거리로 나왔다. 말 한마디 하지 못한 요시코는 우울해서 기분이 점차 가라앉을 뿐이었다. 지금으로서는 결혼이고 뭐고 다 그만두고 싶었다. 오늘 밤 엄마에게 말해서 선물을 모두 되돌려주고 후련해지고 싶었다. 숨 막히는 남자와의 관계가 육체적으로 또 정신적으로 평생 계속될 거라고 생각하니 마음이 한층 무거웠다.

"내가 여러모로 생각해보았는데, 당신은 나에게 호의를 갖고 있지 않은 것 같군."

남자의 목소리가 왠지 가슴을 짓누르는 것처럼 무겁게 울렸다.

"아니에요. 오늘 기분이 좀 우울한 것뿐이에요."

요시코는 이 남자가 자기 마음속을 눈치챈 것 같아 얼른 이 사람과 헤어져서 혼자 걷고 싶었다. 그리고 이 남자와 결혼하고 싶은 기분이 자신에게 전혀 없다는 것을 깨달았다.

(1939.2.7)

꿈은
깨닫는 것
(夢は覺めるもの)

가토 히로시
(加藤弘)

제1회

매월 16일과 마을 회의의 결의에 의해 결정된 공휴일은 모든 가게가 문을 닫아야 했다. 그런데도 일요일이니까 손님이 많을 거야, 미나카이(三中井) 백화점[70]이 쉬는 날이니까 잘 팔릴 거야 하면서 가게 문을 활짝 열고 당당하게 장사하는 주인집에 고용되어 있는 나는 조선에 온 지 5년밖에 되지 않았지만, 아주 못된 사람이 되어 버린 느낌이 들었다.

어떤 책에서인가 읽은 적이 있다. 인간답게 일한 시간의 합계만이 인간의 나이라고. 당신의 나이는 몇인가? 30년 전 나에게 넘쳐났던 젊은 힘은 결코 경솔한 감정에서 나온 것은 아니었다. 주인의 명령이라고는 하지만 5년 동안 자신의 성격을 죽이면서까지 일한 것은 아니

---

70 20세기 전반, 조선, '만주', 중국 대륙으로 점포를 확장했던 일본인이 경영한 백화점이다. 경성에서는 조지야(丁子屋), 히라타(平田), 미쓰코시(三越), 화신(和信)과 함께 5대 백화점으로 불렸다.

었다. 시간을 거스르는 상인 근성은 사회에서 추방해야만 한다.

한 해가 저물고 이 마을에도 정월이 왔다.

50년만의 가장 큰 추위가 낙엽과 휴지조각을 일으키는 바람을 타고 가게 안으로 들어왔다.

스토브도 때지 않고 유리문도 닫지 않은 넓은 상점에서 문을 열어놓은 채로 있으니 추워서 견딜 수가 없었다. 연탄불이 희미하게 숨을 쉬고 있는 화로에 의지하고 있는 점원들은, 보기에도 상황에 지배받는 빈자의 모습이었다.

"바람이 심하게 부니까 유리문만은 닫지요?"

나는 재고를 정리하던 손을 멈추고 점장에게 말했다.

"아니야. 2월에는 닫아도 괜찮지만, 1월에 닫았던 해는 없었어."

점장은 참을 수 없는 추위에 얼굴이 새파랗게 되었지만, 악질적이라서인지 아니면 장사에 열심이라서인지, 이렇게 말하며 가볍게 웃었다.

나는 어쩔 수 없이 신문지를 조끼 모양으로 잘라서 점퍼 안에 껴입었다.

"다요(田代) 씨, 그렇게 하면 따뜻한가요?"

나는 "그럼, 따뜻하지요."라고 말하며 몸을 흔들었다. 신문지가 사각사각 소리를 냈기 때문에 도키치(東吉)[71]도 나가키치(長吉)도 "거참,

---

71 상가(商家) 고용인을 불렀던 이름 중 하나이다. 본인 이름 한 글자에 기치(吉)를 붙

시끄럽군." 하며 웃었다.

부청(府廳)에서 회람이 왔다.

내지(内地)산 메이야스 편직 검사의 건.
황기 이천육백일 년(1941) 전대미문의 문이 열리다.

연말부터 소문이 돌았기 때문에 각오는 하고 있었지만, 나는 왠지 납득할 수 없는 힘에 눌린 것 같았다.

'그렇다, 지금부터가 나의 시련이다. 새롭게 살아갈 길이 열렸다.' 나는 마음속으로 외쳤다.

"이렇게 된다면 장사를 그만둘 수밖에 없지." 점장은 내가 가져간 회람을 읽고 투덜거렸다. 가격 통제령[72]이 발포되던 시기에도 아직은 가격 인상이 가능해서 정가표에 가격 정지 도장만 받아 두면 어떻게든 빠져나갈 구멍은 있었고, 또 공정 가격이 되어도 규정이 정확하지 않은 것은 정지된 가격으로 팔렸기 때문에, 지금의 이 규정은 점장의 손발을 꽁꽁 묶는 것과 마찬가지였다.

그러나 우리 점원들은 시즌이 되어도 물건값을 올릴 필요가 없어졌으니 오히려 다행이었다. 아무리 가격이 올랐어도 원가를 알고 있

여서 불렀다.

72 중일전쟁 때 물가의 상승을 막기 위해 가격을 통제하는 가격 정지령을 말한다. 제 2차 세계대전 이후에는 물가통제령에 의해 표시된 공정가격을 말한다.

는 나로서는 손님에게 물건을 권하는 것이 뭔가 나쁜 일을 저지르는
것 같아 견딜 수가 없었다. 가격이 인상될 때마다 점장이 장사할 마음
이 없다고 혼내는 것은 나의 이러한 성격 때문이었다. 내가 비율에 맞
춰 값을 올렸는데도 팀장은 그래도 싸다면서 다시 값을 더 올리는 일
이 예사였으니 말이다.

(1941.10.17)

제2회

"어쩔 수 없다. 얼른 처리하자."

점장은 의사가 임종을 알리는 것처럼 우리에게 회람을 던졌다.

"그렇다면 어쩔 수가 없네요. 사오일은 걸리겠지요?"

"음, 그 정도는 걸리겠지. 메리야스 제품이라면 직물은 전부 해당
하니까."

"그렇지요. 장갑, 모직 셔츠 정도라면 종류가 많지 않아 상관없지
만, 양말은 참 난감하네요. 무늬가 다른 것을 전부 견본으로 제출해야
하니까요."

"적당히 하면 되지 않을까? 증지만 받으면 그 이후는 어떻게든 될
테니까."

그 어떻게든 된다는 말을 나는 가장 싫어한다. 어렸을 때 '一되겠
지', '一일 거야' 하는 말을 썼다가 엄격한 아버지에게 수도 없이 호되
게 혼나서 지금도 그 말을 혐오할 정도이다.

그와 반대로, 부모 세대부터 상인이기 때문에 '젊은 사람이 말도 잘하네.'라고 감탄하는 이면에, '젊은 놈이 장사꾼 근성을 가지고 있구먼.' 하고 비난하는 소리에는 부아가 치밀었다. 어쨌든 진실을 추구하는 성격 때문에 나는 마음속으로 '정확하게 하자, 몇 날 며칠이 걸려도 해내자.'라며 자문자답했다.

조키치(長吉)에게 양말을, 마쓰키치(松吉)에게는 장갑을, 도키치(東吉)에게는 셔츠를 분담시키고, 자기가 맡은 각각의 제품에서 가격별, 무늬별로 하나씩 견본을 제출하게 했다. 나는 스웨터, 바지 등 자잘한 상품을 골라냈다. 네 명이 가게 안쪽 방안에 처박혀서 일했다. 그리고 지금부터는 다시 여름 물건을 정리해야만 한다.

"이번에는 창고로 가서 여름 물건을 하는 거다." 나는 활기를 띄우려고 일부러 힘찬 목소리로 말했다. 하지만 세 명은 이미 비관한 듯이 눌러앉아 버렸다. 피곤한 것이다. 한숨을 푹 쉬었다.

나도 피곤해서 어쩔 수 없이 '내일 하자.' 하고 일단 방 안의 물건을 한데 모아서 구석으로 밀어놓았다.

"벌써 끝났어?"

은행에 다녀왔는지 가방을 들고 들어온 점장이 조키치와 마쓰키치를 향해 말을 걸었다. 두 사람은 기계적으로 일어나서 말했다.

"아닙니다. 지금부터 시작이에요." 마쓰키치가 어른스러운 얼굴로 대답했다.

"이제부터 여름 물건을 해야 하는데, 내일 하려고 합니다."

나는 평소와 마찬가지로 가볍게 웃으면서 이야기에 끼어들었다.

나는 이런 일에는 되도록이면 나서려고 한다. 그렇지 않으면 점장 도련님은 사소한 일로도 점원들을 꾸짖으려 하기 때문이다. 그런 경우 부모 곁을 떠난 지 얼마 되지 않은 순진한 소년들은 열흘도 되지 않아 집으로 돌아가 버린다. 만일 참고 버티더라도 습관적으로 요령이 좋은, 이른바 표리부동한 사람이 되어 버린다.

"그렇군. 얼마나 했어?"

견본의 양에 따라 우리들의 일하는 태도를 짐작할 수 있다고 생각했는지, 점장은 방안에 머리를 처박고 물건을 살폈다. 벽을 따라 쌓아 놓은 상품 수가 상상 이상이었는지, 아니면 뭔가 혼내줄 생각을 했는지 점장은 나에게 말했다.

"쓸데없이 많이 꺼냈잖아. 다요 군, 견본으로 보내는 거니까 전부 사정소로 가져가지 않아도 돼. 상품이 더럽혀질 수도 있다는 생각도 해야지."

"예, 하나씩 꺼냈는데도 그만큼 된 거예요."

"전부 꺼내지 않고 대충 해도 됐을 텐데. 때가 타면 반값으로 팔아야 하잖아. 가게의 손익도 조금은 생각해줘야지."

(1941.10.19)

제3회

그날 밤 나는 점장의 모친이면서 이 가게 주인인 부인에게 불려갔다. 이 부인은 5년 전에 남편이 죽고 나서 여자 혼자 몸으로 여섯 명의 아이를 키웠다. 장남은 스물여섯으로 상업학교를 졸업했고, 차남은 중학교를 졸업하고 간부후보생이 되어 지금은 북지나(北支那)로 출정해서 육군소위로 있으며, 장녀는 여학교를 졸업하고 오사카(大阪)에서 일하고, 차녀는 여학교 재학 중이고, 삼남은 중학교 재학 중이고, 사남은 소학교 5학년이다. 이렇게 부인은 자식복은 있었지만, 5년 동안의 고생은 아이들의 엄마가 겪기에는 분명 쉽지 않았을 것이다. 그런데 그 부인이 나는 부른 것이다. 혼내려는 것 이외에는 이 완벽한 부인이 나를 볼일이 없을 거라 생각해서 나는 각오를 하고 이층으로 올라갔다.

커다란 탁자는 죽은 주인의 추억인 듯 언제나 같은 자리에 놓여 있고, 불단에서는 가느다란 연기가 피어올랐다.

나는 불단에 향을 올리고 부인 앞에 앉았다. 가게와는 다르게 화로에는 뜨끈뜨끈 숯이 타고 있었다.

"다요 씨, 다름이 아니라 이번 메리야스 말이야."

"예."

"어지간히 힘들게 됐더군."

"예, 메리야스 편직방식이 규격으로 정해져 있어요."

"그렇다고 하더군. 그래서 오늘 류지(龍二)한테 들었는데, 상품 전부를 견본으로 낼 필요는 없지 않겠어?"

"아니요. 한 종류에 하나씩입니다."

"그렇더라도 뭔가 방법이 있지 않을까? 나는 자네가 뭐든지 알아서 해주니까 아무것도 몰라. 류지에게 다 맡기고 있으니, 적어도 자네만이라도 가게 사정을 생각해 주지 않으면 곤란하지. 어떻게든 고용인의 근성을 보여주었으면 좋겠네."

이것이 고용인의 근성이란 말인가. 나는 쓴 침을 삼켰다. 속이 쓰려오는 것 같았다.

"아닙니다, 부인. 고용인의 근성이라고 말씀하시면 제가 곤란합니다. 이미 정해진 것이라면 정확하게 지키는 게 중요하지요."

"정확한 것도 좋지만, 물건을 팔 수 없게 만드는 것이 국책은 아니잖아. 류지가 말하는 것처럼 견본을 조금 내고 증지를 여분으로 받으면 되지 않을까?"

"그렇다면 저희가 직접 검사하는 것과 마찬가지지요."

"그렇지. 검사하는 책이 있잖아. 그것을 보면서 하면 마찬가지지."

"그건 그렇지만요."

"어떤 가게도 상품을 전부 낼 정도로 어리석게 정직하지는 않아."

이 시국에 융통성 있게 처리하기를 바라는 것을 보면, 이 부인은 심장이 아주 강한 것 같다.

지나가 버린 과거의 그림자를 쫓으면서 지금 이 시대를 살아가려는 국민을 어디에 비유하면 좋을까? 새로운 태양은 이 시국을 살아가려고 애쓰는 곳을 비추는데, 시국을 거스르는 사람은 이른바 어둠의 이름으로 국적(國賊)이고, 건설의 초석을 갉아먹는 벌레인 것이다.

주인은 과거 상인의 그림자를 지금의 경영에도 적용하려고 한다. 생각해보면 습관이라는 것은 두려운 것이다. 나는 무심코 주먹을 꽉 쥐었다.

"사모님, 비상시입니다. 손해 본다든지 득이 된다든지, 그런 생각은 하지 마세요. 둘째 아드님 다케지(武二) 씨는 육군소위이지 않습니까?"

"아들 일과 이 일은 전혀 관계가 없어."

이 부인, 내가 하는 말은 애들이 하는 예사말로 받아들인다.

부모라면 설득해보겠지만, 주인이기 때문에 간섭할 방법이 없다. 해고당하는 것은 두렵지 않다. 그러나 내가 가게를 그만둔다면 누가 이런 습관을 타파할 것인가. 꾹 참았다. 주먹에서 땀이 차올랐다.

(1941.10.21)

제4회

닷새 후 검사가 끝나고 견본과 증지가 도착했다.

내가 써서 제출한 견본 수량은 4분의 1정도였는데, 증지는 내가 예상한 것보다 훨씬 많았다.

"수고했어. 다요 군. 관리들이라는 게 일을 잘 모른다니까. 견본에 비해 증지가 남을 정도잖아."

점장은 자랑하듯이 증지를 보여주었다.

사모님의 지시도 있고 해서 나는 이 일에 전혀 관여하지 않았다. 하지만 일단은, "그렇군요." 하고 남의 일인 것처럼 한마디 던졌다.

나와 가장 어린 준키치(順吉)가 가게를 지키고 다른 점원들은 점장의 지시에 따라 안쪽 방에서 꼬박 사흘 동안 증지를 붙였다.

점원들이 모르는 거야 상관없지만, 나는 그것만이 걱정이었다. 시국을 견뎌내는 건전한 청년을 키우려는 나의 방침이 이런 일 하나로 완전히 허물어지는 것은 아닌가 하는 것이다. 성실한 소년들은 스스로 실천하면서 조회 때마다 훈시를 들으며 감명받고 있는데, 만일 주인이 규칙을 어긴 것을 안다면 이들은 정신이 무너지고 자신의 목표를 잃을지도 모른다. 주인을 따를까? 국법을 따를까? 소년들은 그것을 결정할만한 상식을 가지고 있지 않다.

나의 이러한 걱정은 다행히 아무 일 없이 끝났다. 도키치와 마쓰키치도 이렇다 할만한 의심도 하지 않는 눈치였다.

나는 앞으로는 이런 일이 없었으면 좋겠다고 신경을 곤두세웠지만, 이런 나와 점장의 의견이 같을 리가 없다.

두 사람 제각각의 다른 감정은 그대로 3개월이 지나 봄을 맞이했다.

그간의 노고에서 해방된 듯 흥청대면서 수척해진 얼굴로 밤거리를 배회하다가 전등불 아래 머물러서는 노래한다.

봄이 왔다.

비가 오고,

햇살이 비추는.

이렇게 같은 일을 반복해온 역사가 이제 신질서에 따라 지도의 색을 다시 칠하고 있다.

메리야스 방식은 완벽하다고 정부는 생각할지 모르지만, 우리 주인 같은 상인이 있는 이상 어설프다고 외치고 싶다.

그러나 다시 그런 방식이 내지산 넥타이에도 적용된다면 비관적일 수밖에 없다. 포목제품, 양산, 솔 등 모든 제품에도 해당한다면 더더욱 그러하다.

내지의 도매상이 조선까지 일부러 출장 와서 내지와 같은 도매가격으로 물건을 팔아야 한다면 어디서 출장경비를 뽑을 수 있겠는가. 이런 점에서 다른 방법을 강구해야 한다고 말하는 것도 과언은 아닐 것이다. 설마 거래처 소매상이 불쌍하다고 생각할 도매상이 있겠는가. 만약 있더라도 극히 일부일 것이다.

"다요. 요즘 어때? 바쁘지?"

나와 마찬가지로 상인 아닌 상인인 도키무라(時村) 씨가 자전거에서 내리며 말을 걸어왔다.

낡은 맥고모자가 둥근 얼굴 위에 얹혀 있는 것 같았다.

그는 나이가 쉰셋이 됐는데도 경방단(警防團)[73]에 나올 정도로 우국지사였다. 나는 그가 좋아서 매일같이 경방단에 따라 나갔는데, 요 한 달 동안 통 소식이 없다고 잔소리를 들었다.

담배 가게 앞까지 오자, "아니, 다요 씨. 어찌됐노. 빨리 들어온나." 아줌마는 규슈 사투리로 나는 잡아끌며 말했다.

도키무라 씨는 담배 가게 겸 목탄 장사를 했었다. 그런데 조합이

---

73 제2차 세계대전 발발 직후인 1939년에 '경방단령(警防團令)'을 근거로 주로 공습이나 재해로부터 시민을 지키기 위해 만들어진 단체이다. 경찰 및 소방의 보조조직의 임무를 수행했다. 1947년에 폐지되었다.

만들어지고 도키무라가 판매부장이 되어 월급을 받게 돼서 아줌마는 너무 한가해서 미치겠다고 말하면서 내게 차를 내주었다.

(1941.10.22)

제5회

"다요, 장사꾼까지 배급을 받는 상황이 되면 안 되지. 이참에 일자리를 옮겨보는 게 어때?"

기모노로 갈아입고 밥상 앞에 앉은 도키무라 씨가 찻잔을 내려놓으면서 나에게 말했다. 평소와 달리 진지한 얼굴이었다. 작은 눈이 더 작아 보였다.

"일자리를 옮기라고요?"

나는 어깨를 움츠리고 다시 한번 도키무라 씨의 얼굴을 보았다.

"그렇게 이상하게 생각할 거 없어. 자네에게 딱 맞는 곳에서 사람을 구해달라는 부탁을 받았거든."

"쓰네다(常田) 씨를 말하는 건가베요?" 아줌마도 이미 알고 있는 것 같았다.

"그래, 거기라면 괜찮을 거야."

"그럼 괜찮지. 그리로 옮겨라. 회사가 크니까 장래성도 있겠고만."
내가 주저하고 있으니, 아줌마가 자꾸 권했다.

"그런데 아줌마, 저는 학력이 없어서 안 돼요."

"소심하기는. 지점장인 쓰네 씨한테서 부탁받은 거니께 상관없다카이."

"아니에요. '까마귀 학이 될까'라고, 장사하는 거 말고 어디 다른 데서 저를 써 주겠어요?"

"무슨 그런 말을 하는 거야. 다른 가게라면 모를까, 지금 일하는 가게에서는 평생을 일해도 장례식도 치러주지 않을걸. 지금이니까 하는 말이지만, 전에 있었던 후지타(藤田)라는 사람도 자네처럼 우리 집에 자주 놀러 왔었지. 이봐?" 도키무라 씨는 아줌마에게 말을 걸었다.

"그치, 그 사람도 좋은 사람이었제." 아줌마는 밥상 위에 그릇을 놓으면서 대답했다.

"그 후지타 씨가 열다섯 살부터 13년 동안 참고 일하다 그만둘 때 위로금으로 3천 원을 받았는데, 그 자리에서 내던졌다지. 후지타 씨가 아주 화가 나서 여기 와서 말하더라고. 지금 그 사람은 만주에 있는 회사에서 과장으로 일하고 있지. 결국 자네처럼 뒤로 빼는 사람은 성공할 수 없어. 과감하게 행동하는 게 중요하지."

전등이 켜지고 밖은 어스름했다.

"그렇지만, 지금은 시대가 다르잖아요."

"또 그런 소리를 하는구나." 도키무라 씨는 화를 내며 밥그릇을 들었다. 아줌마가 준 밥그릇을 받아서 나도 먹었다.

"어때? 옮길 마음이 없나?" 젓가락을 내려놓자 다시 이야기가 이어졌다.

"아줌마의 친절은 고맙습니다만, 저에게는 가게의 이익이나 나 자신의 이익보다 조선의 소년을 키우는 게 더 중요합니다. 점원이 여덟 명이나 있는데 자기 일에 만족하는 사람은 한 사람도 없어요. 날이 저물어버리면 생각을 다시 고치기가 힘드니까요."

"그런 일에 최선을 다한들 아무도 좋아하지 않아. 그렇게 해준다고 불심 없는 주인이 손톱의 때만큼이나 기뻐하겠어."

그것은 사실이었다.

도청(道廳)의 지시대로 메리야스 편직을 정확하게 조사했다고 주인에게 혼났다. 가게의 장래를 생각해서 한 일인데 말이다. 소년을 가게를 위해서 일하는 성실한 청년으로 교육하는 것은 요원한 일이 아닐까.

그렇다고 그냥 방치해 둔다면 새로운 시대에 눈을 뜬 청년은 과연 어디에서 나올 것인가. 유복한 가정의 아이라면 모르지만, 식구가 줄었다고 기뻐하는 부모를 둔 자식은 결국 자신의 처지를 한탄하는 청년으로 성장할 수밖에 없을 것이다.

(1941.10.23)

제6회

보통 학교를 졸업하고 맨몸으로 고용살이에 나선 소년들은 계약 기간이 끝나도 얼른 연장받지 못하는데, 이는 나 같은 뎃치봉공(丁稚奉公)[74]부터 시작해서 성장한 경험자가 아니면 알 수 없는 요령이다.

---

74 상가(商家)에 고용된 소년들을 말한다. 10살 전후 상점에서 더부살이하면서 심부름이나 잡일을 하고 상품을 다루는 일은 하지 않았다. 급료는 없으나 의식주가 보

주인의 명령에 따라 주인과 한 지붕 아래 더부살이하며 성장하는 소년을 자기감정에 따라 암흑의 세계로 끌어들이려는 주인은 우리 주인뿐일까? 악습에서 빠져나올 수 없는 자신은 어쩔 수 없다 하더라도, 무구한 소년의 희망을 굴복시키는 일은 자라나는 싹을 잘라버리는 것과 같은 일이다.

나는 이런 나의 뜻을 간단하게 설명했다.

(이하 4행 판독 불가)

"자네가 아무리 애써도 어리석을 짓을 했다고 후회하게 될 걸세."

"과연 그럴까요?"

"그렇게 어린애 같은 생각을 할 거면 회사원이 되는 게 낫지."

도키무라 씨는 자신의 일인 양 열심히 설득하려 했다. 하지만 나는 생각을 바꿀 수 없었다.

"실은 요 두 달 동안 메리야스 양식 때문에 사모님도 점장도 저와 의견이 충돌했어요. 아줌마만은 나의 기분을 알아줄 거라고 생각했는데 역시 다 마찬가지네요. 회사원은 어디에 비교하면 좋을까요?"

도키무라 씨는 이런 물음에 눈을 껌벅이며 내 얼굴을 보았다.

"저는 이런 생각을 하는 회사라면, 사원이나 점원이나 매한가지라고 생각해요. 제가 너무 단순하게 생각하는 건가요?"

"……."

도키무라 씨는 감탄했는지 아니면 어이가 없었는지 아무 말도 하

장되고, 장사 경험이나 장래의 독립을 위한 포석으로 일했다.

지 않았다.

꽃놀이한 사람들이 버리고 갔는지 벚꽃 가지가 아스팔트 위에 흩어져있을 뿐, 열두 시가 가까워진 거리에는 네온 전등이 꺼져 있었다.

아직 흥분이 가라앉지 않았는지 나는 이런 것을 생각했다. 가로등은 왜 계속해서 켜두는 것일까? 도회(都會)의 표현이기 때문일까? 어쨌든 12시 이후에는 필요 없지 않을까? 밤에는 전지나 제등을 들고 걸어야 하는 시골도 전혀 불편하지 않다. 도시처럼 많은 사람이 살고 있는 곳은 밤에도 밝다. 성장해가는 생활 속에서 이 전깃불이나 전열은 반드시 필요하다고 생각하지 않는다.

2백여 리나 멀리 고향을 떠나있는 나는 가끔 별과 달을 보면서 고향을 향해 마음을 달려보지만, 바늘구멍으로 하늘을 보는 것과 같고 전등불 아래서는 별조차 선명하지 않다.

자연에서 멀어진 것 같아 허전한 마음만 든다.

(1941.10.24)

제7회

5월 31일에 한해서 양식 증지 없는 물건은 20전 이상의 가격으로 판매할 수 있다.

관보(官報), 도보(道報)의 고시에 따라서 이 도(道)에서도 검사가 서둘러 시행되었다.

무슨 바람이 불었는지는 모르겠지만, 나 혼자 맡아서 내 생각대로 견본을 정확하게 해서 제출했다.

당일은 공휴일이었기 때문에 점장이 검사소에 갔다.

다음날 가게에 나오자, 점장이 말했다.

"다요 군, 넥타이는 우리 가게가 가장 많아. 미나카이도 우메야(梅屋)도 200개도 안 되는데 우리는 700개나 되더라고."

메리야스처럼 증지만 많은 것이 아니라, 실제 현물이 있기 때문에 어쩔 수 없었다.

"게다가 금은 실이 들어간 게 70개나 있었어?"

"예, 그렇지요."

"그런 물건은 견본으로 제출하지 않아도 되지 않았을까? 정말 비싼 검사료야. 하나에 40전이나 써야 하다니. 넥타이에 40전이나 들인다면 남는 게 없겠는 걸."

점장은 역시 납득이 가지 않는가 보다. 당연이 지불해야할 것인데도 아까워하는 마음은 바꿀 수 없는 것 같다.

"하지만 인정 증지를 받지 않으면 팔 수 없으니까요."

"손님들은 그런 것 상관하지 않아."

마치 손님을 아이 취급하듯이 말한다. 모르는 사람이라면 상관없지만, 만일 경제경찰[75]에게 걸리기라도 한다면 그거야말로 큰일이다.

---

75 제2차 세계대전 중 경제통제 위반을 관리하기 위해 설치한 특별경찰조직을 말한다. 중일전쟁이 발발하자 조선에서도 전시통제 경제체제가 마련되어 생필품의 가

그렇게 되면 모두 내 책임이 될 거라 생각하니 나는 가만히 있을 수 없었다.

"팔 수 없는 물건을 팔면 안 되지요." 나는 입술이 일그러지는 것을 느꼈다.

"값을 내리자고 해도 반대하시고 재고가 많지 않으면 어떻게든 해보자고 하시고, 저는 어느 장단에 맞춰야 할지 모르겠네요."

"넥타이는 값을 내려도 문양이 마음에 들지 않으면 사지 않아."

언제나 그렇게 매점매석을 하려고 하니까 남아버린다. 넥타이 중에서 구닥다리는 어쩔 수 없지만, 스테이플사(絲)가 없었던 시절의 가격이다, 게다가 순모다, 이렇게 목이 쉬도록 설명해도 넥타이만은 사주는 사람이 없다.

회의소의 경제통제총력회(經濟統制總力會)에서 인정료가 28전으로 결정됐다는 전화를 받고 투덜대는 점장과 사모님에게 "도미타 류지(富田龍二) 씨 계십니까?" 하고 순사가 찾아왔다.

사모님이 생글거리며 인사하고 나서 받아 든 것은 경제경찰로부터의 호출장이었다.

"이게 무슨 일이야?"

"무슨 일 때문이지?"

격 등귀와 전략 물자인 가솔린 통제를 관리하는 전문 경찰관이 필요했다. 이에 1938년 경찰국에 '경제통제에 수반된 경찰 사무에 종사하는' 경찰관을 배치한 것이 경제경찰의 시작이다.

두 사람은 걱정스러운 얼굴로 속삭이듯이 말했다.

"다요 씨, 이게 무슨 일이지?"

사모님은 물품세를 조사하고 있는 나에게 호출장을 내밀었다.

오는 17일 오전 9시 본서 경제계로 출두 바람.

○○경찰서

나는 무슨 일인지 전혀 알 수가 없었다.

"그러면 제가 다녀올까요?"

"글쎄." 하고 사모님이 말하자, "내가 가지. 나한테 오라고 한 거니까."라고 점장이 카운터에서 평소처럼 귓구멍에 손가락을 쑤셔 넣으며 말했다.

(1941.10.25)

제8회

경찰서에서 돌아온 점장은 얼굴색이 파래져서, "다요 군, 이리 좀 와봐."라고 말하며 안쪽 방으로 들어갔다. 나도 무슨 일인가 가슴을 졸이며 따라 들어갔다.

"곤란한 일이 생겼어."

"무슨 일인데요?"

"겐키치(健吉)가 발목을 잡는군. 글쎄, 메리야스 검사 때에 우리가 속임수 쓴 것을 말하더군."

겐키치는 한 달 정도 전에 친구에게 와이셔츠를 팔고 그 돈을 횡령한 것으로 해고당한 청년이다.

"왜 다시 그런 이야기를 했을까요?" 나도 궁금해서 견딜 수가 없었다.

"그게, 어디 다른 가게에서도 비슷한 속임수를 썼나 봐. 그래서 그 집 주인이 잡혀갔는데, 형사에게 조사받을 때 그 동기가 뭐냐고 추궁당했대."

"음, 그 동기라는 것이 우리 집 메리야스 때문이라고 했군요?"

"그렇다는군. 그런 식으로 해서 증지를 많이 받았다고 했다는군."

"어떻게 된 거니? 류지." 사모님이 걱정스러운 얼굴로 뛰어 들어왔다.

"아니에요. 아무 일도 아닙니다. 제가 한번 다녀오겠습니다."

나는 점장에게 눈으로 말하지 말라는 신호를 보냈다.

"무슨 일인데?" 사모님이 점장에게 다시 물었다.

"아무 일도 아니에요. 겐키치가 다른 가게에서 또 나쁜 짓을 해서 우리 가게에 물어보러 왔나 봐요."

"그렇구나. 호출장을 받았으니 걱정할 수밖에."

우려할만한 일을 했기 때문에 이런 일이 생겼는데도, 자기가 한 일을 짐짓 모른 채하는 것은 누구나 하는 공통적인 행동인가 보다.

경찰서에서는 주임이 뭔가 조서 같은 것을 쓰고 있었다. 그는 내 얼굴을 보더니, "이쪽으로 와봐. 주인이 올 필요는 없는 일이야."라고 말했다. 평소와는 어울리지 않는 엄격한 얼굴이었지만, 의자만은 권해 주었다.

"주인과 자네가 일을 대충 처리한 것 같군."

"아닙니다. 대충했을 리가 없습니다. 아주 정직하게 했습니다."

괴롭지만 방법이 없다. 지배당하고 있는 입장에 있다면, 이 정도의 책임은 져야만 한다. "아니야. 정직하지 않아. 뻔뻔스러워. 그런데 그 뻔뻔함이 시끄럽기만 하고 깊이가 없어. 자네가 정신 차리지 않으니까 이런 일이 생기는 거야."

"죄송합니다."

이제 괜찮다고 생각했기 때문에 나는 당당하게 고개를 숙였다.

"이런 주인 때문에 우리들 점원은 난감합니다."

이렇게 된 이상 주인을 나쁘게 이야기하는 것 외에 방법이 없다. 일단 이렇게 말하고 수도 없이 고개를 숙였다.

"앞으로 이런 일이 다시 생기면 용서하지 않을 거야. 만일 자네가 시키는 대로 하지 않고 또 적당히 처리한다면 그때는 그냥 넘어가지 않을 거야."

나는 이 정도의 관대한 훈계로 용서받을 수 있었다. 만약 거래하는 과정에서 잘못을 했다면 절대로 용서받지 못했을 것이다. 단지 증지를 정확하게 받지 않았던 게 문제였기 때문에 주임의 독단으로 이 정도로 끝낼 수 있었다.

사모님이 모르는 채로 일이 끝난 것만으로도 뭔가 커다란 기쁨을 얻은 것 같았다.

(1941.10.26)

제9회

태양이 아스팔트를 녹일 즈음, 가게는 드디어 한가해졌다.

나는 공휴일을 한 달에 두 번으로 해줄 것을 점장에게 부탁했다. 점원회에서 결정한 결의안이었다.

"첫 번째 공휴일은 16일이고, 두 번째는 각자의 상황에 맞춰 쉬게 해 주세요."

"한 사람 정도 쉬어도 매상에는 변화가 없다고 생각합니다. 또 두 통이다 복통이다 해서 적당히 쉬게 되면 결국 마찬가지니까요."

점원들은 말은 하지 않았지만 마음속에 귀여운 욕망을 품고 있었다. 공휴일 하루 정도는 별거 아니지만, 주인 입장에서는 습관적으로 큰 손해라고 생각하는 것 같았다.

점원처럼 수지가 맞지 않는 직업도 없다. 점원으로 들어오면 아침 7시에 일어나서 밤 10시까지 서 있어야 한다. 게다가 다른 어떤 일과 비교가 안 될 정도로 월급이 적다. 그런데 그런 것에 불만을 드러내는 것을 수치라고 생각한다. 소년 특유의 감정인 것이다. 그래서 서로 그런 불만을 감춘다. 점원을 위해 공휴일 하루를 새롭게 규칙으로 정하는 것은 개인 상점으로서는 어렵지 않은 일이고 가벼운 부담이라고 말해도 좋을 것이다.

"다른 집은 하지 않던데, 우리 집만 해야 하나?"

"다른 집이 하지 않을 때 해야 점원들이 좋아하지요. 감각이 둔한 가게나 다른 집이 하고 나서 하지요."

'점장이 젊은데도 아주 야무지다. 점원을 아낀다.'

이런 말로 세간에 인정받게 하고 싶어서 나는 몇 번이나 부탁해 보았다. 하지만 도련님 같은 점장은 역시 통이 작았다.

나는 부탁한 보람도 없이 거절당해서 허탈했다. 하지만 다음 점원회에서는 주인의 의견대로 될 리가 없다. 오히려 내부사정이 폭로되어 소년들에게 불안만 안겨 줄 게 뻔했다.

"여러분이 이제까지 기다리던 공휴일을 두 번으로 늘이는 건은 한 달 더 보류하기로 했다."

나는 거짓말을 해서 나 자신의 무력을 증명하고, 주인의 위력을 증대시키느라 식은땀이 났다.

그리고 겐키치의 일도 있고 해서, 일하는 자세에 대한 의미로 다음과 같은 말을 했다.

마사이치(正一) 소년은 소학교(지금은 국민학교)를 졸업한 후, 부모가 목수였기 때문에 목수 일을 배웠다.

1년쯤 지났을 무렵, 오사카로 나간 친구가 돌아왔다. 멋진 옷을 입고 등장한 친구는 마치 흙냄새 나는 시골 생활을 잊어버린 듯 완전히 도회의 청년이 되어 있었다. 그 모습을 보면서 마사이치 소년은 오사카로 가고 싶어 견딜 수가 없었다. 그러나 양친은 장남인 마사이치가 오사카로 가는 것을 허락해 주지 않았다. 소년은 친구에게서 오는 편지를 읽을 때마다 도회의 풍경이 손에 잡힐 듯이 떠올라서 밤에도 잠이 들 수 없었다.

어느 날 아침, 아직 아무도 깨지 않은 어스름한 시간에 일어난 마사이치는 몰래 마을을 떠났다. 뒷산에 오르니 점점 태양 빛에 아침 하늘이 밝아 왔다. 마사이치 소년은 언제 다시 볼 수 있을지 알 수 없는 마을을 산 위에서 내려다보았다. 그리고 아직 주무시고 있을 부모님께 두 손 모아 용서를 빌었다.

그 순간 마사이치 소년의 시선을 끈 것은 마을에서 자랑으로 여기는 다섯 개의 절이었다. 높고 높은 건물은 역사책에 나올 정도로 유명한 것이었다.

누가 저것을 만들었을까?

유명한 목수도 아니고 마술사도 아니다.

단지 일개의 이름도 없는 목수 몇백 명, 아니 몇천 명이 힘을 합쳐서 길고 긴 세월에 걸쳐 만든 것이다. 단결한다면 저런 훌륭한 것을 만들 수 있다.

목수라고 싫어할 것은 아니다.

마사이치 소년은 자신의 잘못을 뉘우치고 산에서 내려왔다. 그리고 이제까지의 생활과 완전히 달라져서 지금까지도 즐거운 나날을 보내고 있다.

(1941.10.28)

제10회

"이 소년처럼 누구라도 직업에 고민할 수는 있지만, 그렇다고 주저하지 말고 앞으로 나아가야 한다. 옛말에, '의지가 있고 없고는 인간의 등급을 결정할 수 있는 지반 혹은 토대이다, 지(智)와 정(情)은 그 지반을 굳히는 시멘트 혹은 그 위에 쌓아 올린 기와에 비유할 만하다.'라는 것이 있다. 그리고 '원래 맨몸으로 태어났는데 뭐가 부족하랴', 혹은 '고용살이 첫날의 마음가짐, 언제까지나.'라는 말도 있다. 이를 여러분은 언제까지나 기억해 주기 바란다.

요전의 공휴일 건도 그렇다. 자네들이 주인 입장에서 보아 '성실하다, 일을 잘해 주었다,'라는 생각이 들게 해야 한다. 자네들과 내가 마음을 합하여 이 가게의 발전을 위해 일한다면 아무리 고지식한 사모님이라도 분명 좋은 사모님이 되어 줄 것이다.

새로운 이 시대에 젊은이들이 힘을 합쳐 함께 앞으로 나아가지 않겠는가? 사모님 같은 노인은 아무래도 과거에 집착하는 사람이다. 그 손을 잡아끌어 일해보지 않겠는가?"

나의 이야기는 여덟 명 소년들을 자극했다.

"하겠습니다."

"저도 하겠습니다. 다요 씨와 함께 하겠습니다."

도키치는 큰 손으로 눈물을 훔쳤다. 평소라며 유키치(勇吉)가 웃었겠지만, 그런 유키치도 심각한 표정이 되었다. 나도 눈두덩이 뜨거워져서 밖을 바라보았다.

서늘한 바람이 나뭇가지에 속삭이고 있었다. 한낮의 태양이 거리의 활기를 눌러버린 듯 고요했다.

장부를 정리하고 있던 점장이 말했다.

"다요 군, 이번에 조선산 피복 제품의 실적을 신고해야 할 것 같은데."

"또 배급입니까?"

"그러니까. 요전의 제품처럼 정직하게 하면 아무것도 남는 게 없을 거야. 어떻게 할까?"

점장은 겐키치의 일로 경찰에 불려가고 나서는 저자세가 되어 나에게 의견을 물어보았다. 나는 무리한 요구를 할 수 없었다.

"글쎄요. 전혀 실적이 없는 것도 곤란하지요."

자유판매금지, 배급이 점차적으로 통제되어 버린다, 결국은 조선산물(朝鮮産物)의 시대가 될 거라고 예상한 나는 마치 종이를 꼬깃꼬깃 뭉친 것과 같은 마음이 되었다. 그렇지만 그 주름을 펴지 않으면 시대의 파도는 넘어설 수 없다.

"한번 조키치와 마쓰키치에게 물어보지요."

"그렇게 할까?"

점장은 가게 앞에 있는 마쓰키치를 불렀다. 조키치는 상공회의소에 가서 가게에 없었다.

"그래도 실적이 없는 물건은 어쩔 수 없지 않을까요?"

마쓰키치의 대답은 확실했다.

"깔끔하게 하자. 옛날 다요 군과 똑같군."

"괴롭게 됐네. 하하하…."

"하하하."

이렇게 밝게 웃을 수 있게 된 것이 나의 가장 큰 기쁨이었다.

(1941.10.29)

제11회

"그렇게 할 수는 없지."

"너무 믿으면 안 돼."

이렇게 반대하는 사모님과 달리, 점장은 점원이 할 수 있는 일은 하게끔 책임을 부여해서 의사를 관철해주었다. 이렇게 한 이후로 점원들의 기분은 한층 밝아졌다. 언제나 나만 갔다 왔던 경제경찰서나 회의소에도 점원들은 자기들이 직접 다녀와서 가격을 내리기도 하고 공정가격이 결정된 것은 규격에 맞춰서 정가를 매기기도 하는 등, 내가 없어도 될 정도로 열심히 일해 주었다.

역시 스스로 할 수 있는 일은 관대하게 하게 하는 것이 현대의 주인에게 필요한 자세이다. 과거의 삐뚤어진 조선이 아니다. 소년들은 내일의 일본을 짊어지겠다고 벼르고 있다. 나는 그 기세를 존중해 주는 것이 오늘날 지도자의 책무라고 말하고 싶다.

"조키치."

마쓰키치가 가게로 들어오는 조키치를 불렀다. 나와 점장이 말을 걸기 전에 조키치가 말했다.

꿈은 깨닫는 것 449

"실적이 없으면 없다고 말하는 것밖에 방법이 없습니다."

"똑같은 소리를 하는군."

"그건 누구라도 마찬가지입니다. 가게 안은 모두 다요처럼 되었으니까요."

"그 말이 맞군. 하하하."

다요도 기뻤지만, 점장이 웃어 넘겨주게 된 것이 나의 마음을 가을 바람처럼 가볍게 해주었다.

"그럼, 안 돼. 그렇게 하면 가게 문을 닫아야 해."

내가 청구서를 쓰고 있는 곳으로 카운터에서 꾸짖는 사모님의 큰 목소리가 들렸다.

"그런 소리 하지 마세요. 시대가 달라졌어요."

점장이 여자 같은 목소리로 말했다.

나는 뒤를 향한 채로 못 들은 척했다.

"시대, 시대하면서 장사를 못 하게 되면 네 아버지에게 변명할 말이 없어."

"아무도 장사를 못한다고 말하지 않았어요. 정직하게 한다면 언젠가 좋은 일이 생길 거예요."

"좋은 일이 생길 이유가 없지. 실적이 없으면 배급도 없어. 그렇게 되면 무엇을 갖다가 팔란 말이냐."

개업 당시부터 남편과 둘이서 고생한 사모님 입장에서 보면 30년 된 이 가게가 소중한 것이다.

점원들은 '또 시작이구나.' 하는 식으로 내 쪽을 바라보았다. 나도 말없이 펜을 멈추었다.

"다른 가게처럼 적당히 꾀를 쓰면 되잖아. 그것도 못 하겠다는 거야."

"그렇게 서두를 필요 없어. 사흘이나 시간이 있잖아."

"애송이처럼 처리하면 곤란하다고."

사모님은 입에 게거품을 물고 있는 것처럼 작은 목소리고 중얼대면서 이층으로 올라갔다.

"다요 군, 어쩌지?"

나는 뒤를 돌아보며 말했다. "자, 이제 장기전에 들어갑니다."

점장은 미간을 찌푸리며 말했다. "나도 생각해봤는데, 어머니를 좀 물러나 있게 하는 게 어떨까?"

"그러면 안 됩니다."

"그렇겠지? 자식이 부모에게 은퇴하라고 말하면 안 되겠지?"

"그렇지요. 제가 신경 쓰인다면 그러실 필요 없어요. 은퇴한다고 마음이 변하겠어요. 오히려 나쁜 쪽으로 해석하겠지요. 시국에 어울리는 사모님이 되지 않는다면 아무런 득이 되지 않아요."

"그게, 좀처럼 생각을 굽히지 않으니 어렵네. 아주 오기를 부리니까."

"어떻게든 해봐야지요. 가게의 장래를 생각해서요."

"다요 씨."

이층 창으로 사모님이 고개를 내밀고 불렀다.

점장은 웃으면서 말했다. "드디어 왔구나."

나는 머리를 긁적이면서 계단을 올라갔다.

제12회

사모님은 선풍기를 내 쪽 방향으로 틀어주었다.

"실적을 다른 곳에서 받을 수 없을까?"

사모님은 단도직입적으로 물었다. 나는 선풍기를 사모님 쪽으로 향하게 하면서 말했다.

"받을 수 없는 것은 아니지만, 없는 실적을 받는 것은 경제경찰이나 상공과에서 가장 싫어하는 일입니다. 바보 취급했다고 생각할 테니까요."

"거기까지는 몰라. 알아도 다 마찬가지 아니겠어?"

대세 쪽에 붙으려는 여자의 성격은 아무리 오기가 있는 사람이라도 마찬가지인가 보다.

"사모님, 다른 가게에서 하는 것을 흉내 내는 것은 시대에 뒤처지는 행동이에요. 하물며 이 동네에서는 양품이라면 '베니야'라고 불리는데, 이런 우리 가게가 조그만 가게와 똑같은 짓을 해서는 안 되지요. 경제경찰은 앞으로 더 눈을 부릅뜨고 우리 가게를 지켜볼 테니까, 지금은 속임수를 쓰더라도 언젠가 발각될 겁니다. 한번 걸리면 끝장이지요. 전부 폭로 당할 거예요."

"남자 주제에 소심하기는…. 그러면 안 되지. 요즘 가게에서는 무슨 일이든 다요 씨, 다요 씨 하는데, 한 번이라도 크게 돈을 벌어봤어?"

"지금 그런 일이 가능하다면 정말 잘못된 거예요."

"잘못이라도 한 번도 해본 적이 없잖아. 그 정도의 배짱이 없으면 장사꾼이라고 할 수 없지. 자네 같은 상냥한 사람은 도련님이 되는 게 나았어."

그때 갑자기 전화벨이 울렸다. 사모님은 일어나서 수화기를 들었다.

"그래, 요시(義) 씨구나. 다른 건 필요 없어. 오늘 밤에라도 와주면 좋겠어. 부탁할 게 있어서."

사모님은 할 말만 하고 다른 용무는 없다는 듯 깔끔하게 전화를 끊었다.

"요시 씨에게 부탁해서 만 원 정도 매출장을 만들어달라고 할 거야. 자네도 만들어달라고 할 곳을 찾아보지."

사모님은 선 채로 나를 내려다보며 말했다.

점장이 아까 말한 것처럼 은퇴시켜야 한다는 생각이 내 머리를 스쳐갔다. 지금은 경박한 여자의 생각에 지배받는 시대가 아니다. 점장도 스물여섯이나 됐으니 혼자서도 훌륭하게 사업을 해나갈 수 있다.

"어떻게 됐어?"

내가 가게로 내려가자 점장이 물었다. 나는 말없이 고개를 옆으로 흔들었다.

"듣지 않으시는군요. 난감하네요."

조키치도 마쓰키치도 말했다. 숨소리가 거칠게 떨리고 있었다.

"여러분, 여기서 한 가지 결정을 해서 사모님에게 부탁해보도록 하자."

"어떻게 부탁할 건데?"

마쓰키치가 걱정되는 듯이 말했다. 나는 소년들을 모았다. 점장도 나도 나란히 섰다.

"급한 일이 생겼으니, 모두 선 채로 이야기를 들어주기 바란다. 여러분이 알고 있는 대로 현대의 장사는 돈을 버는 것만이 중요하지 않다. 그런데도 옛날처럼 돈을 벌려는 사람이 있다. 또 그것을 흉내 내는 사람도 있다. 하지만 그것은 경제경찰이 철저하게 단속하고 있다. 지금이야말로 가게의 습관을 일신한다는 의미에서 노인이면서 여자인 사모님의 퇴진을 요구하고자 한다. 사모님께 말해봐야 알겠지만, 만일 이 요구를 들어달라면 사모님이 뭔가 조건을 달 것이라 예상된다. 그때 여러분은 어느 정도까지 양보해 줄 수 있는가."

나는 숨을 들이쉬고 여덟 명의 얼굴을 보았다. 작지만 눈은 확실히 살아 있었다.

"어때? 조키치."

"저는 다요 씨에게 일임하겠습니다."

"그렇군. 마쓰키치, 도키치, 모두 어떤가?"

"찬성, 찬성." 아이들처럼 점원들이 손을 들었다. 점장도 웃었다.

"좋았어. 그럼 조키치도 마쓰키치도 함께 가자."

(1941.10.31)

제13회

사모님은 창가에 기대듯이 서 있었다.

베란다에는 칸나와 나팔꽃이 무성했다.

"이제 됐어. 내가 점원에게 처음으로 한소리 들었군. 새롭다든지, 시대가 변했다든지 그런 것은 장사꾼과 상관없는 말이야."

"사모님."

몇 번이나 숙인 고개를 나는 뒤로 젖히며 말했다.

"이제부터는 사모님과 같은 방법으로 한다면 자멸할 뿐입니다. 정직하게 했는데 가게 문을 닫게 된다면 열심이 부족해서입니다. 조키치, 마쓰키치를 시작으로 모두 가게를 위해 일해 준 점원들입니다. 안심하고 맡겨주세요."

"아무리 그런 말을 해도 소용없어. 그렇게 법률이 좋다면 나에게도 있어. 일전에 도청에서 온 사람 이야기가 이제 급료를 절대 올릴 수 없다고 하더군. 자네들은 월급을 일전도 올리지 않아도 괜찮겠나?"

최후의 통첩으로 소중하게 묻어둔 말이겠지만, 나에게는 통하지 않았다.

"알고 있습니다. 그런 것은 문제가 되지 않습니다. 월급은 반으로 줄여도 됩니다. 앞으로 일할 만한 보람 있는 밝은 가게를 만드는 것이 점원회의 의견입니다. 사모님이 가게에 나오셔도 상관없습니다. 단지 시국을 무시하는 방법만은 싫다고 말씀드리는 것뿐입니다."

"그렇게 주인이 맘에 들지 않으면 그만두게. 나는 말이야. 아직 뒷방 신세 질 나이가 아니야. 일할 거야. 자네들이 없어지면 나도 열심히 일할 거야."

혹여 내 앞이라서 하는 말이겠지만, 이렇게 의욕에 넘치는 사모님의 말이 불안했다. 해충 같은 존재라도 상대가 주인인 이상, 우리 점원들은 더 이상 강요할 수 없다. 구충제 같은 내 의견은 역시 너무 과격하다.

이상의 꽃을 피우자마자 고사시키는 결과로 끝났지만, 나의 의견을 따라주는 점원들이 있는 이상 언젠가 사모님의 습관도 타파될 것이라고, 이것만을 위로 삼아 가게를 그만두기로 했다.

올 것이 왔다고 생각할 뿐, 아쉬울 것도 없고 기쁠 것도 없었다. 안심할 수도 없지만 아쉬운 것도 없었다.

나무의 꽃이 지는 것 같이 쓸쓸했지만, 한편으로 비가 그친 후의 태양처럼 마음은 밝았다.

"다요 씨, 나는 내지로 가서 잠시 놀다 올 테니까 이 가게를 부탁하네."

사오일 후 외출복 차림의 사모님이 우리 집까지 일부러 찾아와서 말했다.

너무나 갑작스러워 아무 말도 나오지 않았다.

"기차 시간 때문에 여유가 없네."

서둘러서 나가는 뒷모습은, 내 앞에서 달아나는 모습임과 동시에 상냥한 사모님의 바지런한 모습이기도 했다.

내가 플랫폼으로 달려갔을 때 부산행 급행열차의 발차를 알리는 기적이 울렸다.

미친 사람처럼 눈을 부릅뜨고 찾았지만, 사모님의 모습은 보이지 않았다.

"다요 씨"

목소리가 들리는 쪽으로 돌아보니, 두 칸이나 지나친 차창에서 얼굴을 내민 사모님이 손수건을 흔들고 있었다.

"빨리 돌아오세요." 의도치 않게 눈물을 글썽이며 나는 양손을 들어 흔들어 보였다.

사모님은 고개를 돌렸다. 열차가 굽어져 돌아가서 더 이상 보이지 않게 될 때까지 나는 그대로 서 있었다.

내가 이겼다. 그러나 이겨야할 상황이 아니었다는 생각도 들었다.

바람이 불고 있다. 매미가 울고 있다. 여름은 역시 덥다. 그러나 가을이 되면 서늘하고 겨울이 되면 춥다. 이것도 자연인 것이다. 꿈에서 깨어난 사모님의 감정도, 꿈을 현실로 만든 나의 감정, 자연의 한쪽 구석에 피어난 새로운 힘인 것이다.

(1941.11.1)

끝

　이 책은 『경성일보』에 수록된 일본인 작가의 문학작품 중 중단편 소설을 모아 엮은 <일본인 작가 중단편 소설선집>이다. 『경성일보』는 조선총독부 기관지로 가장 오랜 기간 조선에서 간행된 일본어 신문이다. 여기에는 신문 발행 초기 단계부터 문예기사와 단편, 연재물이 게재되었는데, 일본에서 활발하게 활동하는 작가의 작품뿐 아니라, 조선에서 기자 등으로 활동하는 일본인의 창작 역시 지면을 장식하고 있었다. 한편으로 당시 일본 베스트셀러 작가의 작품 게재를 통해 식민지 본국의 읽을거리를 공유하면서, 다른 한편으로 조선을 배경으로 한 재조일본인의 독창적인 창작 작품을 소개한 것이다.

　이 책은 1920, 30, 40년대 각 시대의 시대상을 보여주는 10편의 작품을 다양하게 모아 엮었다. 식민지 초기 조선에 거주하는 일본인들의 취미와 오락을 담당한 작품에서, 프롤레타리아 작가의 사회주의 경향의 문학, 일본에서의 조선 붐을 소재로 한 단편, 전쟁 협력의 익찬 소설 등, 중단편의 소설 속에 사회의 유행과 경향이 그대로 반영되어 있다. 당시 작품 활동을 했던 작가의 시대를 보여주는 작품을 통해 동시대의 시대적 관심사와 사회적 분위기를 엿볼 수 있을 것이다. 이를 구체적으로 소개하면 다음과 같다.

「아아, 대 도쿄여!(あゝ東京よ!)」(1921.5.15~8.25)는 『경성일보』 1면에 연재된 유머 소설이다. 가나자와(金沢) 출신의 작가인 오쿠노 다미오(奥野他見男)는 『대졸 병사(大学出の兵隊さん)』로 문단에 데뷔(1915), 유행어, 신 풍속을 만들어 내며 폭발적인 인기를 구가하였다. "세상에서 이렇게 재미를 뿜어내는 책은 어디서도 본 적이 없다. 저자의 가볍고 기발한 필치는 일본에서 모르는 사람이 없을 정도로 유명하다."는 책의 광고 문구에서도 알 수 있듯이, 그는 당시의 신 풍속을 골계적으로 표현하는 베스트셀러 작가였다.

『경성일보』에 게재된 「아아, 대 도쿄여!」는 신문물인 댄스에 열광하는 주인공과 일본 사회의 모습을 유머 있게 그리면서도 그 이면에 내재된 사회적 관습과 인간의 본성을 풍자적으로 묘사하고 있다. 작품 속에서 주인공은 런던에서 체재했던 공학사에게 "해외에 체제하고 있는 동안 아내가 귀하의 저서를 자주 보내주어서 무료함을 달랠 수 있었을 뿐 아니라, 아주 즐겁게 지낼 수 있었다"는 감사 편지를 받는데, 『경성일보』에 게재된 그의 작품 역시 조선에 거주하는 일본인에게 취미와 오락을 제공했음은 쉽게 상상할 수 있다.

「고려의 단지(高麗の壺)」(1925.3.13~3.20)는 4회에 걸쳐 『경성일보』에 게재된 단편 소설이다. 작가는 이리에 신파치(入江新八, 1874~1948)로 본명은 다무라 마사토시(田村昌新)지만, 주로 다무라 쇼교(田村松魚)라는 이름으로 활동했다. 그가 이리에 신파치라는 필명으로 활동한 것은 베스트셀러 작가인 다무라 도시코(田村俊子)와 이혼한 이듬해 이리에 다에코(妙子)와 결혼하면서부터이다. 그는 말년에 문단과 멀어지면서 골동품 점을 열어 그 일에 전념했다고 알려져 있는데, 이 책에 번역된 「고려의 단지」는 그의 그러한 취미를 넘어서는 골동품에 대한 열정을 보여준다.

배경은 도쿄로, 집필을 본업으로 하고 있는 고미야는 조선의 미술품에 흠뻑 빠져있다. 이는 그 뿐만이 아니어서 그의 친구들은 경쟁적으로 조선 미술품을 사들여서 과시하며 결국에는 '애선회(愛鮮會)'라는 전시회까지 열게 된다. 작품 속에서는 이를 '조선병', '감염', '전염' 등의 용어로 표현하고 있는데, 당시 일본에서 조선에 대한 관심이 비약적으로 증대하는 가운데 '조선 붐'이 일어난 것을 주인공 고미야의 조선에 대한 열정을 통해 보여주고 있다.

「권총(拳銃)」(1928.3.29~5.12)은 『경성일보』의 6면 <창작>에 게재된 데라다 도시오(寺田寿夫)의 단편 소설이다. 데라다 도시오는 규슈(九州)의 구마모토(熊本)출신으로, 1918년 규슈신문사에 입사해서 이듬해 경성일보사로 옮기는데, 『권총』은 『경성일보』의 학예부장(1926), 사회부장 겸 문예부장(1927)으로 재직하고 있을 즈음에 발표된 창작 소설이다.

이 소설은 일본에 약혼자를 두고 있는 도시코가 경성의 카페에서 여급으로 일하면서 무수한 남자들의 '여왕'으로 군림하고, 그 남자들은 그녀의 사랑을 차지하려고 경쟁한다는, 카페 여급을 둘러싼 사랑의 쟁탈을 그린 통속소설이다. 이 소설의 배경은 경성으로, 남산, 용산, 경성신사, 조선신궁 등의 지명이 등장하며, 게이오 대학을 졸업한 정 씨, 송 씨 등의 이름이 나온다. 이러한 장치는 단지 하나의 전경으로 등장할 뿐 식민지 조선은 작품의 전개에 영향을 끼치고 있지 않다.

「1930년의 서곡(1930年の序曲)」은 1930년 1월 1일에 실린 하야시 후사오(林房雄, 1903~1975)의 단편소설이다. 하야시는 1926년 『문예전선』에 소설 「사과나무(林檎)」를 발표하면서 프롤레타리아문학 작가로 출발한다. 당시 프롤레타리아 문학파에게 있어 대중을 올바른 사회 인식과 변혁으로 이끌기 위해 교화가 필요하고, 이를 위해 문학이 어떠한 역할을 해야 하는가는 중요한 과제였다. 하야시는 '대중의 감정과 사상과 의지를 결합하고 그것을 고양하기 위해서는 우선 현실의 대중에게 읽혀져야 한다.'(「프롤레타리아 대중문학의 문제」 1929.12)고 주장하는데, 「1930년의 서곡」은 그의 이러한 문학관이 발표된 직후 『경성일보』에 게재된 소설이다.

이 글은 부유한 명문 집안의 대학생인 히로시가 자신의 모든 부와 권위를 내던지고 신슈의 제재 공장 직공들에게 정치적인 유세를 하러 가는 과정을 그리고 있다. 제목에서도 알 수 있듯이 작가는 「1930년의 서곡」에서 차이코프스키의 <1812년의 서곡>을 연상하고 있다. 제재 공장의 덜컹거리는 기계 소리와 눈 덮인 평원 속에서 <1812년의 서곡>의 배경이 되는 모스크바 교외의 대평원에서 퇴각하는 프랑스와 이에 반해 용감한 승전가를 울리는 러시아 군대를 떠 올리면서 작품은 끝난다.

「여공(女工) 오키치(お吉)」(1930.1.15~1.19)는 가타오카 뎃페이(片岡鉄兵, 1894~1944)의 단편소설로, 그는 『문예시대』의 창간에 참여한 신감각파의 작가로서 알려졌다. 그러나 1928년 이후 좌경화되면서 전일본무산자예술연맹에 참가하여 프롤레타리아 작가가 된다. 이어서 1931년 제3차 간사이(関西) 공산당 사건에 연루되어 검거, 투옥되는데, 「여공(女工) 오키치(お吉)」가 『경성일보』에 게재된 것은 그 바로 전해의 일이다.

그 내용을 보면, 여공을 혹사하는 제사 공장이 있는 마을에 도쿄의 사회주의자가 힘이 센 호걸과 함께 나타났다는 소문이 돌고, 공장주의 부탁을 받아서 힘이 세다고 자부하는 다메조와 그의 스승이 이 호걸을 때려눕히려 나선다. 하지만, 그 두려움에 줄행랑을 친다는 웃음을 자아내게 하는 이야기이다. 여공들을 선동할 거라는 소문과 보이지 않는 실체인 사회주의에 대한 자본가와 그 하수인의 무능한 대처가 냉소적으로 그려져 있다.

「장쉐량 몰락의 날(張學良没落の日)」(1933.3.29~4.2)은 신문기자 출신인 미쓰이 지쓰오(三井実雄)의 단편이다. 『펑티엔마이니치신문(奉天毎日新聞)』 편집장을 역임하면서 가인(歌人)으로 활동하여 전쟁 중에는 『만주사변』(1942)을 출간했으며 그 이후, 『나의 만주가단사(私の満州歌壇史)』(1973)를 집필하기도 했다.

작품은 장쭤린의 죽음 이후 전권을 이양 받은 아들 장쉐량의 활동과 행적과 몰락까지를 신문기자의 시각에서 서술해 나가고 있다. 그러나 작품 전체에 흐르는 장쉐량에 대한 인식은 그가 일본에 대해 적대적이었던 만큼 호의적이지 않다. 여색을 즐겨하면서 교만하여 주변에 충신이 없었고, 오만불손해서 항일을 내세운 인물로 부정적인 평가를 내리고 있다. 게다가 열병식을 받고 있는 그의 외모에 대해서는 젊은이다운 패기가 전혀 느껴지지 않는데 이는 모르핀의 효과가 떨어졌기 때문이라고 하여 작가의 추측에 기반하는 악의적인 인식을 그대로 드러내고 있다. 이 작품은 이 글이 신문기자의 수첩에서 발췌한 '실화'이며 '실명'을 그래도 사용하고 글도 각색되지 않았다고 모두에 전제함으로써 내용이 마치 사실인 것 같은 효과를 노리고 있다. 당시 일본의 중국의 정세에 대한 인식, 장쉐량에 대한 평가 등을 알 수 있는 작품이다.

「**엄마의 남편**(母の良人)」(1936.10.3~10.21)은 마에다코 히로이치로(前田河広一郎, 1888~1957)의 단편소설이다. 그는 일본 프롤레타리아 문학 발흥기의 지도자 중 한 명으로 잡지 『중외』에 게재한 「삼등선객」(1921)으로 문단에 등장하였다. 잡지 『씨 뿌리는 사람』과 『문예전선』의 논객으로 활약하였으나, 프롤레타리아운동에 대한 탄압이 격화되면서 문단에서 말살되었다. 사생아로 센다이(仙台)에서 태어나서 모친 쪽의 삼촌에게 맡겨져서 자랐는데, 본 작품은 이러한 작가의 어린 시절이 그대로 투영되어 있다.

작품의 주인공 규헤이는 사생아로 태어나 외가에 입적되어 의사인 삼촌 손에 키워진다. 그 삼촌 집안에서 일어나는 일들, 우연히 만나게 된 부친의 존재, 어른들의 가난에 대한 행태 등이 어린 아이의 시각에서 흥미롭게 전개되고 있다.

「의리남(律儀者)」(1938.1.7~1.11)은 <창작>이라는 명기와 함께 3회에 걸쳐 게재된 사토 하루오(佐藤春夫)의 단편소설이다. 이 소설은 중일전쟁을 배경으로, 남편에게 소집영장을 전달하기 위해서 도쿄에 온 부인이 한 의리 있는 남자의 도움으로 남편을 찾게 되고, 남편은 그 의리남 덕분에 무사히 소집에 응할 수 있게 되었다는 이야기이다. 비교적 단순한 스토리처럼 보이는 이 단편소설은 그 의리남이 전장에 가 있는 병사의 부인에게 연정을 품는 장면을 포함함으로써 검열, 발금(發禁), 삭제 등의 과정을 거친다. 「의리남」은 『경성일보』와 같은 날 『고치신문(高知新聞)』에 게재되지만 검열로 인해 '출정 장병에게 후방의 일로 걱정을 끼쳐' '황군 병사에 악영향을 줄 수 있다'는 이유로 발금 처분을 받는다. 또한 열흘 후 『규슈일보(九州日報)』에 게재되지만, 몇 곳이 삭제되어 게재되었다. 『경성일보』에 실린 「의리남」은 전쟁 순응 체제로만 일관되지 않는 인간의 내면을 그린 소설의 전모를 읽을 수 있다는 점에서, 삭제 과정 이전의 내용을 엿볼 수 있는 귀중한 자료이다.

「결혼 전(結婚前)」(1939.1.31~2.7)은 『경성일보』 6면 <취미와 학예>면에 5회에 걸쳐 <창작>으로 게재된 무로 사이세이(室生犀星, 1889~1962)의 단편소설이다. 무로 사이세이 생전에 출판된 전집에는 물론 사후에 기획된 14권의 전집(1964)에도 수록되어 있지 않다.

신문에 하이쿠를 투고하면서 시작된 그의 문학 활동은 먼저 시 창작으로 인정받는다. 일본근대의 대표적인 시인인 기타하라 하쿠슈(北原白秋)에게 인정받아 그가 주재하는 시집에 기고하는 등의 활동을 한다. 1930년대부터 소설의 다작기에 들어가고 1934년에는 시와의 결별을 선언하고 본격적인 산문 작업을 하는데, 『경성일보』에 실린 「결혼 전」은 이 시기에 창작된 작품이라 할 수 있다.

「결혼 전」은 부자 약혼자와 결혼을 앞둔 요시코와, 그녀의 외모와 소지품이 점차 변해가는 것에 질투를 느끼는 동료 요시에의 심리적인 갈등을 보여주고 있다. 여기서 요시코는 부를 통하여 여자를 리드하려는 약혼자에서 순응적으로만 대응하지 않는다. 여자를 마음대로 조종하고 싶어 하는 남자의 심리를 읽어내면서 결혼 전 마지막까지 상대와의 결혼에 고뇌한다. 결혼을 앞둔 여자의 심리, 당면한 결혼에 화려해져 가는 여자를 부러워하는 또 다른 여자의 심리가 현실적이면서도 섬세하게 묘사되어 있다.

「꿈은 깨닫는 것(夢は覺めるもの)」(1941.10.17~11.1)은 석간 3면에 13회에 걸쳐서 게재된 가토 히로시(加藤弘)의 단편소설이다. 작가에 대한 정보는 알 수 없으며 당선작에 대한 『경성일보』의 기사(1941.10.8)를 통해 대구 출신이라는 것만을 확인할 수 있다. 작품 제목에 '총력연맹모집 1등 입선 익찬소설'이라고 명기되어 있는데, 이것에서도 알 수 있듯이 이 소설은 국민총력조선연맹 문화부에서 주최한 익찬현상소설의 응모작품, 총 41점 중 1등에 당선된 작품이다.

이 소설은 전시 통제 하의 경제체제가 마련된 조선을 배경으로 하고 있다. 중일전쟁이 장기화되면서 생활에 필요한 물자나 식량이 결핍되어 가는 가운데, 일본 정부는 경제통제령을 위해 국가총동원법에 기초해서 가격 인상을 금지하고, 현재의 가격을 상한선으로 하는 공정가격제도를 실시한다. 또한 이를 관리, 감시, 통제하기 위해 경찰국에 '경제통제에 수반된 경찰 사무에 종사하는' 경찰관을 배치한다. 이른바 경제경찰의 시작인 것이다. 이 소설은 이러한 경제경찰의 눈을 속여 가격통제를 위반하려는 고용주와 이를 극복하려는 고용인 사이의 갈등을 그리고 있다.

조선에 온지 5년째를 맞이하는 양품점 점원인 다요는 정해진 공휴일에도 가게 문을 연다든지, 부청(府廳)으로부터의 지시에 눈속임으로 대처하는 등 고용주 측의 상인으로서의 시대정신에 어긋난 태도를 비판하면서, 조선에 온 소년 점원들과 함께 이를 개혁해 나가고자 한다. 결국 새 시대에 맞는 상인 정신이 승리하면서 구세대의 사모님은 일체의 가게 일에서 손을 떼로 일본으로 돌아가는 것으로 작품은 끝난다. 당시 전시 하의 경제정책에 대한 재조일본인의 대응, 소상공인의 이에 대한 대처 등, 변화해 가는 경제 상황 속에서 정책 집행의 직접적인 당사자의 반응과 인식을 알 수 있는 작품이다.

2020년 5월
역자 송혜경

지은이 소개(원고 게재순)

아아, 대 도쿄여!

오쿠노 다미오(奧野他見男, 1889~1953)

『대졸 병사(大学出の兵隊さん)』(1915)로 문단에 데뷔하였다.
유머 작가로 유행어, 신 풍속을 만들어 내며 폭발적인 인기를
구가하였다.

고려의 단지

이리에 신파치(入江新八, 1877~1948)

본명은 다무라 마사토시(田村昌新)인데, 주로 다무라 쇼교
(田村松魚)라는 필명으로 활동했다. 『오사카시사신보(大阪時事
新報)』에 현상소설 「응시(凝視)」(1920)가 이리에 신파치의 필
명으로 당선되었다.

권총

데라다 도시오(寺田寿夫)

규슈(九州)신문사에 입사(1918)해서 이듬해 경성일보사로
이직하였다. 『경성일보』의 학예부장(1926), 사회부장 겸 문예
부장(1927)을 역임했고 1934년 1월 『경성일보』를 퇴사, 경성
잡필사의 사장으로 취임했다. 「수필조선(상)(하)」(1935) 등의
작품을 남겼다.

1930년의 서곡

하야시 후사오(林房雄, 1935~1975)

본명은 고토 히사오(後藤壽夫)로 1926년『문예전선』에 소설 「사과나무(林檎)」를 발표하면서 프롤레타리아 작가로 출발했다. 전후(戰後)에는 작품 「아들의 청춘(息子の靑春)」, 「아내의 청춘(妻の靑春)」이 무대에서 상연되는 등 유행작가가 되었다.

여공(女工) 오키치(お吉)

가타오카 뎃페이(片岡鉄兵, 1894~1944)

문학잡지『문예시대』의 창간에 기여, 신감각파의 일원으로 문학 활동을 하였다. 1920년대 말부터 프롤레타리아 작가로 활동하여 「좌경에 대해」(1928) 등의 작품을 남겼다. 이후 체포, 투옥의 과정을 겪으면서 옥중 전향 성명을 내고, 그 이후에는 대중소설과 번역 등의 작품 활동을 하였다.

장쉐량(張學良) 몰락의 날

미쓰이 지쓰오(三井実雄)

『펑티엔마이니치신문(奉天每日新聞)』의 편집장을 역임했다. 전쟁 중에는『만주사변』(1942)를 출간했으며, 전후에는『나의 만주가단사(私の満州歌壇史)』(1973), 『잔조(殘照): 가집』(1979)을 발표, 가인으로 활동하였다.

엄마의 남편

마에다코 히로이치로(前田河広一郎)

1921년 「삼등선객(三等船客)」으로 문단에 등장하였다. 잡지 『씨 뿌리는 사람』, 『문예전선』의 논객으로 활동하였다.

의리남

사토 하루오(佐藤春夫, 1892~1964)

작품 활동 초기에는 대역사건(大逆事件)의 영향을 받아 사상적인 경향을 보이는 '경향시'를 집필했다. 이후 소설가로서 활약하였고, 제2차 세계대전 중에는 문학자로서 종군하여 전쟁을 찬미하는 시를 남기기도 했다.

결혼 전

무로 사이세이(室生犀星, 1889~1962)

신문에 하이쿠를 투고하는 것으로 작품 활동을 시작하였다. 이후 시작(詩作) 하다가 1930년대 이후 수많은 소설 작품을 발표하였다. 아쿠다가와 문학상(芥川文学賞)의 선고 위원을 역임했고, 기쿠치칸 상(菊池寛賞)을 수상했다.

꿈은 깨닫는 것

가토 히로시(加藤弘)

국민총력조선연맹의 문화부에서 주최하는 문화익찬현상
소설에 1등으로 당선되었다. 생몰년은 알 수 없고, 『경성일
보』의 기사(1941.10.8)를 통해 대구 출신이라는 것만 확인할
수 있다.

옮긴이 송혜경

고려대학교에서 『근대 초기 일본의 연애표상』으로 박사
학위를 받았고, 그 내용은 국가 권력 하에서 근대적 여성, 가
정, 남녀관계가 어떻게 수용, 확산되는지에 관한 것이다. 같
은 문제의식에서 현재는 가천대학교 아시아문화연구소 연구
원으로 식민지 조선의 일본인 여성 표상을 연구하고 있다. 주
요 논저로 「식민지기 재조일본인 2세 여성의 조선체험과 식
민지주의 -모리사키 가즈에(森崎和江)를 중심으로-」(『일본사
상』, 2018), 『연애와 문명-메이지시대 일본의 연애표상』(2010)
이 있고, 역서로 『일본근현대 여성문학선집 사타 이네코』
(2019) 등이 있다.

『경성일보』 문학·문화 총서 ❺
중단편 소설선집 **1930년의 서곡 외**

초판 1쇄 인쇄   2020년 5월 12일
초판 1쇄 발행   2020년 5월 20일
지은이   오쿠노 다미오(奧野他見男)·이리에 신파치(入江新八)·데라다 도시오(寺田寿夫)
             하야시 후사오(林房雄)·가타오카 뎃페이(片岡鉄兵)·미쓰이 지쓰오(三井実雄)
             마에다코 히로이치로(前田河広一郎)·사토 하루오(佐藤春夫)
             무로 사이세이(室生犀星)·가토 히로시(加藤弘)
옮긴이   송혜경
펴낸이   이대현
편 집   이태곤 문선희 권분옥 임애정 백초혜
디자인   안혜진 최선주 김주화
마케팅   박태훈 안현진
펴낸곳   도서출판 역락
주 소   서울시 서초구 동광로 46길 6-6 문창빌딩 2층
전 화   02-3409-2060(편집), 2058(마케팅)
팩 스   02-3409-2059
등 록   1999년 4월 19일 제303-2002-000014호
전자우편   youkrack@hanmail.net
홈페이지   www.youkrackbooks.com

ISBN   979-11-6244-510-5 04800
             979-11-6244-505-1 04800(전12권)